CATHERINE COULTER

DIE JUNGFERNBRAUT

Roman

Deutsche Erstausgabe

WILHELM HEYNE VERLAG
MÜNCHEN

HEYNE ROMANE FÜR »SIE«
Nr. 04/126

Titel der Originalausgabe
THE HEIRESS BRIDE

Aus dem Amerikanischen übersetzt
von Alexandra von Reinhardt

4. Auflage

Printed in France 1995
Umschlagillustration: Pino Daeni / Agentur Schlück
Umschlaggestaltung: Atelier Ingrid Schütz, München
Gesamtherstellung: Brodard & Taupin

ISBN 3-453-07313-4

PROLOG

Vere Castle, Grafschaft Fife, Schottland, 1807

Er starrte aus dem schmalen Fenster auf den Schloßhof hinab. Es war April, aber von Frühling war weit und breit noch nichts zu bemerken, abgesehen vom prächtig blühenden purpurfarbenen Heidekraut. Schottisches Heidekraut glich den Menschen, die hier lebten; es gedieh sogar auf kargem Felsgrund. An diesem Morgen waren die Steinwälle nebelverhangen; es schien ein grauer, nasser Tag zu werden. Durch das Fenster im zweiten Stock des nördlichen Rundturms konnte er seine Leute deutlich hören — die alte Marthe, die gluckend Körner für die Hühner ausstreute, und Burnie, der aus voller Lunge seinen Neffen Ostle, den neuen Stallburschen, anbrüllte. Er hörte auch den O-beinigen Crocker drohen, daß er seinem faulen Köter George II das Fell gerben würde; allerdings war allgemein bekannt, daß Crocker den Hund abgöttisch liebte und jeden umbringen würde, der auch nur ein Wort gegen George II sagte. Der Morgen hörte sich genauso an wie alle anderen, die er seit seiner Kindheit erlebt hatte. Alles schien völlig normal.

Aber das war nicht der Fall.

Er wandte sich vom Fenster ab, ging zu dem kleinen Steinkamin und streckte seine Hände den Flammen entgegen. Dies hier war sein privates Arbeitszimmer. Sogar sein verstorbener Bruder Malcolm hatte das stets respektiert und sich ferngehalten. Trotz des trägen Feuers war es warm im Zimmer, denn die dicken Wandteppiche aus Wolle, die seine Urgroßmutter gewebt hatte, waren ein ausgezeichneter Schutz gegen Kälte und Feuchtigkeit. Ein herrlicher alter Aubusson-Teppich lag auf dem abgetretenen Steinboden, und er wunderte sich, daß sein verschwendungssüchtiger Vater und sein genauso nichtsnutziger Bruder diesen wertvollen Teppich übersehen und nicht verhökert hatten; immerhin hätten sie mit dem Erlös bestimmt mindestens eine Woche lang ihrer Spielleidenschaft frönen oder herumhuren können. Wie durch ein Wunder waren Teppich und Wandbehänge noch hier; aber ansonsten gab es im Schloß kaum noch Wertgegenstände. Über dem Kamin hing ein sehr mitgenommener alter Gobelin mit dem Wappen der Kinrosses und dem Wahlspruch:

Verwundet, aber unbesiegt.

Er selbst war fast tödlich verwundet. Er steckte in enormen Schwierigkeiten, und es gab nur einen einzigen Ausweg: so schnell wie möglich eine reiche Erbin zu heiraten. Dazu verspürte er nicht die geringste Lust. Lieber hätte er eines von Tante Arleths Stärkungsmitteln geschluckt.

Aber ihm blieb keine Wahl. Der Schuldenberg, den sein Vater und sein Bruder ihm hinterlassen hatten, war gewaltig und trieb ihn zur Verzweiflung. Auf ihm ruhte jetzt die ganze Verantwortung, denn er war der neue Earl of Ashburnham, der siebte Graf, und er steckte bis zum Halse in finanziellen Nöten.

Wenn er nicht rasch handelte, würde alles verloren sein. Seine Leute würden verhungern oder emigrieren müssen. Sein Schloß würde weiterhin verfallen, und seine Familie würde nur vornehme Armut kennen. Das durfte er nicht zulassen. Er betrachtete seine Hände, die er noch immer dem Feuer entgegenstreckte. Es waren kräftige Hände, aber würden sie kräftig genug sein, um den Kinross-Clan der beklemmenden Armut zu entreißen, die nach 1746 auch das Schicksal seines Großvaters gewesen war? Ah, aber sein Großvater war ein schlauer Fuchs gewesen, der sich den neuen Gegebenheiten rasch angepaßt und bei den wenigen mächtigen Grafen, die in Schottland übriggeblieben waren, eingeschmeichelt hatte. Außerdem hatte er im Gegensatz zu vielen anderen

Standespersonen erkannt, wie zukunftsträchtig Fabriken waren, und so hatte er jeden Groschen, den er in die Hände bekam, in die Textil- und Eisenfabriken investiert, die in Nordengland aus dem Boden schossen. Der Erfolg hatte seine kühnsten Träume bei weitem übertroffen, und als er in hohem Alter starb, war er mit sich sehr zufrieden gewesen. Daß sein Sohn ein Taugenichts war, der Vere Castle schnell wieder herunterwirtschaften würde, hatte er nicht erkannt.

Verdammt, was war denn schon eine Ehefrau, speziell eine englische Ehefrau? Wenn er wollte, konnte er sie einfach in eines der moderigen Zimmer einsperren und den Schlüssel wegwerfen. Er konnte sie nach Herzenslust prügeln, falls sie stolz und unnachgiebig sein sollte. Kurz gesagt, er konnte mit einer verdammten Ehefrau alles tun, was ihm in den Sinn kam. Vielleicht würde er ja auch Glück haben, und sie würde gefügig sein wie ein Lamm, dumm wie eine Kuh und genügsam wie die Ziegen, die zufrieden an alten Stiefeln herumkauten. Doch welchen Charakter sie auch immer haben würde — er würde schon mit ihr fertig werden. Ihm blieb gar nichts anderes übrig.

Colin Kinross, siebter Earl of Ashburnham, verließ sein Arbeitszimmer im Nordturm. Am nächsten Morgen war er unterwegs nach London, um eine Braut zu finden, deren Mitgift es mit Aladdins Schätzen aufnehmen könnte.

KAPITEL 1

London, 1807

Sinjun sah ihn zum erstenmal an einem Mittwochabend Mitte Mai bei einem Ball, den der Herzog und die Herzogin von Portmaine gaben. Er stand im riesigen Ballsaal gut zehn Meter von ihr entfernt, teilweise im Schatten einer prächtigen Topfpalme, aber das störte sie nicht. Sie sah ihn deutlich genug und konnte den Blick nicht mehr von ihm abwenden. Als zwei Matronen ihr die Sicht zu versperren drohten, verrenkte sie sich fast den Hals, um ihn nicht aus dem Augen zu lassen. Er ging anmutig auf eine Gruppe von Damen zu, beugte sich über die Hand einer jungen Frau und führte sie zum Kotillon. Er war sehr groß; seine Partnerin ging ihm nur bis zur Schulter, und dabei schien sie keine Zwergin zu sein. Nein, er war wirklich sehr groß, viel größer als sie selbst, dem Himmel sei Dank.

Sie starrte ihn weiter an, ohne zu wissen warum und ohne sich darüber Gedanken zu machen, bis eine Hand ihren Unterarm berührte. Aber sie verspürte nicht die geringste Lust, ihre Aufmerksamkeit jemand anderem zuzuwenden, und deshalb schüttelte sie die Hand einfach ab und entfernte sich. Eine Frauenstimme rief ihr etwas nach, aber sie drehte sich nicht um. Er lächelte jetzt auf seine Partnerin hinab, und in Sinjun stiegen seltsam prickelnde Gefühle auf. Sie umkreiste das Tanzparkett und arbeitete sich geschickt an ihn heran, bis nur noch knapp drei Meter sie voneinander trennten. Er war wirklich hinreißend, genauso groß und breitschultrig wie ihr Bruder Douglas; seine dichten Haare waren rabenschwarz, und seine Augen — großer Gott, ein Mann dürfte nicht solche Augen haben! Sie waren dunkelblau, noch dunkler als die Saphire an dem Kollier, das Douglas seiner Frau zum Geburtstag geschenkt hatte. Wenn sie ihn nur berühren, mit den Fingern durch sein glänzendes Haar fahren und das Grübchen in seinem Kinn streicheln könnte! Sie wußte in diesem Moment, daß sie wunschlos glücklich wäre, wenn sie ihn ihr Leben lang anschauen könnte. Natürlich war das eine verrückte Idee, aber es war nun einmal so. Er hatte eine ausgezeichnete Figur. Mit solchen Dingen kannte sie sich aus; schließlich hatte sie nicht umsonst drei ältere Brüder. O ja, er hatte den Körper eines Athleten, kräftig und muskulös, und er war jung, wahrscheinlich etwas jünger als Ryder, der vor kurzem seinen neunundzwanzigsten Geburtstag gefeiert hatte. Eine leise innere Stimme sagte ihr, daß sie sich wie eine blöde Kuh aufführe, daß sie sofort mit diesem Blödsinn aufhören solle, daß er nur ein Mann wie alle anderen Männer sei und als Ausgleich für sein phantastisches Aussehen höchstwahrscheinlich den Charakter eines Trolls habe. Oder, noch schlimmer: er könnte ein schrecklicher Langweiler oder ein Dummkopf sein oder verfaulte Zähne haben. Aber nein, letzteres war nicht der Fall, denn er warf gerade lachend den Kopf zurück und zeigte dabei gleichmäßige weiße Zähne. Für ihre scharfen Ohren zeugte sein Lachen von Intelligenz, ebenso wie seine wachen Augen. Ah, aber er könnte ein Trunkenbold, ein Spieler oder ein Wüstling oder etwas ähnlich Abstoßendes sein.

Es war ihr egal. Sie starrte ihn unverwandt an und verspürte plötzlich einen Hunger, der ihr selbst unverständlich war, den aber zweifellos dieser Mann hervorgerufen hatte. Der Kotillon endete, und er küßte der jungen Dame die Hand, brachte sie in die Obhut ihrer Begleiterinnen zurück und gesellte sich einigen Herren zu, die ihn lautstark und fröhlich begrüßten. Offenbar war er ein bei Männern beliebter Mann, wie ihre Brüder Douglas und Ryder. Zu Sinjuns großer Enttäuschung verschwand die ganze Gruppe im Spielsalon.

Jemand berührte wieder ihren nackten Arm.

»Sinjun?«

Seufzend drehte sie sich nach ihrer Schwägerin Alex um.

»Ja?«

»Ist alles in Ordnung? Du hast so regungslos dagestanden wie eine unserer griechischen Statuen in Northcliffe. Und vorhin habe ich nach dir gerufen, aber du scheinst mich weder gehört noch gesehen zu haben.«

»O ja, alles in bester Ordnung«, murmelte Sinjun und blickte sehnsüchtig zu der Stelle hinüber, wo sie ihn zuletzt gesehen hatte. Dann hörte sie einen Mann lachen und wußte sofort, daß er es war, der so kraftvoll und wohltönend lachte. Es erregte und wärmte sie, und jenes Prickeln in ihrem Innern wurde noch stärker. Sie spürte es bis zu den Zehenspitzen.

Kein Mann konnte so perfekt sein, wie sie ihn auf den ersten Blick eingeschätzt hatte. Das war ganz unmöglich. Sie war weder dumm noch naiv noch eine ahnungslose Debütantin; schließlich waren zwei ihrer Brüder in Wort und Tat ausgesprochen freimütig. Der Mann war bestimmt ein Troll, was seinen Charakter betraf.

»Sinjun, was ist los mit dir? Brütest du etwa eine Krankheit aus?«

Sie holte tief Luft und beschloß, ihren Mund zu halten, was für sie höchst ungewöhnlich war. Aber sie hatte Neuland betreten, und hier fühlte sie sich noch sehr unsicher. Mit breitem Grinsen lenkte sie ihre Schwägerin ab. »Alex, ich finde Ihre Gnaden, die Herzogin von Portmaine, sehr sympathisch. Ihr Spitzname ist Brandy, und sie hat mich gebeten, sie nicht mit dem schrecklichen Namen Brandella anzureden. Ist es nicht überaus clever, Brandella auf diese Weise abzukürzen?« Etwas leiser fügte sie hinzu: »Und schau dir nur mal ihren Busen an — könnte es sein, daß er noch imposanter ist als der deine? Natürlich dürfte sie auch etwas älter sein als du.«

Douglas Sherbrooke lachte schallend. »Du lieber Himmel, glaubst du, daß das Alter dabei eine Rolle spielt, Sinjun? Daß der Brustumfang einer Dame mit den Jahren zunimmt? Mein Gott, dann könnte Alex mit sechzig nicht mehr aufrecht gehen. Aber eine nähere Betrachtung der Herzogin scheint mir jetzt doch sehr angebracht. Andererseits muß ich als dein ältester Bruder betonen, daß es sehr taktlos von dir ist, Bemerkungen über die Vorzüge der Herzogin und über Alex Mängel zu machen.«

Sinjun lachte über die Worte ihres Bruders und über die Miene seiner Frau, als er mit klagender Stimme fortfuhr: »Ich dachte bisher, dein Busen hätte in ganz England nicht seinesgleichen, aber vielleicht trifft das nur auf Südengland zu. Vielleicht kannst du sogar nur in der unmittelbaren Umgebung von Northcliffe Hall alle anderen Damen ausstechen. Vielleicht bin ich hereingelegt worden.«

Seine Frau knuffte ihn liebevoll in den Arm. »Ich würde vorschlagen, daß du deine Augen und Gedanken auf den heimischen Herd beschränkst, Mylord, und die Herzogin mit all ihren weiblichen Attributen dem Herzog überläßt.«

»Einverstanden.« Der Graf wandte sich seiner kleinen Schwester zu, die er zärtlich liebte und die plötzlich irgendwie verändert aussah. Zu Beginn des Balls war das noch nicht der Fall gewesen. Dann erkannte er, worin der Unterschied bestand: Sinjun wirkte undurchschaubar. Und das war wirklich sehr seltsam, denn normalerweise war sie durchsichtig wie ein Teich im Sommer. Ihr ausdrucksvolles Gesicht spiegelte alle Gedanken und Gefühle lebhaft wider. Es bekümmerte ihn, daß er jetzt nicht die leiseste Ahnung hatte, was in ihrem Köpfchen vorging. Das war fast so, als bekäme man einen Tritt von einem Pferd, dem man soeben erst den Rücken zugewandt hat. Er hatte plötzlich das Gefühl, als würde er diese große, hübsche junge Dame überhaupt nicht kennen, und nahm deshalb Zuflucht zu einer nichtssagenden Bemerkung. »Na, Göre, amüsierst du dich?« Dieser letzte Kotillon war der einzige Tanz, den du heute abend ausgelassen hast.«

»Sie ist neunzehn, Douglas«, mahnte Alex. »Du mußt allmählich aufhören, sie ›Göre‹ oder ›Range‹ zu nennen.«

»Auch wenn sie weiterhin die Jungfräuliche Braut spielt, um mir den Schlaf zu rauben?«

Während die beiden über das unglückliche Gespenst von Northcliffe Hall diskutierten, hatte Sinjun Zeit, sich eine Antwort zurechtzulegen. Sie entschied sich für ein ausweichendes »Ich geistere nicht durchs Haus, Douglas, zumindest nicht in London.« Dann stöhnte sie plötzlich laut. »O Gott, da naht Lord Castlebaum mit seiner lieben Frau Mama! Ich habe ganz vergessen, daß ihm der nächste Tanz gehört. Er schwitzt ganz schrecklich, Douglas, und er hat feuchte Hände ...«

»Ich weiß, aber ansonsten ist er ein sehr netter junger Mann.« Douglas hinderte sie mit einer Geste daran, ihm ins Wort zu fallen. »Doch selbst wenn er ein langweiliger Heiliger wäre, würde es weiter nichts ausmachen. Du brauchst ihn ja nicht zu heiraten. Nimm seinen Schweiß und seine Nettigkeit einfach hin und versuch, dich zu amüsieren. Vergiß nicht, daß du nur zu diesem Zweck in London bist. Hör nicht auf Mutter.«

Sinjun stieß einen schweren Seufzer aus. »Mutter macht mir das Leben wirklich schwer, Douglas«, klagte sie. »Sie sagt, ich müsse jetzt schleunigst unter die Haube kommen, denn andernfalls würde ich als Ladenhüter im Regal verstauben — im gefürchteten Regal der alten Jungfern, wie sie jedesmal taktvoll betont. Und dann malt sie mir die damit verbundenen Schrecken aus, beispielsweise, daß ich nach ihrem Tod von Alex als Aschenbrödel behandelt würde. Sie hat sogar behauptet, daß mir die erste Jugendfrische schon abhanden gekommen sei, und als ich mich daraufhin im Spiegel betrachtete, kam es mir fast so vor, als hätte ich Falten im Gesicht.«

»Hör nicht auf sie. Ich bin das Familienoberhaupt. Du sollst dich amüsieren und nach Herzenslust lachen und flirten. Wenn du keinen Mann findest, der dir gefällt, so ist das völlig unwichtig.«

Seine Stimme war so streng und hoheitsvoll, daß Sinjun unwillkürlich lächeln mußte. »Ich bin neunzehn, und Mutters Ansicht nach ist es eine Katastrophe, wenn ein Mädchen in diesem Alter noch nicht verheiratet ist und nicht einmal einen Verehrer aufweisen kann. Sie verweist sogar darauf, daß Alex dich mit achtzehn geheiratet hat. Und Sophie hat unheimliches Glück gehabt, daß sie Ryder umgarnen konnte, sagt Mutter, denn sie war fast zwanzig und hatte deshalb kaum noch Chancen auf dem Heiratsmarkt. Und dies ist nun schon meine zweite Saison. Mutter rät mir, den Mund zu halten, weil Herren es nicht schätzen, wenn eine Frau mehr weiß als sie. Das treibt sie in Spielhöllen oder läßt sie zur Flasche greifen.«

Douglas knurrte etwas wenig Salonfähiges.

Sinjun lachte, aber es war ein gezwungenes Lachen. »Na ja, man kann nie wissen, oder?«

»Ich weiß nur, daß Mutter zuviel redet.«

Er war sichtlich verärgert, doch vor Sinjuns geistigem Auge tauchte plötzlich jener Mann auf. Sie lächelte unwillkürlich, und ihre Augen bekamen einen warmen und verträumten Ausdruck. Alex betrachtete die Schwägerin verwundert, sagte aber nur: »Du kannst mir jederzeit dein Herz ausschütten, wenn dir danach ist, Sinjun.«

»Vielleicht wird das schon bald der Fall sein. Ah, da ist Lord Castlebaum mit den feuchten Händen. Aber ich muß zugeben, daß er sehr gut tanzt. Vielleicht werde ich mich mit ihm über Bücher unterhalten. Bis später.«

Sie trat Lord Castlebaum dreimal auf die Zehen, weil sie ständig nach jenem Mann Ausschau hielt. Später sagte sie sich, daß ihre Augen sie betrogen haben mußten, daß es derart attraktive Männer überhaupt nicht gab. Aber nachts träumte sie von ihm. Sie standen dicht beisammen, und er strich ihr lachend mit den Fingerspitzen über die Wange, und sie wußte, daß sie ihn begehrte, und sie beugte sich zu ihm vor und wollte ihn berühren, und er konnte ihren Augen ansehen, wie sehr sie ihn begehrte. Dann verschwammen die Bilder zu zarten Pastellen ineinander verschlungener Körper, und sie erwachte im Morgengrauen mit heftigem Herzklopfen, verschwitzt und ermattet. Sie wußte, daß sie vom Mysterium körperlicher Liebe geträumt hatte, und sie wünschte nur, sie hätte wenigstens seinen Namen herausgefunden, denn mit einem völlig Unbekannten so intim zu sein, wenn auch nur im Traum, war zweifellos nicht *comme il faut*.

Drei Tage später sah sie ihn zum zweitenmal, bei einem Hauskonzert im Stadthaus der Ranleaghs am Carlysle Square. Eine sehr korpulente Sopranistin aus Mailand hämmerte mit der Faust auf das Klavier, während ihr Wiener Klavierbegleiter versuchte, trotz der zitternden Tasten einen kraftvollen Anschlag zustande zu bringen. Sinjun langweilte sich nach kurzer Zeit und rutschte unruhig auf ihrem Stuhl hin und her. Dann hatte sie plötzlich das Gefühl, von einer mächtigen Welle überrollt zu werden, und sie wußte sofort, daß *er* den Raum betreten hatte. Sie drehte sich verstohlen um, und da war er. Sein Anblick raubte ihr buchstäblich den Atem. Er hatte sich soeben den schwarzen Mantel abnehmen lassen und redete leise mit einem anderen Herrn. Ihr kam er jetzt sogar noch schöner als im Ballsaal der Portmaines vor, ganz in Schwarz, mit einem blendend weißen Batisthemd. Sein dichtes Haar war nach hinten gebürstet und ein bißchen zu lang, wenn man die Maßstäbe der neuesten Mode anlegte; doch Sinjun fand seine Frisur genauso perfekt wie alles andere an ihm. Er nahm schräg hinter ihr Platz, und wenn sie der kreischenden Sopranistin das Profil zuwandte, konnte sie ihn nach Herzenslust betrachten. Er saß untadelig still und zuckte nicht einmal zusammen, als die Sängerin ihre Lungen vollpumpte und ein schrilles hohes C schmetterte. Ein Mann mit Mut und Seelenstärke, sagte Sinjun sich zufrieden. Ein Mann mit guter Erziehung und Lebensart.

Es juckte sie in den Fingern, jenes Grübchen in seinem energischen Kinn zu berühren. Seine Nase war schmal und edel geformt, und sein Mund weckte in ihr den Wunsch ... nein, sie mußte sich wirklich beherrschen, sie durfte ihre Träume nicht mit der Realität verwechseln. Allmächtiger, wahrscheinlich war der Mann verheiratet oder zumindest verlobt. Es gelang ihr, wenigstens nach außen hin Ruhe und Gelassenheit zur Schau zu tragen, als die Darbietung endlich endete und die Gäste sich in den Speisesaal begaben.

Möglichst beiläufig fragte sie ihren Begleiter, Lord Clinton, einen von Douglas' Freunden aus dem Four Horse Club: »Wer ist der Mann dort drüben, Thomas? Der große mit dem pechschwarzen Haar? Siehst du ihn? Er unterhält sich gerade mit drei anderen Männern, die viel kleiner und unscheinbarer sind als er.«

Thomas Mannerly, Lord Clinton, kniff die Augen zusammen. Er war kurzsichtig, aber der Besagte war wirklich nicht zu übersehen, sehr groß und attraktiver als gut für ihn sein konnte. »Ach, das ist Colin Kinross, ein neues Gesicht in London. Er ist der Earl of Ashburnham und ein Schotte.« Letzteres wurde mit einem Anflug von Verachtung gesagt.

»Warum ist er hier in London?«

Thomas warf dem hübschen Mädchen an seiner Seite einen forschenden Blick zu. Sinjun war fast so groß wie er selbst, und das störte ihn ein wenig, aber schließlich sollte er sie nicht heiraten, sondern nur im Auge behalten. Während er ein unsichtbares Stäubchen von seinem schwarzen Ärmel fegte, fragte er behutsam: »Warum interessierst du dich dafür?« Ihr Schweigen beunruhigte ihn zutiefst. »Mein Gott, er ist dir doch nicht in irgendeiner Weise zu nahe getreten? Diese verdammten Schotten sind richtige Barbaren, selbst wenn sie wie der hier in England erzogen wurden.«

»Nein, nein, es war reine Neugier. — Die Hummerpastetchen sind ganz gut, findest du nicht auch?«

Er stimmte zu, und Sinjun dachte: *Wenigstens weiß ich jetzt seinen Namen. Endlich!* Sie hätte am liebsten laut gejubelt. Thomas Mannerly, der sie in diesem Moment zufällig anschaute, hielt unwillkürlich den Atem an, denn ein bezauberndes Lächeln hatte er nie im Leben gesehen. Er vergaß die Hummerpastete auf seinem Teller und machte eine geistreiche Bemerkung, die sie zu seinem großen Leidwesen aber überhaupt nicht zu hören schien. Wenn er sich nicht sehr irrte, starrte sie den gottverdammten Schotten an.

Sinjun grämte sich vorübergehend. Sie mußte mehr über ihn erfahren, nicht nur seinen Namen und die Tatsache, daß er ein schottischer Adeliger war, was Thomas sichtlich Unbehagen bereitete. An diesem Abend bot sich ihr keine Gelegenheit mehr, etwas über Colin Kinross herauszufinden, aber sie verzweifelte nicht. Bald würde sie handeln müssen.

Douglas Sherbrooke, Earl of Nortcliffe, saß gemütlich in seinem Lieblingssessel in der Bibliothek und las die *London Gazette.* Als er zufällig aufschaute, sah er seine Schwester auf der Schwelle stehen, was ihn sehr wunderte, denn normalerweise stürzte sie unbekümmert ins Zimmer, lachte und redete auf ihn ein, ob er nun beschäftigt war oder nicht. Ihr sorgloses, unschuldiges Lachen brachte ihn unweigerlich zum Schmunzeln, und sie umarmte ihn und küßte ihn auf die Wange. Aber jetzt lachte sie nicht. Warum zum Teufel sah sie nur so schüchtern aus, so als hätte sie etwas unglaublich Schlimmes angestellt?

Ängstlichkeit war für Sinjun ein Fremdwort; das war schon so gewesen, als er sie zum erstenmal aus ihrer Wiege gehoben und sie ihn am Ohr gepackt und daran gezerrt hatte, bis er vor Schmerz jaulte. Stirnrunzelnd faltete er die Zeitung und legte sie auf seinen Schoß. »Was willst du, Göre? Nein, für den Namen ›Göre‹ bist du nun wirklich zu erwachsen. Also dann, meine Liebe. Komm nur herein. Was ist los mit dir? Alex meint, du hättest etwas auf dem Herzen. Erzähl es mir. Dein Verhalten gefällt mir nicht. Es sieht dir so gar nicht ähnlich und macht mich nervös.«

Sinjun betrat langsam die Bibliothek. Es war sehr spät, fast Mitternacht. Douglas deutete einladend auf den Sessel ihm gegenüber. Seltsam, dachte Sinjun beim Näherkommen. Sie hatte Douglas und Ryder immer für die attraktivsten Männer der ganzen Welt gehalten. Aber sie hatte sich geirrt. Keiner von beiden konnte Colin Kinross das Wasser reichen.

»Sinjun, du benimmst dich wirklich höchst merkwürdig. Bist du krank? Oder hat Mutter dich wieder gequält?«

Sie schüttelte den Kopf. »Das tut sie doch immer — zu meinem eigenen Besten, wie sie immer betont.«

»Ich werde noch einmal mit ihr sprechen.«

»Douglas . . .«

Er traute seinen Augen kaum: sie starrte ihre Fußspitzen an und zupfte nervös an ihrem Musselinrock. Endlich ging ihm ein Licht auf. »Mein Gott«, murmelte er langsam, »du hast einen Mann kennengelernt.«

»Nein, das habe ich nicht.«

»Sinjun, ich weiß genau, daß du dein Taschengeld nicht zum Fenster hinausgeworfen hast. Du hältst es so zusammen, daß du in ein paar Jahren reicher sein wirst als ich. Mutter schikaniert dich, aber das meiste prallt an dir doch einfach ab. Wenn du ehrlich bist, geht dir doch alles, was sie sagt, zu einem Ohr hinein und zum anderen wieder hinaus. Alex und ich lieben dich geradezu unvernünftig, und wir tun unser möglichstes, damit du dich wohl fühlst. In etwa einer Woche kommen auch noch Ryder und Sophie und . . .«

»Ich weiß, wie er heißt, aber ich habe ihn noch nicht kennengelernt!«

»Aha.« Douglas faltete seine Hände unter dem Kinn und grinste seine Schwester an. »Und wie heißt er?«

»Colin Kinross, Earl of Ashburnham. Er ist Schotte.«

Jammerschade, dachte Douglas, daß es nicht einfach Thomas Mannerly ist, für den sie schwärmt.

»Kennst du ihn?« fragte sie begierig. »Ist er verheiratet? Verlobt? Ist er ein Spieler? Ein Weiberheld? Hat er andere Männer in Duellen getötet?«

»Ich muß dich enttäuschen, Sinjun — ich kenne ihn nicht. Ein Schotte! Warum interessierst du dich so für ihn, wenn du noch kein Wort mit ihm gewechselt hast?«

»Ich weiß es nicht.« Einen Augenblick lang sah sie sehr verletzlich aus. Dann zwang sie sich zu einem Lächeln und zuckte die Achseln, in einem wenig erfolgreichen Versuch, ihr burschikoses altes Ich zur Schau zu tragen. »Aber ich kann es nicht ändern.«

Douglas betrachtete sie aufmerksam. »Also gut«, sagte er, »ich werde alles über diesen Colin Kinross herausfinden.«

»Du wirst doch niemandem etwas davon erzählen?«

»Ich werde natürlich Alex einweihen, aber sonst niemanden.«

»Es stört dich doch nicht, daß er Schotte ist?«

»Nein. Warum sollte mich so etwas stören?«

»Thomas Mannerly hat sich ziemlich verächtlich über schottische Barbaren geäußert.«

»Thomas hatte einen Vater, der die feste Überzeugung vertrat, daß ein echter Gentleman schon mit dem ersten Atemzug nach der Geburt die herrliche reine Luft Englands in sich aufnehmen müsse. Offenbar hat Thomas manche der absurden Theorien seines verstorbenen Vaters übernommen.«

»Danke, Douglas.« Sinjun küßte ihn auf die Wange und tänzelte hinaus.

Er blickte ihr nachdenklich nach. Was er als einziges gegen einen Schotten als Schwager einzuwenden hätte, war die Tatsache, daß sie dann sehr weit von ihrer Familie entfernt leben würde.

Als er kurze Zeit später das eheliche Schlafgemach betrat, saß Alex vor ihrer Frisierkommode und bürstete ihr Haar. Er fing ihren Blick im Spiegel auf, lächelte und begann sich auszuziehen.

Alex legte die Bürste hin und drehte sich nach ihm um.

»Willst du mich etwa beobachten, bis ich nur noch im Adamskostüm vor dir stehe?«

Sie nickte grinsend.

»Du verschlingst mich ja regelrecht mit deinen Blicken, Alex. Befürchtest du, daß ich zugenommen haben könnte? Willst du dich davon überzeugen, daß all meine Glieder noch voll funktionstüchtig sind?«

Sie grinste nur noch breiter. »O nein. Ich nehme an, daß du noch hundertprozentig intakt bist. Jedenfalls warst du es gestern abend und heute morgen und ...« Sie kicherte.

Er ging nackt auf sie zu, hob sie hoch und trug sie zum Bett.

Als er endlich wieder klar denken und vernünftig reden konnte, streckte er sich neben seiner Frau aus und berichtete: »Unsere Sinjun ist verliebt.«

»Aha, also deshalb benimmt sie sich so eigenartig.« Alex stützte sich gähnend auf einen Ellbogen auf.

»Sein Name ist Colin Kinross.«

»O Gott!«

»Was ist?«

»Irgend jemand hat ihn mir neulich bei einem Hauskonzert gezeigt. Er sieht sehr kraftvoll und eigensinnig aus.«

»Das hast du auf den ersten Blick erkannt?«

»Er ist sehr groß, vielleicht sogar noch etwas größer als du. Das ist gut, denn Sinjun ist sehr groß für eine Frau. Aber er machte auf mich den Eindruck eines harten Mannes. Ich meine, er sieht so aus, als würde er vor nichts zurückschrecken, um seine Ziele zu erreichen.«

»Alex, das kannst du doch unmöglich wissen, ohne auch nur ein Wort mit ihm gesprochen zu haben. Ich werde dir für zwei Tage alle Kleider wegnehmen, wenn du nicht sofort aufhörst, dummes Zeug zu reden.«

»Ich habe doch gar nichts gesagt, Douglas.«

»Er ist groß und sieht eigensinnig und hart aus. Wirklich ein großartiger Ansatzpunkt für meine Erkundigungen.«

»Du wirst feststellen, daß ich recht habe.« Sie lachte, und er spürte ihren warmen Atem an seiner Schulter. »Mein Vater verabscheut die Schotten. Hoffentlich teilst du seine Gefühle nicht.«

»Nein, das tu ich nicht. Sinjun hat mir erzählt, daß sie einander noch nicht vorgestellt worden sind.«

»Ich wette, daß sie das bald irgendwie bewerkstelligen wird. Du weißt ja, wie erfinderisch sie ist.«

»In der Zwischenzeit werde ich versuchen, möglichst viel über diesen schottischen Edelmann herauszufinden. Hmmm, hart und eigensinnig ... hoffentlich kein brutaler Kerl!«

Am nächsten Abend hätte Sinjun in ihrem Schlafzimmer tanzen mögen. Douglas ging mit ihr und Alex zu einer *Macbeth*-Aufführung im Drury Lane Theatre. Als Schotte, der bestimmt jede Menge Cousins namens McSowieso hatte, würde Colin Kinross dieser Premiere bestimmt ebenfalls beiwohnen. Bestimmt, ganz bestimmt! Aber was, wenn er nun in Begleitung einer Dame erschien? Was, wenn er ... Sie verdrängte diese trüben Gedanken. Eine ganze Stunde hatte sie auf ihre Toilette verwandt, und ihre Zofe Doris hatte beifällig gelächelt, während sie ein hellblaues Samtband durch Sinjuns Haare schlang. »Es hat genau die Farbe Ihrer Augen, Mylady. Sie sehen wunderschön aus.«

Sie sah wirklich nicht unattraktiv aus, dachte Sinjun, während sie sich ein letztes Mal im Spiegel betrachtete. Sie trug ein dunkelblaues Seidenkleid mit einem helleren Überrock, kurzen Puffärmeln und einer hellblauen Samtschärpe unterhalb der Brüste. Der Ausschnitt war bedauerlicherweise mehr als dezent, weil Douglas in dieser Hinsicht sehr strenge Vorstellungen von Schicklichkeit hatte, aber insgesamt sah sie wirklich sehr passabel aus, groß und schlank und modisch blaß.

Sie sah ihren Schwarm erst in der Pause. Im Foyer des Drury Lane Theatre drängte sich die High Society, mit Juwelen behängt, von deren Erlös man mühelos ein Dutzend englischer Dörfer ein Jahr lang hätte ernähren können. Lautes Stimmengewirr und Gelächter erfüllte die Halle, und es war sehr heiß. Einige Besucher wurden mit tropfendem Wachs von den Hunderten Kerzen in den riesigen Kronleuchtern befleckt. Douglas entfernte sich, um Champagner für Alex und Sinjun zu holen, und als Alex von einer Freundin angesprochen wurde, hatte Sinjun Zeit, nach ihrem Schotten Ausschau zu halten. Zu ihrem größten Entzücken entdeckte sie ihn kaum zweieinhalb Meter hinter sich. Er unterhielt sich mit Lord Brassley, einem von Ryders Freunden. Brass — so sein Spitzname — war ein Weiberheld und ein gutmütiger Kerl; es hieß von ihm, daß er seine Frau mit mehr Luxus umgebe als seine Mätressen.

Sinjun fühlte sich magisch angezogen. Wie in Trance ging sie auf Colin Kinross zu, stieß mit einem stattlichen Herrn zusammen, entschuldigte sich automatisch und setzte unbeirrt ihren Weg fort. Als nur noch ein knapper Meter sie voneinander trennte, hörte sie ihn lachend zu Lord Brassley sagen: »Du lieber Himmel, Brass, was soll ich bloß machen? Es ist wirklich schlimm — ich habe noch nie im Leben soviel dumme Gänse auf einmal gesehen, schnatternde, kichernde, flirtende Gänse, die einem schmachtende Blicke zuwerfen. Verdammt, das Schicksal ist mir wirklich nicht hold! Ich muß unbedingt eine reiche Erbin heiraten, um die Suppe auslöffeln zu können, die mein verschwenderischer Vater und mein nicht minder nichtsnutziger Bruder mir eingebrockt haben, aber sämtliche weiblichen Wesen, die meinen finanziellen Erfordernissen entsprechen, sind ansonsten einfach grauenhaft.«

»Ah, mein lieber Freund, aber es gibt durchaus auch sympathische Frauen«, lachte Lord Brassley, »Frauen, die man nicht heiratet, sondern nur genießt. Frauen, mit denen man sich nach Herzenslust amüsiert. Ich glaube, du könntest etwas Entspannung wirklich gut gebrauchen, Colin.« Er schlug Kinross auf die Schulter. »Was die reiche Erbin betrifft, mein Junge, so mußt du etwas Geduld haben.«

»Ha, Geduld! Jeder Tag bringt mich dem Abgrund näher. Und jene andere Kategorie von Weibern hätte es doch nur auf mein nicht vorhandenes Geld abgesehen und würde Geschenke noch und noch erwarten. Nein, ich habe keine Zeit für Ablenkungen, Brass. Ich muß einfach eine Erbin finden, die halbwegs passabel aussieht.«

Seine Stimme war tief und weich, humorvoll und etwas sarkastisch. Lord Brassley lachte wieder, winkte einem Freund zu und entfernte sich von dem Schotten. Sinjun hatte nicht die Absicht, diese Chance ungenutzt verstreichen zu lassen. Sie trat direkt vor ihn hin und wartete geduldig, bis sein Blick endlich auf ihr Gesicht fiel. Als er fragend seine schwarzen Brauen hob, streckte sie ihm einfach die Hand entgegen und sagte ohne Umschweife. »Ich bin eine reiche Erbin.«

KAPITEL 2

Colin Kinross starrte das junge Mädchen an, das mit ausgestreckter Hand vor ihm stand und — wenn ihn nicht alles täuschte — ziemlich aufgeregt war. Er selbst war völlig von den Socken, wie Philip sich ausdrücken würde, und fragte deshalb, um etwas Zeit zu schinden: »Entschuldigen Sie bitte — was haben Sie gesagt?«

Ohne zu zögern, wiederholte Sinjun klar und deutlich: »Ich bin eine reiche Erbin. Sie sagten doch, Sie müßten eine reiche Erbin heiraten.«

Er murmelte spöttisch, immer noch um Fassung bemüht: »Und Sie sehen mehr als passabel aus.«

»Es freut mich, daß Sie dieser Ansicht sind.«

Ihre Hand war noch immer ausgestreckt, und automatisch reichte er ihr die seine. Eigentlich hätte er sie an seine Lippen führen müssen, aber dieses seltsame Mädchen hielt sie ihm hin wie ein Mann. Eine kräftige Hand, dachte er, schlanke Finger, sehr hellhäutig.

»Herzlichen Glückwunsch«, sagte er, »daß Sie eine reiche Erbin und zudem noch attraktiv sind. Äh . . . Entschuldigung, ich heiße Ashburnham.«

Sie lächelte ihn an, und ihre Augen verrieten nur allzu deutlich ihre Gefühle. Seine Stimme war einfach wundervoll, tief und samtig, viel verführerischer als die Stimmen ihrer Brüder, die diesem herrlichen Mann aber auch sonst nicht das Wasser reichen konnten. »Ja, ich weiß. Und ich bin Sinjun Sherbrooke.«

»Seltsam — Sinjun ist doch eigentlich ein männlicher Spitzname.«

»Na ja, mein Bruder Ryder hat mich so getauft, als ich neun Jahre alt war. Mein richtiger Name ist Joan, und er hat versucht, mich als Saint Joan — als hl. Johanna — auf dem Scheiterhaufen zu verbrennen, aber irgendwie wurde dann Sinjun daraus, die Abkürzung von Saint John, und dabei ist es dann geblieben.«

»Mir gefällt Joan besser. Er klingt viel weiblicher.« Er fuhr sich mit den Fingern durch die Haare, weil seine Bemerkung sich so lächerlich anhörte. »Ihr Verhalten hat mich völlig überrascht«, fuhr er fort. »Ich weiß nicht, wer Sie sind, und Sie wissen nicht, wer ich bin. Mir ist einfach unbegreiflich, warum Sie das getan haben.«

Ihre hellblauen Augen strahlten ihn arglos an. »Ich habe Sie auf dem Ball bei den Portmaines und dann beim Hauskonzert der Ranleaghs gesehen«, erklärte sie mit entwaffnender Ehrlichkeit. »Ich bin eine reiche Erbin, und Sie suchen eine Frau mit viel Geld. Wenn Sie nicht gerade ein Troll sind — dem Charakter nach, meine ich natürlich —, könnten Sie vielleicht in Erwägung ziehen, mich zu heiraten.«

Colin Kingross, für seine Freunde einfach Ash, konnte das Mädchen nur anstarren, das ihn verzückt ansah. »Das ist wirklich das Merkwürdigste, was mir je passiert ist«, sagte er, »und das war noch sehr stark untertrieben. Abgesehen von einem Erlebnis in Oxford, als die Frau eines Professors sich partout mit mir amüsieren wollte, während ihr Mann im Nebenraum einem meiner Freunde Lateinunterricht gab. Sie wollte sogar, daß die Tür einen Spalt weit offenstand, damit sie ihren Mann sehen konnte, während sie es mit mir trieb.«

»Haben Sie's gemacht?«

»Was? Oh, es mit ihr getrieben?« Er hüstelte verlegen und rief sich energisch zur Ordnung. »Das weiß ich nicht mehr«, erklärte er streng. »Außerdem ist es ein Vorfall, den man am besten schnell vergessen sollte.«

Sinjun seufzte. »Meine Brüder hätten mir die Wahrheit gesagt, aber Sie kennen mich ja nicht, und deshalb kann ich von Ihnen wohl noch kein großes Vertrauen erwarten. Ich weiß, daß ich keine Schönheit bin, und dies ist meine zweite Saison, ohne daß ich einen festen Verehrer hätte, geschweige denn einen Verlobten. Aber ich bin reich, und im Grunde bin ich eine ganz nette Person.«

»Sie scheinen sich nicht ganz richtig einzuschätzen.«

»Vielleicht haben Sie ja schon eine Dame gefunden, die Ihren finanziellen Anforderungen entspricht.«

Er mußte grinsen. »Ich habe mich unverblümt ausgedrückt, stimmt's? Nein, ich habe noch keine gefunden, wie Sie zweifellos bereits wissen, nachdem Sie meine Jammertirade gehört haben. Ehrlich gesagt, sind Sie die hübscheste junge Dame, der ich hier in London bisher begegnet bin. Vor allem sind Sie groß, und ich bekomme keinen Krampf im Nacken, wenn ich mich mit Ihnen unterhalte.«

»Ich bin leider etwas zu groß geraten. Meine Brüder finden mich zwar ganz hübsch, aber es freut mich sehr, daß auch Sie dieser Meinung sind, Mylord. Wie gesagt, dies ist meine zweite Saison, und ich hatte eigentlich gar keine Lust dazu, weil diese ganzen Veranstaltungen oft schrecklich langweilig sind, aber dann habe ich Sie gesehen, und plötzlich war alles ganz anders.«

Sie starrte ihn noch immer an, und er registrierte bestürzt den hungrigen Ausdruck ihrer schönen blauen Augen.

So etwas hatte er wirklich noch nie erlebt. Er fühlte sich überrumpelt und kam sich reichlich töricht vor. Dabei war er im allgemeinen nicht leicht aus der Fassung zu bringen und genoß den Ruf, Herr jeder Lage zu sein.

»Kommen Sie hierher, raus aus dem größten Gedränge. Ja, so ist es besser. Hören Sie zu, das ist eine sehr ungewöhnliche Situation. Könnte ich Sie vielleicht morgen besuchen? Eine junge Dame kommt auf uns zu, und sie sieht zu allem entschlossen aus.«

Sie schenkte ihm ein betörendes Lächeln. »O ja, ich würde mich sehr freuen.« Sie nannte ihm die Adresse des Stadthauses am Putnam Place. »Das muß meine Schwägerin Alex sein.«

»Und wie ist Ihr voller Name?«

»Alle nennen mich nur Sinjun.«

»Ja, aber das gefällt mir nicht. Ich bevorzuge Joan.«

»Also gut. Genau genommen, bin ich Lady Joan, denn mein Vater war ein Graf. Lady Joan Elaine Winthrop Sherbrooke.«

»Ich werde Sie am Vormittag besuchen. Möchten Sie mit mir ausreiten?«

Sie nickte, den Blick unverwandt auf seinen Mund und seine weißen Zähne gerichtet, und beugte sich unbewußt ihm entgegen. Colin schnappte nach Luft und wich hastig zurück. Allmächtiger, die Kleine war ja draufgängerischer als jeder Husar! Sie hatte sich also auf den ersten Blick in ihn verliebt. Ha! Er würde morgen mit ihr ausreiten, herausfinden, was sie mit diesem albernen Spiel bezweckte, und sie vielleicht küssen und ein bißchen begrapschen, um ihr eine Lektion zu erteilen. Ein verdammt unverschämtes Geschöpf — und dabei war sie Engländerin! Bisher hatte er gedacht, junge Engländerinnen wären zurückhaltend. Von diesem Mädchen konnte man das beim besten Willen nicht behaupten.

»Also dann, bis morgen.«

Colin entfernte sich hastig, bevor diese Schwägerin ihn stellen konnte. Er suchte nach Brass und schleppte seinen Freund mit sich ins Freie. »Hör auf zu jammern«, rief er. »Hier draußen wirst du wenigstens nicht dauernd von Weibern abgelenkt. Und jetzt erklär mir bitte, was eigentlich gespielt wird. Wahrscheinlich steckst du hinter diesem absurden Scherz, und ich möchte wissen, warum du dieses Mädchen auf mich angesetzt hast. Mir ist immer noch ganz schwindelig von ihrer Unverschämtheit.«

Alex beobachtete, wie der Schotte Lord Brassley aus dem riesigen Foyer zog. Dann sah sie Sinjun an, die ihrem Schwarm mit verzückter Miene nachblickte. Es war nicht schwer zu erraten, daß Sinjuns Gedanken keineswegs so prosaisch wie ihre eigenen waren.

»Er sieht ganz interessant aus«, brachte sie den Ball ins Rollen.

»Interessant? Red kein dummes Zeug, Alex. Er ist bildschön, einfach vollkommen. Hast du denn seine Augen nicht gesehen? Und die Art, wie er lächelt und spricht, ist . . .«

»Ja, meine Liebe, aber komm jetzt. Die Pause ist gleich vorbei, und Douglas macht schon ein böses Gesicht.«

Es fiel Alex sehr schwer, ihren Mann nicht sofort in die neueste Entwicklung einzuweihen. Sobald sie zu Hause waren, gab sie Sinjun einen flüchtigen Gutenachtkuß und zog Douglas sodann an der Hand ins Schlafzimmer.

»Begehrst du mich so rasend?« fragte er amüsiert.

»Sinjun hat Colin Kinross kennengelernt. Ich habe gesehen, daß sie ihn angesprochen hat, und ich befürchte, daß sie ziemlich vorlaut war.«

Douglas trug einen Leuchter zu dem Tisch neben dem breiten Bett, blickte nachdenklich in die Flammen und zuckte schließlich die Achseln. »Lassen wir die Sache bis morgen auf sich beruhen. Sinjun ist weder dumm noch ungehobelt. Ryder und ich haben ihr beigebracht, was sich gehört und was nicht. Sie würde die Hürden nie zu schnell nehmen.«

Am nächsten Morgen um zehn war Sinjun sehr wohl bereit, alle Hürden möglichst schnell zu nehmen. Sie wartete auf der Freitreppe, und Doris hatte ihr versichert, daß sie in ihrem dunkelblauen Reitkostüm großartig aussah. Ungeduldig schlug sie mit der Reitpeitsche an ihren Stiefel. Wo blieb er nur? Hatte er ihr nicht geglaubt? Oder war ihm inzwischen eingefallen, daß sie seinem Geschmack in keiner Weise entsprach?

Bevor ihre Selbstzweifel überhand nehmen konnten, kam er auf einem prachtvollen schwarzen Berberroß angaloppiert. Als er sie sah, zügelte er das Pferd und beugte sich lächelnd ein klein wenig zu ihr herab.

»Werde ich nicht ins Haus gebeten?«

»Ich glaube, dafür wäre es noch zu früh.«

Er beschloß, sich im Augenblick mit dieser Erklärung zu bescheiden. »Wo ist Ihr Pferd?«

»Folgen Sie mir.« Sie ging zu den Stallungen hinter dem Haus, wo ihre Stute Fanny von Henry, einem der Reitknechte, mit zusätzlichen Streicheleinheiten verwöhnt wurde. Ohne seine Hilfe in Anspruch zu nehmen, schwang sie sich in den Sattel, arrangierte ihre Röcke, schickte ein Stoßgebet zum Himmel, daß ihm dieses Bild gefallen möge, und lächelte etwas zögernd. »Es ist noch früh. Sollen wir in den Park reiten?«

Er nickte und lenkte sein Pferd neben das ihre, denn die Straßen waren mit Hausierern, Wagen und Karren aller Art, sowie mit zerlumpten Gassenjungen überfüllt, und überall lauerten Gefahren, auch wenn diese junge Person so aussah, als könnte sie sich durchaus ihrer Haut wehren. Jedenfalls war sie eine ausgezeichnete Reiterin. Trotzdem ließ er ihr demonstrativ seinen männlichen Schutz angedeihen.

Im Park angelangt, schlug er vor: »Wie wär's mit einem kleinen Galopp? Ich weiß zwar, daß sich das für eine Dame nicht schickt, aber wie Sie vorhin richtig bemerkt haben, ist es noch früh am Tag.«

Sie galoppierten bis zum Ende des langen Weges, und sein kraftstrotzender Hengst schlug Fanny um mehrere Längen. Lachend brachte sie die Stute neben ihm zum Stehen.

»Sie reiten sehr gut«, sagte Colin.

»Sie auch.«

Colin tätschelte seinem Pferd den Hals. »Ich habe mich bei Lord Brassley nach Ihnen erkundigt. Leider hat er uns nicht miteinander reden gesehen. Ich habe Sie beschrieben, aber er konnte sich offen gesagt nicht vorstellen, daß irgendeine Dame, am allerwenigsten Lady Joan Sherbrooke, mich so angesprochen hätte, wie Sie es getan haben.«

Sie rieb sich die Hände in den weichen Lederhandschuhen. »Wie haben Sie mich denn beschrieben?«

Er wollte sich nicht anmerken lassen, daß sie ihn schon wieder verblüfft hatte, und berichtete achselzuckend: »Nun, ich habe gesagt, Sie seien groß, blond und ziemlich attraktiv, Sie hätten schöne blaue Augen und ebenmäßige weiße Zähne. Leider mußte ich ihm auch sagen, daß Sie sehr unverschämt auftreten.«

Sie starrte über seine linke Schulter hinweg ins Leere. »Eine durchaus treffende Beschreibung, würde ich sagen. Und er hat mich nicht erkannt? Das ist wirklich seltsam. Er ist ein Freund meines Bruders, und Ryder sagt, er sei ein Wüstling, aber ein sehr gutherziger. Wahrscheinlich sieht er in mir immer noch die zehnjährige Göre, die ihn um Geschenke anbettelte. Während der letzten Saison mußte er mich einmal zu Almack's begleiten, und Douglas machte mir vorher unumwunden klar, daß Brass mit Intelligenz nicht gerade gesegnet sei, daß ich möglichst wenig reden und auf gar keinen Fall über Bücher sprechen solle. Douglas sagte, das würde Brass ganz verrückt machen.«

Colin wußte beim besten Willen nicht, was er von ihr halten sollte. Sie sah wie eine Dame aus, und Brass hatte gesagt, Lady Joan Sherbrooke sei ein von ihren Brüdern vergöttertes nettes kleines Ding, das sich ihm gegenüber nie keck benommen hätte. Allerdings sei ihm zu Ohren gekommen, hatte er flüsternd hinzugefügt, daß sie allzugut über *Bücher* Bescheid wisse. Einige Matronen hätten sich bei einem Ball sehr mißbilligend darüber geäußert. Andererseits, dachte Colin, hatte sie auf der Treppe auf ihn gewartet, und das würde eine Dame doch bestimmt nicht tun. Hätte eine junge Engländerin aus gutem Hause ihn nicht im Salon empfangen, eine Teetasse in der Hand? Außerdem hatte Brass behauptet, daß Joan Sherbrooke ganz normale braune Haare hätte, und das stimmte nun wirklich nicht. In der Morgensonne schimmerte es in den verschiedensten Farben, von hellem Blond bis hin zu dunklen Aschtönen.

Zum Teufel aber auch! Er verstand überhaupt nichts

mehr und war sich alles andere als sicher, daß er ihr glaubte. Wahrscheinlich war sie auf der Suche nach einem reichen Gönner. Vielleicht war sie die Zofe dieser Lady Joan Sherbrooke oder eine Kusine. Er müßte ihr klipp und klar sagen, daß er kein Geld hatte, daß sie von ihm bestenfalls ein Schäferstündchen im Heu erwarten konnte, nicht mehr und nicht weniger.

Sinjun hatte sein wechselndes Mienenspiel aufmerksam beobachtet. »Mein Benehmen hat Sie wahrscheinlich schockiert«, gab sie unumwunden zu und stürzte sich in eine Erklärung. »Sie sind der schönste Mann, den ich je im Leben gesehen habe, aber das ist noch nicht alles. Sie müssen wissen, daß es nicht nur Ihr Gesicht war, das auf mich eine so unwiderstehliche Anziehungskraft ausgeübt hat, sondern auch . . . wie soll ich es ausdrücken . . . o Gott, ich weiß es nicht . . .«

»Ich und schön?« Colin starrte sie verdutzt an. »Ein Mann ist nicht schön, das ist Unsinn. Bitte sagen Sie mir einfach, was Sie von mir wollen, und ich werde mein Bestes tun, um Ihnen behilflich zu sein. Leider kann ich nicht Ihr Gönner werden. Selbst wenn ich der geilste Bock von ganz London wäre, ginge das aus dem einfachsten Grunde nicht — mir fehlt dazu das Geld.«

»Ich will keinen Gönner, wenn Sie damit meinen, daß Sie mich als Mätresse aushalten sollen.«

»Ja«, sagte er, unwillkürlich fasziniert. »Genau das habe ich gemeint.«

»Ich kann keine Mätresse werden. Und selbst wenn ich wollte, würde es Ihnen nichts nützen, denn mein Bruder würde meine Mitgift bestimmt nicht herausgeben, wenn Sie mich nicht heiraten. Es würde ihm sehr mißfallen, wenn ich Ihre Geliebte würde, denn in solchen Dingen ist er sehr altmodisch.«

»Aber warum machen Sie dann das alles? Bitte sagen Sie es mir. Hat einer meiner lieben Freunde Sie dazu angestiftet? Sind Sie vielleicht die Mätresse von Lord Brassley? Oder Henry Tompkins? Oder Lord Clinton?«

»O nein, niemand hat mich dazu angestiftet.«

»Es sagt nicht allen Menschen zu, daß ich Schotte bin. Obwohl ich mit sehr vielen der hiesigen Herren zur Schule gegangen bin, trinken sie zwar gern mit mir und treiben mit mir Sport, aber sie wollen nicht, daß ich ihre Schwestern heirate.«

»Ich glaube, an meinen Gefühlen würde sich nichts ändern, auch wenn Sie ein Marokkaner wären.«

Er starrte sie wieder fassungslos an. Die hellblaue Zierfeder an ihrem Reithut umrahmte reizvoll ihr Gesicht. Das dunkelblaue Reitkostüm stand ihr großartig; es war sehr elegant und betonte ihre hohen Brüste, die schmale Taille und . . . Er fluchte leise vor sich hin.

»Sie hören sich genauso wie meine Brüder an«, kommentierte Sinjun, »aber meistens müssen sie beim Fluchen mittendrin lachen.«

Er wollte gerade etwas erwidern, als er bemerkte, daß sie seinen Mund anstarrte. Nein, sie konnte keine Dame sein. Einer seiner sogenannten Freunde erlaubte sich mit ihm einen üblen Scherz und bezahlte diese Frau dafür, daß sie ihn zum Narren hielt.

»Jetzt reicht's mir wirklich!« knurrte er. »Das ist doch nur Theater, weiter nichts! Es kann gar nichts anderes sein. Sie können mich doch nicht aus heiterem Himmel heiraten wollen und diese Absicht dauernd dreist äußern!«

Er riß sie plötzlich vom Damensattel und zog sie über seine Schenkel. Dann wartete er, bis sich die beiden Pferde wieder beruhigt hatten. Ihr kam es überhaupt nicht in den Sinn, sich zu wehren. Im Gegenteil, sie schmiegte sich sofort an ihn. Nein, sie konnte nie und nimmer eine Dame sein!

Er lehnte sie gegen seinen linken Arm, hob mit seinen behandschuhten Fingerspitzen ihr Kinn an und küßte sie. Als seine Zunge auf ihre geschlossenen Lippen stieß, knurrte er wütend: »Verdammt, machen Sie doch Ihren Mund auf!«

»In Ordnung«, sagte sie und öffnete weit den rosigen Mund.

Bei diesem Anblick mußte Colin unwillkürlich lachen. »Du lieber Himmel, Sie sehen ja so aus, als wollten Sie eine Oper singen, wie diese gräßliche Mailänder Sopranistin.« Er setzte sie wieder auf ihr Pferd, was Fanny mißfiel. Die Stute tänzelte seitwärts, aber Sinjun bekam sie mühelos wieder unter Kontrolle, obwohl sie völlig durcheinander war.

»Also gut, ich muß wohl akzeptieren, daß Sie eine Dame sind«, sagte er. »Was ich allerdings nicht akzeptieren kann, ist Ihre Behauptung, Sie hätten mich beim Ball der Portmaines gesehen und sofort gewußt, daß Sie mich heiraten wollen.«

»Nein, ehrlich gesagt war ich mir in jedem Moment noch nicht ganz sicher, daß ich Sie heiraten wollte. Ich dachte einfach, daß ich Sie für den Rest meines Lebens anschauen könnte.«

Er mußte zugeben, daß sie wirklich entwaffnend war. »Bevor ich Sie wiedersehe — falls ich Sie wiedersehe —, möchte ich, daß Sie lernen, sich ein wenig zu verstellen. Nicht sehr, Gott bewahre, nur so, daß mir nicht ständig wegen Ihrer gewagten Bemerkungen der Unterkiefer herunterklappt.«

»Ich werd's versuchen.« Sinjun ließ ihren Blick flüchtig über den dichten grünen Rasen und die vielen Reitwege schweifen, die den Park unterteilten. »Glauben Sie, daß ich eventuell hübsch genug für Sie sein könnte? Ich weiß, daß Sie das mit der Attraktivität bisher nie ernst gemeint haben, und ich will nicht, daß Sie sich meiner schämen müssen, falls ich Ihre Frau werden sollte.«

Sie blickte ihm in die Augen, und er konnte über sie nur den Kopf schütteln. »Hören Sie mit diesem Unsinn auf! Verdammt, Sie sind sehr hübsch, und das wissen Sie zweifellos.«

»Die Menschen lügen und raspeln Süßholz, wenn sie es mit einer reichen Erbin zu tun haben. Ich bin nicht so naiv, alle Komplimente für bare Münze zu halten.«

Er sprang vom Pferd, schlang sich die Zügel um ein Handgelenk und ging auf eine dicht belaubte Eiche zu. »Kommen Sie her. Wir müssen uns unterhalten, wenn ich mich nicht freiwillig ins Irrenhaus begeben soll.«

Das ließ sich Sinjun nicht zweimal sagen. Welche Wonne, dicht neben ihm stehen zu können!

Sie betrachtete das Grübchen in seinem Kinn, hob die Hand, streifte ihren Handschuh ab und strich mit einer Fingerspitze zärtlich über diese Vertiefung. Er stand völlig regungslos da.

»Ich werde Ihnen eine sehr gute Ehefrau sein. Versprechen Sie mir, daß Sie nicht den Charakter eines Trolls haben?«

»Ich liebe Tiere und gehe nicht auf die Jagd. Ich habe fünf Katzen, ausgezeichnete Rattenfänger, und nachts haben sie die Ofenbank ganz für sich allein. Und wenn es sehr kalt ist, schlafen sie sogar mit mir im Bett, allerdings nicht oft, weil ich unruhig schlafe. Wenn Sie aber wissen wollten, ob ich Sie schlagen würde, so lautet die Antwort: nein.«

»Man sieht Ihnen an, daß Sie sehr stark sind. Es gefällt mir, daß Sie Schwächeren nichts zuleide tun. Fühlen Sie sich für die Menschen verantwortlich, die von Ihnen abhängig sind?«

Zu seiner eigenen Verwunderung konnte er den Blick nicht von ihr wenden. »Ich glaube schon.«

Er dachte an seine riesige Burg, die allerdings nicht aus dem Mittelalter stammte, sondern im ausgehenden siebzehnten Jahrhundert von einem Kinross an den ursprünglichen Tudorbau angebaut worden war. Er liebte diese Burg mit ihren Türmen, Zinnen, Schießscharten und Schutzwällen, aber sie war teilweise so baufällig und zugig, daß man sich eine Lungenentzündung holen konnte, wenn man auch nur zehn Minuten an einer Stelle stand. Soviel Reparaturen wären nötig, um sowohl sie als auch den Tudorflügel in neuem Glanz erstrahlen zu lassen! Und dann all die Nebengebäude und Ställe, das Ackerland und die dezimierten Schaf- und Rinderherden, und seine vielen Pächter, die in äußerster Armut dahinvegetierten und nicht einmal genügend Korn für das tägliche Brot hatten ... Die Zukunft war so furchtbar düster und hoffnungslos, wenn er nicht schnell handelte!

Er wandte seinen Blick von dem Mädchen ab und starrte zu den Silhouetten der imposanten Stadthäuser hinüber, die den Hyde Park begrenzten. »Mein Erbe wurde größtenteils von meinem Vater durchgebracht, und mein älterer Bruder, der sechste Earl, hat dann bis zu seinem frühen Tod auch noch den letzten Rest des Vermögens verschleudert. Ich brauche sehr viel Geld, denn andernfalls wird meine Familie auf milde Gaben angewiesen sein, und viele meiner Pächter werden emigrieren müssen oder Hungers sterben. Ich lebe in einem alten Schloß östlich des Loch Leven, auf der Halbinsel Fife, nordwestlich von Edinburgh. In Ihren Augen wäre es bestimmt ein wildes Land, obwohl es viele sanfte Hügel und genügend Ackerboden gibt. Sie sind Engländerin, und Sie würden nur die öden Hochebenen und die zerklüfteten Felswände und die Schluchten mit ihren tosenden Wildbächen sehen, deren Wasser so kalt ist, daß man blaue Lippen bekommt, wenn man davon trinkt. In den Wintermonaten ist es gewöhnlich nicht allzu kalt, aber die Tage sind kurz, und gelegentlich gibt es heftige Stürme. Im Frühling sind die Hügel mit purpurfarbenem Heidekraut bedeckt, und das Rhododendron überwuchert alle Bauernkaten und rankt sich sogar an den Mauern meiner zugigen Burg empor, in allen möglichen Rosa- und Rottönen.«

Er schüttelte über sich selbst den Kopf. Da faselte er nun wie ein Dichter über die Schönheiten Schottlands, so als wollte er seiner Heimat eine Art Empfehlungsschreiben ausstellen, und sie hing verzückt an seinen Lippen. Es war einfach absurd, und er konnte so etwas nicht dulden. Er räusperte sich kräftig. »Ich lüge nicht — meine

Ländereien könnten viel Geld abwerfen, weil es genug fruchtbaren Boden gibt, und ich habe gute Ideen, wie ich das Los der Pächter erleichtern könnte — und damit auch mein eigenes. Bei uns herrschen keine Zustände wie im Hochland, wo man sogar heutzutage Schafe importieren muß, um überleben zu können. Aber ich brauche Geld, Joan, viel Geld, und deshalb bleibt mir gar keine andere Wahl als die Heirat mit einer reichen Erbin.«

»Ich verstehe. Kommen Sie mit mir nach Hause und sprechen Sie mit Douglas. Er ist der Earl of Northcliffe, müssen Sie wissen. Wir werden ihn fragen, wie hoch meine Mitgift ist, aber sie muß schon sehr üppig sein, denn ich habe gehört, wie er zu meiner Mutter sagte, sie solle aufhören zu unken, daß ich als alte Jungfer enden würde. Mit meiner Mitgift könnte ich sogar noch mit fünfzig und ohne einen einzigen Zahn im Mund mühelos einen Mann finden.«

Er sah sie hilflos an. »Aber warum ausgerechnet ich?«

»Keine Ahnung, aber es ist nun einmal so.«

»Ich könnte Sie im Bett erdolchen.«

Ihre Augen verschleierten sich, und er wurde plötzlich von schier übermächtiger Begierde geschüttelt.

»Ich sagte erdolchen, nicht vögeln.«

»Was bedeutet: ›vögeln‹?«

»Es bedeutet . . . o verdammt, können Sie sich nicht endlich ein bißchen verstellen? ›vögeln‹ ist ein sehr vulgärer Ausdruck, und ich entschuldige mich dafür.«

»Oh, dann meinen Sie wohl den Liebesakt.«

»So ist es, nur bezieht sich dieser Ausdruck auf die wesentlichen Vorgänge zwischen Mann und Frau, ohne all den hochgestochenen romantischen Unsinn, mit dem Frauen den Akt gern verbrämen.«

»Aha, Sie sind also zynisch. Na ja, schließlich können Sie nicht in jeder Hinsicht vollkommen sein. Meine beiden Brüder vögeln nicht, sondern machen Liebesspiele. Vielleicht werde ich es Ihnen beibringen können, aber vorher müssen Sie mir natürlich zeigen, wie diese Sache überhaupt geht. Es wäre für Sie bestimmt unzumutbar, wenn Sie jedesmal, wenn Sie mich küssen wollen, schallend lachen müssen, weil ich den Mund zu weit aufreiße.«

Colin wandte sich von ihr ab. Er fühlte sich auf eine unwirkliche Insel versetzt, deren Boden unter seinen Füßen schwankte. Er haßte es, nicht alles unter Kontrolle zu haben; daß er ohne jedes eigene Verschulden vor dem sicheren Ruin stand, war für seinen männlichen Stolz schon schlimm genug. Da würde er sich nicht obendrein noch von einer Frau am Gängelband führen lassen, aber diese unmögliche Person hielt es offenbar für ganz normal, ständig die Initiative zu ergreifen. Kein schottisches Mädchen würde sich jemals so aufführen wie diese angeblich vornehme englische Dame. Es war einfach absurd. Er kam sich wie ein kompletter Narr vor. »Liebe kann ich Ihnen nun beim besten Willen nicht versprechen«, sagte er schroff. »Ich glaube nicht an Liebe, und dafür habe ich sehr gute Gründe. Unzählige Gründe.«

»Das hat mein Bruder Douglas auch immer behauptet, aber dann hat er sich verändert. Wissen Sie, seine Frau Alexandra hat einfach solange nicht lockergelassen, bis sie ihn bekehrt hat, und jetzt würde er sich mit Freuden mitten in eine Schlammpfütze legen, damit sie trockenen Fußes hinüberkommt.«

»Dann ist er ein Narr.«

»Vielleicht. Aber er ist ein sehr glücklicher Narr.«

»Ich habe keine Lust, mich weiter über dieses Thema zu unterhalten. Sie machen mich ganz konfus. Nein, seien Sie still. Ich bringe Sie jetzt nach Hause, und dann muß ich in Ruhe nachdenken. Und Sie sollten das gleiche tun. Ich bin nur ein Mann, verstehen Sie? Ein ganz normaler Mann. Wenn ich Sie heiraten würde, so nur des Geldes wegen und nicht etwa wegen Ihrer schönen Augen oder wegen Ihres vermutlich sehr schönen Körpers.«

Sinjun nickte und fragte gleich darauf leise: »Glauben Sie wirklich, daß ich einen schönen Körper habe?«

Er half ihr fluchend beim Aufsteigen und schwang sich sodann selbst in den Sattel. »Nein«, knurrte er entnervt, »nein, seien Sie bitte endlich still!«

Sinjun hatte es nicht eilig, nach Hause zu kommen, aber Colin schlug ein rasches Tempo an. Als sie das herrschaftliche Haus der Sherbrookes erreichten, führte Sinjun ihre Stute zum Stall, ohne ihren Begleiter zu beachten, und ihm blieb nichts anderes übrig als ihr zu folgen.

»Henry, bitte kümmere dich um die Pferde. Dies ist Seine Lordschaft, Lord Ashburnham.«

Henry zupfte an einer karottenroten Locke, die ihm in die Stirn fiel, und musterte Colin interessiert, was diesen sehr wunderte. Um dieses verwegene Mädchen mußten doch Dutzende von Männern herumscharwenzeln, allein schon aus Neugier, was es wohl als nächstes sagen würde. Und dem Grafen blieb wohl nichts anderes übrig als jeden Mann, der sein Haus betrat, vor der übertriebenen Offenheit seiner Schwester zu warnen.

Sinjun lief leichtfüßig die Treppe hinauf, öffnete die Tür und bat Colin ins Haus. Die Eingangshalle war nicht so gewaltig wie die von Nortcliff Hall, aber mit ihrem weißen, blau geäderten Marmorboden und den hellblauen Wänden, an denen Porträts längst verstorbener Sherbrookes hingen, doch sehr eindrucksvoll.

Sinjun schloß die Tür und schaute sich um, ob der Butler oder einer der anderen Dienstboten in der Nähe war. Kein Mensch war zu sehen. Sie schenkte Colin ein strahlendes Lächeln — ein sehr verschwörerisches Lächeln, wie er stirnrunzelnd feststellte — und trat dicht an ihn heran.

»Ich bin sehr froh, daß Sie hereingekommen sind. Jetzt werden Sie mir wenigstens glauben, daß ich wirklich die bin, für die ich mich ausgebe, obwohl ich die Vorstellung, Ihre Mätresse zu werden, ganz interessant finde — natürlich nur theoretisch. Möchten Sie jetzt mit meinem Bruder sprechen?«

»Ich hätte nicht mitkommen sollen. Ich habe auf dem

ganzen Rückweg darüber nachgedacht, und es geht einfach nicht — nicht auf diese Weise. Wissen Sie, ich bin nicht daran gewöhnt, von einem Mädchen gehetzt und in die Enge getrieben zu werden wie ein Fuchs bei der Jagd. Das ist unnatürlich und . . .«

Sinjun lächelte ihn an, legte ihm die Arme um den muskulösen Hals und bot ihm ihre Lippen dar. »Ich werde den Mund öffnen, aber diesmal nicht so weit. Ist es so richtig?«

Es war mehr als richtig. Colin starrte eine Sekunde lang auf diesen weichen, leicht geöffneten Mund und zog sie dann fest an sich. Er vergaß, daß er sich in der Halle eines fremden Hauses befand, daß bestimmt irgendwelche Dienstboten in der Nähe waren, daß die ehrwürdigen Sherbrookes an den Wänden dieses Treiben zweifellos mißbilligen würden.

Seine Zunge glitt spielerisch über ihre Lippen und schob sich langsam in ihren Mund. Es war wundervoll, und sie schien es genauso zu genießen wie er selbst. Sein Kuß wurde immer leidenschaftlicher, und sie ging voll darauf ein. Er hatte seit einem Monat mit keiner Frau geschlafen, aber er wußte, daß das nicht der einzige Grund für die ungewöhnlich starke Wirkung sein konnte, die sie auf ihn ausübte. Seine Hände glitten an ihrem Rücken entlang, wölbten sich um ihr Gesäß und preßten sie an seinen Unterleib.

Sie stöhnte leise.

»Mein Gott, was geht hier vor?«

Diese Worte drangen jäh in Colins umnebeltes Gehirn, und im selben Moment wurde er von ihr weggerissen und mit einem gewaltigen Kinnhaken auf den weißen Marmorboden befördert. Benommen schüttelte er den Kopf und blickte zu dem Mann empor, der im wahrsten Sinne des Wortes mordlustig aussah.

»Douglas, untersteh dich! Das ist Colin Kinross, und wir werden heiraten.«

»Nur über meine Leiche! Verdammt, ein Mann, der

nicht einmal soviel Anstand besitzt, sich mir vorzustellen, küßt dich leidenschaftlich in der Eingangshalle meines Hauses! Er hatte sogar seine Hände auf deinem Hintern! Mein Gott, Sinjun, wie konntest du das nur zulassen? Geh nach oben, mein Fräulein. Keine Widerrede! Ich werde mich mit dir beschäftigen, wenn ich mit diesem Herrn hier fertig bin.«

Sinjun hatte ihren Bruder noch nie so wütend erlebt, aber sie stellte sich ihm ganz ruhig in den Weg, als er sich wieder auf Colin stürzen wollte. »Nein, nicht, Douglas. Hör auf. Colin kann nicht zurückschlagen, weil er sich in deinem Haus befindet, und ich habe ihn hierher eingeladen. Ich lasse nicht zu, daß du ihn noch einmal schlägst. Es wäre unehrenhaft.«

»Das mußt ausgerechnet *du* sagen!« brüllte Douglas.

Sinjun hatte nicht bemerkt, daß Colin sich aufgerappelt hatte und hinter ihr stand, bis er ruhig sagte: »Er hat recht, Joan. Ich hätte mich hier in seinem Haus nicht derart vergessen dürfen. Entschuldigen Sie bitte, Mylord. Trotzdem kann ich Ihnen nicht erlauben, wieder zuzuschlagen.«

Douglas war außer sich vor Wut. »Sie haben eine ordentliche Tracht Prügel verdient, Sie Bastard!«

Er schob Sinjun beiseite und stürzte sich auf Colin. Die beiden Männer rangen keuchend miteinander, durchaus ebenbürtige Gegner. Einer stöhnte, weil er einen kräftigen Hieb in den Magen abbekommen hatte. Sinjun hörte einen Aufschrei ihrer Schwägerin, und dann kam Alex auch schon die Treppe hinabgestürzt. Die Dienstboten drängten sich mit großen Augen unter der Treppe und auf der Schwelle zum Eßzimmer.

»Hört auf!«

Sinjuns Stimme führte nicht zum Waffenstillstand. Im Gegenteil, sie schienen noch wütender aufeinander einzudreschen. Ihr riß der Geduldsfaden. Männer! Konnten sie denn nichts in Ruhe bereden? Mußten sie sich immer wie kleine Jungen aufführen? Sie rief Alex zu: »Bleib, wo du bist, ich werde allein damit fertig. Mit wahrer Wonne!«

Sie zog einen langen Spazierstock aus dem Rosenholzständer in der Ecke neben der Haustür und ließ ihn auf Douglas Schulter niedersausen. Dann schlug sie genauso kräftig auf Colins rechten Arm.

»Das reicht, ihr Narren!«

Die beiden Männer ließen voneinander ab. Beide waren völlig außer Atem. Douglas hielt sich die Schulter, Colin den Arm.

»Wie kannst du es wagen, Sinjun!«

Aber Douglas wartete die Antwort seiner Schwester erst gar nicht ab, sondern wandte sich wutschnaubend wieder dem Mann zu, der die Unverschämtheit besessen hatte, mitten in der Halle den Po seiner kleinen Schwester zu begrapschen und seine Zunge in ihren Mund zu schieben. In ihren Mund! Dieser gottverfluchte Bastard!

Sinjun begann wieder ihren Stock zu schwingen, um die Aufmerksamkeit der Streithähne auf sich zu lenken. Sie hörte Alex schreien: »Hör auf, Douglas!« Und dann schlug Alex mit ihrem eigenen Spazierstock zu und traf ihren Mann kräftig am Rücken.

Das hatte auf Douglas eine ernüchternde Wirkung. Die absurde Situation kam ihm voll zu Bewußtsein: seine kleine Frau und seine erhitzte Schwester schwenkten Spazierstöcke, so als hätten sie sich in verrückte Derwische verwandelt.

Er holte tief Luft, warf dem schottischen Lüstling einen verdrossenen Blick zu und knurrte: »Die Weiber werden uns noch umbringen. Wir müssen uns entweder in einen Boxklub begeben oder aber unsere Fäuste in die Taschen stecken.«

Colin starrte die große junge Dame an, die ihm einen Heiratsantrag gemacht und ihren Bruder geschlagen hatte, um ihn — Colin — zu beschützen. Kaum zu glauben. Und jetzt hatte sie sich zwischen ihn und den Grafen gestellt, ihren Spazierstock immer noch fest in der

Hand. Es war nicht nur unglaublich, sondern auch demütigend.

»Fäuste in die Taschen, wenn es Ihnen recht ist, Mylord«, sagte er.

»Gut! rief Sinjun. »Alex, was meinst du, sollen wir die Stöcke weglegen oder lieber behalten, für den Fall, daß die Herren noch einmal ihre gute Erziehung vergessen und aufeinander losgehen?«

Alex gab keine Antwort. Mit gerunzelter Stirn ließ sie den Stock fallen und rammte ihrem Mann eine Faust in die Magengrube. Douglas war so überrascht, daß er zunächst nur einen Grunzlaut ausstieß. Dann blickte er seufzend von seiner Frau zu Sinjun. »Also gut, Fäuste in die Taschen.«

»Zivilisation ist keine schlechte Sache«, kommentierte Sinjun. »Um den Waffenstillstand zu festigen, werden wir jetzt Tee trinken. Aber vorher müssen Sie mit mir mitkommen, Colin. Ihre Lippe blutet. Ich werde Sie verarzten.«

»Und du siehst auch schrecklich aus, Douglas«, tadelte Alex. »Deine Knöchel sind aufgeschürft, und du hast dein Hemd zerrissen — ausgerechnet jenes, das ich dir zum Geburtstag genäht habe. Aber daran denkst du natürlich nicht, wenn du dich Hals über Kopf in alberne Raufereien stürzt! O Gott, du hast sogar Colins Blut am Kragen! Das wird Mrs. Jarvis bestimmt nicht einmal mit ihren besten Mitteln herausbekommen. Sinjun, in zehn Minuten treffen wir uns alle im Salon.« Sie drehte sich um, sah den Butler blaß und nervös dastehen und sagte ruhig: »Drinnen, sagen Sie dem Personal bitte, daß es wieder an die Arbeit gehen soll. Und bringen Sie Tee und Gebäck in den Salon. Seine Lordschaft ist Schotte und wird bestimmt sehr kritisch sein. Vergewissern Sie sich, daß am Gebäck nichts zu bemängeln ist.«

Ende des Aufzugs, dachte Colin, mit zwei Frauen als unangefochtenen Heldinnen. Er folgte Joan Sherbrooke ohne ein Wort des Widerspruchs, und er sah aus dem

Augenwinkel, daß der Graf genauso demütig seiner gestrengen Gemahlin folgte. Das kleine Persönchen hatte die Schultern gestrafft und reckte das Kinn wie ein General.

Colin Kinross, siebter Earl of Ashburnham, hatte das Gefühl, in einem bizarren Traum gefangen zu sein. Es war kein Alptraum, aber ein seltsamer Traum. Er betrachtete die bräunlich-blonde Haarmähne seiner Beschützerin, die ihr jetzt offen über den Rücken fiel, weil sie im Getümmel ihre Haarnadeln verloren hatte, und er fragte sich, was wohl mit ihrem Reithut passiert sein mochte. Ihre Haare waren lang und dicht, wirklich schön. Sie war überhaupt attraktiv, gar kein Zweifel, und sie zu küssen war ein Genuß gewesen.

Diese Einmischung aber konnte er einfach nicht dulden. Ein Kampf wurde zwischen zwei Männern ausgetragen. Damen hatten dabei nichts zu sagen. Nein, eine solche Einmischung und Bevormundung würde er nie wieder zulassen.

KAPITEL 3

»Jetzt reicht's wirklich, Joan! Ich lasse mich nicht wie ein Hündchen an der Leine führen.«

Sinjun drehte sich nach dem verärgerten Mann um, den sie unbedingt heiraten wollte, lächelte strahlend und tätschelte seinen Arm. »Ich lasse mich auch nicht gern herumführen, am allerwenigsten in einem seltsamen Haus. Das heißt, eigentlich ist unser Haus nicht seltsam, aber für Sie ist es ja noch ganz fremd. Gehen Sie neben mir her, dann haben wir beide die Führung.«

»Es hat nichts mit der Seltsamkeit des Hauses zu tun.« Doch obwohl er sich wie ein Narr vorkam, ging er brav neben ihr her.

Sie führte ihn in die unteren Regionen des großen Hauses, in eine riesige Küche, die gemütlich und warm war und in der es nach Zimt, Muskatnuß und süßem Brot roch, das gerade in alten Steinöfen gebacken wurde. Colin lief das Wasser im Munde zusammen, als er auch noch köstliche Küchendüfte wahrnahm.

»Setzen Sie sich hier an den Tisch, Mylord.«

Er warf ihr einen irritierten Blick zu. »Um Gottes willen, nach allem, was sich in nicht mal vierundzwanzig Stunden ereignet hat, können Sie mich wirklich Colin nennen.«

Sie belohnte ihn mit einem hinreißenden Lächeln, und am liebsten hätte er sie wieder an sich gerissen und geküßt. Statt dessen nahm er gehorsam auf einem Holzstuhl Platz und ließ sich die verletzte Lippe mit einem feuchten Tuch betupfen. Es brannte höllisch, aber er hielt still.

»Ich hätte Sie lieber in mein Schlafzimmer mitgenommen«, erklärte Sinjun treuherzig, während sie ihr Werk betrachtete, »aber dann hätte Douglas den Waffenstillstand bestimmt sofort gebrochen. Er ist manchmal ziemlich unberechenbar.«

Colin knurrte nur.

»Dafür lernen Sie jetzt unsere Köchin kennen. Sie heißt Mrs. Potter und macht das beste Gebäck von ganz England. Liebe Mrs. Potter, dies ist Lord Ashburnham.«

Colin nickte der korpulenten Frau zu, die einschließlich ihrer Schürze weiß gekleidet war und einen großen Kochlöffel in der Hand hielt. Sie warf ihm einen mißtrauischen Blick zu.

»Wer war eigentlich das kleine Persönchen?« erkundigte er sich.

»Douglas Frau Alexandra. Sie liebt ihn sehr und würde für ihn durchs Feuer gehen.«

Colin griff nach ihrem Handgelenk und zog sie zu sich hinunter, bis ihr Gesicht höchstens zehn Zentimeter von seinem entfernt war. »Glauben Sie wirklich an solche Liebe und Loyalität?«

»O ja.«

»Sie haben Ihren Bruder geschlagen, das muß ich zugeben, aber bei mir haben Sie dann noch fester zugeschlagen.«

»Ich habe versucht, gerecht zu sein, aber im Eifer des Gefechts ist das schwierig.«

Er mußte unwillkürlich lächeln.

»Wenn Sie mich nicht loslassen, schlägt Mrs. Potter bestimmt gleich mit dem Kochlöffel zu.«

Dieser Gefahr wollte er sich lieber nicht aussetzen. Er gab ihr Handgelenk frei, und sie tupfte seine aufgeplatzte Lippe ein letztes Mal ab. »Der heiße Tee wird ein bißchen brennen, aber er wird Ihnen gut tun. Also, auf in den Salon. Sie müssen mit Douglas irgendwie klarkommen, denn er ist das Familienoberhaupt.«

Ich kann nicht glauben, daß mir so etwas passiert, dachte Colin, während er neben dem großen Mädchen mit dem burschikosen Gang und den wippenden Haaren herging. Sie begann wie ein Junge zu pfeifen, und er schüttelte den Kopf, verzichtete aber auf jeden Kommentar. Statt dessen sagte er: »Es ist einfach nicht zu fassen. Bis gestern abend wußte ich überhaupt nichts von Ihrer Existenz, und jetzt bin ich hier in Ihrem Haus, Ihr Bruder hat mich attackiert, und ich habe sogar die Küche gesehen.«

»Douglas war der festen Überzeugung, daß Sie Prügel verdienten. Sie dürfen es ihm nicht verübeln. Er kannte Sie ja noch nicht und hat nur einen sehr attraktiven Mann gesehen, der mich küßte.«

»Und meine Hände waren auch nicht ganz untätig.«

Anstatt zu erröten, wie man es von einer Jungfrau erwarten konnte, starrte sie auf seinen Mund und sagte sehnsüchtig: »Ich weiß, und es hat mir sehr gefallen, obwohl ich im ersten Moment ein wenig verblüfft war. Wissen Sie, das war für mich etwas ganz Neues.«

»Sie sollten lieber den Mund halten, Joan. Die Verstellung, von der ich vorhin im Park gesprochen habe, ist etwas durchaus Nützliches. Sie müssen sich bedeckt halten.«

»Manchmal tu ich das auch, aber eigentlich ist es selten notwendig. Wie alt sind Sie, Colin?«

Er gab seufzend auf. »Siebenundzwanzig. Ich habe im August Geburtstag.«

»Ich dachte mir schon, daß Sie etwa in Ryders Alter sind. Das ist einer meiner Brüder. Sie werden ihn bald kennenlernen. Er ist sehr amüsant und charmant und außerdem ein großer Menschenfreund, aber das durfte lange niemand wissen, weil ihm sein Ruf eines ganz schlimmen Wüstlings gefiel. Was meinen jüngsten Bruder Tyson betrifft — wir nennen ihn Seine Heiligkeit —, so werde ich Sie vor seinen Predigten bewahren. Er schwafelt endlos über gute Werke und über die vielen Wege zur Hölle. Aber er ist mein Bruder, und ich liebe ihn trotz seiner Engstirnigkeit. Dann wäre da noch seine Frau, Melinda Beatrice. Ryder sagt immer, zwei Namen seien einfach zuviel, und außerdem bemängelt er, daß sie keinen Busen hat.«

Colin konnte wieder nur den Kopf schütteln. »Ich bin noch nie einer Familie wie der Ihren begegnet.«

»Das glaube ich gern«, erwiderte Sinjun fröhlich. »Meine Brüder und Schwägerinnen sind wunderbar, alle bis auf Melinda Beatrice, die sterbenslangweilig ist. Sie sind jetzt vier Jahre verheiratet und haben schon drei Kinder, können Sie sich das vorstellen? Meine anderen Brüder ziehen Tyson immer auf, daß er für einen Geistlichen viel zu potent ist, daß es ihm an Selbstbeherrschung fehlt, und daß er die Arche Noah mit all seinen Sprößlingen überlädt.«

Sie hatten den Salon erreicht. Colin lächelte ihr beruhigend zu. »Ich werde Ihren Bruder nicht angreifen, das verspreche ich. Hände in die Taschen.«

»Danke. Ich hoffe sehr, daß meine Mutter nicht auftaucht, solange Sie hier sind. Man muß ihr gegenüber freundlich, aber bestimmt auftreten, und dazu muß ich erst noch Douglas auf meiner Seite haben.«

Als er schwieg, drehte sich Sinjun nach ihm um. »Wollen Sie mich heiraten, Colin?«

Er blickte nachdenklich drein. »Ich glaube, ich möchte vorher Ihre Mutter kennenlernen. Schließlich sagt man, daß Töchter die Ebenbilder ihrer Mütter sind.«

»O Gott«, murmelte sie bestürzt, »dann ist es wohl hoffnungslos!« Als er lachte, knuffte sie ihn erleichtert in den Arm und zog ihn in den Salon.

Ihr Bruder machte immer noch ein grimmiges Gesicht, aber Alex lächelte. »So, jetzt werden wir ganz korrekt vorgehen«, sagte Sinjun. »Dies ist Colin Kinross, Earl of Ashburnham. Er ist siebenundzwanzig Jahre alt und erwägt eine Heirat mit mir. Du siehst also, Douglas, daß er durchaus das Recht hatte, sich ... äh ... gewisse Freiheiten bei mir herauszunehmen.«

»Er hat deinen Po begrapscht, verdammt nochmal! So etwas macht ein Mann nur bei seiner Frau.«

»Douglas!«

»Er hat sie wirklich begrapscht, Alex! Sollte ich einfach zusehen, wie dieser Kerl meine kleine Schwester verführt?«

»Nein, natürlich nicht. Tut mir leid, daß ich die Situation nicht ganz richtig eingeschätzt habe. Ihn zu verprügeln war genau das Richtige. Ah, da ist auch schon Drinnen mit dem Tee. Sinjun und Colin, setzt euch doch aufs Sofa.«

Colin betrachtete den Earl of Northcliffe, der etwa fünf Jahre älter als er selbst war und einen athletischen Eindruck machte. Jedenfalls war er kein herausgeputzter Laffe, wie so viele ihrer Zeitgenossen. »Ich möchte mich dafür entschuldigen, daß ich mir bei Joan gewisse Freiheiten erlaubt habe. Der Anstand gebietet wohl, daß ich sie jetzt heirate.«

»Ich kann das alles nicht glauben«, sagte Douglas. »Und warum nennen Sie sie Joan? So nennt sie nur ihre Mutter. Es ist einfach gräßlich.«

»Mir gefällt ihr männlicher Spitzname nicht.«

Douglas starrte ihn sprachlos an.

»Mir macht es wirklich nichts aus«, beteuerte Sinjun mit erhabenem Lächeln. »Er kann mich nennen, wie er will. Nun, habe ich euch nicht immer gesagt, daß diese ganze Heiratsangelegenheit gar nicht so kompliziert sein kann, wenn man weiß, was man will? Jetzt seht ihr, daß ich recht hatte. Alles geht seinen ganz einfachen Gang. Was möchten Sie in den Tee, Colin?«

»Einen Augenblick bitte«, knurrte Douglas. »An dieser Sache ist überhaupt nichts einfach, Sinjun. Hör mir jetzt mal gut zu.« Er wandte sich an Colin. »Ich habe herausgefunden, Sir, daß Sie auf der Suche nach einer reichen Erbin sind. Das haben Sie selbst überall erzählt. Und zweifellos ist Ihnen bekannt, daß Sinjun ziemlich reich sein wird, sobald sie heiratet.«

»Das erzählt sie mir dauernd. Sie ist von sich aus auf mich zugekommen und hat mir erklärt, sie sei eine reiche

Erbin, und sie wollte unbedingt, daß ich mit Ihnen spreche und genaue Auskünfte über die Höhe ihrer Mitgift einhole.«

»Sie hat *was* getan?«

Sinjun lächelte ihrem Bruder unbefangen zu. »Es stimmt, Douglas. Ich wußte, daß er eine Frau mit Geld braucht. Deshalb habe ich ihm gesagt, ich sei ideal für ihn. Wo gibt es denn sonst noch eine so gelungene Mischung von Geld und gutem Aussehen? Und als lohnende Zugabe bekommt er auch noch alle anderen Sherbrookes.«

Alex konnte nicht anders, sie mußte lachen. »Ich hoffe nur, Colin, daß Sie diesen Racker halbwegs unter Kontrolle bekommen. Sinjun hat mich einmal in der riesigen Halle von Northcliffe zu Boden geworfen und vor aller Augen festgehalten, bis Douglas aus dem Zimmer befreit werden konnte, in das ich ihn gesperrt hatte. Sie müssen aufpassen, denn sie läßt nicht mehr locker, sobald sie sich etwas in den Kopf gesetzt hat.«

Ihr perlendes Lachen erfüllte den Salon, Sinjun grinste, Douglas machte ein Gesicht wie drei Tage Regenwetter, und Colin sah so aus, als wäre er in einem Irrenhaus gelandet und würde von den Insassen bedrängt.

Sinjun klopfte ihm tröstend auf den sandfarbenen Rockärmel. »Ich erzähle Ihnen später die ganze Geschichte«, sagte sie. Weil sie aber den Fehler beging, ihn dabei anzusehen, errötete sie über ihre eigenen hochinteressanten Gedanken.

»Hören Sie damit auf, Joan«, zischte er zwischen den Zähnen hindurch. »Sie sind eine Gefahr für sich selbst. Hören Sie sofort auf, oder wollen Sie, daß Ihr Bruder mich wieder angreift?«

»Ich bitte mir einen Augenblick Ruhe und Aufmerksamkeit aus.« Douglas stand auf und begann im Salon hin und her zu laufen. Als heißer Tee aus seiner Tasse auf seine Hand schwappte, schnitt er eine Grimasse und stellte die Tasse ab. »Sinjun, du hast ihn vor fünf Tagen zum erstenmal gesehen. Vor *fünf Tagen!* Du weißt überhaupt nicht, ob du mit diesem Mann glücklich sein könntest — du kennst ihn doch kaum.«

»Er hat gesagt, daß er mich nicht schlagen würde. Er hat gesagt, er sei freundlich und fühle sich für alle, die von ihm abhängig sind, verantwortlich. Wenn es wirklich kalt ist, läßt er seine Katzen bei sich im Bett schlafen. Was brauche ich denn sonst noch zu wissen, Douglas?«

»Vielleicht solltest du dich dafür interessieren, ob ihm außer an deinem Geld auch etwas an dir selbst liegt.«

»Oh, mit der Zeit wird er mich bestimmt ins Herz schließen. Ich bin schließlich kein Widerling. Du magst mich ja auch, Douglas.«

Colin erhob sich. »Joan, hören Sie auf, für mich zu antworten, so als wäre ich ein Dummkopf oder nicht anwesend.«

»Ausgezeichnet.« Sinjun faltete sittsam die Hände auf ihrem Schoß.

»Mylord, ich habe Ihnen nichts mehr zu sagen! Das ist kein ...« Douglas fehlten einfach die Worte. Er marschierte auf die Tür zu und rief über die Schulter hinweg: »Nächste Woche um diese Zeit werde ich mich mit Ihnen unterhalten, Colin Kinross. Sieben Tage! Sieben zusätzliche Tage, haben Sie mich verstanden? Und halten Sie sich während dieser Zeit von meiner Schwester fern. Vor allem aber — lassen Sie die Hände von ihr, bevor Sie sich in zehn Minuten verabschieden.«

Er schmetterte die Tür hinter sich zu. Alex stand auf und grinste Sinjun und Colin zu. »Ich glaube, ich werde seine sorgenzerfurchte Stirn mit Rosenwasser massieren. Das wird ihn beruhigen.« Kichernd ging sie zur Tür, gab ihrer Schwägerin aber noch einen guten Rat: »Laß die Hände von ihm, Sinjun, hast du gehört? Männer sind in dieser Hinsicht sehr anfällig, und man darf sie nicht in Versuchung führen. Sie können nämlich sogar in nur zehn Minuten sämtliche Anstandsregeln vergessen.«

Waren alle Sherbrookes — sogar die angeheirateten — total verrückt?

»Es freut mich, Ihre Schwägerin so zum Lachen gebracht zu haben«, sagte er gereizt. »Und wenn ich die Hände von Ihnen lassen soll, müssen Sie aufhören, meinen Mund anzustarren.«

»Ich kann einfach nicht anders. Sie sind so wunderschön. O Gott, wir haben nur noch zehn Minuten Zeit!«

Colin sprang auf und begann, wie zuvor Douglas, hin und her zu laufen. »Das alles ist höchst ungewöhnlich, Joan.« Er steuerte auf den Kamin zu. »Und in Zukunft werde ich selbst für mich sprechen.« Aber was wollte er eigentlich sagen? Er starrte den teuren, von Meistern ihres Fachs gebauten Kamin aus hellrosa italienischem Marmor an und sah im Geiste den riesigen rußgeschwärzten Kamin in der großen Halle von Vere Castle, alt und schmutzig, mit rissigen Ziegelsteinen und bröckelndem Mörtel. Himmel, und hier war sogar das Gemälde — eine Schäferszene — über dem Kamin ein alter Meister. Alles legte beredtes Zeugnis von solidem Reichtum und jahrhundertealten Privilegien ab. Er dachte an die schmale Wendeltreppe im Nordturm, deren Holzstufen allmählich vermoderten, weil durch die Risse in den Mauern Kälte und Feuchtigkeit eindrang. Dann holte er tief Luft. Er könnte Vere Castle retten. Er könnte seine Leute retten. Er könnte neue Schafe kaufen. Er könnte sein immenses Wissen über den Fruchtwechsel endlich in die Tat umsetzen. Er könnte Korn kaufen. Was gab es da noch zu überlegen? Er wirbelte auf dem Absatz herum und blickte seiner zukünftigen Frau in die Augen. »Ich akzeptiere es, daß Sie mich schön finden. Wahrscheinlich wünscht sich jeder Mann, daß die Frau, die er heiratet, ihn halbwegs passabel findet.«

»Mehr als passabel«, sagte Sinjun mit rasendem Herzklopfen. Endlich hatte er sie akzeptiert. Am liebsten hätte sie wilde Freudensprünge gemacht.

Seufzend fuhr er sich mit den Fingern durch die Haare, bis die Spitzen hochstanden, ließ aber die Hand sinken, als sie mit verwunderter Stimme gestand: »Ich habe nie geglaubt, daß ich mich verlieben könnte. Kein Mann hat in mir je irgendwelche Gefühle geweckt. Einige fand ich ganz amüsant, aber das war auch schon alles. Andere waren dumm und ungehobelt und ohne Rückgrat. Einige hielten mich für einen Blaustrumpf, nur weil ich keine Ignorantin bin. Ich konnte mir nicht vorstellen, von einem dieser Männer geküßt zu werden, und wenn einer es gewagt hätte, mein Gesäß auch nur zu berühren, hätte ich gekreischt und ihn auf der Stelle umgebracht. Aber bei Ihnen ist das alles ganz anders. Ich weiß natürlich, daß Sie mich nicht lieben, aber das macht mir nichts aus. Ich werde mein Bestes tun, damit Sie mich schätzen lernen. Jedenfalls werde ich versuchen, Ihnen eine gute Ehefrau zu sein. Möchten Sie jetzt vielleicht Mrs. Potters Gebäck probieren, oder wollen Sie lieber gleich gehen und irgendwo in Ruhe nachdenken?«

»Nachdenken«, sagte er. »Es gibt soviel, was Sie über mich nicht wissen. Jetzt könnten Sie Ihren Entschluß noch ohne weiteres ändern.«

Sie sah ihn nachdenklich an und fragte ganz ruhig und überzeugt: »Sie werden doch für mich sorgen, wenn wir heiraten, nicht wahr?«

»Ich werde Sie mit meinem Leben beschützen. Das ist meine Pflicht und Schuldigkeit.«

»Und Sie würden mich respektieren?«

»Wenn Sie Respekt verdienen.«

»Großartig. Nun, Sie können mir nach der Hochzeit alles über sich erzählen, wenn Sie wollen. Aber nicht vorher. Nichts, was Sie mir sagen könnten, würde etwas an meinen Gefühlen ändern. Ich möchte nur nicht, daß irgend etwas Negatives und völlig Unwichtiges Douglas zu Ohren kommt, bevor wir verheiratet sind.«

Er würde sie heiraten. Seine finanzielle Lage ließ ihm gar keine andere Wahl. Aber er fand sie auch sympathisch, trotz ihrer beängstigenden Offenheit, ihres schokkierenden Freimuts. Im Laufe der Zeit würde er ihr beibringen, ihre Zunge etwas im Zaume zu halten. Mit ihr zu schlafen würde ihm jedenfalls keine Schwierigkeiten bereiten. O ja, er würde sie heiraten. Aber er mußte die Woche warten, die ihr Bruder ihnen als Bedenkzeit auferlegt hatte. Danach durfte er jedoch keine Zeit verlieren, denn die Situation bei ihm zu Hause verschlimmerte sich mit jedem Tag. Joan Sherbrooke war ein Geschenk des Himmels, und sie hatte sich ihm sogar selbst auf einem Silbertablett präsentiert. Einem geschenkten Gaul schaute man nicht ins Maul. Colin Kinross war schließlich kein kompletter Narr.

Er ging auf sie zu, zog sie hoch, betrachtete sie schweigend und küßte sie leicht auf den geschlossenen Mund. Obwohl er zu wissen glaubte, daß er sie sogar auf den Boden legen und an Ort und Stelle nehmen könnte, ohne daß sie Widerstand leistete, beherrschte er sich eisern. »Ich würde Sie gern wiedersehen, trotz des Verbots Ihres Bruders. Möchten Sie morgen ausreiten? Wir werden diskret sein.«

»Sehr gern. Douglas wird nie etwas davon erfahren. Oh, Colin?«

Er drehte sich um.

»»Werden Sie mir Schottisch beibringen?«

»Mit größtem Vergnügen«, sagte er im singenden schottischen Tonfall. »Und du wirst mein Liebchen sein, ist dir das klar?«

»Ich bin noch nie ein Liebchen gewesen. Es hört sich herrlich an.«

Colin konnte nur abermals den Kopf über sie schütteln.

»Ich habe nichts Negatives über Ashburnham erfahren«, berichtete Douglas seiner Frau. »Er ist beliebt und geachtet, hat Eton und Oxford besucht und ist mit vielen Männern der Gesellschaft bekannt. Aus der Tatsache, daß er unbedingt eine reiche Erbin heiraten muß, macht er kein Geheimnis.«

Alex beobachtete im Frisierspiegel, wie er nervös auf

und ab lief. Es war früher Abend, drei Tage vor Ablauf der Bedenkzeit, die Douglas sich ausgebeten hatte. Sie wußten genau, daß Sinjun und Colin sich am Tag nach der historischen Auseinandersetzung getroffen hatten, aber sie wollten keine große Affäre daraus machen. Soviel Douglas wußte, hatte Sinjun ihren Schotten seitdem nicht mehr gesehen. Freilich konnte man bei ihr nie sicher sein, weil sie unglaublich erfinderisch war.

»Wie lange ist er schon der Earl of Ashburnham?«

»Erst sechs Monate. Sein Bruder war ein Taugenichts, genau wie sein Vater. Die beiden haben den Besitz ruiniert. Um das riesige alte Schloß wieder instand zu setzen, sind hohe Summen erforderlich. Außerdem braucht er Geld für Ackerbau und Schafzucht, und auch seine Pächter sind sehr arm.«

»Aha«, sagte Alex langsam, »nachdem er Graf geworden war und die Sachlage erkannt hatte, faßte er also den Entschluß, eine reiche Frau zu heiraten. Ihm blieb vermutlich gar keine andere Wahl. Das stört dich doch nicht, Douglas, oder?«

»Nein, es ist nur . . .«

»Was, mein Lieber?«

»Sinjun kennt ihn doch kaum. Sie ist verliebt, weiter nichts. Und wenn sie erst einmal in Schottland lebt, ist niemand da, der sie beschützen könnte, und was . . .«

»Glaubst du, daß Colin Kinross ein Ehrenmann ist?«

»Keine Ahnung. Nach außen hin schon, aber wer weiß, was in seinem Kopf vorgeht? Und in seinem Herzen?«

»Sinjun wird ihn auf jeden Fall heiraten, Douglas. Ich hoffe nur, daß sie ihn nicht vor der Hochzeit verführt.«

Er seufzte. »Das hoffe ich auch. Und jetzt muß ich mit Mutter sprechen. Sie keift herum und treibt ihre Zofe zur Verzweiflung, weil sie ständig verlangt, daß der junge Mann zu ihr gebracht wird. Und sie droht damit, Sinjun nach Italien zu schicken, bis die Göre diesen Ausländer vergessen hat. Seltsamerweise stört es sie nicht im geringsten, daß er ihre Tochter nur des Geldes wegen heiraten will. Ihr mißfällt nur, daß er Schotte ist. Ihrer Ansicht nach sind alle Schotten brutal und geizig und außerdem auch noch *Presbyterianer.*«

»Vielleicht solltest du ihr ein paar Gedichte von Robert Burns vorlesen. Sie sind wunderschön.«

»Ha! Gedichte in einer Fremdsprache würden sie nur noch mehr in Rage bringen. Ich wünschte, Sinjun würde nicht mit Kopfschmerzen im Bett liegen. Wenn man sie einmal braucht, ist sie natürlich indisponiert. Typisch Sinjun!«

»Soll ich dich begleiten?«

»Dann bekommt Mutter einen solchen Tobsuchtsanfall, daß uns beiden das Trommelfell platzt. Sie hat sich immer noch nicht mit dir ausgesöhnt, meine Liebe, und höchstwahrscheinlich wird sie dich bald für dieses Debakel verantwortlich machen.« Seufzend verließ Douglas den Raum, wobei er über seine Schwester und ihr Kopfweh schimpfte.

Sinjun hatte kein Kopfweh. Sie hatte einen Plan — und war gerade dabei, ihn in die Tat umzusetzen. Ein großes Kissen, das sie sorgfältig in eine entsprechende Form gebracht hatte, sollte vortäuschen, daß sie im Bett lag und die Decke über den Kopf gezogen hatte. Sie zog ihre Hose hoch, zupfte das Jackett zurecht und schob den Filzhut tiefer in die Stirn. Gar kein Zweifel, sie sah wie ein richtiger Junge aus. Sie drehte sich um und betrachtete sich in dem langen Spiegel auch von hinten. O ja, ein richtiger Junge, bis hin zu den schwarzen Stiefeln. Leise pfeifend öffnete sie das Fenster. Jetzt brauchte sie nur noch an der Ulme in den Garten hinabzuklettern.

Colin wohnte im zweiten Stock eines alten georgianischen Hauses in der Carlyon Street, nur drei Straßen entfernt. Es war noch nicht dunkel, und Sinjun pfiff weiter vor sich hin, um Furcht erst gar nicht aufkommen zu lassen und um den Eindruck zu erwecken, daß hier ein Junge einen kleinen Abendbummel machte. Sie sah zwei Herren in weiten Capes; sie lachten und rauchten Zigarren und schenkten ihr nicht die geringste Beachtung. Ein zerlumpter Junge fegte für jeden Passanten den Weg, und sie bedankte sich und warf ihm eine Münze zu. Ohne Zwischenfälle erreichte sie das Haus und betätigte energisch den riesigen Türklopfer, der die Form eines Adlerkopfes hatte.

Von drinnen war kein Laut zu vernehmen. Sie klopfte wieder. Nun hörte sie ein Kichern, und eine hohe Frauenstimme schimpfte: »Nein, Sir, nicht! Lassen Sie das doch! Nein, das dürfen Sie nicht, nicht hier. Wir bekommen Besuch. Nein, Sir . . .« Nach weiterem Kichern öffnete sich die Tür, und vor Sinjun stand eine der hübschesten Frauen, die sie je gesehen hatte. Ein sehr tiefer Ausschnitt stellte üppige weiße Brüste großzügig zur Schau, das helle Haar war zerzaust, ihre Augen funkelten ausgelassen, und sie grinste schelmisch.

»Na, wer bist denn du, mein Hübscher?« Sie warf sich in die Brust und stemmte eine Hand in die Hüfte.

Der Hübsche schenkte ihr ein strahlendes Lächeln. »Wer soll ich denn sein? Was wäre dir am liebsten? Vielleicht dein Vater? Nein, das geht wohl nicht, denn dann müßte ich den Herrn ausschimpfen, der dich zum Lachen gebracht hat, und das willst du bestimmt nicht, stimmt's?«

»Oh, du bist ja ein kleiner Schlawiner! Späße, Spielchen und eine gut geölte Zunge. Möchtest du hier jemanden besuchen?«

Sinjun nickte. Aus dem Augenwinkel sah sie, wie ein Herr hastig in einem Zimmer verschwand. »Ich möchte zu Lord Ashburnham. Ist er zu Hause?«

Das Mädchen nahm eine noch provozierendere Pose ein und kicherte wieder. »Ah, Seine Lordschaft ist'n besonders Hübscher. Aber leider ein armer Schlucker. Kann sich kein nettes Mädchen leisten, auch keinen Diener. 'S heißt, daß er 'ne reiche Person heiraten will, aber er selbst erzählt nix darüber. Wahrscheinlich ist diese Erbin so'n Trampel, in feine Seide gepackt. Der Ärmste!«

»Manche Erbinnen können sogar pfeifen, wie ich gehört habe«, sagte Sinjun. »Die Wohnung Seiner Lordschaft ist im zweiten Stock, nicht wahr?«

»Ja«, bestätigte das Mädchen. »He, wart mal! Ich weiß nicht, ob er da ist oder nicht. Hab ihn seit zwei Tagen nicht mehr gesehen. Tilly, meine Freundin, ist mal raufgegangen, um ihm so'n bißchen Spaß anzubieten — auf Kosten des Hauses, hat Tilly gesagt — aber er ist nicht dagewesen. Jedenfalls hat er keine Antwort gegeben — und was für'n Mann tät denn schon die Schnauze halten, wenn Tilly ihn ruft?«

Sinjun nahm zwei Stufen auf einmal, rief aber über die Schulter hinweg: »Wenn er nicht da ist, komme ich vielleicht zurück, und wir zwei könnten eine Tasse Tee trinken und 'n bißchen plaudern, wie wäre das?«

Das Mädchen lachte. »Ach, mach, daß du wegkommst, mein Hübscher! Ah, Sir, da sind Sie ja wieder! Wo war'n wir denn stehengeblieben? Oh, wie ungezogen Sie sind!«

Sinjun grinste noch immer, als sie oben ankam. Es war ein gediegenes Haus mit breitem Korridor, sehr gepflegt, frisch gestrichen, ein passendes Logis für einen Gentleman. Ob die hübschen Mädchen immer hier waren? Sie klopfte an Colins Tür. Keine Reaktion. Sie klopfte wieder. Bitte, dachte sie, bitte laß ihn hier sein. Sie hatte ihn so lange nicht gesehen. Vier Tage ohne ihn! Das war einfach zuviel. An jenem ersten Morgen hatten sie Douglas hinters Licht geführt, aber seitdem hatte Colin nicht versucht, sie zu besuchen. Sie mußte ihn einfach sehen, berühren, ihm zulächeln.

Schließlich rief eine tiefe Stimme: »Verschwinden Sie, wer auch immer Sie sein mögen!«

Es war Colin, aber er hörte sich seltsam heiser an. War jemand bei ihm? Ein Mädchen wie das im Erdgeschoß?

Nein, das konnte sie einfach nicht glauben. Sie klopfte wieder.

»Verdammt, hauen Sie ab!« Dem Fluch folgte ein bellendes Husten.

Sinjun hatte plötzlich Angst. Zu ihrer großen Erleichterung war die Tür nicht abgeschlossen. Sie betrat einen kleinen Flur, der rechterhand in ein langes, schmales Wohnzimmer führte; es war gut eingerichtet, aber völlig unpersönlich. »Colin? Wo sind Sie?«

Wieder hörte sie ihn fluchen. Eilig durchquerte sie das Wohnzimmer und riß die Tür auf, die ins Schlafzimmer führte. Ihr Verlobter hatte sich in einem zerwühlten Bett aufgesetzt, und sie konnte seinen nackten Oberkörper sehen. Einen Moment lang stand sie vor ihm und starrte ihn fasziniert an. Sein breiter Brustkorb war dicht behaart, und er sah unglaublich stark und muskulös und dabei doch schlank aus. Er hatte einen schwarzen Stoppelbart, seine Augen waren blutunterlaufen und seine Haar zerzaust, aber nichtsdestotrotz kam er Sinjun bildschön vor.

»Joan! Was zum Teufel machen Sie hier? Haben Sie völlig den Verstand verloren? Sind Sie . . .«

Er konnte nur krächzen. Im Nu stand Sinjun neben seinem Bett. »Was fehlt Ihnen?« Im selben Augenblick bemerkte sie, daß er wie Espenlaub zitterte. »O Gott! Sie drückte ihn in die Kissen und deckte ihn bis zum Kinn zu. »Nein, nein, liegen Sie still und erzählen Sie mir, was los ist?«

Colin lag flach auf dem Rücken und blickte zu Joan auf, die sich als Junge verkleidet hatte, was lächerlich war. Aber vielleicht phantasierte er auch nur, vielleicht war sie in Wirklichkeit gar nicht da.

»Joan?« versuchte er sich zu vergewissern.

»Ja, Liebster, ich bin hier. Was fehlt dir?« In dieser Situation konnte sie ihn einfach nicht länger siezen. Sie setzte sich auf die Bettkante und legte ihre Hand auf seine Stirn, die sehr heiß war.

»Ich kann nicht dein Liebster sein«, murmelte er, erleichtert, sie nun seinerseits duzen zu können. »Dazu ist es noch viel zu früh. Verdammt, ich bin müde und so schwach wie ein Welpe kurz nach der Geburt. Warum gibst du dich für einen Jungen aus? Das ist doch albern. Du hast die Hüften einer Frau, und deine langen Beine sehen auch nicht jungenhaft aus.«

Es war ein interessantes Gesprächsthema, aber Sinjun war viel zu besorgt, um sich ablenken zu lassen. »Du hast hohes Fieber. Mußtest du dich übergeben?«

Er schüttelte den Kopf und schloß die Augen. »Hast du denn überhaupt kein Zartgefühl?«

»Hast du Kopfweh?«

»Ja.«

»Wie lange fühlst du dich schon so schlecht?«

»Seit zwei Tagen. Aber ich bin nur müde, weiter nichts.«

»Warum hast du keinen Arzt holen lassen? Oder mich?«

»Ich brauche niemanden. Es ist eine leichte Erkältung. Ich habe mir bei Regen einen Boxkampf auf dem Tyburn Hill angeschaut.«

»Wir werden sehen.« Männer, dachte sie, während sie sich hinabbeugte und ihre Wange an die seine preßte. Sie können einfach keine Schwäche eingestehen. Unwillkürlich zuckte sie zurück, denn er glühte vor Fieber. Als er die Augen öffnete, legte sie sanft eine Fingerspitze auf seine Lippen. »Nein, beweg dich nicht. Ich werde mich jetzt um alles kümmern. Wann hast du zuletzt gegessen?«

Mit gerunzelter Stirn knurrte er wütend: »Das weiß ich nicht mehr, und es ist auch völlig unwichtig. Ich habe keinen Hunger. Geh weg, Joan! Daß du hier bist, ist höchst unschicklich.«

»Würdest du mich denn alleinlassen, wenn du mich krank vorfändest?«

»Das ist etwas anderes, und das weißt du genau. Um Himmels willen, ich bin splitterfasernackt.«

»Splitterfasernackt«, wiederholte sie lächelnd, trotz ihrer Angst um ihn unwillkürlich fasziniert. »Nein, nein, schau mich nicht so böse an und fluch nicht. Bleib ruhig liegen. Ich kümmere mich um alles.«

»Nein, verdammt, mach, daß du wegkommst!«

»Ich gehe gleich und hole Hilfe, und du bleibst derweil warm zugedeckt liegen. Möchtest du Wasser trinken?«

Er nickte sehnsüchtig.

Sobald er seinen quälenden Durst gestillt hatte, fragte sie nüchtern: »Mußt du vielleicht mal verschwinden?«

Er schien ihr an die Gurgel springen zu wollen. »Verschwinde!«

»In Ordnung.« Sie küßte ihn auf den Mund und eilte von dannen.

Colin zog die Decken bis zur Nase hinauf. Er konnte keinen klaren Gedanken fassen, und der Raum verschwamm vor seinen Augen. Als er sie wieder öffnete, war er allein. War Joan wirklich hier gewesen? Er war nicht mehr so durstig, folglich mußte wohl jemand dagewesen sein. O Gott, ihm war so schrecklich kalt! Sein Kopf dröhnte, und seine Gedanken wurden immer verworrener. Er war krank, und es ging ihm schlechter als nach dem befriedigenden Kampf, bei dem er sich zwei Rippen gebrochen hatte, zwei Monate, bevor sein Bruder ums Leben gekommen war und er selbst den Titel geerbt hatte, an dem ihm nur deshalb etwas lag, weil er die Zerstörung seines Heimes nicht ertragen konnte.

Er schloß die Augen und sah eine lächelnde Joan in Männerkleidung vor sich. Dieses unberechenbare Mädchen! Er zweifelte nicht daran, daß seine Verlobte zurückkommen würde — falls sie überhaupt hier gewesen war.

Eine Stunde später bekam er einen Schock, denn Joan kam nicht allein zurück. Ihr Bruder Douglas begleitete sie. Colin sah, daß sie noch immer als Junge verkleidet war. Erzog ihr Bruder sie denn gar nicht? Brachte er ihr nicht bei, wie eine junge Dame der Gesellschaft sich zu benehmen hatte?

Colin starrte den Grafen an, ohne auch nur ein Wort hervorzubringen. Douglas warf nur einen Blick auf ihn, bevor er ruhig sagte: »Sie kommen mit ins Sherbrooke House. Sogar ein Blinder könnte sehen, daß Sie krank sind, und meine Schwester will keinen Mann heiraten, der mehr tot als lebendig ist.«

»Du warst also wirklich hier«, murmelte Colin, an Sinjun gewandt.

»Ja, und jetzt wird alles gut werden. Ich werde dich nämlich selbst pflegen.«

»Verdammt, ich bin nur müde, nicht krank. Du bauschst diese Sache viel zu sehr auf, und ich will nur, daß man mich alleinläßt und . . .«

»Seien Sie still«, befahl Douglas.

Und Colin gehorchte, weil er sich so hundsmiserabel fühlte.

»Sinjun, mach, daß du rauskommst. Der Mann ist nackt, und du kannst nicht hier herumstehen und ihn in Verlegenheit bringen. Schick Henry und Boggs rein, damit sie mir helfen, ihn anzukleiden.«

»Ich kann mich allein anziehen«, krächzte Colin, und Douglas widersprach nicht.

Es gelang Colin tatsächlich, ohne fremde Hilfe in seine Kleider zu kommen, aber die Fahrt in der Kutsche war ein regelrechter Alptraum, und als Henry und Boggs ihm die Treppe hinaufhalfen, wurde er ohnmächtig.

Erst im Gästezimmer entdeckte Douglas die etwa zehn Zentimeter lange gezackte Messerwunde an Colins rechtem Oberschenkel.

KAPITEL 4

»Du mußt dich ein wenig ausruhen, Sinjun. Es ist schon nach Mitternacht — fast eins, genauer gesagt.«

Es kostete Sinjun große Überwindung, ihre Augen von Colins stillem Gesicht loszureißen und ihre Schwägerin anzusehen. »Ich kann hier sehr gut ausruhen, Alex. Wenn er aufwacht, muß ich hier sein, weil er immer so durstig ist.«

»Er ist ein kräftiger Mann«, sagte Alex beruhigend. »Er wird bestimmt nicht sterben. Auch der Arzt hat gesagt, daß er es überleben wird.«

»Trotzdem will ich ihn nicht verlassen. Er hat schreckliche Alpträume gehabt.«

Alex gab ihr eine Tasse Tee und setzte sich zu ihr. »Was für Alpträume?«

»Das weiß ich nicht. Jedenfalls fürchtet er sich und ist verwirrt. Vielleicht sind es auch nur Fieberphantasien.«

Colin hörte ihre leise Stimme. Sie versuchte Ruhe vorzutäuschen, aber es gelang ihr nicht ganz, die Sorge um ihn zu verbergen. Er wollte seine Augen öffnen und sie ansehen, aber ihm fehlte dazu die Kraft. Sie hatte recht — er fürchtete sich, denn er hatte wieder einmal Fiona gesehen, die tot auf den Felsen lag, und er selbst stand auf der Klippe und starrte fassungslos auf die Leiche hinab. Er versuchte, jene Bilder zu verdrängen, aber sie verfolgten ihn, und er wurde von seinen Ängsten überwältigt, weil er sich an nichts erinnern konnte und in alle Ewigkeit der schrecklichen Unsicherheit ausgesetzt war. Hatte er Fiona umgebracht? Nein, verdammt, er hatte seine Frau nicht getötet! Nicht einmal dieser Alptraum konnte ihn davon überzeugen, daß er sie ermordet hatte. Jemand hatte ihn hergebracht, vielleicht sogar Fiona selbst, und dann mußte sie in die Tiefe gestürzt sein. Tief im Innern wußte er, daß er sie nicht hinabgestoßen hatte. Langsam wich er vom Klippenrand zurück, einen Schritt nach dem anderen, seltsam benommen. Er führte Männer an die Stelle, wo er sie gefunden hatte, und niemand fragte ihn, was geschehen war, warum Fiona mit gebrochenem Hals in zehn Meter Tiefe lag.

Aber natürlich hatte es Gerede gegeben, endloses Gerede, das schlimmer war als eine konkrete Beschuldigung, denn gegen dieses Getuschel, gegen diese bösartigen Andeutungen war er machtlos. Selbst wenn er lautstark seine Unschuld beteuert hätte — wie hätte ihm jemand glauben sollen, nachdem er keine Erklärung geben konnte, was er selbst dort auf den Klippen zu suchen gehabt hatte? Er konnte sich an nichts erinnern, als er dort draußen zu sich kam. Der einzige Mensch, dem er das wenige erzählt hatte, woran er sich erinnerte, war Fionas Vater, das Oberhaupt des MacPherson-Clans, und der Gutsherr hatte ihm geglaubt. Aber das nützte ihm nicht viel, denn es nagte an ihm, daß er sich nicht erinnern konnte, es verfolgte ihn im Schlaf, wenn er am verwundbarsten war. Obwohl er nie glaubte, der Mörder seiner Frau zu sein, hatte er das Gefühl, daß die Alpträume eine gerechte Strafe waren.

Stöhnend schlug er um sich. Die Messerwunde am Oberschenkel schmerzte höllisch. Sinjun war sofort auf den Beinen und legte ihm sanft die Hände auf die Schultern. »Schscht, Colin, ganz ruhig. Es sind nur Alpträume, weiter nichts, Fieberphantasien, die dich quälen. So ist's gut. Komm, trink etwas, dann wird es dir gleich besser gehen.«

Sie stützte ihn und hielt das Wasserglas an seine Lippen. Er schluckte willig, und als er genug getrunken hatte, drehte er den Kopf etwas zur Seite, und während sie ihm das Kinn abwischte, erklärte sie ihrer Schwägerin leise: »Ich habe etwas Laudanum ins Wasser gegeben, damit er tiefer schläft und keine Alpträume mehr hat.«

Alex schwieg. Sie wußte genau, daß keine zehn Pferde sie von Douglas' Bett wegbringen würden, wenn er krank wäre, und so tätschelte sie Sinjun nur aufmunternd den Arm und verließ den Raum.

Douglas war noch wach und zog seine Frau fest an sich. »Wie geht es ihm?«

»Schlecht. Er hat Alpträume. Es ist schrecklich, Douglas.«

»Konntest du Sinjun nicht dazu bringen, ihn für den Rest der Nacht Finkle zu überlassen?«

»Nein. Außerdem würde Finkle bestimmt einschlafen und den armen Colin mit seinem Geschnarche aufwecken, wenn nicht einmal du bei dem Lärm schlafen konntest, obwohl du nach einer zwölfstündigen Schlacht völlig erschöpft warst. Das hast du mir doch selbst erzählt. Nein, Finkle soll sich lieber tagsüber um Colin kümmern. Sinjun ist jung und kräftig. Sie will jetzt bei ihm sein. Laß sie.«

Douglas seufzte. »Das Leben hält wirklich allerlei Überraschungen bereit. Ich hatte ihm für eine Woche das Haus verboten, obwohl mir im Grunde klar war, daß die beiden sich sehen würden. Verdammt, er hätte sterben können, wenn Sinjun die Sache nicht selbst in die Hand genommen und ihn einfach aufgesucht hätte. Es ist meine Schuld. Sie weiß nichts von der Verletzung, oder?«

»Nein. Und wenn du dir weiterhin Vorwürfe machst, für etwas, wofür du überhaupt nichts kannst, werde ich Ryder schreiben und ihn bitten, sofort herzukommen und dich k.o. zu schlagen.«

»Ha! Das würde Ryder niemals tun. Außerdem bin ich stärker als er und würde Kleinholz aus ihm machen.«

»Aber dann bekämst du es mit Sophie zu tun.«

»Ein schrecklicher Gedanke!«

»Ich hoffe, es macht dir nichts aus, daß sie und Ryder im Augenblick nicht nach London kommen können. Nachdem zwei der Kinder sich beim Sturz vom Heuboden verletzt haben, könnten sie ihren Aufenthalt sowieso nicht genießen. Und unsere Zwillinge sind in Gesellschaft ihres Vetters und all der anderen Kinder sehr glücklich.«

»Ich vermisse die Kleinen«, sagte Douglas zärtlich.

»Alle zwölf plus unsere beiden plus Ryders und Sophies Sprößling?«

»Zwei auf einmal sind mir lieber. Und ich finde es ganz gut, Kinder herumzureichen, weil ihnen dann weniger Zeit bleibt, die Erwachsenen total um den Finger zu wikkeln.«

»Da bin ich ganz deiner Meinung, aber jetzt, wo Colin so krank ist und wir Hochzeitsvorbereitungen treffen müssen, ist es wohl besser, wenn wir die Jungen bei ihrem Onkel und ihrer Tante lassen.«

»Sinjun wird Colin bestimmt so bald wie möglich heiraten wollen. Ein Jammer, wenn Ryder und Sophie nicht dabei sein können.«

»Ich bin jetzt zu müde, um weiter darüber nachzudenken. Schlafen wir lieber.«

Eine weiche Hand streichelte Douglas Brustkorb, und er schmunzelte im Dunkeln. »Ach, und ich dachte, du wärest müde. Hast du deine Kräfte plötzlich wiedererlangt? Soll ich belohnt werden?«

»Wenn du versprichst, nicht wieder so laut zu schreien, daß deine Mutter aufwacht.« Alex erschauderte noch in der Erinnerung an jene Nacht, als Douglas und sie sich besonders wild miteinander vergnügt hatten und seine Mutter plötzlich ins Zimmer gestürzt war, weil sie dachte, daß Alex ihren geliebten Sohn umbrachte. Es war eine denkbar peinliche Situation gewesen.

»Ich werde mir ein Taschentuch in den Mund stopfen«, versprach Douglas.

Er hatte endlich wieder einen klaren Kopf, war aber noch so schwach, daß er nicht einmal den Nachttopf erreichen konnte. Es war einfach gräßlich. Aber immerhin hatte er kein Fieber mehr, und auch die Schmerzen in seinem Oberschenkel hatten nachgelassen. Natürlich war es töricht von ihm gewesen, nicht sofort einen Arzt aufzusuchen, aber er hatte es bisher nie getan. Sogar Dr. Childress, seit über dreißig Jahren Hausarzt der Familie Kinross, hatte ihn nur bei einigen Kinderkrankheiten behandelt.

Er war jung, stark und kerngesund. Daß eine kleine Stichwunde ihn an den Rand des Todes bringen könnte, hätte er nie für möglich gehalten.

Mit halb geöffneten Augen beobachtete er, wie Joan das Zimmer betrat. Er war hungrig und mürrisch und wollte sie nicht um sich haben. Was er brauchte, war die Hilfe eines Mannes.

»Ah, du bist wach!« Sie schenkte ihm ein strahlendes Lächeln. »Wie geht es dir?«

Er knurrte nur.

»Soll ich dich vielleicht rasieren? Einmal habe ich Tyson rasiert, während Ryder ihn festgehalten hat. Das ist zehn Jahre her, aber ich könnte es versuchen, und ich wäre sehr vorsichtig.«

»Nein.«

»Weißt du, was komisch ist, Colin? Unten ist ein Mann, der behauptet, dein Cousin zu sein.«

Er setzte sich abrupt im Bett auf und starrte sie verwundert an. Ein Cousin? Keiner seiner Cousins wußte, daß er hier war.

Doch — McDuff.

»Das ist unmöglich«, murmelte er und ließ sich wieder in die Kissen fallen, ohne aber die Decke hochzuziehen. Sinjun schluckte. Er war so schön, so muskulös, und die dichten schwarzen Haare auf seiner Brust waren so verführerisch! Zur Taille hin wurden sie dünner, und dann verschwanden sie unter der Decke. Er war viel zu mager, sie konnte seine Rippen sehen, aber das würde sich bald ändern.

»Du mußt dich warmhalten«, sagte sie und deckte ihn bis zu den Schultern zu, obwohl sie die Decke viel lieber ganz weggezogen und ihn mindestens sechs Stunden lang betrachtet hätte.

»Joan, ist das wirklich kein Scherz? MacDuff ist hier?«

Sie blinzelte. »MacDuff? Er hat mir seinen Namen nicht genannt, nur gesagt, daß er dein Lieblingsvetter sei. MacDuff wie bei Shakespeare?«

»Ja. Als Jungen nannten wir ihn MacCud . . .«

»Heißt ›Cud‹ auf schottisch nicht ›Esel‹?«

Er grinste. »So ist es. Sein richtiger Name ist Francis Little, aber jemand, der so groß und breit ist wie er, kann doch unmöglich ›klein‹ heißen. Deshalb haben wir ihn schließlich MacDuff getauft. Er drohte nämlich, uns alle zu Brei zu schlagen, wenn wir nicht statt McCud wenigstens McDuff sagten.«

»Zweifellos paßt das besser zu ihm als Francis Little, was sich bei einem Mann seiner Statur wirklich absurd anhört. Mein Gott, sein Brustkorb erinnert an einen massiven Baumstamm. MacDuff! Weißt du, er hat ganz rote Haare, aber keine Sommersprossen. Und seine Augen sind so blau wie ein Sommerhimmel.«

»Seine Augen haben genau die gleiche Farbe wie deine. Und jetzt hör auf, von diesem verdammten Riesen zu schwärmen. Bring ihn lieber rauf.«

»Nein«, widersprach Sinjun energisch. »Vorher mußt du frühstücken. Ah, da ist ja auch Finkle. Er wird dir bei gewissen Verrichtungen behilflich sein. Ich komme in einigen Minuten zurück und helfe dir beim Essen.«

»Ich brauche deine Hilfe nicht.«

»Natürlich nicht, aber du freust dich doch über meine Gesellschaft, oder?«

Sie lächelte ihm zu, küßte ihn und tänzelte aus dem Zimmer. Auf der Schwelle drehte sie sich noch einmal um. »Möchtest du mich morgen heiraten?«

Er warf ihr einen eher irritierten als schockierten Blick zu. »Dann hättest du eine denkwürdige Hochzeitsnacht. Ich würde völlig schwach neben dir liegen, ohne dich auch nur anzurühren.«

»Das würde mir nichts ausmachen. Wir haben noch das ganze Leben vor uns.«

»Ich weigere mich, dich zu heiraten, bevor ich mit dir ins Bett gehen kann.« Es war eine törichte Bemerkung, das wußte er, denn eigentlich hätte er sie noch in dieser Stunde heiraten müssen. Die Zeit wurde allmählich knapp. Er brauchte verzweifelt ihr Geld.

Sinjun lehnte sich zurück und beobachtete die beiden Vettern, die sich so leise unterhielten, daß sie nichts verstehen konnte. Erstaunlicherweise hatte sie aber auch gar nicht den Wunsch zu horchen, obwohl sie es darin im Laufe der Jahre zu wahrer Meisterschaft gebracht hatte. Bei drei älteren Brüdern hatte sie schon sehr früh gelernt, daß sich ein Großteil der ihr vorenthaltenen Informationen am besten durchs Schlüsselloch erfahren ließ. Jetzt aber blickte sie entspannt aus dem Fenster auf den umzäunten Garten hinab. Es war ein kühler Tag, aber der Himmel war klar und blau, und die Blumen und Bäume standen in voller Blüte. Sie hörte Colin lachen und lächelte zufrieden. MacDuff — es war ein noch viel ausgefallenerer Spitzname als ihr eigener — schien ein netter Kerl zu sein; vor allem aber schien er Colin sehr gern zu haben. Sogar im Sitzen sah er gewaltig aus, nicht dick, nein, kein bißchen, nur gewaltig wie ein Riese, und das kräftige Lachen, das seinen ganzen Körper erschütterte, paßte zu ihm. Sie mochte ihn auf Anhieb. Er war nicht beleidigt gewesen, als sie ihm angedroht hatte, ihn mit einem Fußtritt hinauszubefördern, wenn er Colin ermüdete.

Er hatte von seiner imposanten Höhe aus auf sie herabgegrinst. »Sie sind kein Feigling, wie ich sehe, nur ein bißchen dumm, weil Sie sich diesen schrägen Vogel ins Haus geholt haben. Keine Sorge, ich mache mich aus dem Staub, sobald der arme Kerl müde wird.«

In bestem Einvernehmen hatte sie ihn zu Colin gebracht.

Jetzt stand MacDuff tatsächlich unaufgefordert auf und

sagte: »Du mußt dich ausruhen, alter Junge. Nein, bitte keine Einwände. Ich habe Sinjun versprochen, dich nicht zu überanstrengen, und ich habe mächtigen Respekt vor ihr.«

»Sie heißt Joan. Schließlich ist sie kein Mann.«

MacDuff hob eine Augenbraue. »Aha, wir sind wohl ein bißchen reizbar? Ein bißchen deprimiert? Ich besuche dich morgen wieder, Ash. Tu, was Sinjun dir sagt. Sie hat mich übrigens zur Hochzeit eingeladen.«

Der Kleiderschrank von Mann zog sich diskret zurück.

»Er hat genauso wie du keinen schottischen Akzent.«

»Trotz seines Spitznamens bevorzugt MacDuff die englische Seite seiner Familie. Mein Vater und seine Mutter waren Geschwister. Seine Mutter hat einen Engländer aus York geheiratet, einen sehr wohlhabenden Eisenwarenhändler. Wir wurden beide in England erzogen, aber er hat sich viel stärker angepaßt als ich, und ich dachte früher, daß er am liebsten alle Brücken nach England abreißen würde. Aber inzwischen scheint er seine Einstellung geändert zu haben, denn in den letzten Jahren lebt er größtenteils in Edinburgh.«

»Du bist müde, Colin. Ich möchte mehr darüber hören, aber später, mein Lieber.«

»Du bist ein schrecklicher Tyrann.« Er hörte sich säuerlich an, und das freute sie, weil es ein sicheres Anzeichen dafür war, daß er sich auf dem Wege der Besserung befand.

»Ich weiß, Colin, aber ich meine es nur gut. Möchtest du mich vielleicht übermorgen heiraten?«

»Habe ich mich vorhin nicht klar genug ausgedrückt?« knurrte er ungnädig, doch sie lächelte völlig unbeeindruckt, bevor sie hinter sich die Tür schloß.

Colin schloß erschöpft die Augen. Er machte sich große Sorgen und war wütend. MacDuff hatte ihm berichtet, daß die MacPhersons Beutezüge in die Ländereien der Kinrosses unternahmen. Ihnen war zu Ohren gekommen, daß er vor dem finanziellen Ruin stand und sich nicht in Schottland aufhielt, und das nutzten sie jetzt weidlich aus. Normalerweise begnügten sie sich damit, über ihr Unglück zu jammern und zu klagen, obwohl sie es selbst verschuldet hatten, doch nun hatten sie Blut geleckt und sich nicht nur unberechtigt Ackerland und Schafe angeeignet, sondern auch einige Pächter umgebracht, die sich den Plünderungen zu widersetzen versuchten. Seine Leute taten ihr möglichstes, aber ihnen fehlte ein Anführer. Nie im Leben hatte sich Colin so hilflos gefühlt. Er war an dieses schöne Bett in diesem schönen Haus gefesselt, und solange er so schwach war, konnte er weder sich selbst noch seiner Familie noch seinen Pächtern helfen.

Es gab für ihn nichts Wichtigeres als Joan Sherbrooke zu heiraten. Ihm wäre es sogar egal gewesen, wenn sie Zähne wie ein Karnickel gehabt hätte; Hauptsache war, daß sie viele glänzende Münzen in die Ehe mitbrachte. Nur eines zählte: er mußte die feigen MacPhersons schlagen und Vere Castle und den übrigen Besitz retten. Rasches Handeln war vonnöten. Er versuchte aufzustehen, knirschte mit den Zähnen, um sich den Schmerz im Oberschenkel zu verbeißen, und fiel aufs Bett zurück. Sobald Joan ihm wieder einen Heiratsantrag machte, würde er sie bitten, den Geistlichen innerhallb von fünf Minuten herzuholen.

Douglas Sherbrooke faltete den Brief sehr sorgfältig und schob ihn in den Umschlag zurück.

Er lief in der Bibliothek auf und ab, blieb stehen, zog den Brief wieder aus dem Kuvert und las ihn noch einmal. Die großen Druckbuchstaben waren mit schwarzer Tinte geschrieben:

LORD NORTHCLIFFE,
COLIN KINROSS HAT SEINE FRAU ERMORDET. ER WIRD IHRE SCHWESTER HEIRATEN UND SIE DANN EBENFALLS BESEITIGEN. ZWEIFELN SIE NICHT

DARAN. ER IST VÖLLIG SKRUPELLOS UND ZU ALLEM FÄHIG, UM ZU BEKOMMEN, WAS ER WILL. DAS EINZIGE, WAS ER JETZT WILL, IST GELD.

Douglas haßte anonyme Briefe. Er fand feige Beschuldigungen dieser Art schäbig und unglaubwürdig, aber das Schlimmste war, daß sie dennoch Zweifel säten, ganz egal, was man persönlich von dem Beschuldigten hielt. Der Brief war vor einer Stunde von einem kleinen Jungen abgegeben worden, der dem Butler nur gesagt hatte, ein Mann habe ihn darum gebeten. Leider hatte Drinnen sich den Mann nicht beschreiben lassen. Douglas zerknüllte den Brief, während er wieder nervös auf und ab lief. Colin erholte sich rasch, und Sinjun vollführte Freudentänze und wollte Ende der Woche heiraten. Heute war schon Dienstag. Himmel, was sollte er nur tun?

Er wußte genau, daß der verdammte Brief Colin sogar des Mordes an einem ganzen Regiment beschuldigen könnte, ohne daß Sinjun sich darum kümmern würde. Sie würde es nicht glauben. Sie würde es niemals glauben, und sie würde eher ihrer ganzen Familie den Kampf ansagen als diesen Mann aufgeben.

Er konnte diese Angelegenheit aber auch nicht einfach auf sich beruhen lassen, und deshalb begab er sich sofort in Colins Schlafzimmer, sobald Alex und Sinjun das Haus verlassen hatten, um Sinjuns Hochzeitskleid bei Madame Jordan abzuholen.

Colin trug einen seiner eigenen Morgenröcke, dank Finkle, der in seine Wohnung alle Kleidungsstücke gepackt und in zwei Koffern zu den Sherbrookes gebracht hatte. Er stand neben dem Bett und blickte zur Tür hinüber.

»Brauchst du Hilfe?« fragte Douglas, während er den Raum betrat.

»Nein, danke. Ich möchte mir unbedingt beweisen, daß ich dieses Zimmer dreimal durchqueren kann, ohne auf die Nase zu fallen.«

Douglas lachte. »Wie oft hast du es denn schon geschafft?«

»Zweimal, im Abstand von fünf Minuten. Aber ich befürchte, daß das dritte Mal mich umbringen wird.«

»Setz dich, Colin. Ich muß mit dir reden.«

Colin ließ sich bereitwillig in einem Ohrensessel am Kamin nieder, streckte sein Bein aus und begann es vorsichtig zu massieren. »Du hast Joan doch nichts von der Verletzung erzählt, oder?«

»Nein, nur meiner Frau, obwohl ich nicht so recht verstehen kann, warum Sinjun nichts davon wissen soll.«

»Sie wäre besorgt und wütend, und sie würde diese Sache nicht so ohne weiteres hinnehmen. Wahrscheinlich würde sie einen Detektiv anheuern und zusammen mit ihm auf die Jagd nach dem Angreifer gehen. Vielleicht würde sie auch eine Anzeige in der *Gazette* aufgeben und eine Belohnung für Informationen aussetzen, die zur Ergreifung des Täters führen. Solche Aktivitäten könnten sie in Gefahr bringen. Man muß sie vor sich selbst beschützen.«

Douglas starrte ihn überrascht an. »Du kennst sie erst seit so kurzer Zeit und doch . . .« Er schüttelte den Kopf. »Genau das würde sie tun. Manchmal glaube ich fast, daß nicht einmal der liebe Gott ihre Pläne voraussehen kann, bevor sie zur Tat schreitet. Ihr Einfallsreichtum ist grenzenlos, mußt du wissen.«

»Ich nehme an, daß ich das bald am eigenen Leibe erleben werde.«

»Du hast mir noch gar nicht erzählt, wer dir diese Verletzung zugefügt hat.«

Colin wich Douglas' Blick aus. »Ein kleiner Ganove, der mich berauben wollte. Ich habe ihn niedergeschlagen, und da hat er plötzlich ein Messer aus dem Stiefel gezogen und zugestochen. Mein Schenkel war die höchste Stelle, die er erreichen konnte.«

»Hast du ihn umgebracht?«

»Nein, aber wahrscheinlich hätte ich es tun sollen. Der

Mistkerl hätte nicht viel davon gehabt, wenn es ihm gelungen wäre, meine Taschen zu leeren. Ich hatte höchstens zwei Guineen bei mir.«

»Vorhin habe ich einen Brief erhalten, der dich des Mordes an deiner Frau beschuldigt.«

Douglas hatte den Eindruck, als zöge sich Colin schlagartig in eine Art Schneckenhaus tief in seinem Innern zurück.

Wollte er sich gegen Schmerzen wappnen? Oder gegen Schuldgefühle? Jedenfalls starrte er beharrlich an Douglas' linker Schulter vorbei.

»Der Brief war nicht unterschrieben. Ein Junge hat ihn hier abgegeben. Anonyme Briefe sind nicht nach meinem Geschmack. Sie vergiften das Klima und hinterlassen immer einen üblen Nachgeschmack.«

Colin schwieg.

»Niemand hat gewußt, daß du schon einmal verheiratet warst.«

»Ich dachte, es ginge niemanden etwas an.«

»Wann ist deine Frau gestorben?«

»Vor etwa einem halben Jahr.«

»Und wie?«

Colins Eingeweide zogen sich schmerzhaft zusammen. »Sie fiel von einer Felsklippe und brach sich den Hals.«

»Hast du sie gestoßen?«

Colin gab keine Antwort, aber seine Stirn legte sich in zornige Falten.

»Hast du mit ihr gestritten? Ist es ein Unfall gewesen?«

»Ich habe meine Frau nicht ermordet, und ich werde deine Schwester nicht ermorden. Davor hat der Briefschreiber dich doch wohl gewarnt.«

»O ja.«

»Wirst du Joan darüber informieren?«

Douglas blinzelte. Er konnte sich noch immer nicht daran gewöhnen, daß Colin seine Schwester ›Joan‹ nannte. »Mir bleibt wohl nichts anderes übrig. Natürlich wäre es besser, wenn du es ihr selbst sagen würdest. Vielleicht solltest du ihr auch einige Erklärungen geben, die du mir vorenthältst.«

Colin schwieg.

Douglas stand auf. »Es tut mir leid«, seufzte er, »aber sie ist meine Schwester, und ich liebe sie sehr und muß sie beschützen. Deshalb muß ich auch darauf bestehen, daß jeder Verdacht ausgeräumt wird, bevor ihr heiratet.«

Colin widersprach nicht. Sobald er allein war, lehnte er den Kopf zurück, schloß die Augen und rieb sich den Schenkel. Die Stiche juckten, und die Haut war rosa. Die Wunde heilte schnell. Schnell genug?

Wer konnte diesen anonymen Brief geschrieben haben? Die MacPhersons waren die einzigen, die ein starkes Motiv hätten. Seine Frau, Fiona Dahling MacPherson, war die älteste Tochter des Gutsherrn gewesen. Aber der Alte hatte ihm damals nach Fionas Tod geglaubt, daß er sie nicht getötet hatte, und als Familienoberhaupt hatte Latham auch seinen Sohn Robert in Schach gehalten, der Colin des Mordes verdächtigte. Während der letzten Monate war Colin allerdings zu Ohren gekommen, daß Latham nicht mehr ganz richtig im Kopf sei und immer hinfälliger werde, was nicht weiter verwunderlich war, da er kaum jünger als die gälischen Felsen von Limner sein konnte. O ja, der Brief mußte von den MacPhersons, diesen erbärmlichen Feiglingen, stammen. Jemand anderer kam einfach nicht in Frage.

Trotz dieses verdammten Briefes mußte er Joan heiraten, und zwar schnell, weil sonst alles verloren wäre. Er zwang sich zur Ruhe und döste einige Stunden im Sessel vor sich hin. Als er aufstand, gelang es ihm, das Zimmer dreimal hintereinander zu durchqueren. Gott sei Dank, seine Kräfte nahmen zu. Hoffentlich schnell genug.

Die Entscheidung fiel beim Abendessen, das Joan mit ihm in seinem Zimmer einnahm. Als er gerade eine Gabel mit einem Stück Schinken zum Munde führte, hörte er sie sagen:

». . . Du darfst mich nicht mißverstehen, Colin, das

Hochzeitskleid ist wirklich schön, aber dieses ganze Getue regt mich auf. Meine Mutter würde dir wahrscheinlich am liebsten einen Orden verleihen, weil du mir nun doch das schreckliche Schicksal einer alten Jungfer ersparst. Oh, ich hasse diesen ganzen Pomp einer Hochzeit. Am liebsten würde ich dich einfach von hier entführen, damit wir in aller Ruhe unser gemeinsames Leben beginnen können.«

Er fühlte sich grenzenlos erleichtert. Was ihrem Mund entströmte, war das reinste Manna. Da hatte er nun nachgedacht und gegrübelt, sich den Kopf zerbrochen und eine Idee nach der anderen verworfen, und dabei war dieses unglaubliche Mädchen von sich aus bereit, sich ihm vorbehaltlos auszuliefern.

»Ich bin noch nicht allzu kräftig«, wandte er pro forma ein.

»Bis zum Freitag wirst du es sein, vielleicht sogar schon früher. Oh, wenn du nur auf der Stelle gesund sein könntest!«

Colin holte tief Luft. »Ich muß dir etwas sagen, Joan. Nein, bitte hör mir zu. Es ist sehr wichtig. Dein Bruder wird die Hochzeit verbieten. Er hat mir gesagt, daß er das tun müsse, um dich zu beschützen.«

Sinjun starrte ihn an, führte langsam die Erbsen auf ihrer Gabel zum Mund, schluckte sie, trank einen Schluck Wein und wartete schweigend auf eine Erklärung.

»Verdammt, dein Bruder glaubt, ich hätte jemanden umgebracht. Er will es dir selbst erzählen, wenn ich es nicht tue. Wie gesagt, er glaubt dich beschützen zu müssen. Er will die Sache aufgeklärt haben, bevor wir heiraten dürfen. Leider läßt sich diese Geschichte niemals aufklären. Das habe ich ihm noch nicht gesagt, aber so ist es nun einmal. Wir werden nicht heiraten, Joan. Es tut mir leid, aber dein Bruder wird es nie erlauben, und ich muß mich seinen Wünschen beugen.«

»Wen sollst du denn umgebracht haben?«

»Meine erste Frau.«

»Das ist doch völlig absurd!« rief Sinjun sofort. »Nicht die Tatsache, daß du schon einmal verheiratet warst, obwohl du noch so jung bist, sondern daß du ihr etwas zuleide getan haben könntest. Unsinn! Wo hat Douglas denn diese lächerliche Geschichte gehört?«

»Er hat einen anonymen Brief erhalten.«

»Da haben wir's ja! Jemand ist eifersüchtig auf dich, oder aber, jemand hat einfach eine Wut auf dich, weil du so attraktiv bist und einen so kühnen Vorstoß in London unternommen hast. Ich werde mit Douglas reden und ihn auf diese Fährte bringen.«

»Nein.«

Sie hörte aus diesem einen Wort seine Entschlossenheit heraus und wartete wieder schweigend ab, obwohl Geduld normalerweise nicht ihre stärkste Seite war.

Schließlich wurde sie belohnt, denn er blickte ihr direkt in die Augen und sagte langsam: »Wenn du mich wirklich heiraten willst, müssen wir noch in dieser Nacht aufbrechen. Wir werden in Schottland am Amboß heiraten, aber nicht in Gretna Green, denn dort würde dein Bruder uns zuerst suchen. Und dann werden wir in meinem Haus in Edinburgh Zwischenstation machen und uns kirchlich trauen lassen.« So, nun hatte er den Rubikon überschritten. Er wußte genau, daß er sich unehrenhaft verhielt, aber ihm blieb einfach keine andere Wahl, und Joan hatte sich ihm auf dem sprichwörtlichen Präsentierteller dargeboten.

Sie schwieg sehr lange, aber als sie dann endlich redete, konnte er sich erleichtert in die Kissen sinken lassen. »Über deinen Vorschlag brauchte ich nicht lange nachzudenken, Colin, aber ich mußte Pläne schmieden. Wir können es schaffen. Das einzige, was mir Sorgen macht, ist, daß du noch nicht bei vollen Kräften bist, aber es wird schon irgendwie gehen. Ich werde mich um alles kümmern. Um Mitternacht brechen wir auf.« Sie stand auf und schüttelte ihre Röcke zurecht. »Das wird meinen Bruder sehr verletzen, aber es geht um mein ganzes Leben, und da muß ich selbst entscheiden, was für mich das Beste ist. O Gott, es gibt noch soviel zu tun! Aber mach dir keine Sorgen. Du mußt dich jetzt ausruhen und Kräfte sammeln.« Sie küßte ihn, doch bevor er irgendwie reagieren konnte, eilte sie schon auf die Tür zu, mit so langen Schritten, daß ihr Kleid sich um Gesäß und Schenkel straffte. Den Türknopf in der Hand, drehte sie sich noch einmal um. »Douglas ist nicht dumm. Er wird sofort wissen, was wir vorhaben, und unsere Verfolgung aufnehmen, aber ich werde eine Route wählen, auf die er nicht kommt. Nur gut, daß ich so sparsam bin und über zweihundert Pfund gespart habe. Sobald wir verheiratet sind, wird Douglas gar nichts anderes übrigbleiben als dir meine Mitgift auszuzahlen, und dann wirst du nicht mehr befürchten müssen, deinen ganzen Besitz zu verlieren. Wir werden ihm klarmachen, daß du das Geld sehr schnell benötigst. Es tut mir wirklich leid, daß dieser verdammte anonyme Brief dir soviel Ungelegenheiten bereitet, Colin. Manche Leute sind die reinsten Teufel.« Sie verschwand, und er hätte schwören können, daß er sie pfeifen hörte.

Er hatte es geschafft. Gegen alle Wahrscheinlichkeit hatte er gewonnen, und schließlich war es Joan gewesen, die sich diese Heirat von Anfang an in den Kopf gesetzt hatte. Trotzdem machte sein Gewissen ihm schwer zu schaffen. Obwohl er Joan erst kurze Zeit kannte, zweifelte er keine Sekunde daran, daß sie genau um Mitternacht in einer sehr bequemen Kutsche aufbrechen würden, und daß es ihrem Bruder verdammt schwerfallen würde, ihnen auf die Spur zu kommen. Es würde ihn nicht einmal wundern, wenn Joan zwei Grauschimmel für die Kutsche auftrieb. Er schloß die Augen, öffnete sie aber sofort wieder. Um möglichst schnell wieder zu Kräften zu kommen, mußte er seinen Teller leer essen.

Meine Brüder werden mich umbringen, dachte Sinjun, während die geschlossene Kutsche durch die Nacht auf die Straße nach Reading zurollte. Colin schlief erschöpft neben ihr. Sie küßte ihn leicht auf die Wange, aber er reagierte nicht darauf. Gott sei Dank ging sein Atem leise und gleichmäßig, und er hatte auch keine Alpträume mehr. Es wunderte sie noch immer, daß die Krankheit ihn so geschwächt hatte, aber das spielte jetzt keine Rolle mehr. Er würde bald wieder ganz gesund sein, um so mehr, als jetzt nur noch sie allein ihn pflegen würde. Zärtlich hüllte sie ihn noch fester in die Decken.

Sie liebte ihn so sehr, daß es fast schmerzte. Niemand würde sie je entzweien können, und niemand würde Colin je wieder etwas zuleide tun. Es ist *mein* Leben, dachte sie wieder, nicht das von Douglas oder Ryder oder sonst jemandem. Ja, es ist mein Leben, und ich liebe ihn und vertraue ihm, und in meinem Herzen ist er schon jetzt mein Mann, mein Gefährte.

Sie dachte an ihre Mutter, der es nachmittags endlich gelungen war, den armen Finkle zu überlisten. Colin hatte grinsend erzählt, daß die Grafenwitwe wie das Flaggschiff der Königin in sein Zimmer gesegelt war, ihn lange Zeit eingehend gemustert und schließlich gesagt hatte: »Nun, junger Mann, wie ich gehört habe, wollen Sie meine Tochter wegen ihrer Mitgift heiraten.«

Colin hatte ihr charmant zugelächelt. »Ihre Tochter ähnelt Ihnen sehr. Ich muß eine Frau mit Geld heiraten, mir bleibt keine andere Wahl. Aber Ihre Tochter übertrifft all meine Erwartungen, und ich werde ihr ein guter Ehemann sein.«

»Sie raspeln Süßholz, Sir, aber von mir aus können Sie gern dabei bleiben. Hören Sie mir gut zu. Joan ist ein Wildfang, und Sie werden Mittel und Wege finden müssen, sie zu zügeln, denn sie ist weit und breit für ihre Streiche bekannt. Und ihre Brüder haben ihre Eskapaden leider immer gutgeheißen, weil sie keine Ahnung haben, was sich für eine Dame schickt und was nicht. Jetzt werden Sie ihr gutes Benehmen beibringen müssen. Sie *liest* auch. Ja, ich sage Ihnen die Wahrheit, ich fühle mich dazu verpflichtet. Sie liest sogar« — die Grafenwitwe holte tief Luft — »Abhandlungen und sonstige Bücher, die eigentlich verstaubt sein sollten. Ich bin dafür wirklich nicht verantwortlich. Die Schuld für ihre weibliche Belesenheit trifft allein ihre Brüder.«

»Liest sie tatsächlich Abhandlungen und ähnliches mehr?«

»So ist es, und sie macht sich nicht einmal die Mühe, ihre Bücher unter einem Stuhl zu verstecken, wenn ein Herr zu Besuch kommt. Es ist provozierend, und ich tadle sie, aber sie lacht nur. Nun, ich habe Ihnen die volle Wahrheit gesagt, selbst auf die Gefahr hin, daß Sie kein Mädchen mit so verdorbenem Charakter heiraten wollen.«

»Ich werde mich dieses Problems annehmen, Mylady, und dafür sorgen, daß sie nur noch Bücher liest, die ich für eine junge Frau passend finde.«

Die Grafenwitwe strahlte ihn an. »Ausgezeichnet. Ich bin zudem sehr erfreut, daß Sie nicht wie ein schottischer Heide sprechen.«

»Ich bin in England erzogen worden, Mylady. Mein Vater vertrat die Ansicht, daß jeder schottische Adlige perfektes Englisch beherrschen sollte.«

»Ah, Ihr Vater war ein weiser Mann. Sie sind ein Graf, habe ich gehört, der siebte Earl of Ashburnham, und das bedeutet, daß Ihr Titel ziemlich alt ist. Ich weiß das zu schätzen, denn Leute, die erst kürzlich in den Adelsstand erhoben wurden, sind mir suspekt. Sie bilden sich ein, uns ebenbürtig zu sein, was natürlich nicht der Fall ist.«

Er nickte mit ernster Miene. Das Verhör wurde fortgesetzt, bis Sinjun ins Zimmer stürzte, nach Luft schnappte und sodann kopfüber ins tiefe Wasser sprang. »Ist er nicht attraktiv und wahnsinnig intelligent, Mutter?«

»Er scheint ganz passabel zu sein.« Die Grafenwitwe wandte sich ihrer Tochter zu. »Jedenfalls bewahrt er dich vor dem Schicksal einer alten Jungfer, dem Himmel sei Dank. Wenn er abstoßend oder mitgebildet wäre oder einen schlechten Charakter hätte, müßte ich ihn ablehnen, obwohl deine Chancen, noch einen Mann zu finden, von Tag zu Tag schlechter werden. Aber es wäre eine Frage des Prinzips. Gott sei Dank ist er akzeptabel, sogar ganz attraktiv, wenn auch viel zu dunkel. Er sieht Douglas ähnlich. Seltsam, daß das weder dich noch Alexandra zu stören scheint. Nun, Joan, ich hoffe, daß du weder ihm noch dir selbst erlauben wirst, liederliche schottische Manieren anzunehmen, sobald du *dort* lebst. Ich bin froh, daß du ihn ins Haus gebracht hast. Von nun an werde ich ihn jeden Tag besuchen und über die Sherbrookes und über seine Pflichten dir und unserer ganzen Familie gegenüber belehren.«

»Das würde mich sehr freuen, Mylady«, sagte Colin.

Das war ja großartig abgegangen, dachte Sinjun aufatmend. Sie war zu Tode erschrocken, als Finkle ihr vom Überfall ihrer Mutter auf Colin berichtet hatte. Sie sah sein selbstzufriedenes Lächeln, bückte sich und küßte ihn. »Das hast du wirklich gut gemacht. Danke.«

»Ich habe ihr einfach sehr viel Honig um den Mund geschmiert. Das gefällt ihr.«

»Du hast recht. Douglas und Ryder lassen es an Komplimenten und Schmeicheleien fehlen, und das vermißt sie. Du bist wirklich schlau, Colin.«

Auch jetzt, in der Kutsche, hätte sie ihn am liebsten geküßt, aber sie wollte ihn nicht aufwecken. Sie würden noch genügend Gelegenheit zum Küssen haben, ein Leben lang. Wenn sie Schottland erreichten, würde sie keine Jungfrau mehr sein. Das hatte sie sich fest vorgenommen. Ein Mädchen konnte nicht mit einem Mann durchbrennen und unberührt bleiben. Sie würde schon dafür sorgen, daß er sie berührte, und die Trauung in Schottland würde dann nur noch eine reine Formalität sein.

Sie schob eine Hand unter die Decke und griff nach seiner Hand, einer schlanken, aber sehr kräftigen Hand. Unwillkürlich mußte sie an seine tote Frau denken. Sie hatte ihm keine Fragen gestellt und würde es auch in Zukunft nicht tun. Wenn er wollte, würde er ihr aus eigenem Antrieb mehr über seine erste Frau und ihren Tod erzählen. Wie sie wohl geheißen hatte?

Sie fragte sich auch, ob sie ihm je gestehen würde, daß ihr Bruder mit ihr über den anonymen Brief gesprochen hatte, lange bevor sie Colin aufgesucht hatte. Sie hatte den Brief sogar zweimal gelesen und danach eine kurze Diskussion mit Douglas geführt, weil sie genau wußte, daß er mißtrauisch würde, wenn sie ihm überhaupt nicht widerspräche. Schließlich hatte sie ihm aber zugestimmt, daß die Hochzeit aufgeschoben werden müsse, bis diese Mordbeschuldigung aufgeklärt war. Währenddessen war sie aber schon fest entschlossen gewesen, gleich in der nächsten Nacht mit Colin durchzubrennen. Vielleicht würde Colin eines Tages herausfinden, daß sie ihn geschickt manipuliert hatte, bis er endlich mit dem Vorschlag einer Entführung herausrückte — eines Tages in ferner Zukunft.

Es war wirklich ein Jammer, daß sie ihre Zunge im Zaume halten mußte, obwohl sie am liebsten mit der Wahrheit herausgeplatzt wäre. Aber sie wußte genau, daß die Vorstellung, sie könnten manipuliert werden, allen Männern verhaßt war. Allein schon der Gedanke, daß eine Frau sie am Gängelband führen könnte, brachte Männer in Rage. Sie würde seinen männlichen Stolz schonen, zumindest bis er wieder ganz gesund war. Vielleicht auch, bis er sie gern haben würde. Aber wann würde das sein? Einen Augenblick lang sah sie die Zukunft in weniger rosigem Licht als sonst.

KAPITEL 5

»Wir fahren nur bis Chipping Norton, zum *White Hart*«, sagte Sinjun, als Colin aufwachte. »In einer Stunde werden wir dort sein. Wie fühlst du dich?«

»Verdammt müde.«

Sie tätschelte seinen Arm. »Ich kann mir vorstellen, daß du nicht einfach müde, sondern völlig erschöpft bist. Kein Wunder, nachdem wir uns so beeilen und herumschleichen mußten. Aber du wirst mit jedem Tag kräftiger werden. Mach dir keine Sorgen. Wir werden Schottland in frühestens sechs Tagen erreichen. Du hast also noch viel Zeit, dich zu erholen.«

Weil es in der Kutsche dunkel war, konnte Sinjun seine irritierte Miene nicht sehen. Er fühlte sich hilflos und seiner Manneskraft beraubt, wie ein kleines Kind in der Obhut einer Amme, nur daß seine Amme erst neunzehn war.

»Warum in aller Welt hast du ausgerechnet den *White Hart* ausgesucht?«

Sie kicherte. Für eine Amme ein unerwartetes Verhalten, dachte Colin überrascht. »Wegen der Geschichten, die Ryder und Douglas unserem tugendhaften Tyson erzählt haben, der als angehender Geistlicher natürlich schockiert war. Und Ryder und Douglas haben sich schiefgelacht.«

»Und keine von ihnen kam auf die Idee, daß ihre kleine Schwester lauschte?«

»O nein«, grinste sie. »Sie hatten keine Ahnung. Weißt du, schon mit sieben beherrschte ich diese Kunst ganz gut. Aber du scheinst selbst alles über den *White Hart* zu wissen — daß die jungen Herren von Oxford sich dort mit ihren Freundinnen vergnügen.«

Colin schwieg.

»Denkst du an deine eigenen Verabredungen?«

»So ist es. Die Frau eines Professors hat sich dort gern mit mir getroffen. Sie hieß Matilda, und ihr blondes Haar war fast weiß. Und dann die Kellnerin vom *Flaming Dolphin* in Oxford. Sie war wild und unersättlich und liebte die Federbetten im *White Hart.* Dann gab es noch Cerisse — ein erfundener Name, aber das störte niemanden. Ah, ihre rote Haarmähne war einfach hinreißend.«

»Vielleicht werden wir zufällig dasselbe Schlafzimmer bekommen wir ihr damals. Oder sollen wir lieber den ganzen Gasthof mieten, damit es auf jeden Fall dabei ist? Sozusagen als symbolische Geste, als Erinnerung an die Zeit, als du dir die Hörner abgestoßen hast.«

»Du bist eine sehr ungehörige Jungfrau, Joan.«

Sie betrachtete ihn aufmerksam. Der Mond war endlich hinter dichten Wolken hervorgekommen, und sie konnte sein Gesicht deutlich erkennen. Er war bleich und sah schrecklich angespannt aus. Das Fieber hatte ihn wahnsinnig geschwächt. »Es braucht dir wirklich nicht peinlich zu sein, wenn du heute nacht nur neben mir schläfst und sonst nichts. Du darfst sogar schnarchen, wenn du willst. Mir macht es nichts aus, eine Jungfrau zu bleiben, bis du wieder bei Kräften bist.«

»Ausgezeichnet, denn heute nacht wäre ich wirklich überfordert.« Er fragte sich, warum er ihr eigentlich immer noch die Schenkelverletzung verschwieg. Jetzt bestand eigentlich kein Grund mehr dazu.

»Es sei denn« — sie lehnte sich an ihn und senkte die Stimme, in der vergeblichen Hoffnung, ein verführerisches Lächeln zustande zu bringen — »daß es dir Spaß machen würde, mir Anweisungen zu geben, was dabei zu tun ist. Meine Brüder haben immer gesagt, ich würde alles schnell lernen. Würde dir das gefallen?«

Er wollte lachen, brachte aber nur ein gequältes Stöhnen hervor.

Sinjun nahm an, daß das ein Nein sein sollte, und seufzte tief.

Der Gasthof *White Hart* stand mitten in dem kleinen Marktflecken Chipping Norton, der in den Cotswolds sehr hübsch gelegen war. Es war ein schönes, sehr malerisches Tudor-Gasthaus, so alt und rustikal, daß Sinjun hell begeistert war, aber zugleich ein Stoßgebet zum Himmel sandte, daß es nicht ausgerechnet in dieser Nacht einstürzen möge. Hierher kamen also viele junge Männer, die sich amüsieren wollten. Es sah wirklich sehr romantisch aus, dachte sie und seufzte wieder.

Keine Menschenseele war zu sehen, was um drei Uhr morgens nicht verwunderlich war. Trotzdem verspürte Sinjun vor Aufregung keine Müdigkeit. Es war ihr gelungen, ihrem Bruder zu entkommen, und das war eine beachtliche Leistung. Sie sprang behende aus der Kutsche und gab dem Kutscher Anweisungen, der zum Glück wenig Worte machte, aber mehr Geld als erwartet verlangte. Sie machte sich jedoch keine Sorgen. Wenn ihr das Geld ausging, würde sie einfach ihre Perlenkette verkaufen. Nichts war wichtiger als Colin und ihre Trennung mit ihm. Sie half ihm fürsorglich beim Aussteigen.

»Jetzt kommst du im Handumdrehen ins Bett. Vielleicht wartest du am besten hier, und ich gehe hinein und . . .«

»Nein«, fiel er ihr energisch ins Wort. »Ich werde selbst mit dem Wirt verhandeln. Er ist ein alter Wüstling, und ich will nicht, daß er auf falsche Gedanken kommt. Verdammt, ich wünschte, du hättest einen Ehering. Behalt die Handschuhe an. Du bist meine Frau.«

»In Ordnung.« Sie strahlte ihn an, runzelte dann aber die Stirn. »Du lieber Himmel, brauchst du Geld?«

»Ich habe welches.«

Trotzdem wühlte Sinjun in ihrem Handtäschchen und zog ein Bündel Banknoten hervor. »Hier. Mir ist es lieber, wenn du es aufbewahrst.«

»Komm, bringen wir's hinter uns, bevor ich auf die Schnauze falle. Und halt bitte den Mund.«

Während sie den stillen, dunklen Hof überquerten, bemerkte Sinjun erstmals, daß er stark hinkte. Sie öffnete den Mund, schloß ihn aber wieder, ohne auch nur ein Wort gesagt zu haben.

Zehn Minuten später öffnete sie die Tür zu einem kleinen Zimmer mit dunklen Deckenbalken und trat zur Seite, um Colin den Vortritt zu lassen. »Ich glaube, der Wirt hält uns für Lügner«, sagte sie unbekümmert. »Aber du bist großartig mit ihm umgesprungen. Wahrscheinlich hat er Angst vor dir, weil du als Edelmann gänzlich unberechenbar bist.«

»Ja, vermutlich hat der fette alte Karpfen gedacht, daß ich lüge.« Colin warf einen sehnsüchtigen Blick auf das Bett, spürte Joans Hände an seinem Mantel und blieb stehen. »Er würde ein Ehepaar wahrscheinlich nicht einmal erkennen, wenn er bei der Trauung anwesend wäre.«

»Laß mich dir helfen.« Obwohl ihre Fürsorglichkeit ihn irritierte, ließ er sie gewähren, denn er hatte nur den einen Wunsch, ins Bett zu fallen und eine Woche zu schlafen.

»Wenn du dich hinsetzt, ziehe ich dir die Stiefel aus.« Das hatte sie oft genug bei ihren Brüdern getan. »Soll ich sonst noch etwas machen?«

»Nein«, erwiderte er hastig. »Dreh mir nur den Rücken zu.«

Sie kam seiner Bitte nach, zog Schuhe und Strümpfe aus, hängte beide Mäntel in den Schrank und drehte sich erst wieder um, als das Bett knarrte. Colin lag mit geschlossenen Augen auf dem Rücken, die nackten Arme über der Decke.

»Das ist alles sehr komisch«, sagte sie und stellte bekümmert fest, daß ihre Stimme sich dünn und besorgt anhörte — nach einer zimperlichen Jungfrau.

Er gab keine Antwort, und das ermutigte sie, ihren Monolog fortzusetzen: »Es stimmt schon, daß ich ziemlich freimütig bin, aber meine Brüder haben mich immer dazu ermutigt, und deshalb habe ich mich bei dir genauso benommen. Mit dir in diesem Zimmer allein zu sein, ist trotzdem ein bißchen unheimlich. Ich weiß, daß du nichts anhast, und ich soll auf der anderen Seite in dieses Bett steigen und . . .«

Ein leises rasselndes Schnarchen unterbrach ihre Ausführungen.

Sinjun mußte über sich selbst lachen. Da hatte sie nun ihren Seelenzustand offenbart — einem schlafenden Mann und dem Kleiderschrank! Sie ging leise zum Bett und betrachtete Colin. Er gehörte ihr, ihr allein, und niemand würde ihn ihr wegnehmen können, nicht einmal Douglas. Wie konnte jemand diesen Mann nur des Mordes an seiner Frau verdächtigen? Es war einfach Unsinn. Behutsam strich sie mit den Fingerspitzen über seine Stirn, die glücklicherweise kühl war, und dann küßte sie ihn auf die Wange.

Sinjun hatte in ihrem neunzehnjährigen Leben noch nie mit jemandem in einem Bett geschlafen, geschweige denn mit einem großen schnarchenden Mann, der in ihren Augen so vollkommen war, daß sie ihn am liebsten die restlichen Nachtstunden über unaufhörlich betrachtet, geküßt und gestreichelt hätte. Aber seltsam war es schon! Nun, sie würde sich bestimmt bald daran gewöhnen. Douglas und Alex schliefen immer in einem Bett zusammen, und Ryder und Sophie auch. Das war bei Ehepaaren offenbar üblich. Ihre Eltern hatten allerdings getrennte Schlafzimmer gehabt, und wenn Sinjun ganz ehrlich sein wollte, hätte auch sie mit ihrer Mutter nicht ein Bett teilen mögen. Sie kroch unter die Decke, und obwohl sie gut einen halben Meter Abstand wahrte, spürte sie seine Körperwärme.

Auf dem Rücken liegend, tastete sie nach seiner Hand, stieß aber statt dessen an seine Hüfte. Er war nackt, seine Haut glatt und warm. Sie widerstand der Versuchung, jene Körperpartie näher zu erkunden, weil sie es unfair fand, seinen Schlaf auszunutzen, sie schlang ihre Finger durch die seinen und schlief erstaunlicherweise sofort ein.

Als sie erwachte, stellte sie bestürzt fest, daß die Sonne hell durch das schmale Rautenfenster schien. Dabei hatten sie eigentlich vorgehabt, im Morgengrauen aufzubrechen. Aber andererseits brauchte Colin viel Schlaf, um wieder zu Kräften zu kommen, und ein Bett war der Kutsche, wo er durchgerüttelt wurde, natürlich vorzuziehen. Langsam drehte sie sich auf die Seite und betrachtete ihn, obwohl sie dabei ein etwas schlechtes Gewissen hatte. Er hatte im Schlaf die Decken abgeworfen. Sie hatte noch nie einen ganz nackten Mann gesehen und starrte fasziniert seinen Unterleib und das von dichtem scharzem Haar umgebene Glied an. Auch seine langen, muskulösen Beine waren dicht behaart. Er war mehr als nur schön — einfach hinreißend, bis hin zu den Zehenspitzen. Sie konnte ihren Blick kaum von seiner Schamgegend wenden — bis sie den weißen Verband um seinen rechten Oberschenkel bemerkte.

Schlagartig fiel ihr sein starkes Hinken bei der Ankunft im Gasthof ein. Er war verletzt! Eigentlich hätte sie sich denken müssen, daß seine anhaltende Schwäche nicht nur von einer Erklältung herrühren konnte. Zu ihrer Sorge mischte sich Zorn. Warum zum Teufel hatte er ihr nichts erzählt?

Verdammt! Sie sprang aus dem Bett und zog ihren Morgenrock an. »Du Lump«, schimpfte sie leise vor sich hin, aber nicht leise genug. »Ich bin deine Frau, und du solltest mir vertrauen.«

»Du bist noch nicht meine Frau, und warum meckerst du an mir herum?«

Sein Kinn war mit schwarzen Bartstoppeln bedeckt, sein Haar zerzaust, aber seine Augen hatten einen wachsamen Ausdruck, und angesichts dieser tiefblauen Augen vergaß sie einen Moment lang, was sie eigentlich sagen wollte.

Colin bemerkte, daß er nackt war. »Deck mich bitte zu, Joan.«

»Erst wenn du mir erzählt hast, was dir zugestoßen ist. Wozu brauchst du diesen Verband?«

»Ich war so krank, weil irgendein Ganove mich mit dem Messer verwundet und ich Trottel keinen Arzt aufgesucht hatte. Und ich wollte nicht, daß du etwas davon erfährst, weil ich mir lebhaft vorstellen konnte, daß du ganz London auf den Kopf stellen würdest, um den Schurken zu finden und mir seinen Kopf auf einem Tablett zu servieren. Nachdem wir London aber inzwischen verlassen haben, bist du vor dir selbst in Sicherheit.«

Sie mußte insgeheim zugeben, daß er nicht unrecht hatte. Zweifellos wäre sie vor Wut außer sich geraten. Lächelnd fragte sie: »Muß der Verband gewechselt werden?«

»Ja, morgen oder übermorgen müssen die Fäden gezogen werden.«

»Das kann ich gut. Weiß Gott, bei Ryders vielen Kindern habe ich Übung darin.«

»Wie viele Kinder hat dein Bruder denn?«

»Ich nenne sie immer seine Lieblinge. Ryder rettet Kinder aus schrecklichen Situationen und bringt sie ins Brandon House. Ich glaube, im Augenblick hat er etwa ein Dutzend, aber man weiß nie, wann eines hinzukommt oder auch auszieht, weil Ryder es in einer sorgfältig ausgesuchten Familie untergebracht hat. Weißt du, Colin, es ist manchmal zum Heulen, wenn man so ein armes Wurm sieht, das von einem betrunkenen Vater mißhandelt oder von einer genauso betrunkenen Mutter einfach irgendwo ausgesetzt wurde.«

»Ich verstehe. Zieh dich jetzt an, aber bitte deck mich vorher zu.«

Sie tat es widerwillig, und er schmunzelte unwillkürlich vor sich hin. Noch nie im Leben war ihm ein weibliches Wesen wie Joan begegnet. Ihr Interesse an seinem Körper war einfach frappierend.

Sinjun hängte eine Decke über eine offene Schranktür und kleidete sich dahinter an, wobei aber ihr Mund nicht stillstand. Während sie frühstückte, sah sie ihm beim Rasieren zu, und sie war sehr enttäuscht, daß er ihr Angebot ablehnte, ihm beim Waschen zu helfen, und statt dessen verlangte, daß sie ihm den Rücken zukehrte und ihre Sachen packte. Immerhin erlaubte er ihr aber, einen Blick auf die Wunde zu werfen, die gut verheilte. »Gott sei Dank«, sagte sie. »Ich hatte solche Angst.«

»Es geht mir wirklich gut. Jetzt muß ich nur wieder zu Kräften kommen.«

»Das alles ist schon sehr merkwürdig.«

Er betrachtete dieses ungewöhnliche Mädchen, das keine Angst vor irgend jemandem oder irgend etwas zu kennen schien, das so tat, als gehörte ihm die ganze Welt, als könnte es sie nach seinen eigenen Wünschen umgestalten. Colin hatte bisher die Erfahrung gemacht, daß das Leben solchen Menschen sehr rasch ihre Illusionen und Kräfte raubte, aber er hoffte von ganzem Herzen, daß Joan ihren Optimismus noch lange bewahren möge. Sie war stark, kein ängstliches Fräulein, und dafür war er dankbar, denn ein zimperliches englisches Fräulein würde Vere Castle und dessen Bewohner nicht überleben, dessen war er sicher. Dann sah er in ihren Augen aber doch einen Anflug von Furcht, und dieser kleine Hinweis auf ihre Verletzlichkeit veranlaßte ihn, ihr nichts zu erzählen. Sie würde noch früh genug alles sehen und erfahren.

Gleich darauf lächelte und lachte sie aber wieder, und nicht einmal Mr. Mole, der Wirt des *White Hart*, konnte ihr die Stimmung verderben. Als der Mann beim Abschied eine zynische Bemerkung machte, drehte sie sich ungerührt um und erklärte streng: »Es ist wirklich ein Jammer, mein Herr, daß Sie so unliebenswürdig sind und keinen Anstand besitzen. Mein Mann und ich haben hier nur übernachtet, weil er krank ist. Ich versichere Ihnen, daß wir nie wieder herkommen werden, es sei denn, daß er wieder krank sein sollte, was aber unwahrscheinlich ist, weil . . .«

Colin griff lachend nach ihrer Hand.

Bald wurde er jedoch auffällig still, und Sinjun überließ ihn seinen Gedanken. Er blieb nicht nur den ganzen Tag über schweigsam, sondern auch am Abend und am nächsten Tag, und sie war klug genug, seine Geistesabwesenheit zu akzeptieren und ihn völlig in Ruhe zu lassen. Das einzige, was sie wirklich beunruhigte, war die Tatsache, daß er diesmal zwei Zimmer im Gasthof genommen hatte, ohne ihr eine Erklärung dafür zu geben, aber sogar das ließ sie auf sich beruhen.

Erst am Spätnachmittag, auf dem Weg nach Grantham, wandte er sich ihr in der Kutsche zu und ließ die Katze aus dem Sack. »Ich habe sehr gründlich über alles nachgedacht, Joan, und einen Entschluß gefaßt, der mir schwerfällt, der aber meine Schuldgefühle wenigstens ein klein wenig lindern kann. Ich habe die Gastfreundschaft deines Bruders mißbraucht, indem ich mich nachts mit seiner Schwester aus dem Haus geschlichen habe wie ein Dieb. Nein, nein, sei still und laß mich ausreden. Kurz gesagt — ich kann einfach nicht rechtfertigen, was ich getan habe, so sehr ich es auch versuche. Zumindest eines kann ich aber tun, was halbwegs ehrenhaft ist und mein Gewissen etwas entlasten wird. Ich werde dich erst in der Hochzeitsnacht entjungfern.«

»*Was*? Soll das heißen, daß du dich anderthalb Tage in Schweigen gehüllt hast, nur um diesen Unsinn auszubrüten? Hör zu, Colin, du kennst meine Brüder nicht. Du mußt mich zu deiner Frau machen, möglichst noch heute nacht, sonst ... .«

»Schluß jetzt! Du tust ja gerade so, als wollte ich dich foltern und nicht deine verdammte Unschuld bewahren. Von Unsinn kann überhaupt keine Rede sein. Ich werde dich und deine Famijlie nicht auf diese Weise entehren. Mir wurde beigebracht, die Ehre hochzuhalten, und ich habe dieses Ehrgefühl auch einfach im Blut. Es gehört zu meinem Erbe, es wurde von Generation zu Generation weitergegeben, trotz aller blutigen Fehden und grausamen Schlachten. Wie du weißt, muß ich schnell handeln, um meine Familie und meinen Besitz zu retten und vor den MacPhersons, diesen verdammten Lügnern und

Plünderern, zu schützen, aber ich will mich bei einem unschuldigen Mädchen, das noch nicht meine Frau ist, nicht wie ein brünstiger Hirsch aufführen.«

»Wer sind die MacPhersons?«

»Verdammt, die wollte ich nicht erwähnen. Vergiß sie.«

»Und wenn Douglas uns nun einholt?«

»Mir wird schon etwas einfallen, falls das passieren sollte.«

»Die Sache mit der Ehre verstehe ich schon, Colin, wirklich, aber es geht dir nicht nur darum, stimmt's? Bin ich dir so zuwider? Ich weiß, daß ich viel zu groß und vielleicht auch viel zu mager bin, aber . . .«

»Nein, ich finde dich weder zu groß noch zu mager, Joan, aber mein Entschluß steht fest. Ich werde dich erst entjungfern, wenn wir verheiratet sind, und damit basta!«

»Sehr wohl, Mylord. Nun, Mylord, mein Entschluß steht ebenfalls fest. Wenn wir Schottland erreichen, soll meine Jungfernschaft nur noch eine Erinnerung sein. Ich halte es für unvernünftig zu glauben, du könntest so ohne weiteres mit Douglas fertigwerden, wenn er uns erwischt. Du kennst meinen Bruder nicht. Ich kann mich für noch so clever halten, weil ich unwahrscheinliche Routen auswähle, um ihm zu entkommen, aber er ist listiger als jede Schlange. Du mußt mich meiner Jungfernschaft so schnell wie möglich berauben, Colin. Es ist einfach unumgänglich, und damit basta! Nun, wessen Meinung wird sich wohl durchsetzen?«

Sie wünschte, er würde herumbrüllen wie Douglas und Ryder, aber er erklärte sehr ruhig und kalt: »Natürlich die meine. Ich bin schließlich der Mann. Ich werde dein Gemahl sein, und du wirst mir gehorchen. Damit kannst du jetzt anfangen. Es wird deinem Charakter zweifellos guttun.«

»Außer meiner Mutter hat noch niemand so mit mir geredet, und *sie* konnte ich immer ignorieren.«

»Mich kannst du aber nicht ignorieren. Sei nicht kindisch und vertrau mir.«

»Du bist genauso selbstherrlich wie Douglas, obwohl du nicht so brüllst.«

»Dann müßte dir eigentlich klar sein, daß du gar keine andere Wahl hast als den Mund zu halten.«

»Du kannst dir deine Fäden selbst ziehen!« erklärte sie wütend und kehrte ihm demonstrativ den Rücken zu, um aus dem Fenster zu schauen.

»Ein verwöhntes englisches Gör! Ich hätte es wissen müssen, und ich bin zwar enttäuscht, aber nicht überrascht. Noch kannst du einen Rückzieher machen, meine Liebe, nachdem deine ganze englische Tugend noch intakt ist. Du bist nicht einfach freimütig, sondern streitsüchtig und rechthaberisch und ein Trotzkopf, wenn du deinen Willen nicht durchsetzen kannst. Du könntest eine regelrechte Xanthippe werden, und allmählich glaube ich, daß dein ganzes Geld diesen gravierenden Charakterfehler nicht aufwiegen kann.«

»Sei doch nicht so intolerant! Nur weil ich anderer Meinung bin als du, bin ich noch lange kein Trotzkopf oder eine Xanthippe.«

»Möchtest du alles rückgängig machen? Ausgezeichnet, du brauchst nur dem Kutscher Bescheid zu sagen, daß er umkehren soll.«

»Nein, das wäre viel zu einfach! Ich werde dich heiraten und dir beibringen, daß man jemandem vertrauen und auch Kompromisse schließen kann.«

»Ich bin nicht daran gewöhnt, einer Frau zu vertrauen. Daß ich dich reizvoll finde, habe ich dir schon gesagt, aber alles andere kommt nicht in Frage, das kannst du mir glauben. Und jetzt bin ich so müde, daß mir die Augen zufallen. Wenn du meine Frau sein willst, benimm dich bitte wie eine Dame.«

»Soll ich vielleicht meine Hände in den Schoß legen und Däumchen drehen?«

»Ein ausgezeichneter Anfang. Und halt den Mund.«

Sie starrte ihn fassungslos an. Es war fast so, als versuchte er sie zu vergraulen, aber er konnte unmöglich wollen, daß sie ihn *nicht* heiratete. Das Ganze war nur männlicher Eigensinn, weiter nichts. Aber auch ihr blieb gar keine andere Wahl als ihn zu heiraten. Sie hätte ihn liebend gern angebrüllt, daß es für sie viel zu spät war. Sie hatte ihm nun einmal ihr Herz geschenkt. Aber wenn sie ihm das gestand, würde er sich höchstwahrscheinlich wie Dschingis Khan aufführen. O ja, über Tyrannen wußte sie bestens Bescheid, obwohl Douglas mittlerweile nur noch sehr selten diese Rolle spielte. Sie erinnerte sich aber noch lebhaft an die allererste Zeit seiner Ehe mit Alex. Nein, sie würde es niemals dulden, daß Colin sich als Tyrann aufspielte, aber es hatte keinen Sinn, den Streit fortzusetzen. Deshalb schwieg sie, und Colin schlief, bis sie am späten Abend den *Golden Fleece Inn* in Grantham erreichten.

Offenbar hatte Colin beschlossen, die Fäden seiner verheilten Wunde selbst zu ziehen. Jedenfalls nahm er wieder zwei Zimmer, sagte ihr vor ihrer Tür ›Gute Nacht‹ und verließ sie. Am nächsten Morgen mietete er sich ein Pferd, nachdem er ihr beim Frühstück mitgeteilt hatte, er sei es leid, in der Kutsche zu sitzen. Sie vermutete allerdings, daß er vermeiden wollte, auf so engem Raum mit ihr zusammen zu sein. Falls sein Oberschenkel ihn noch schmerzte, ließ er es sich nicht anmerken. In York mietete auch Sinjun ein Pferd, und ihre herausfordernden Blicke besagten: ›Wag nur, dagegen zu protestieren!‹ Aber er zuckte nur die Achseln, so als wollte er zum Ausdruck bringen, ›Es ist schließlich dein Geld. Wenn du es unbedingt verschwenden möchtest, so wundert mich das nicht im geringsten.‹ Sie war jetzt froh, daß er beschlossen hatte, auf den Umweg über den Lake District zu verzichten, obwohl sie sich zunächst vehement für diese Route eingesetzt hatte. Er wollte möglichst schnell nach Hause, und nicht einmal ihre Warnungen vor Douglas mit drei Gewehren und einem Schwert hatten ihn von seiner Absicht abbringen können. Sinjun dachte, während der Wind durch ihre Haare fegte, daß Lake Windermere ein viel zu romantischer Ort sei, um mit diesem schweigenden Mann dort zu verweilen. So hatte sie sich ihre Entführung nach Schottland nun wirklich nicht vorgestellt.

Und dann waren sie eines Morgens endlich auf schottischem Boden, in den Cheviot Hills, und Colin zügelte sein Pferd und rief:

»Halt einen Augenblick an, Joan. Ich möchte mit dir sprechen.«

So weit das Auge reichte, erstreckte sich eine sanfte Hügellandschaft, schön, aber öde; kein einziges Gehöft war zu sehen, keine Menschenseele. Die Luft war mild und duftete nach Heidekraut.

»Ich freue mich, daß du das Sprechen noch nicht ganz verlernt hast«, sagte Sinjun sarkastisch.

»Weißt du, was mir einfach unbegreiflich ist — daß du wütend bist, nur weil ich vor der Hochzeit nicht mit dir schlafen will. Dabei bist du doch eine junge Dame aus gutem Hause.«

»Darum geht es nicht . . .«

»Dann grollst du mir wohl noch immer, daß wir nicht über den Lake District gereist sind. Aber mit diesem lächerlichen Plan hättest du deinen Bruder bestimmt nicht an der Nase herumführen können.«

»Nein, auch deswegen grolle ich dir nicht. Also, Colin, was willst du?«

»Möchtest du mich immer noch heiraten?«

»Wirst du mich zwingen, wenn ich mich weigere? Schließlich brauchst du mein Geld.«

»Ich würde es vermutlich in Erwägung ziehen.«

»Ausgezeichnet. Ich weigere mich, dich zu heiraten. Von mir aus kannst du zur Hölle fahren. So, und jetzt zwing mich.«

Zum erstenmal seit vier Tagen lächelte er ihr zu. »Langweilig bist du jedenfalls nicht, das muß ich zugeben, und manchmal gefällt mir dein flinkes Mundwerk sogar. Also gut, wir werden morgen nachmittag Edinburgh erreichen. Ich besitze ein Haus am Abbotsford Crescent, es ist alt und renovierungsbedürftig, aber doch in besserem Zustand als Vere Castle. Wir werden dort Zwischenstation machen, und ich werde versuchen, einen Priester aufzutreiben, der uns traut. Und am nächsten Tag reiten wir dann zu meinem Schloß.«

»Einverstanden«, sagte Sinjun, »aber ich warne dich noch einmal, Colin, und du solltest mir wirklich glauben — Douglas ist sehr gerissen und gefährlich. Er könnte uns überall auflauern. Gegen die Franzosen hat er jede Menge schwieriger Geheimmissionen ausgeführt. Ich sage dir, wir sollten lieber auf der Stelle heiraten und . . .«

»Das heißt, wir werden zum Vere Castle reiten, wenn du nicht zu wund zum Reiten bist. Ansonsten werde ich dich in die Kutsche sperren.«

»Wovon redest du?«

»Davon, daß ich dich in unserer Hochzeitsnacht zu nehmen gedenke, bis du wund bist.«

»Du bist absichtlich grob, Colin, absichtlich unfreundlich und gemein.«

»Vielleicht, aber du bist jetzt in Schottland, und bald wirst du meine Frau sein und lernen müssen, daß du mir Treue und Gehorsam schuldig bist.«

»Als wir uns kennenlernten, warst du viel vernünftiger, und während deiner Krankheit warst du sogar ganz nett, wenngleich oft gereizt, weil du Schwäche haßt. Aber jetzt benimmst du dich einfach töricht. Ich werde dich heiraten, und jedesmal, wenn du dich in Zukunft töricht aufführst, werde ich etwas unternehmen, damit du es bedauerst.«

So, dachte sie, das dürfte die Fronten klären. Sie liebte ihn rasend — und weil er das wußte, nahm er sich soviel heraus —, aber sie würde nicht zulassen, daß seine Charakterschwächen oder seine altmodischen Ansichten über Männer und Frauen das Bild trübten, das sie sich von ihm machte.

Er lachte, und dieses tiefe, kraftvolle Lachen legte beredtes Zeugnis davon ab, daß er sich seines Wertes voll bewußt war und diesen Wert höher einschätzte als den des Mädchens, das neben ihm ritt. Er war wieder gesund und kräftig — und dank ihrer Mitgift glaubte er es mit der ganzen Welt aufnehmen zu können. »Ich freue mich schon auf diese Versuche, Joan, aber ich warne dich: ein schottischer Mann ist Herr im Haus, und er schlägt seine Frau, wie es übrigens auch deine wohlerzogene und liebenswürdigen Engländer gelegentlich tun.«

»Das ist absurd! Ich kenne keinen einzigen Mann, der gegen seine Frau die Hand erheben würde.«

»Du hast bisher ein sehr behütetes Leben geführt, Joan. Jetzt wirst du die harte Realität kennenlernen.« Er wollte ihr sagen, daß er sie mit Leichtigkeit in einer modrigen Kammer einschließen könnte, hielt dann aber doch lieber den Mund. Schließlich waren sie noch nicht verheiratet. Er salutierte ironisch und galoppierte davon.

Am nächsten Tag erreichten sie um drei Uhr nachmittags sein Haus am Abbotsford Crescent. Seit einer Stunde nieselte es, aber Sinjun bemerkte vor Aufregung nicht einmal, daß ihr Wasser in den Nacken lief. Sie waren durch die Royal Mile geritten, die genauso elegant wie die Bond Street war, und Sinjun hatte sich darüber gewundert, daß es hier genauso teure Geschäfte und genauso vornehme Damen und Herren gab wie in London. Dann waren sie nach links abgebogen. Das Kinross House stand etwa in der Mitte der halbmondförmigen Straße, ein großes Backsteinhaus mit drei Schornsteinen und grauem Schieferdach. Die schmalen Fenster waren bleiverglast, und es mußte mindestens zweihundert Jahre alt sein. »Es ist sehr schön, Colin«, sagte sie ehrlich, während sie abstieg. »Gibt es einen Stall für unsere Pferde?«

Sie versorgten die Tiere, bezahlten den Kutscher und luden ihre Truhen und Koffer aus. Sinjuns Mund stand nicht still. Ihre Blicke schweiften immer wieder zum Schloß auf dem Hügel hinüber, und sie erzählte Colin be-

begeistert, daß sie es zwar von Gemälden kenne, daß es ihr aber nichtsdestotrotz fast die Sprache verschlage, diese mächtige Festung zu sehen, in grauen Nebel gehüllt. Colin lächelte amüsiert über ihren Enthusiasmus; er war müde, der Nieselregen deprimierte ihn, obwohl er seit seiner Kindheit daran gewöhnt war, und das Edinburgher Schloß war zwar zweifellos sehr imposant, aber für ihn ein so vertrauter Anblick, daß er es kaum noch bewußt wahrnahm.

Die Tür wurde vom alten Angus geöffnet, der sein ganzes Leben im Dienst der Familie Kinross verbracht hatte. »Oh, Mylord!« rief er. »Du lieber Himmel! Und die junge Frau ist bei Ihnen, wie ich sehe! Um so schlimmer, um so schlimmer!«

Colin stand wie angewurzelt da, erfüllt von düsteren Ahnungen. Trotzdem fragte er: »Woher weißt du, daß ich eine junge Frau habe, Angus?«

»O Gott, o Gott!« jammerte Angus, während er an den langen weißen Haarsträhnen zupfte, die sein rundes Gesicht umrahmten.

»Ich hoffe, du hast nichts dagegen, daß ich ohne Einladung dein Haus betreten habe. Dein Diener wollte mich nicht über die Schwelle lassen, aber ich ließ mich nicht abwimmeln«, sagte Douglas, der plötzlich hinter Angus aufgetaucht war und hämisch grinste. »Komm rein, du verdammter Bastard! Nur hereinspaziert. Was dich betrifft, Sinjun, so wirst du bald meine Hand zu spüren bekommen.«

Sinjun lächelte ihrem wütenden Bruder zu, auch wenn es ihr schwerfiel. Sie war keineswegs überrascht, ihn hier zu sehen — ganz im Gegensatz zu Colin, dem die Verblüffung im Gesicht geschrieben stand. Verdammt, sie hatte ihn gewarnt, aber er war ja zu stolz und eigensinnig gewesen, um auf sie zu hören. »Hallo, Douglas, verzeih mir, daß ich dir soviel Ärger gemacht habe«, sagte sie, »aber ich befürchte, daß du halsstarrig sein könntest. Du weißt ja selbst, wie störrisch du sein kannst. Willkommen in unserem Haus! Ja, Douglas, ich bin jetzt ein verheiratete Frau — in *jeder* Hinsicht eine verheiratete Frau, wie ich betonen möchte. Deshalb kannst du dir eine Annullierung sofort aus dem Kopf schlagen, falls du mir einen solchen Vorschlag unterbreiten wolltest. Und ich wäre dir sehr verbunden, wenn du nicht versuchst, ihn umzubringen, denn ich bin viel zu jung für ein Witwendasein.«

»Himmelherrgott nochmal!« Ryder stand plötzlich neben Douglas, mit zornrotem Kopf und mordlustig funkelnden Augen, während Douglas gefährlich ruhig und kalt wirkte. »Ist das der Mitgiftjäger, der dich aus Douglas' Haus entführt hat?«

»Das ist er«, knurrte Douglas zähneknirschend. »Dein *Mann,* daß ich nicht lache! Ihr hattet gar keine Zeit zu heiraten. Ryder und ich sind geritten wie der Wind. Du lügst, Sinjun, gib es zu, und dann machen wir uns sofort auf den Rückweg nach London.«

Colin betrat endlich sein eigenes Haus und hob beschwörend die Hände. »Jetzt seid alle mal still! Joan, geh beiseite! Wenn deine Brüder mich umbringen wollen, werden sie es tun, auch wenn du noch so sehr versuchst, mich mit deinen wehenden Unterröcken zu beschützen. Angus, wir brauchen eine kleine Erfrischung. Meine Frau hat Durst, und ich auch. Meine Herren, entweder ihr tötet mich auf der Stelle, oder ihr kommt erst mal mit in den Salon.«

Sinjun mußte unwillkürlich lächeln, weil ihr diese Szene so bekannt vorkam. »Kein Schirmständer zu sehen«, sagte sie, aber Douglas ließ sich nicht ablenken. Er blickte noch immer so grimmig wie ein Henker drein.

»Ryder, das ist mein Mann, Colin Kinross. Wie du siehst, kann er genauso laut brüllen wie Douglas und du, und er sieht Douglas sogar ein bißchen ähnlich, aber er ist viel attraktiver, humorvoller und vernünftiger.«

»Blödsinn!«

»Woher willst du das wissen? Du hast ihn doch soeben erst kennengelernt. Colin, das ist mein Bruder Ryder.«

»Uns steht zweifellos eine interessante Diskussion bevor«, sagte Colin.

Ryder musterte ihn aufmerksam, während er seine Schwester anbrüllte: »Ich sehe ihm auf den ersten Blick an, daß er nichts von all dem ist, was du behauptest. Vernünftig, ha! Er dürfte bestenfalls so vernünftig wie Douglas sein. Verdammt, Sinjun, du hast dich einfach idiotisch benommen, und ich kann dir nur sagen . . .«

»Gehen wir in den Salon, Ryder. Dort kannst du mir dann sagen, was immer du willst.« Sie warf Colin einen fragenden Blick zu.

»Hier entlang.« Colin führte die Geschwister durch die schmale Eingangshalle, in der es muffig roch, in einen Raum von schäbiger Eleganz, wenn man es vornehm ausdrücken wollte.

»O Gott!« rief Sinjun. »Die Proportionen sind ja sehr schön, Colin, aber wir brauchen dringend einen neuen Teppich und neue Vorhänge — du lieber Himmel, die hier müssen ja mindestens achtzig Jahre alt sein. Und schau dir nur mal diese Stühle an — die Polsterbezüge sind halb vermodert!«

»Sinjun, halt den Mund!«

»Oh, Douglas, tut mir leid. Du hast an meinen hausfraulichen Plänen wohl nicht besonders viel Interesse. Bitte setz dich. Wie schon gesagt — willkommen in meinem neuen Heim. Colin hat mir erzählt, daß dieses Haus über zweihundert Jahre alt ist.«

Douglas warf Colin einen scharfen Blick zu. »Bist du wieder gesund?«

»Ja.«

»Schwörst du, völlig wiederhergestellt und bei Kräften zu sein?«

»Ja.«

»Ausgezeichnet.« Douglas stürzte sich auf ihn und versuchte ihn an der Kehle zu packen, doch Colin war auf den Angriff vorbereitet gewesen. Staub wirbelte von dem fadenscheinigen Teppich auf, als beide Männer ineinander verkeilt zu Boden stürzten und hin und her rollten, wobei abwechselnd der eine und der andere oben lag.

Sinjun sah Ryder flehentlich an, der den Kampf mit blitzenden Augen beobachtete. »Wir müssen diesen Unsinn beenden. Dies ist nun schon das zweite Mal, und es wäre ein geschmackloses Melodram, wenn es nicht so gefährlich wäre. Hilfst du mir? Dies ist doch absurd. Ihr seid angeblich zivilisierte Herren.«

»Vergiß die Zivilisation. Falls *dein* Mann durch einen unwahrscheinlichen Zufall Douglas k.o. schlägt, bin ich an der Reihe.«

»Verdammt, hört sofort auf!« schrie Sinjun. »Seid ihr denn völlig verrückt?«

Ihre Worte hatten keinerlei Wirkung, und so sah sie sich verzweifelt nach irgendeiner Waffe um. Ihr Blick fiel schließlich auf einen kleinen Fußschemel, und gleich darauf ließ sie ihn auf Douglas' Rücken niedersausen. Mit einem Schmerzensschrei ließ der Graf seinen Gegner los und starrte Sinjun an, die den Schemel hoch über ihren Kopf hielt.

»Wenn du ihn nicht sofort in Ruhe läßt, Douglas, schlage ich dir den Schädel ein, das schwöre ich dir!«

»Ryder, kümmere dich um unsere idiotische Schwester, während ich diesen räudigen Hund umbringe!«

Aber es kam nicht soweit. Dem Fluchen, Keuchen und Stöhnen wurde durch einen Schuß ein jähes Ende bereitet. In dem geschlossenen Raum hörte es sich so an, als wäre eine Kanone abgefeuert worden.

Angus stand auf der Schwelle, eine rauchende alte Donnerbüchse in der Hand. In der Salondecke befand sich ein riesiges Loch.

Sinjun ließ den Schemel fallen, betrachtete dieses Loch und die geschwärzte Decke und erkundigte sich bei Douglas: »Was meinst du — reicht meine Mitgift sogar, um diesen Schaden zu reparieren?«

KAPITEL 6

Angus stand ruhig, aber sehr wachsam in einer Ecke des Salons, die Büchse immer noch in der Hand, auch nachdem er erklärt hatte: »Verzeihen Sie mir, Mylords, aber wenn ich jemandem eine Kugel in den Leib schießen muß, wird einer von Ihnen beiden daran glauben müssen, obwohl Sie die Brüder der neuen Lady Kinross sind.«

Das war's dann wohl, dachte Ryder, der zwar Mühe hatte, das Schottisch des alten Dieners zu verstehen, aber doch begriff, daß es um Douglas und ihn selbst nicht allzu gut bestellt war, wenn Angus ernst machte.

Jetzt saßen Colin und Sinjun nebeneinander auf dem verschlissenen Brokatsofa, und Ryder und Douglas ihnen gegenüber auf genauso verschlissenen Stühlen.

Sinjun durchbrach schließlich das Schweigen. »Wir haben in Gretna Green geheiratet«, verkündete sie.

»Das glaubst du doch selbst nicht, Sinjun«, knurrte Douglas. »So dumm wärest nicht einmal du, denn du wüßtest genau, daß ich euch als erstes dort suchen würde.«

»Du irrst dich. Anfangs wollte ich zwar wirklich eine andere Route wählen, aber dann wurde mir klar, daß du nicht nach Gretna Green reiten, sondern auf direktem Wege nach Edinburgh kommen und Colins Haus ausfindig machen würdest. Wie du siehst, kenne ich dich sehr gut, Douglas.«

»Das alles ist völlig nebensächlich«, erklärte Ryder. »Du kommst jetzt mit uns nach Hause, Göre.«

Colin hob eine schwarze Braue. »Göre? Wie können Sie meine Frau, Lady Ashburnham, eine Göre nennen?«

Sinjun tätschelte ihm die Hand und hoffte inbrünstig,

daß diese Geste überzeugend fraulich wirkte. »Laß nur, Colin, meine Brüder brauchen etwas Zeit, um sich an die veränderten Umstände zu gewöhnen. In einem Jahr wird Ryder sich bestimmt mit der neuen Situation abgefunden haben.«

»Ich finde das keineswegs komisch, Sinjun!«

»Ich auch nicht. Colin ist mein Mann, und es waren zweifellos diese MacPhersons, die Douglas den anonymen Brief geschrieben und behauptet haben, Colin hätte seine erste Frau ermordet. Sie sind Lügner und Feiglinge und wollen ihn ruinieren, und deshalb wollten sie unsere Heirat verhindern.«

Colin konnte sich wieder einmal nur über sie wundern. Er hatte die MacPhersons nur ein einziges Mal kurz erwähnt, aber seine scharfsinnige Braut hatte die Wahrheit erraten. Nun ja, er hatte drei Tage kaum ein Wort mit ihr gewechselt, und da hatte sie Zeit genug gehabt, sich alles zusammenzureimen. Gott sei Dank wußte sie noch nicht alles — *noch* nicht.

Eine sehr dicke Frau betrat den Raum. Sie trug über ihrem schwarzen Kleid eine rote Schürze, die vom riesigen Busen bis zu den Knien reichte, und sie lächelte übers ganze Gesicht. »Oh, endlich sind Sie wieder nach Hause gekommen, Mylord«, rief sie in breitem Schottisch. »Und dieses süße kleine Ding ist also Ihre Frau?« Sie knickste höflich.

»Hallo«, sagte Sinjun fröhlich. »Wie heißen Sie?«

»Agnes, Mylady. Ich mache alles, was Angus nicht macht, und das heißt, das allermeiste. Angus ist mein Mann, müssen Sie wissen. Schauen Sie sich nur mal dieses Loch in der Decke an! Mein Angus hat von jeher ganze Arbeit geleistet. Hat jemand von Ihnen vielleicht Hunger?«

Nachdem alle bejaht hatten, watschelte sie zufrieden hinaus. Angus hingegen rührte sich nicht von der Stelle und hielt die Büchse noch immer fest an die Brust gedrückt.

Erst jetzt kam es Colin zu Bewußtsein, daß er bisher nicht viel zum Gespräch beigetragen hatte, und er räusperte sich energisch, denn schließlich war er der Hausherr. »Wie wär's mit einem Brandy, meine Herren?«

Ryder nickte, und Douglas ballte wieder die Fäuste, sagte dann aber doch: »Ja. Guter geschmuggelter französischer Brandy?«

»Selbstverständlich.«

Sinjun entspannte sich ein wenig. Das war immerhin ein Fortschritt. Männer, die miteinander tranken, konnten sich nicht prügeln, jedenfalls nicht, ohne vorher die Gläser abstellen zu müssen. Natürlich könnten sie auch mit den Gläsern werfen, aber das hatte sie bisher weder bei Douglas noch bei Ryder gesehen.

»Wie geht es Sophie und meinen Neffen und den anderen Kindern?« erkundigte sie sich bei Ryder.

»Allen geht es gut, bis auf Amy und Teddy, die im Heuschober gerauft haben und dabei heruntergefallen sind. Zum Glück ist es aber ohne Knochenbrüche abgegangen.«

»Ich nehme an, daß Jane ihnen eine tüchtige Standpauke gehalten hat.« Jane war die Leiterin von Brandon House, das Sinjun respektlos als »Tollhaus« bezeichnete. Das schöne dreistöckige Gebäude war nur hundert Meter von Chadwyck House entfernt, dem Wohnsitz von Ryder, Sophie und Grayson, ihrem kleinen Sohn.

»O ja, Jane hatte einen ihrer seltenen Wutanfälle und drohte, ihnen die Ohren langzuziehen und sie zu Wasser und Brot zu verdonnern. Ich glaube, das hat sie auch getan — mit etwas Marmelade auf dem Brot! Und Sophie hat die beiden Missetäter ebenfalls tüchtig ausgeschimpft und dann abgeküßt.«

»Und du, Ryder?«

»Ich habe sie umarmt und ihnen gesagt, wenn sie je wieder eine solche Dummheit begingen, würde ich sehr ärgerlich auf sie sein.«

»Eine schreckliche Drohung!« lachte Sinjun, bevor sie

aufsprang und ihren Bruder umarmte. »Ich habe dich so vermißt, Ryder.«

»Verdammt, Göre, ich bin erschöpft. Douglas hat mich aus dem Bett gezerrt, obwohl Sophie so weich und warm war, daß ich sie nicht verlassen wollte, und dann hat er mich gezwungen, so schnell zu reiten, als wäre der Teufel höchstpersönlich uns dicht auf den Fersen. Er hat behauptet, daß er dich überlisten würde, aber offenbar hast du gewonnen.«

»Hier ist Ihr Brandy, Mylord.«

»Ich bin kein Lord, Kinross. Als Zweitgeborener habe ich keinen Anspruch auf diesen Titel, und du kannst mich ruhig Ryder nennen. Schließlich bist du mein Schwager, zumindest bis Douglas entschieden hat, ob er dich umbringt oder nicht. Aber nur Mut. Vor einigen Jahren wollte Douglas auch unseren Cousin Tony Parrish umbringen. Er hat ihn einen verkommenen Mistkerl genannt, aber zuletzt hat er sich dann doch mit der Situation abgefunden.«

Angus entspannte sich ein wenig.

»Die beiden Situationen lassen sich überhaupt nicht miteinander vergleichen, Ryder.«

Angus nahm wieder eine wachsame Stellung ein.

»Das stimmt schon, Douglas, aber Sinjun ist nun mal mit dem Burschen verheiratet, daran führt kein Weg vorbei. Du weißt doch, daß sie sich nie mit Halbheiten zufriedengibt.«

Douglas fluchte gottserbärmlich.

Angus entspannte sich wieder, denn normalerweise reagierten sich weise Männer durch Flüche ab.

Colin ging auf Douglas zu und drückte ihm ein Glas in die Hand. »Wie lange wollt ihr beide hierbleiben? Bitte versteh mich nicht falsch. Ihr seid meine Schwager und als solche herzlich willkommen, aber dieses Haus ist nicht gerade prächtig eingerichtet, und sehr bequem hättet ihr es nicht.«

»Wer sind die MacPhersons?« wollte Douglas wissen.

»Ein Clan, der seit Cenerationen mit dem meinen verfeindet ist. Begonnen hat der Streit im Jahre 1748, nach der Schlacht von Culloden. Damals gab es böses Blut, weil das Familienoberhaupt der MacPhersons den Lieblingshengst meines Großvaters gestohlen hatte. Die Fehde endete erst, als ich die Tochter des jetzigen Gutsherrn heiratete — Fiona Dahling MacPherson. Als sie vor etwa sechs Monaten auf mysteriöse Weise ums Leben kam, schien ihr Vater mir keine Schuld an ihrem Tod zu geben. Ihr ältester Bruder Robert ist jedoch bösartig, habgierig und völlig skrupellos. Als mein Vater mich in London besuchte, erzählte er, die MacPhersons hätten — angeführt von diesem Bastard Robert — auf meinem Land geplündert und zwei meiner Leute umgebracht. Joan hat recht — höchstwahrscheinlich hat einer von ihnen jenen Brief geschrieben. Allerdings kann ich mir nicht vorstellen, woher sie meinen Aufenthaltsort kannten, und ich hätte auch nicht gedacht, daß sie klug genug zu einem solchen Komplott sind.«

»Warum in aller Welt nennst du sie Joan?« fragte Ryder.

Colin blinzelte. »So heißt sie doch.«

»Nein, sie heißt seit vielen Jahren Sinjun.«

»Das ist ein Männerspitzname, der mir nicht gefällt. Sie heißt Joan.«

»Mein Gott, Douglas, er hört sich wie Mutter an!«

»Das stimmt«, sagte Douglas, »aber Sinjun wird sich schon durchsetzen. Zurück zu den MacPhersons. Ich will nicht, daß meine Schwester in Gefahr gerät. Das erlaube ich nicht.«

»Sie ist zwar deine Schwester«, entgegnete Colin ruhig, »aber sie ist meine Frau, und sie wird mich begleiten, wohin ich auch gehen mag, und sie wird tun, was ich ihr sage. Ich werde gut auf sie aufpassen.« Er wandte sich Sinjun zu. »Habe ich nicht recht, meine Liebe?«

Seine Augen funkelten im matten Nachmittagslicht, aber seine Miene war genauso leidenschaftslos wie seine Stimme.

»O ja«, sagte sie, ohne zu zögern. »Wir werden in Kürze weiterreiten, nach Vere Castle. Ich werde mich um Colin kümmern, da braucht ihr euch wirklich keine Sorgen zu machen.«

»Ich mache mir doch keine Sorgen um diesen gottverfluchten Bastard!« brüllte Douglas. »Um dich habe ich Angst, du dumme Göre!«

»Das ist sehr nett von dir, Douglas, und überaus verständlich, weil du mich ja gern hast.«

»Am liebsten würde ich dir mit einem Riemen ordentlich den Hintern versohlen.«

»Das wirst du in Zukunft mir überlassen müssen«, erklärte Colin energisch. »Joan glaubt zwar noch nicht, daß ich zu solchen Mitteln greifen könnte, aber sie wird es noch lernen.«

Ryders Blicke schweiften von seinem Schwager zu seiner Schwester. »Das hört sich fast so an«, kommentierte er langsam, »als hättest du dein Pendant gefunden, Sinjun.«

Sie tat so, als hätte sie ihn falsch verstanden. »O ja, er ist mein Pendant, mein idealer Lebensgefährte. Ich habe auf ihn gewartet, und schließlich hat er mich gefunden.« Sie ging auf ihren zukünftigen Mann zu, der mit einem Glas in der Hand am Kamin stand, schlang die Arme um seine Brust und küßte ihn auf den Mund. Douglas knurrte ungnädig, aber Ryder lachte.

»Also gut, du bist keine Göre mehr«, gab er zu. »Ich hätte gern noch einen Brandy, Colin, wenn's dir recht ist. Sinjun, laß ihn los, wenn du nicht willst, daß Douglas sich wieder mit ihm prügelt.«

»Die Sache ist noch nicht beigelegt«, sagte Douglas streng. »Ich bin sehr böse auf dich, Sinjun. Du hättest mir vertrauen und mit mir reden sollen. Statt dessen hast du dich wie eine Diebin aus dem Haus geschlichen.«

»Aber, Douglas, ich hatte volles Verständnis für deine Einstellung. Es ist nur so, daß Colin überhaupt nichts Schlimmes getan hat, und daß er mein Geld dringend benötigt und einfach nicht auf irgendeine Aufklärung warten kann, die sowieso unwahrscheinlich ist. Ich bin im Grunde heilfroh, daß du hier bist, weil es mir Sorgen bereitet, daß mein Geld noch in London ist. Jetzt kannst du mit Colin alles schnell regeln.«

»Joan«, tadelte Colin ruhig, »finanzielle Angelegenheiten bespricht man nicht auf diese Weise. Weder in Anwesenheit von Damen noch im Salon, unter so ungewöhnlichen Umständen.«

»Du meinst wegen des Lochs in der Decke?«

»Du weißt genau, was ich meine.«

»Aber warum denn nicht? Schließlich ist es meine Mitgift, und du bist mein Mann. Bringen wir's hinter uns.«

Douglas lachte, er konnte einfach nicht anders.

»Ich glaube«, sagte Ryder, »das bedeutet, daß du diese Geschichte doch lebendig überstehen könntest, Colin. Mach, daß du wegkommst, Sinjun, damit die Herren alle Geldfragen regeln können.«

»Na gut. Aber vergiß nicht, Douglas, daß Großtante Margaret mir etwas hinterlassen hat. Du hast mir selbst einmal gesagt, es sei eine sehr beachtliche Summe, die in Aktien vorteilhaft angelegt sei.«

»Wir sind so gut wie verheiratet, Colin.«

Sie befanden sich in der düsteren Grafensuite am Ende des Korridors im zweiten Stock des Hauses. Colin stellte den großen Armleuchter auf einer mitgenommenen Kommode ab und drehte sich kopfschüttelnd um.

»Ich weiß, daß wir so tun müssen, als wären wir es, und deshalb werden wir zusammen in diesem Bett schlafen. Wie du siehst, hätte ein ganzes Regiment darin Platz, und du wirst deine Hände von mir lassen, Joan, wenn du nicht meinen Unmut erregen willst.«

»Ich kann das einfach nicht glauben, Colin, und ich hoffe nur, daß du nicht zu jenen Menschen gehörst, die um jeden Preis an einem einmal gefaßten Entschluß festhalten, ob er nun gut oder schlecht ist.«

»Mein Entschluß ist richtig.«

»Er ist einfach lächerlich.«

»Eine Frau sollte nicht so respektlos zu ihrem Mann sein.«

»Du bist aber noch nicht mein Mann! Du bist zweifellos der störrischste, der sturste . . .«

»Du kannst dich hinter dem Paravent dort in der Ecke ausziehen.«

Als sie nebeneinander in dem riesigen Bett lagen und Sinjun zu den dunklen Bettvorhängen emporstarrte, die moderig rochen, sagte Colin unerwartet: »Ich mag deine Brüder. Sie sind Ehrenmänner, und ich könnte mir keine besseren Freunde vorstellen. Daß sie bald meine Schwager sein werden, freut mich wirklich.«

»Nett von dir, das zu sagen.«

»Schmoll nicht, Joan.«

»Ich schmolle nicht. Mir ist kalt. Dieses schreckliche Zimmer ist feucht.«

Colin war nicht kalt, aber er fror überhaupt selten. Er wußte genau, daß es mit seiner Beherrschung vorbei wäre, wenn er sie jetzt in die Arme nähme, und er wollte auf keinen Fall seinen Schwur brechen, am allerwenigsten jetzt, da ihre Brüder unter seinem Dach weilten und ihn an seine Perfidie erinnerten.

Er griff nach seinem Morgenrock, den er ans Fußende des Bettes gelegt hatte. »Hier, zieh das an, dann wird dir warm.«

»Ich bin ganz überwältigt von deiner Großzügigkeit und Vernunft.«

»Schlaf jetzt.«

»Selbstverständlich, Mylord. Wie Sie wünschen, wie Sie befehlen, wie . . .«

Er begann zu schnarchen.

»Ich frage mich, warum Douglas nicht darauf bestanden hat, unsere Heiratsurkunden zu sehen. Er ist sonst immer so gründlich.«

»Vielleicht fällt es ihm noch ein. Sollen wir morgen heiraten, während deine Brüder im Schloß sind? Douglas hat einen Freund, der dort als Major stationiert ist, und er möchte ihn mit Ryder bekannt machen.«

»Das wäre großartig«, sagte Sinjun. »Colin?«

»Ja?«

»Würdest du wenigstens meine Hand halten?«

Ihre Finger waren sehr warm, wie er schmunzelnd feststellte. Von Erfrieren konnte wohl kaum die Rede sein, aber dieses raffinierte Persönchen versuchte eben, mit allen Mitteln ans Ziel zu kommen. »Ich hoffe, daß mein Morgenrock zu deinem Wohlbefinden beiträgt.«

»O ja, er ist weich und riecht nach dir.«

Er schwieg.

»Wenn ich ihn anhabe, kann ich mir wenigstens vorstellen, daß du mich überall berührst.«

Am nächsten Morgen um zehn wurden Colin und Sinjun von einem presbyterianischen Geistlichen getraut, der mit Colins Onkel Teddy befreundet gewesen war — allerdings nicht mit seinem Vater, wie Colin betonte, weil dieser ein liederlicher Kerl gewesen sei. Reverend MacCauley, ein alter Herr mit prächtiger weißer Haarmähne, war zum Glück kein Umstandskrämer, und so dauerte die Zeremonie nicht lange. Sie verließen das Pfarrhaus als Lord und Lady Ashburnham, und Sinjun machte einen kleinen Freudensprung. »So, das wäre endlich geschafft. Soll ich meine Brüder jetzt selbst fragen, ob sie unsere Heiratsurkunden sehen wollen?«

»Nein. Bleib stehen, damit ich dich küssen kann.«

Sie wurde seltsam still. »Aha«, sagte er, während er sanft ihr Kinn anhob, »jetzt bist du nicht mehr so wild darauf, mit mir zu schlafen, stimmt's? Du hast das alles nur gespielt. Aber warum?« Es fiel ihm nicht schwer, darauf selbst eine Antwort zu finden. »Ich verstehe . . . Du hattest sogar letzte Nacht noch Angst, daß Douglas und Ryder irgendwie herausfinden könnten, daß wir noch nicht verheiratet waren. Du wolltest mich beschützen, nicht wahr? Du wolltest unbedingt, daß ich deine Mitgift bekomme.«

»Nicht nur«, murmelte sie. »Ich könnte dich bis in alle Ewigkeit betrachten, wenn du nackt bist. Sogar deine Füße sind schön.«

»Du verblüffst mich immer wieder, Joan, und manchmal gefällt es mir sogar. Aber einen nackten Mann anzusehen und mit ihm zu schlafen ist nicht dasselbe. Was wirst du machen, wenn du nackt auf dem Rücken liegst und ich mich anschicke, dir die Jungfernschaft zu rauben?«

»Das weiß ich nicht. Wahrscheinlich werde ich die Augen schließen. Es hört sich ein bißchen beunruhigend an, aber nicht abstoßend, zumindest nicht mit dir.«

Er grinste. »Am liebsten würde ich sofort zur Tat schreiten, aber Douglas wäre vermutlich nicht gerade begeistert, wenn ich dich einfach über die Schulter werfen und ins Schlafzimmer tragen würde. Aber heute abend, Joan. Heute abend.«

»Ja.« Sie stellte sich mit leicht geöffneten Lippen auf die Zehenspitzen, aber er begnügte sich mit einem flüchtigen Kuß, so als wäre sie eine Verwandte.

Abbotsford Crescent war zu Fuß nur eine Viertelstunde vom Pfarrhaus entfernt. Colin war stehengeblieben, um Sinjun ein altes Denkmal aus der Zeit von James IV. zu zeigen, als plötzlich ein pfeifendes Geräusch zu hören war. Sinjun hatte sich gerade vorgebeugt, um die verwitterte Inschrift zu entziffern, und etwas schrammte an ihrer Wange entlang. Erschrocken sprang sie zurück und griff sich ans Gesicht. »Was war das?«

»Verdammt!« Colin zog sie zu Boden und warf sich beschützend über sie. Passanten starrten sie an und beschleunigten ihre Schritte, aber ein Mann kam auf sie zugerannt.

»Ein Kerl hat auf Sie geschossen«, berichtete er und spuckte vor Empörung aus. »Ich habe ihn gesehen. Er stand da drüben, beim Hutgeschäft. Ist alles in Ordnung, gnä' Frau?«

Colin half Sinjun auf die Beine. Sie preßte ihre Hand an die Wange, und zwischen ihren Fingern sickerte Blut hervor. Er fluchte laut.

»Oh, die Dame ist ja verletzt!« rief der hilfsbereite Herr. »Kommen Sie mit zu mir, ich wohne gleich da drüben in der Clackbourn Street.«

»Herzlichen Dank, Sir, aber wir wohnen selbst ganz in der Nähe, am Abbotsford Crescent.«

Sinjun stand förmlich zur Salzsäule erstarrt da, während die Männer Namen und Adressen austauschten, weil Colin sich später mit dem Augenzeugen unterhalten wollte. *Jemand hatte auf sie geschossen.* Es war unglaublich, unfaßbar. Sie verspürte noch immer keinen Schmerz, aber sie fühllt das nasse, klebrige Blut, und weil sie es nicht auch noch sehen wollte, preßte sie ihre Hand weiterhin auf die Wange.

Colin betrachtete sie mit gerunzelter Stirn und nahm sie dann einfach auf die Arme. »Leg den Kopf an meine Schulter und entspann dich.«

Sie tat, wie ihr geheißen.

Als Colin sie ins Haus trug, waren Douglas und Ryder unglückseligerweise auch gerade von ihrem Besuch im Schloß zurückgekehrt, und sobald sie sahen, daß ihre Schwester blutete, machten sie einen Riesenzirkus, bis es Sinjun zuviel wurde. »Schluß jetzt! Ich bin hingefallen, weiter nichts, und habe mir dabei das Gesicht aufgeschürft. Ungeschickt von mir, aber zum Glück war Colin bei mir und hat mich nach Hause getragen. Und wenn ihr jetzt endlich Ruhe gebt, könnte ich nachsehen, wie groß der Schaden ist.«

Natürlich gaben ihre Brüder keine Ruhe, sondern folgten Colin dicht auf den Fersen, der seine Frau in die Küche trug und auf einen Stuhl setzte. Sie konnte ihm ansehen, daß auch er sich daran erinnerte, wie sie ihn ihrerseits in der Küche des Londoner Hauses verarztet hatte.

Colin nahm Douglas, der warmes Wasser und Seife verlangt hatte, energisch das feuchte Tuch aus der Hand, nicht gewillt, seinem Schwager das Kommando zu überlassen. »Nimm die Hand weg, Joan.«

Sie schloß die Augen und gab keinen Laut von sich, während er das Blut abwusch. Die Kugel hatte ihre Wange nur gestreift, und Colin war heilfroh, daß die Wunde nicht allzu schlimm aussah, denn Joans Brüder beobachteten jede seiner Bewegungen, offensichtlich bereit einzugreifen, sobald er etwas machte, was sie nicht für richtig hielten.

»Es ist nur eine leichte Schramme«, sagte er.

Ryder schob ihn beiseite. »Wie eine Abschürfung sieht das nicht aus, aber ich glaube, daß keine Narbe zurückbleiben wird. Was meinst du, Douglas?«

»Du glaubst doch wohl selbst nicht, Sinjun, daß ich dir abnehme, du hättest dir diese Verletzung bei einem Sturz zugezogen. Das ist weder eine Abschürfung noch eine Kratzwunde. Etwas muß deine Wange mit großer Kraft geschrammt haben.«

Sinjun lehnte sich stöhnend an Colin. »Es tut so weh. Entschuldige, Douglas, aber es tut wirklich scheußlich weh.«

Ihr Mann ergriff hastig die Initiative und betupfte die Wunde mit Alkohol, aber Sinjun stellte besorgt fest, daß Douglas sie nicht aus den Augen ließ und die Stirn runzelte.

»Mir geht es gar nicht gut«, behauptete sie. »Ich glaube, ich werde mich gleich übergeben müssen.«

Douglas' Miene verdüsterte sich nur noch mehr. »Seltsam, du bist doch sonst so hart im Nehmen.«

»Sie ist sehr müde«, kam Colin seiner Frau zu Hilfe. »Das kannst du doch bestimmt verstehen, Douglas.«

Eine Totenstille trat ein. Die beiden Brüder starrten abwechselnd ihren neuen Schwager und ihre kleine Schwester an — ihre kleine Schwester, die noch vor ganz kurzer Zeit ein unberührtes Mädchen gewesen war und sich nun in eine verheiratete Frau verwandelt hatte. Das war wirklich sehr schwer zu verstehen. Douglas stieß einen tiefen

Seufzer aus. »Na gut, Sinjun, geh zu Bett. Wir sehen dich dann später.«

»Ich lege dir keinen Verband an, Joan. Dann heilt es schneller.«

Sie lächelte tapfer, aber so jämmerlich, daß nun auch Ryder die Stirn runzelte.

»Das gefällt mir gar nicht«, erklärte er. »Du bist eine miserable Schauspielerin, Sinjun, und kannst dich sehr schlecht verstellen und ...«

In diesem Moment betrat Agnes die Küche, und Sinjun schloß erleichtert die Augen. Den drei Männern wurde ganz klar gesagt, sie seien so gut wie nutzlos und zudem rücksichtslos, weil sie sich so aufdringlich wie drei Gokkel benähmen, während die arme kleine Frau verletzt sei.

Zehn Minuten später lag Sinjun im Bett. Colin setzte sich neben sie. »Deine Brüder vermuten, daß du nur geschauspielert hast. Stimmt das?«

»Ja. Ich mußte rasch etwas tun, und eine Ohnmacht hätten mir beide nicht abgenommen. Tut mir leid, Colin, aber ich habe mein Bestes getan. Sie dürfen die Wahrheit nicht erfahren, sonst bleiben sie hier, oder aber sie schlagen dich nieder und entführen mich. Das mußte ich verhindern.«

Er mußte lachen. »Du brauchst dich doch nicht dafür zu entschuldigen, daß du angeschossen wurdest und deinen Brüdern Sand in die Augen streuen wolltest. Mach dir keine Sorgen, ich verrate nichts. Ruh dich ein bißchen aus, während ich mit ihnen rede, einverstanden?«

»Wenn du mich vorher küßt.«

Er tat es, aber es war wieder nur ein unbefriedigend brüderlicher Kuß.

Sinjun schlief nicht, als Colin das Schlafzimmer betrat. Sie war so aufgeregt, daß sie sogar den Atem anhielt, als er sich dem Bett näherte und auf sie hinabblickte, den Armleuchter in der Hand.

»Du läufst schon ganz blau an. Atme.«

Sie stieß geräuschvoll den Atem aus. »Ich habe es ganz vergessen.«

»Wie geht es deiner Wange?«

»Gut. Sie tut kaum noch weh. Das Abendessen ist doch ganz gut verlaufen, findest du nicht auch?«

»Ja, wenn man einmal davon absieht, daß deine Brüder ständig deine Wange angestarrt haben. Aber wenigstens kocht Agnes ausgezeichnet.«

»Ist mein ganzes Geld jetzt in deinen Händen?«

Obwohl sich das für seine Begriffe etwas befremdlich anhörte, korrigierte er sie nicht. »Ja, Douglas hat mir einen Kreditbrief ausgestellt. Außerdem werden wir morgen den Direktor der Bank of Scotland besuchen. Und er wird seinen Verwalter anweisen, mir sämtliche Unterlagen zukommen zu lassen. Alles ist erledigt. Danke, Joan.«

»Bin ich so reich, wie du gehofft hattest?«

»Mit einer *so* reichen Erbin hatte ich nie gerechnet. Dank deiner Großtante Margaret dürftest du zu den vermögendsten jungen Damen von ganz England gehören.«

»Was wirst du jetzt tun, Colin?«

Er stellte den Leuchter ab und setzte sich neben sie. »Frierst du?«

Sie schüttelte den Kopf, sagte aber »Ja.«

Er berührte mit den Fingerspitzen ihre Wange, auf der sich die Schramme rot abzeichnete. »Diese Sache tut mir wahnsinnig leid. Ich hoffe, daß die Kugel in Wirklichkeit für mich bestimmt war.«

»Das hoffe ich ganz und gar nicht! Ich will nicht, daß jemand dich zu erschießen versucht. Allerdings will auch ich nicht unbedingt erschossen werden.« Sie verstummte plötzlich und runzelte die Stirn.

»Was ist?«

»Dieser Messerstich in den Oberschenkel . . . Wenn es nun kein Taschendieb war, sondern ein erster Mordversuch?«

Er schüttelte den Kopf. »Das scheint mir doch zu weit

hergeholt. London ist ein gefährliches Pflaster, und ich hielt mich ehrlich gesagt in keiner sehr vornehmen Gegend auf, als es passierte. Nein, das war bestimmt nur ein kleiner Ganove, der sich bereichern wollte. Nun, möchtest du jetzt vielleicht von mir geliebt werden? Dies ist schließlich deine Hochzeitsnacht.«

Immerhin war es ihm gelungen, sie von ihren Ängsten um ihn abzulenken, dachte Colin, während er seine Braut betrachtete.

Sie trug ein jungfräulich weißes Nachthemd, das ihr fast bis zum Kinn reichte. Ihre langen Haare fielen offen über den Rücken und über die Schultern. Er nahm eine dicke Strähne in die Hand und hielt sie an sein Gesicht. Das Haar war weich und duftete leicht nach Jasmin, wenn ihn nicht alles täuschte. »So viele verschiedene Farbtöne«, sagte er bewundernd. Ihm war klar, daß Joan nun, da keine Notwendigkeit mehr bestand, sich zu opfern, um ihn zu retten, kein großes Verlangen mehr verspürte, entjungfert zu werden. Vor der Trauung hätte sie ihn am liebsten seiner Kleider beraubt, ihn auf den Rücken gelegt und die Sache selbst in die Hand genommen, nur um ihn zu beschützen und ihm zu ihrem Geld zu verhelfen. Sie war süß und arglos, energisch und intelligenter, als gut für sie war. Er würde zu dieser Frau manchmal streng sein müssen, denn andernfalls würde sie ihm bald auf der Nase herumtanzen, und das durfte er nicht zulassen. Aber er konnte sich beim besten Willen nicht vorstellen, daß er sie in ein modriges Turmzimmer einsperren würde.

Er hatte Glück gehabt, sie zu finden, daran gab es gar keinen Zweifel. Dann fiel ihm plötzlich wieder jene Kugel ein. Wenn Joan nun schwer verletzt worden wäre? Er versuchte, nicht daran zu denken. Zum Glück war ihr ja nicht viel passiert, und von nun an würde er Maßnahmen zu ihrem Schutz treffen. Ihre Brüder hatten die Absicht, am nächsten Vormittag aufzubrechen, und kurz danach würde er sich mit Joan auf den Weg nach Vere Castle machen. Das war der einzige Ort in Schottland, wo sie in hundertprozentiger Sicherheit sein würde.

Er beugte sich hinab und küßte ihren Mund. Sie zuckte zusammen, öffnete dann aber leicht die Lippen. Anstatt dieser Einladung Folge zu leisten, streichelte er aber mit der Zunge nur ihre Unterlippe, bis er spürte, daß sie sich bei seinen zarten Küssen zu entspannen begann.

»Du bist hübsch, Joan«, murmelte er, »wirklich sehr hübsch. Ich würde jetzt gern auch alles übrige an dir sehen.«

»Genügt mein Gesicht für den Augenblick nicht?«

»Ich möchte aber das ganze Gemälde bewundern.« Ihm fiel erst jetzt ein, daß er im rußgeschwärzten Kamin Feuer hätte machen sollen. Dann hätte er sich in aller Ruhe an ihrem nackten Körper satt sehen können. Das war nun leider unmöglich, weil sie sonst halb erfrieren würde. Er half ihr, das Nachthemd auszuziehen, und deckte sie dann wieder bis unterhalb der Brüste zu.

»So, und jetzt laß mich dich anschauen.«

Das war Sinjun peinlich, und sie versuchte ihre Brüste mit den Händen zu bedecken, bis sie einsah, wie lächerlich dieses Verhalten war, und resigniert die Arme sinken ließ. Ihr mißfiel, daß Colin angekleidet war, während sie selbst nackt dalag. Nicht sie hatte die Führung, sondern er, und das störte sie.

Er betrachtete ihre Brüste, ohne sie zunächst zu berühren. »Sehr hübsch«, sagte er, und das war eine starke Untertreibung, denn er hätte nie gedacht, daß ihre Brüste so voll sein würden. Sie bewegte sich wie ein Junge, ohne jede weibliche Koketterie, ohne verführerisches Schwenken der Hüften. Ah, aber ihre Brüste waren wirklich reizvoll, hoch angesetzt und rund, mit dunkelrosa Brustwarzen.

»Colin?«

»Gehört dieses dünne Stimmchen wirklich der Frau, die mir die Hose vom Leibe reißen und mich quasi vergewaltigen wollte, kaum daß wir London verlassen hatten?«

»Ja, aber jetzt ist alles ganz anders geworden. Das Motiv ist entfallen, und es gefällt mir nicht, daß du mich so anstarrst . . .«

»Wenn ich mich recht erinnere, hast du das gleiche bei mir gemacht, nur daß ich nackt bis zu den Zehen war. Du konntest dich an mir satt sehen, und du selbst warst angezogen, stimmt's?«

»Anfangs hatte ich nur einen Morgenrock an.«

»Aber du wolltest mich nicht zudecken, bis du dich satt gesehen hattest.«

»O nein, Colin, ich hätte dich noch viele Stunden lang ansehen mögen.«

Darauf fiel ihm beim besten Willen keine schlagfertige Antwort ein, und so beugte er sich einfach hinab und begann an einer Brustwarze zu saugen.

Er dachte, sie würde ihn abwehren, aber sie zuckte nur kurz zusammen und ließ ihn dann völlig regungslos gewähren.

»Was tust du da, Colin? Das ist doch bestimmt . . .«

Er hauchte sie warm an, und sie erbebte.

»Das ist mein Präludium«, flüsterte er und widmete sich wieder ihren Brüsten. Ihr Geruch stieg ihm verführerisch in die Nase, und er preßte sich etwas fester an ihren weichen Körper.

»O Gott, Colin, das ist ein ganz seltsames Gefühl!«

»Aber nicht unangenehm, oder?«

»Ich weiß nicht so recht . . . vielleicht . . . o Gott!«

Er streichelte ihre Brüste jetzt sehr sanft, und als er den Kopf etwas hob, um ihr Gesicht sehen zu können, fiel ihm auf, daß seine Haut um vieles dunkler war als die ihre.

Vielleicht war es doch keine solche Katastrophe, verheiratet zu sein. Am liebsten wäre er sofort in sie eingedrungen, aber er wußte, daß er damit noch warten mußte, daß Frauen vorher stimulliert werden mußten, speziell zwischen den Schenkeln. Und auch er wollte ihr weiches Fleisch noch ein wenig mit Händen, Lippen und Zunge erforschen, bevor er sie in Besitz nahm.

Er erhob sich rasch und blickte auf seine Braut hinab, auf dieses Mädchen, das er notgedrungen geheiratet hatte, und das ihn und seine Familie auf Generationen hinaus gerettet hatte. Während er sich auszog, lächelte er ihr zu, und er sah die Erregung in ihren schönen blauen Augen — den typischen Sherbrooke-Augen, wie er in London gehört hatte. Er sah aber auch die Furcht in diesen Augen, die jede seiner Bewegungen verfolgten. Als er ganz nackt war, richtete er sich lächelnd auf. »Jetzt kannst du dich wieder an mir satt sehen, meine Liebe.«

Sinjun betrachtete ihn aufmerksam, schüttelte den Kopf und murmelte erschrocken: »Das kann einfach nicht klappen, Colin. Es ist unmöglich.«

»Was kann nicht klappen?« Er folgte ihrem Blick und stellte erstaunt fest, daß er schon eine Erektion hatte. Bisher hatte er zwar meistens die Erfahrung gemacht, daß dieser Anblick Frauen sehr erregte, aber er konnte sich gut vorstellen, daß eine Jungfrau verstört darauf reagieren mußte.

»Das da.« Sinjun deutete auf seinen Unterleib.

»Du wirst gleich sehen, wie gut es klappt. Könntest du versuchen, mir zu vertrauen?«

Sie schluckte krampfhaft und brachte kaum ein Wort hervor. »Also gut«, flüsterte sie schließlich, zog die Decke bis zum Kinn hoch und rutschte auf die andere Bettseite. »Aber ich glaube nicht, daß das etwas mit Vertrauen zu tun hat.«

»Hast du überhaupt eine Vorstellung davon, wie diese Sache vor sich geht?« erkundigte er sich vorsichtshalber.

»Selbstverständlich. Ich bin weder dumm noch unwissend, aber was ich dachte, kann einfach nicht stimmen. Du bist viel zu groß, und obwohl ich dir vertraue, kann es nicht auf die Weise vor sich gehen, wie ich immer glaubte. Nein, das ist ganz ausgeschlossen, das mußt doch auch du einsehen.«

»Keineswegs.«

Lächelnd ging er auf das Bett zu.

KAPITEL 7

Sie war so selbstsicher gewesen, hatte so gewagte Reden geführt und nichts unversucht gelassen, um ihn zum Geschlechtsverkehr zu provozieren, und nun mußte er erstaunt und leicht amüsiert feststellen, daß er es in Wirklichkeit mit einer ängstlichen Jungfrau zu tun hatte.

Als er zu ihr unter die Decke schlüpfte und seinen Oberkörper gegen den ihren preßte, zog sie scharf die Luft ein. »Das ist doch angenehm, Joan, oder?« fragte er, während er seinen Brustkorb an ihren Brüsten rieb.

»Es ist ein seltsames Gefühl, weil du so behaart bist. Das kitzelt ein bißchen.«

»Dafür fühlst du dich herrlich warm und seidenweich an.«

Er schob seine Zunge in ihren Mund, und seine Hand glitt über ihren Bauch und berührte sanft ihre Scham. Sie erbebte, und seine Erregung wuchs ins Unerträgliche.

Sinjun sah ihn an, während er sie küßte. Seine Augen waren geschlossen, und seine dichten schwarzen Wimpern streiften die Wangen. Er war so wunderschön, und sie begehrte ihn, seit sie ihn zum erstenmal gesehen hatte, aber jener Teil von ihm war so groß und dick, viel zu groß und dick, als daß es angenehm sein könnte. Und seine Finger berührten sie an der intimsten Stelle ihres Körpers, was sie jedoch seltsamerweise gar nicht besonders störte. Es war nicht unangenehm, und vielleicht würde er sich damit begnügen. Sie hoffte es jedenfalls von ganzem Herzen.

»Bitte bring mir das Küssen bei, Colin«, flüsterte sie, während sie ihre Arme um seinen Hals schlang. »Es gefällt mir sehr. Ich könnte dich bis in alle Ewigkeit küssen.«

Es gibt noch viel mehr schöne Dinge als nur Küsse«,

sagte er, »aber wir können gern damit beginnen, und wir werden immer wieder darauf zurückkommen. Du brauchst nur den Mund zu öffnen und mir deine Zunge zu geben.«

Sie befolgte seine Anweisungen, und während ihre Zunge noch etwas zaghaft die seine berührte, spürte sie seine Finger zwischen ihren Beinen, und dieses sanfte Streicheln und Reiben löste in ihr ganz seltsame Empfindungen aus, und zu ihrer eigenen Verwunderung stöhnte sie in seinen Mund hinein.

Er zog seine Hand weg und konnte ihre Enttäuschung deutlich an ihrem Gesicht ablesen. »Das gefällt dir, nicht wahr? Soll ich weitermachen?«

»Das wäre vielleicht gar nicht schlecht.«

Lachend küßte er sie wieder, aber als er einen Finger in sie einführte und sie erneut stöhnte, vergaß er alles außer seiner eigenen Begierde, die er kaum noch unter Kontrolle halten konnte.

Er wollte auch ihr Genuß bereiten, aber er bezweifelte, daß das beim ersten Mal möglich sein würde. Vielleicht sollten sie dieses erste Mal möglichst schnell hinter sich bringen. Sein Finger glitt tiefer in sie hinein, und er fühlte, daß die enge Pforte allmählich weich und feucht wurde, und bei der Vorstellung, bald auch sein Glied in diese warme Grotte einführen zu können, stöhnte er laut und bebte vor Lust.

Sinjun riß erschrocken die Augen auf. »Colin? Was ist? Habe ich dir weh getan?«

»Es ist ein süßer Schmerz, Joan, aber ich muß dich jetzt einfach in Besitz nehmen, ich kann nicht länger warten. Vertrau mir. Ich werde so behutsam wie nur irgend möglich sein, und wir müssen dieses erste Mal hinter uns bringen, damit es ein zweites Mal geben kann, das dann auch für dich herrlich sein wird. Du mußt mir nur vertrauen.«

Alle angenehmen Empfindungen, die seine Finger in ihr ausgelöst hatten, wurden schlagartig ausgelöscht, und sie geriet in regelrechte Panik, als er ihre Knie anhob, um sie in eine günstige Position zu bringen. Er war viel zu groß, und es war einfach unvorstellbar, daß das gutgehen könnte. Sie stemmte ihre Fäuste gegen seine behaarte Brust. »Bitte, Colin, ich hab's mir anders überlegt. Ich möchte noch etwas warten. Vielleicht wäre Weihnachten ein guter . . .«

Er drang in sie ein, und sie schrie auf und drückte ihre Hüften tief in die Matratze, aber das half ihr nichts, denn er packte sie bei den Hüften, preßte sie an sich und stieß immer tiefer vor. Sinjun kniff die Augen fest zu und versuchte stillzuhalten und den Schmerz stumm zu ertragen, aber es fiel ihr sehr schwer. Dann hielt er plötzlich inne und erklärte schwer atmend: »Ich werde jetzt dein Jungfernhäutchen zerreißen. Das muß sein. Nicht schreien, Liebling.« Noch während er redete, stieß er mit aller Kraft zu, und sie konnte einen gellenden Schrei nicht unterdrücken. Dann spürte sie ihn ganz tief in ihrem Innern, aber sie wollte ihn nicht dort haben, diesen Eindringling, der ihr solchen Schmerz zufügte, ohne daß es ihm selbst weh zu tun schien. Er führte sich jetzt wie ein Wilder auf, immer wieder raus und rein, bis er sich plötzlich aufbäumte und steif wie ein Brett wurde. Unwillkürlich riß er die Augen auf und sah, daß er mit geschlossenen Augen und zurückgeworfenem Kopf von Krämpfen geschüttelt wurde.

Stöhnend ließ er sich auf sie fallen, und sie spürte die Nässe tief in ihrem Körper. Über ihre Gefühle war sie sich selbst nicht im klaren. Zum einen hatte er ihr Schmerz zugefügt; was aber noch viel schlimmer war — er hatte sie belogen, er hatte sie gebeten, ihm zu vertrauen, und das hatte sie törichterweise auch getan, und dann hatte er ihr Vertrauen gründlich mißbraucht, indem er einfach in sie eingedrungen war.

Sein Gesicht lag dicht neben dem ihren auf dem Kissen, sein Atem ging immer noch schnell, und sein verschwitzter Körper kam ihr sehr schwer vor.

Am liebsten hätte sie ihn geschlagen und angebrüllt, aber sie zwang sich zur Ruhe und sagte würdevoll: »Das hat mir nicht gefallen, Colin. Es war einfach schrecklich.«

Ihre Worte drangen wie durch dichten Nebel an seine Ohren, und er glaubte, sich verhört zu haben. Sie hatte ihm eine Lust beschert, die all seine Erwartungen weit übertroffen hatte, eine geradezu überwältigende Lust, und ihr sollte es nicht gefallen haben? Er schüttelte den Kopf. Nein, das war völlig ausgeschlossen.

Es dauerte eine ganze Weile, bis er wieder normal atmen konnte, und während dieser ganzen Zeit lag sie regungslos unter ihm. Obwohl er wußte, daß er schwer war, brachte er es einfach nicht fertig, sich aus ihr zurückzuziehen. Schließlich stützte er sich wenigstens auf seine Ellbogen und betrachtete seine Frau.

»Es tut mir schrecklich leid«, murmelte er, aber das stimmte nicht ganz, denn er hatte diesen Akt ungeheuer genossen. »Deine Jungfräulichkeit gehört jetzt der Vergangenheit an, und in Zukunft werde ich dir nie mehr weh tun.«

Ihre Ruhe war trügerisch. »Du hast mich belogen, Colin. Du hast gesagt, es würde klappen. Du hast gesagt, ich solle dir vertrauen.«

»Natürlich, schließlich bin ich dein Mann. Und es hat großartig geklappt. Du fühlst mich doch, oder? Ich bin in dich eingedrungen und habe meinen Samen in deinen Körper ergossen, und genauso muß es sein. Nächstes Mal wird es besser gehen, und du wirst es vielleicht sogar genießen. Anfangs hat es dir doch gefallen, oder?«

»Daran kann ich mich nicht mehr erinnern.«

Sie konnte sich nicht daran erinnern? Wie war so etwas möglich, wenn er selbst sie schon wieder begehrte? Aber er würde sich beherrschen. Er war doch kein rücksichtsloser Grobian. Nein, er würde seine unschuldige Braut nicht noch einmal verletzen. Doch sein Körper war für vernünftige Argumente nicht ansprechbar. Sein steifes Glied forderte sein Recht und trug den Sieg über Willenskraft und Rücksichtnahme davon. Erneut drang er tief in sie ein.

Sie schrie vor Schreck und Schmerz auf, trommelte mit den Fäusten auf seine Brust, versuchte ihn wegzustoßen, aber obwohl er ihre Schreie hörte, konnte er nicht aufhören, bis er unter heiserem Stöhnen wieder zum Höhepunkt gelangte.

Dann lag er wieder keuchend auf ihr und fragte sich, welcher Teufel ihn geritten haben mochte.

»Wie oft wirst du das noch machen?«

»Vorerst nicht mehr, glaube ich. Joan, du weinst doch nicht etwa, oder? Sag mir, daß du nicht weinst. Ich verspreche dir, jetzt ganz stillzuhalten.«

»Ich habe dich wirklich sehr gern, Colin«, erklärte sie, und er stellte erleichtert fest, daß ihre Stimme sich nicht mehr so zittrig anhörte, aber seine Erleichterung verflog jäh, als sie fortfuhr: »Aber es wird mir schwerfallen, das oft zu ertragen. Es war alles andere als angenehm. Ich weiß, daß wir es tun mußten, damit Douglas mich nicht nach London mitnehmen und unsere Ehe annullieren lassen kann. Aber wirst du es auch in Zukunft oft machen, obwohl keine Notwendigkeit mehr dazu besteht?«

Er hätte ihr sagen können, daß er sie ohne weiteres ein drittes und vielleicht sogar ein viertes Mal nehmen könnte, aber er hielt seine Zunge im Zaume, denn er wußte genau, daß er ihr weh getan und keinerlei Genuß beschert hatte. »Es tut mir leid«, sagte er wieder und zog sich langsam aus ihr zurück, wobei sie vor Schmerz wimmerte, weil sie so wund war.

»Es tut mir leid«, murmelte er noch einmal, obwohl es ihm mißfiel, daß er sich wie ein Papagei wiederholte.

»Ich kann das nicht verstehen.«

»Was kannst du nicht verstehen?«

»Ich dachte immer, daß Alex — du weißt ja, Douglas' Frau — es sehr genießt, mit ihm in einem Bett zu schlafen. Und Ryder und Sophie ebenfalls. Aber vielleicht genießen die Frauen nur das Küssen und ertragen alles andere, weil sie ihre Männer lieben. Es ist wirklich schwer zu ertragen, Colin. So schlimm hatte ich es mir nicht vorgestellt.«

»Ich habe dir doch gesagt, daß du es nächstes Mal genießen wirst. Das verspreche ich dir.«

Er sah ihr an, daß sie ihm nicht glaubte, und er konnte ihr daraus keinen Vorwurf machen, nachdem er sich soweit vergessen hatte, sie ein zweites Mal zu nehmen, obwohl er genau gewußt hatte, daß es ihr weh tun würde. »Es tut mir leid«, stammelte er wieder. »Glaub mir, ich werde es wiedergutmachen.«

Sie blieb steif und starr liegen, als er aufstand. Ihre Schenkel und die weißen Bettlaken waren mit Blut befleckt. Er beugte sich über sie, um ihr einen zärtlichen Kuß zu geben und sie zu trösten, aber sie befürchtete sofort das Schlimmste und schrie aus voller Lunge.

Im nächsten Moment hämmerte jemand an die Schlafzimmertür, und dann brüllte Douglas: »Was geht hier vor? Sinjun, was ist los?«

»Geh mir aus dem Weg, Douglas! Er bringt sie um!«

Es war Ryder, der die Tür aufriß und ins Zimmer stürzte, Douglas dicht auf den Fersen.

Mit wehenden Morgenröcken blieben sie wie angewurzelt stehen und starrten ihren splitternackten Schwager und ihre ebenfalls nackte Schwester an, die auf dem Bett lag. Allerdings zog Sinjun nach der ersten Schrecksekunde die Decke bis zum Kinn hoch und kreischte: »Raus mit euch! Wie könnt ihr es wagen! Verdammt, macht endlich, daß ihr rauskommt!« Sie glaubte, vor Scham sterben zu müssen.

»Aber, Sinjun, wir haben dich schreien gehört, und es waren Schmerzensschreie . . .«

Sie hätte selbst nicht geglaubt, daß sie sich so schnell unter Kontrolle bekommen könnte, aber es gelang ihr wie durch ein Wunder. Sie brachte sogar ein Lächeln zustande — allerdings ein sehr maskenhaftes und hämisches Lächeln. »Aber, aber, Douglas, ich habe Alex auch schon schreien gehört — sehr oft sogar. Warum soll ich nicht genauso schreien dürfen?«

»Du hast nicht vor Lust geschrien«, sagte Ryder, und seine Stimme war so kalt, daß sie unwillkürlich erschauderte. »Was hat dieser Mistkerl dir angetan?«

Colin riß der Geduldsfaden. »Himmelherrgott nochmal!« brülte er, während er seinen abgetragenen Morgenrock anzog, »das ist doch wirklich lächerlich! Habe ich in meinem eigenen Haus keine Privatsphäre mehr? Ja, sie hat geschrien, und wißt ihr auch warum? Ich werd's euch verraten, ihr verfluchten Schnüffler — ich mußte ihr die Jungfernschaft rauben.«

Außer sich vor Wut, brüllte Douglas noch lauter als Colin: »Du verlogener Mistkerl, diesmal bringe ich dich wirklich um!«

»Nicht schon wieder!« rief Sinjun.

»Doch, endlich!« schrie Ryder zähneknirschend. »Du warst also noch eine Jungfrau, Sinjun? Und uns hast du weisgemacht, du wärest schon seit Tagen mit diesem Heiden verheiratet! In *jeder* Hinsicht verheiratet, wie du betont hast! Wie konntest du dann noch eine Jungfrau sein? Dieser geile Bastard sieht wirklich nicht so aus, als würde er lange warten.«

Sinjun hüllte sich in die Decke und schwang ihre Beine aus dem Bett. Colin sah wie ein angriffslustiger Hund aus, und ihre Brüder machten einen nicht minder blutrünstigen Eindruck.

»Hört endlich mit diesem Wahnsinn auf!« kreischte sie hysterisch. Wo blieb nur Angus mit seiner Donnerbüchse? Sie sprang ihren Brüdern in den Weg. »Schluß jetzt, habt ihr gehört? Schluß!« Als sie ihr keine Beachtung schenkten, änderte sie blitzartig ihre Taktik. »Ihr werdet jetzt sofort mein Schlafzimmer verlassen«, befahl sie mit einer so kalten Stimme, wie weder Douglas noch Ryder sie je von ihr gehört hatte. »Andernfalls werde ich nie wieder mit euch reden, das schwöre ich euch!«

»Das kann doch nicht dein Ernst sein!« rief Douglas.

»Du weißt nicht, was du sagst«, stammelte Ryder, während er unwillkürlich einen Schritt zurück machte, »wir sind doch deine Brüder, wir lieben dich, wir . . .«

»Es ist mein voller Ernst. Raus mit euch! Wir werden uns morgen früh weiter darüber unterhalten. Ihr habt mich in eine sehr peinliche Situation gebracht und . . .« Sie brach plötzlich in Tränen aus.

Douglas und Ryder wollten zu ihr eilen, aber Colin gebot ihnen mit gebieterischer Geste Einhalt. »Nein, meine Herren«, sagte er ruhig. »Ich werde mich selbst um meine Frau kümmern. Geht jetzt.«

»Aber sie weint!« rief Ryder erschüttert. »Sinjun weint nie.«

»Wenn du sie zum Weinen bringst, du gottverdammter Bastard . . .«

»Douglas, bitte laß uns allein.« Demonstrativ nahm Colin seine Frau in die Arme.

Ryder und Douglas räumten fluchend das Feld.

»Ich hätte die Tür abschließen sollen«, kommentierte Colin. »Nun, das wird mir jedenfalls eine Lehre sein, daß ich vorsichtiger sein muß und nie vergessen darf, daß meine Frau zwei Brüder hat, die sie über alle Maßen lieben und bereit sind, jeden zu ermorden, der ihr auch nur ein Haar krümmt.«

»Sie hätten die Tür eingeschlagen, wenn sie verschlossen gewesen wäre. Und du hast mir mehr als nur ein Haar gekrümmt.«

»Nanu, deine Tränen sind aber schnell versiegt!« spottete er wütend. »Um so besser.« Er packte sie bei den Schultern und schüttelte sie. »Ich werde dir jetzt etwas sagen, Joan, und ich habe nicht die Absicht, es zu wiederholen. Dies ist mein Haus. Du bist meine Frau, und ich bin ein Mann und kein Schoßhündchen, das du beschützen und unter deinen Röcken verstecken mußt. Hast du mich verstanden?«

Sie versuchte sich loszureißen, aber er hielt sie fest, und so konnte sie ihn nur anfauchen wie eine Raubkatze:

»Begreifst du denn nicht, daß sie dich umgebracht hätten? Und wenn du die Augen aufmachen würdest, könntest du sehen, daß ich überhaupt keinen Rock anhabe.«

»Versuch nicht, mich abzulenken. Du wirst dich nie wieder schützend vor mich stellen, ist das klar? Herrgott, bei echter Gefahr könntest du verletzt werden! Wir befinden uns in Schottland, das sich grundlegend von dem Paradies für Gentlemen bei euch im Süden unterscheidet. Hier ist Gewaltanwendung nie ganz auszuschließen, und ich werde dein törichtes Benehmen nicht dulden. Hast du mich verstanden?«

»Du bist zwar kein Schoßhündchen, aber ein Dummkopf! Es ist doch absurd, Colin, daß du dich wie ein wilder Stier aufführst. Ich habe so getan, als würde ich heulen, um meine Brüder zur Vernunft zu bringen. Was ist daran so schlimm?«

»Schluß jetzt!« Er schlug sich mit der Hand an die Stirn. »Verdammt, jetzt wird's mir wirklich zuviel! Mach, daß du ins Bett kommst, Joan. Du zitterst vor Kälte.«

»Nein, denn wenn ich mich ins Bett lege, wirst du mir wieder jene schrecklichen Dinge antun, und das will ich nicht. Ich traue dir nicht.«

Colins Blick schweifte flüchtig durch das düstere Schlafzimmer mit den viel zu dunklen Wänden, schäbigen Möbeln und verschlissenen Vorhängen und blieb sodann an seiner Frau haften, die ihm verbieten wollte, mit ihr zu schlafen. So etwas durfte kein Mann sich bieten lassen. Außerdem hatte sie schon wieder in eine Auseinandersetzung zwischen ihm und ihren Brüdern eingegriffen. In seiner Wut war er zu keinem klaren oder logischen Gedanken mehr fähig, riß ihr die Decke vom Leibe und warf sie aufs Bett.

»Bleib ja liegen!«

»Nein, ich lasse es nicht zu, daß du wieder in mich eindringst, Colin! Es war einfach schrecklich, und ich will es nicht! Verdammt, laß mich endlich in Ruhe!«

Das raubte ihm auch noch den letzten Rest von Vernunft. Zuerst wollten ihre Brüder ihn herumkommandieren, und jetzt auch noch sie, und dabei war sie seine Frau! Höchste Zeit, ein für allemal klarzustellen, wer hier der Herr im Hause ist und immer sein wird. Er warf sich auf sie, hielt ihr den Mund zu und spreizte ihre Beine. Sie sah rasch ein, daß ihr heftiger Widerstand sinnlos war, und ergab sich in ihr Schicksal. Er drang tief in sie ein, und diesmal schrie sie nicht, denn es galt auf jeden Fall zu verhindern, daß ihre Brüder wieder ins Zimmer stürzten. Sie drückte ihr Gesicht ins Kissen, schloß die Augen und lag mit geballten Fäusten da, während er sich in ihr bewegte. Grob war er dabei nicht, wie sie zugeben mußte, und zum Glück dauerte es nicht lange, bis sein Atem schneller wurde und er mit einem tiefen Stöhnen zum Höhepunkt kam. Als es vorbei war, ließ er sich diesmal nicht schwer auf sie fallen, sondern zog sich sofort aus ihr zurück. Sie fühlte sich so wund, daß es ihr fraglich schien, ob sie auch nur einen Schritt gehen könnte, und es war ihr völlig gleichgültig, daß Colin neben dem Bett stand und auf sie herabblickte. Wenn er wollte, konnte er sie sowieso jederzeit wieder nehmen, und sie war dagegen machtlos. Ohne sich zu bewegen, murmelte sie: »Ich möchte mich waschen.«

Ihre Worte brachten Colin endlich zur Besinnung. Seufzend versuchte er seine Schuldgefühle zu verdrängen und seinen Ärger über diese absurde Situation zu dämpfen. »Bleib ganz ruhig liegen«, sagte er. »Ich hole dir Wasser und ein Tuch.«

Mit geschlossenen Augen drehte sich Sinjun auf die Seite und zog die Knie bis zur Brust hoch. Dies war nun ihre Hochzeitsnacht, und sie stand vor dem Trümmerhaufen aller Jungmädchenträume. Schmerzen und Erniedrigung, und zu allem übrigen auch noch Douglas' und Ryders Einmischung! Sie wünschte, sie wäre noch die alte Sinjun, die sie vor einem Monat gewesen war, eine ausgelassene, selbstsichere Sinjun, die von der großen Liebe träumte. Wie sich jetzt herausgestellt hatte, war jene Sinjun aber auch dumm und ahnungslos gewesen, und deshalb war alles schiefgegangen.

Sie weinte, zum erstenmal seit drei Jahren.

Colin stand neben dem Bett und kam sich wie ein brutaler Wüstling vor. Er wußte nicht, was er tun sollte. Ihr Schluchzen hatte nichts Zartes und Weibliches an sich, es war heiser und laut und sehr eindringlich.

»Na, ja«, murmelte er, stieg ins Bett und schmiegte seinen Körper an den ihren. Ihr Weinen ging in einen Schluckauf über. Als er ihren Nacken küßte, versteifte sie sich sofort. »Bitte, Colin, tu mir nicht wieder weh. Ich habe doch bestimmt keine weitere Strafe verdient.«

Er wußte, daß sie wirklich meinte, was sie sagte, und er konnte ihr daraus keinen Vorwurf machen. Dieses Fiasko war allein seine Schuld, weil er viel zu rücksichtslos und grob gewesen war. Du lieber Himmel, er hatte sie dreimal hintereinander genommen, und mit dem dritten Mal hatte er sie tatsächlich bestrafen wollen. Nein, er hatte sich wirklich miserabel benommen. »Ich werde nicht wieder in dich eindringen«, versicherte er. »Schlaf jetzt.«

Erstaunlicherweise schlief Sinjun tatsächlich gleich ein, und sie schlief bis zum nächsten Morgen durch, als Colin sie behutsam auf den Rücken drehte. Ihr war plötzlich kühl, und als sie die Augen öffnete, stand er über sie gebeugt da, ein feuchtes Tuch in der Hand.

»Halt still. Ich werde dich waschen.«

»O nein!« Sie rollte hastig auf die andere Seite des riesigen Bettes. »Nein, Colin, ich werde mich selbst waschen. Bitte geh weg.«

Er kam sich gedemütigt vor, fast so, als hätte er eine schallende Ohrfeige bekommen. »Wie du willst«, knurrte er und warf ihr das Tuch zu. »Angus wird uns gleich heißes Wasser bringen. Vielleicht kannst du dich beim Baden etwas beeilen, denn ich möchte anschließend ebenfalls baden. Ich nehme nicht an, daß du die Wanne mit mir teilen willst, obwoh ich dein Mann bin, und obwohl du doch wohl zugeben mußte, daß du mich unbedingt heiraten und sogar noch vor der Hochzeit entjungfert werden wolltest.«

»Du bist mir böse«, stellte sie verwirrt fest, während sie die Decke bis zur Nase hochzog. »Das finde ich wirklich seltsam, Colin, denn du bist es doch, der mir weh getan hat. Wie kannst du es da wagen, ärgerlich zu sein?«

»Ich ärgere mich über diese Situation.« Es klopfte an der Tür. »Bleib zugedeckt liegen«, sagte er über die Schulter hinweg.

Angus schleppte zwei dampfende Eimer an und goß das Wasser in die Wanne.

Sobald sie wieder allein waren, erklärte Sinjun rasch: »Du kannst zuerst baden«, um nicht vor seinen Augen nackt in die Wanne steigen zu müssen.

Ohne Einwände zu erheben, zog er seinen Morgenrock aus. Er war so groß, daß er in der Wanne die Knie anziehen mußte, und Sinjun hätte bestimmt darüber gelacht, wenn ihr nicht so erbärmlich zumute gewesen wäre. Sie wollte nicht aufstehen. Sie wußte nicht, wie sie ihren Brüdern in die Augen schauen sollte.

Sie sagten kein Wort. Sowohl Douglas als auch Ryder waren offenbar zu dem Entschluß gelangt, auf weitere Streitereien und Kämpfe mit Colin zu verzichten. Sie hatten wohl begriffen, daß sie Sinjun in arge Verlegenheit gebracht hatten. Der Gedanke, daß ihre Brüder über sie gesprochen hatten, war ihr freilich noch unerträglicher als die nächtliche Einmischung.

Nach der zweiten Tasse Kaffee sagte Ryder: »Douglas und ich brechen nachher auf, Sinjun. Es tut uns beiden leid, daß wir dich in eine unangenehme Situation gebracht haben, aber falls du jemals unsere Hilfe benötigen solltest, brauchst du Douglas oder mich nur zu verständigen, dann kommen wir sofort und tun alles, was du willst.«

»Danke«, flüsterte sie und wünschte plötzlich, sie würden sie nicht allein lassen. Schließlich hatten sie sich immer nur eingemischt, weil sie sie liebten. Sogar letzte Nacht hatten sie nur aus Liebe und Sorge eingegriffen.

Eine Stunde später, als sie von ihnen Abschied nehmen mußte, fühlte sie sich schrecklich einsam und verlassen, und sie fragte sich erstmals, ob sie nicht eine schreckliche Dummheit begangen hatte. Sie warf sich in Douglas' Arme und umklammerte ihn. »Bitte paß gut auf dich auf. Und grüß Alex ganz herzlich.«

»Wird gemacht.«

»Und küß die Zwillinge. Ryder hat mir erzählt, daß sie sein ganzes Haus auf den Kopf gestellt haben. Es muß herrlich gewesen sein. Ich vermisse alle Kinder so sehr.«

»Ja, ich weiß, Kleines. Auch ich vermisse sie. Ein wahres Glück, daß Ryder und Sophie Kinder vergöttern, sogar wenn es richtige Bengel sind. Ich habe das Londoner Haus schon abgeschlossen. Alex und die Zwillinge werden in Northcliffe Hall sein, wenn ich zurückkomme. Mach dir wegen Mutter keine Sorgen. Ich werde ihr einschärfen, daß sie in ihren Briefen nicht an dir herumnörgeln soll.«

Als Ryder sie an sich drückte, sagte er: »Ja, ich werde Sophie von dir einen Kuß geben und all die kleinen Strolche umarmen. Du wirst mir sehr fehlen, Sinjun.«

»Vergiß Grayson nicht, Ryder. Er ist so süß, und ich vermisse ihn schrecklich.«

»Er ist Sophies Ebenbild. Von den Sherbrookes hat er nur die blauen Augen und das eigensinnige Kinn geerbt.«

»Ja, und ich liebe ihn sehr.«

»Nicht weinen, Göre. Ich kann gut verstehen, wie dir zumute ist, denn ich weiß noch, daß Sophie manchmal schreckliches Heimweh nach Jamaika hatte, allein schon deshalb, weil sie in England immer gefroren hat. Aber Colin ist dein Mann, und er wird gut auf dich aufpassen.«

»Ja, ich weiß.«

Aber das hörte sich nicht sehr überzeugend an, dachte Ryder. Verflucht, was sollten sie nur tun? Sie war mit dem

Kerl verheiratet. Trotzdem gefiel es ihm gar nicht, sie hier allein zurückzulassen, auch wenn Douglas meinte, sie hätten sich jetzt wirklich genug eingemischt. »Am Anfang einer Ehe geht nicht immer alles so glatt, wie man es sich wünschen würde«, sagte er tröstend, und als Sinjun ihn nur stumm ansah, fuhr er fort: »Ich meine — es können kleine Probleme auftreten. Aber mit der Zeit lösen sie sich alle. Du mußt nur etwas Geduld haben.«

Er hatte keine Ahnung, ob seine Worte in irgendeiner Weise auf ihre Situation zutrafen, aber er sah den Schmerz in ihren Augen und konnte ihn kaum ertragen. Es widerstrebte ihm zutiefst, sie in diesem fremden Land zurückzulassen, mit diesem Fremden, der ihr Mann war.

Colin stand etwas abseits, beobachtete die Geschwister und gestand sich ein, daß er eifersüchtig war, weil die drei eine so enge Bindung hatten. Er selbst und sein älterer Bruder Malcolm hatten wie Hund und Katze miteinander gelebt, und ihr Vater hatte immer Malcolms Partei ergriffen, weil dieser der zukünftige Graf war. Nur Malcolms Meinung zählte, nur Malcolms Wünsche waren wichtig, und seine ewigen Spielschulden mußten natürlich bezahlt werden. Dann hatte Colin sich geweigert, für Napoleon zu kämpfen, weil er die Überzeugungen seines Vaters, die auch sein Bruder teilte, für verhängnisvoll hielt und am liebsten ein Offizierspatent in der englischen Armee gehabt hätte, das sein Vater ihm aber natürlich nicht kaufen wollte, weil er andere Pläne mit seinem jüngeren Sohn hatte: Colin sollte der Fehde mit den MacPhersons ein Ende bereiten. Mit zwanzig hatte er Fiona Dahling MacPherson geheiratet, und das hatte die Fehde tatsächlich beendet — bis Robert vor etwa einem Monat aus irgendwelchen Gründen das Kriegsbeil wieder ausgegraben hatte.

»Was hast du, Colin?«

Douglas Stimme riß Colin aus seinen düsteren Erinnerungen. »Nichts, gar nichts. Ich werde auf eure Schwester aufpassen. Macht euch keine Sorgen.«

»Glaubst du, daß es euch möglich sein wird, uns im Herbst zu besuchen?«

Colin nickte nach kurzem Nachdenken. »Du hast mir die Möglichkeit gegeben, mein Heim und meine Ländereien wieder in Ordnung zu bringen. Es gibt für mich viel zu tun, aber bis zum Herbst müßte das meiste geschafft sein.«

»Es war Sinjuns Geld, nicht meines, und ich bin froh, daß es für vernünftige Zwecke verwendet wird. Ich hasse es, wenn ein Besitz dem Ruin anheimfällt.«

Colin betrachtete die beiden herrlichen Araberhengste, die ungeduldig wieherten und schnaubten. »Vielleicht habt ihr Lust«, sagte er bedächtig, »uns auch bald einmal zu besuchen. Natürlich erst, wenn Vere Castle ein bißchen aufpoliert ist. Die Auffahrt zum Schloß ist wirklich schön, besonders jetzt im Frühsommer, denn sie ist von Bäumen gesäumt, und die Blätter bilden einen regelrechten Baldachin.«

»Wir kommen sehr gern«, sagte Douglas, »und Ryder könnte alle Kinder mitbringen.«

»Ich habe Kinder sehr gern, und Vere Castle ist groß genug, um euch alle mühelos zu beherbergen.«

Gleich darauf ritten Douglas und Ryder über das Kopfsteinpflaster, und ihre Capes flatterten im Wind.

Sinjun stand auf der Straße und blickte ihnen nach. Sie konnte sich nicht daran erinnern, jemals so niedergeschlagen gewesen zu sein, aber sie nahm sich fest vor, gegen ihre Depression anzukämpfen. Ryder hatte recht: sie mußte Geduld haben. Schließlich vergötterte sie ihren Mann, trotz allem, was er ihr angetan hatte. Sie würde damit fertig werden. Es gab soviel zu tun, und sie war keine Frau, die jammernd die Hände in den Schoß legte, wenn sie unglücklich war. Allerdings mußte sie ehrlicherweise zugeben, daß sie bisher kaum jemals Grund zum Unglücklichsein gehabt hatte.

Sie lächelte ihrem Mann zu; jedenfalls bemühte sie sich redlich, ein Lächeln zustande zu bringen. »Ich möchte noch eine Tasse Tee. Du auch?«

»Ja, Joan.« Er ging neben ihr her. »Ich mag deine Brüder.«

Sie schwieg einen Augenblick, und dann brachte sie gespielt munter hervor: »O ja, sie sind in Ordnung.«

»Ich weiß, daß du sie vermissen wirst. Wir werden sie bald besuchen, das verspreche ich dir.«

»Ja, du versprichst es mir.«

Er zog es vor, auf ihre sarkastische Bemerkung keine Antwort zu geben.

KAPITEL 8

Das Dock am Firth of Forth war schmutzig, und es stank nach Fisch in allen Stadien der Verwesung, nach den ungewaschenen Leibern der herumbrüllenden Stauer und nach noch Schlimmerem. Bei dem Gewimmel von Wagen und Karren aller Art schienen häufige Zusammenstöße unvermeidlich, und tatsächlich kollidierten in diesem Moment zwei Karren. Ein Eichenfaß fiel dabei herunter und rollte über das Kopfsteinpflaster, prallte gegen ein Eisengeländer und zerbrach. Dunkles Bier sprudelte hervor, und das kräftige Aroma vermischte sich mit all den anderen Gerüchen. Sinjun schnupperte lächelnd. Sie vermutete, daß es auf den Londoner Docks ähnlich zuging, aber sie war nie dort gewesen. Colin nahm sie wortlos am Ellbogen und führte sie zu einer Fähre, die auf dem letzten Loch zu pfeifen schien. Der stolze Name *Forth Star* paßte so gar nicht zu dem Prahm mit rohem Holzgeländer. Die Pferde waren schon an Bord, in unmittelbarer Nähe von Passagieren, worauf Mensch und Tier gleichermaßen nervös reagierten. Der alte Mann, dem die Fähre gehörte, fluchte unflätig, und Sinjun bedauerte sehr, daß sie nur einen Bruchteil seiner Kraftausdrücke verstand, die wirklich interessant sein mußten, denn Colin zuckte einige Male merklich zusammen, als der Alte — von Pferden in die Schulter gebissen — laute Verwünschungen ausstieß, die bestimmt im Umkreis von fünf Kilometern zu hören waren.

Als die Fähre ablegte, rechnete Sinjun ängstlich damit, daß es jeden Moment krachen würde. Ein holländisches Schiff rammte sie fast, und ein spanisches vermied Zusammenstöße nur dadurch, daß die Seeleute mit Hilfe langer Stangen jedes Boot zurückstießen, das ihnen zu nahe kam. Colin wirkte völlig unbekümmert, was Sinjun nicht weiter verwunderlich fand, denn schließlich war dieses ganze chaotische Treiben für ihn nichts Neues. Zum Glück war es ein schöner sonniger Tag; am blauen Himmel waren nur vereinzelte Wolken zu sehen. Als sie sich dem anderen Ufer des Forth näherten, stellte Sinjun entzückt fest, daß die Landschaft der Halbinsel Fife der von Sussex ähnelte: sanfte Hügel in kräftigen Grüntönen In diesem Augenblick rammte die *Forth Star* einen anderen Kahn. Die beiden Kapitäne beschimpften einander wortgewaltig, die Pferde wieherten und schnaubten, und die Passagiere drohten mit ihren Fäusten. Sinjun hatte Mühe, nicht zu lachen, während sie in das allgemeine Geschrei einstimmte.

Die Fähre überquerte die Bucht an der schmalsten Stelle, den sogenannten Queensferry Narrows, und das Wasser war hier schmutzig und schlammig, aber die Aussicht nach Osten, in Richtung Nordsee, war einfach herrlich.

Colin brach unerwartet sein Schweigen. »Hier an der Flußmündung herrscht Ebbe und Flut. In seinem Oberlauf ist der Forth ein mächtiger Strom, tief und strahlend blau. Dann wird er schmäler und schlängelt sich durch eine Torfebene nach Stirling.«

Sinjun atmete die salzige Luft begierig ein, nickte zu den Erklärungen ihres Mannes und stützte sich dann wieder mit den Ellbogen auf die Reling, um sich nur ja nichts entgehen zu lassen. Außerdem hatte sie keine große Lust, sich mit Colin zu unterhalten.

»Wenn du dich einmal umdrehst, kannst du das Edinburgher Schloß in seiner ganzen Schönheit bewundern, nachdem es heute so klar ist.«

Sinjun drehte sich gehorsam um. »Gestern sah es viel unwirklicher aus, viel geheimnisvoller. Wahrscheinlich lag das am Nebel. Und die Zurufe der Soldaten hörten sich wie Geisterstimmen an. Herrlich gruselig.«

»An den Nebel wirst du dich hier gewöhnen müssen. Selbst im Sommer kommt die Sonne manchmal wochenlang nicht durch. Aber es ist warm, und sogar um Mitternacht ist es noch hell genug zum Lesen.«

Sinjun vergaß die Zurückhaltung, die sie sich selbst auferlegt hatte. »Hast du in Vere Castle eine große Bibliothek, Colin?«

»Sie ist, wie alles andere, in miserablem Zustand. Mein Bruder hatte kein Interesse an Büchern, und nach seinem Tod hatte ich keine Zeit, mich um die Bibliothek zu kümmern. Du wirst einfach herumstöbern müssen, um festzustellen, ob etwas Interessantes darunter ist. Außerdem habe ich in meinem Turmzimmer noch eine kleine Privatbibliothek.«

»Hast du auch Romane?« Er mußte über ihr hoffnungsvolle Stimme lächeln. »Sehr wenige, befürchte ich. Vergiß nicht — Schottland ist eine Hochburg der Presbyterianer, und jedem leichtfertigen Menschen, der Romane liest, ist das Höllenfeuer gewiß. Kannst du dir etwa vorstellen, daß John Knox sich an einem Roman von Mrs. Radcliffe erfreut?«

»Na ja, ich nehme an, daß Alex mir zusammen mit meinen ganzen anderen Sachen auch meine Bücher schicken wird.«

»Wenn dein Bruder nicht in der ersten Wut angeordnet hat, alles zu verbrennen.«

»Durchaus möglich«, sagte Sinjun. »Wenn Douglas in Rage gerät, ist er zu allem fähig.«

Sinjun hoffte sehr, daß ihre Truhen und Koffer bald eintreffen würden, denn sie hatte zur Zeit sehr wenig anzuziehen. Sogar ihr blaues Reitkostüm, das sie besonders liebte, sah mittlerweile nicht mehr allzu gepflegt aus. Sie klopfte den Staub von den Ärmeln und musterte verstohlen die anderen Passagiere. Die meisten waren Landsleute, bekleidet mit derben Wollstoffen in tristen Farben, offenen Lederwesten und Holzschuhen. Ein Aristokrat mit übertrieben hohem Hemdkragen war vom Schwanken der Fähre etwas grün im Gesicht. Ein anderer Mann, der wie ein wohlhabender Kaufmann aussah, spuckte dauernd über die Reling. Sinjun konnte das meiste von dem verstehen, was um sie herum gesprochen wurde, aber es war kein Englisch, sondern eine Sprache mit langgezogenen singenden Lauten, die melodisch und zugleich primitiv klangen.

Sie setzte die Unterhaltung mit ihrem Mann nicht fort. Zumindest bemühte er sich genauso wie sie selbst, liebenswürdig zu sein. Am liebsten hätte sie ihn verprügelt. Trotzdem betrachtete sie fasziniert sein schönes Profil. Die schwarzen Haare waren von der leichten Brise zerzaust, und er hielt sein Gesicht mit geschlossenen Augen der Sonne entgegen und machte den ausgeglichenen Eindruck eines Menschen, der sich freut, wieder zu Hause zu sein. Als eine Möwe laut krächzend dicht an ihm vorbeiflog, warf er den Kopf zurück und lachte glücklich.

Sinjun reckte trotzig das Kinn, um gegen ihr plötzliches Heimweh anzukämpfen. Sie atmete die Meeresluft ein, den fast überwältigenden Geruch nach Fisch, nach Menschen und Pferden, und sie betrachtete die Seeschwalben, Möwen und Austernfischer, die den Prahm umschwirrten, in der Hoffnung, von den Passagieren gefüttert zu werden.

»Wir reiten noch heute nach Vere Castle«, sagte Colin. »Das dauert höchstens drei Stunden, und bei diesem sonnigen Wetter müßte es richtig Spaß machen. Das heißt — glaubst du, daß du es schaffst?«

»Selbstverständlich. Du weißt doch, daß ich eine ausgezeichnete Reiterin bin.«

»Ja, aber ich meinte nur . . . ich dachte . . . äh . . . daß du vielleicht zu wund zum Reiten bist.«

Sie wandte sich ihm langsam zu. »Du hörst dich so an, als wärest du mit dir sehr zufrieden.«

»Du hörst offenbar nur, was du hören *willst*, sonst müßtest du merken, daß ich keineswegs zufrieden bin, sondern mir Sorgen um dich mache.«

»Ich bleibe dabei, daß du dich selbstzufrieden anhörst, aber lassen wir das, Colin. Was würdest du denn machen, wenn ich sage, daß ich viel zu wund zum Reiten bin? Eine Tragbahre mieten? Mir ein Schild um den Hals hängen, daß ich nicht reiten kann, weil man mich zu oft gepflügt hat, wie ein überbeanspruchtes Gerstenfeld?«

»Kein allzu passender Vergleich, finde ich. Nein, ich würde dich vor mir auf mein eigenes Pferd setzen, und meine Oberschenkel hätten die Wirkung von Kissen, die den Schmerz lindern.«

»Danke, Colin, aber ich möchte lieber selbst reiten.«

»Wie du willst, Joan.«

»Am liebsten wäre ich sowieso noch eine Weile in Edinburgh geblieben.«

»Zu diesem Thema hast du dich schon ausführlich geäußert, und ich habe dir doch erklärt, warum wir die Stadt so schnell verlassen haben. Ich möchte nicht, daß du Gefahren ausgesetzt bist. In Vere Castle wirst du in Sicherheit sein, und ich kann dann beruhigt nach Edinburgh zurückkehren. Es gibt für uns beide sehr viel zu tun.«

»Ich habe keine große Lust, mit Menschen, die ich noch nicht kenne, allein gelassen zu werden.«

»Du bist doch die Haushälterin, und wenn dir etwas mißfällt, kannst du nach meiner Rückkehr mit mir über eventuelle Änderungen sprechen. Du kannst sogar Listen aufstellen, die ich mir aufmerksam ansehen werde.«

»Das hört sich so an, als wäre ich dein Kind, nicht deine Frau. Kann ich beispielsweise einen Dienstboten, der faul oder aufsässig ist, selbst entlassen, oder muß ich ihn auf die Liste setzen, damit der Herr und Meister sein Urteil fällen kann?«

»Du bist die Gräfin von Ashburnham.«

»Aha, aber was beinhaltet das, abgesehen vom Erstellen von Listen und eventuellen Plädoyers für erwünschte Änderungen?«

»Du stellst absichtlich provozierende Fragen, Joan. Schau mal — eine Schnepfe. Bei euch an der englischen Küste nennt man sie Strandläufer.«

»Was du nicht alles weißt! Ist dir auch bekannt, daß Strandläufer einen schwarzen Streifen am Bauch bekommen, wenn sie sich paaren wollen? Nein? Nun, offenbar ist Oxford auch nicht mehr das, was es einmal war. Aber vielleicht war es auch deine Schuld, weil du zuviel Zeit damit verbracht hast, im Gasthof von Chipping Norton irgendwelche Damen zu vögeln.«

»Du hast ein sehr schlechtes Gedächtnis. ›Vögeln‹ ist ein vulgärer Ausdruck, den du wirklich nicht in den Mund nehmen solltest. Und deine Zunge ist so scharf, daß du Gefahr läufst, über Bord geworfen zu werden.«

Sie ließ sich durch diese Drohung nicht einschüchtern. »Der einzige Punkt auf meiner Wunschliste ist für dich leicht zu erfüllen. Ich will dich nach Edinburgh begleiten. Immerhin bin ich deine Frau — trotz allem.«

»Trotz allem? Soll das eine Anspielung auf deine nicht gerade märchenhafte Erfahrung im Ehebett sein? Also gut, du warst von unserer Vereinigung nicht begeistert. Ich habe mich mehrmals dafür entschuldigt, daß ich zu stürmisch war und dich beim drittenmal regelrecht vergewaltigt habe, und ich habe dir versprochen, daß es in Zukunft besser gehen wird. Kannst du mir nicht einfach vertrauen?«

»Nein. Du bleibst ja doch, wie du bist — viel zu grob und viel zu groß.«

»Und du willst immer deinen Kopf durchsetzen, stimmt's?«

»Ach, hol dich der Teufel, Colin!«

»Hast du dir dein Gesicht im Spiegel angeschaut, Joan? Die Schramme ist noch immer rot. Die Kugel hätte dich schwer verletzen oder sogar töten können, und du wirst in Vere Castle bleiben, bis ich dafür gesorgt habe, daß sich so etwas nicht wiederholen kann.«

»Aber ich habe noch nicht einmal das Edinburgher Schloß besichtigt!«

»Nachdem du nun wahrscheinlich immer in Schottland leben wirst, dürftest du dazu noch oft genug Gelegenheit haben.«

»Leben die MacPhersons in Edinburgh?«

»Nein, etwa zwanzig Kilometer von Vere Castle entfernt, aber der alte Herr, das Familienoberhaupt, hält sich zur Zeit in Edinburgh auf, wie ich gehört habe. Sie haben ein schönes Haus in der Nähe des Parlamentsgebäudes. Ich muß mit ihm sprechen. Außerdem muß ich eine ganze Menge anderer Angelegenheiten erledigen, wie ich dir schon ein paarmal erklärt habe. Gespräche mit Bankiers und Baumeistern führen, neue Möbel anschaffen, Schafe kaufen und ihren Transport nach Vere Castle organisieren und . . .«

Er verstummte, als sie ihm plötzlich demonstrativ den Rücken zukehrte. Verdammt, er tat so, als interessierte sie sich nicht für neue Möbel, Schafherden und Renovierungsarbeiten. Er wollte sie von allem ausschließen, und ihre Argumente ließ er einfach nicht gelten.

Sie setzte sich auf einen Koffer und sagte kein Wort mehr, obwohl in ihrem Innern ein heftiger Sturm tobte. Sollte sie ihm vielleicht auch noch dafür dankbar sein, daß er heute morgen nicht wieder über sie hergefallen war? Ihr tat alles weh, aber das würde sie niemals zugeben. Sie würde klaglos reiten, auch wenn sie noch so wund war, und sie konnte nur hoffen, daß es nicht ihr Tod sein würde.

Eine Stunde später waren sie unterwegs nach Vere Castle, ihre Koffer an die Sattel geschnallt.

»Vielleicht können wir im Sommer eine Reise in die Highlands machen. Das ist so, als käme man von einem ruhigen See auf ein stürmisches Meer hinaus. Eine wilde, urwüchsige Landschaft, fernab aller Zivilisation. Dir wird es dort bestimmt gefallen.«

Ein knappes »Ja« war alles, was Sinjun hervorbrachte. Sie hätte nie gedacht, daß Reiten eine solche Qual sein konnte.

Colin warf ihr einen forschenden Blick zu. Sie starrte stur geradeaus, zwischen den Ohren ihres Pferdes hindurch, und reckte ihr Kinn, wie sie das in den letzten Tagen meistens getan hatte. Ihr dunkelblaues Reitkostüm war sehr elegant und stand ihr vorzüglich, und die Straußenfeder ihres blauen Samthutes umrahmte reizvoll ihre rechte Wange. Natürlich war das Kostüm jetzt ziemlich staubig und zerknittert, denn sie trug es nun schon seit Tagen, aber es gefiel ihm trotzdem. Nun, da er Geld hatte, würde er ihr ebenfalls schöne Sachen kaufen können. Unwillkürlich fielen ihm ihre langen, schlanken Beine und ihre straffen Schenkel ein, und sein Herz klopfte.

»Wir werden in einem Gasthaus in der Nähe von Lanark zu Mittag essen, dort bekommst du einen ersten Eindruck von unseren Nationalgerichten. Agnes rümpft über die schottische Küche die Nase, weil ihre Mutter aus Yorkshire stammte. Sie liebt englisches Rindfleisch und gekochte Kartoffeln, aber das sind eben keine schottischen Speisen, obwohl ich zugeben muß, daß sie eine großartige Köchin ist.«

Sie mußte sich eingestehen, daß er nett zu sein versuchte, aber im Augenblick lag ihr nichts daran, weil sie viel zu starke Schmerzen hatte. »Wie weit ist es noch bis zu dem Gasthaus.?«

»Etwa drei Kilometer.«

Drei Kilometer! Sie hatte das Gefühl, nicht einmal mehr drei Meter im Sattel sitzen zu können. Dabei war die breite Straße durchaus bequem, und die Landschaft erinnerte an England: sanfte Hügel mit vielen Fichten und Lärchen, Bauernhäuser, weidende Rinder und bestellte Felder. Colin hatte ihr erzählt, daß die Halbinsel, die sich zwischen dem Firth of Forth und dem Forth of Tay erstreckte, aufgrund dieser günstigen geographischen Lage — geschützt vor englischen Invasoren im Süden und aggressiven schottischen Hochländern im Norden — zur Wiege von Religion und Staatsgewalt geworden war. Aber im Augenblick konnte Sinjun selbst der schönsten Landschaft nichts abgewinnen.

»Siehst du die merkwürdigen Hügel dort drüben?« sagte Colin. »Sie sind vulkanischen Ursprungs und können ziemlich hoch werden. Zwischen diesen Basalthügeln entstehen manchmal Seen, die sehr fischreich sind. Heute haben wir keine Zeit, aber bald werden wir zur Küste reiten. Sie ist steil und felsig, und die Nordsee peitscht sie mit rasender Wut. Viele der winzigen Fischerdörfer sind sehr malerisch. Wir werden den West Lomond erklimmen — das ist der höchste Berg. Er hat die Form einer Glocke, und die Aussicht vom Gipfel ist einfach atemberaubend.«

»Deine Lektionen sind sehr lehrreich, Colin, aber ich möchte lieber etwas über Vere Castle hören, über dieses baufällige Schloß, in das du mich bringst.«

»West Lomond liegt südwestlich von Auchtermuchty.«

Sinjun gähnte.

Er preßte die Lippen zusammen. »Ich bemühe mich, dich zu unterhalten und dir gleichzeitig etwas über deine neue Heimat beizubringen. Dein Sarkasmus ist wirklich fehl am Platz. Treib mich nicht dazu, unsere Heirat zu bedauern.«

Sie starrte ihn wütend an. »Warum nicht? Du hast mich ja auch dazu gebracht, sie zu bedauern!« Mit diesen Worten galoppierte sie einfach davon, obwohl der Schmerz ihr Tränen in die Augen trieb.

Das Gasthaus mit dem seltsamen Namen *Die gerupfte Gans* stand in einem kleinen Dorf am Fuße eines jener Basalthügel. Auf dem großen, erst vor kurzem gemalten Schild, das an Ketten hing, war eine große gerupfte Gans mit kleinem Kopf und langem Hals zu sehen. Sinjun hatte immer geglaubt, alle Gasthöfe in England und Schottland stammten aus der Zeit Elizabeths I oder noch früheren Epochen, und sie wunderte sich über dieses ganz neue Gasthaus mit seinem blitzsauberen Hof. Durch die geöffneten Fenster und Türen war lautes Stimmengewirr zu hören, und trotz ihrer jämmerlichen Verfassung mußte Sinjun über diesen schottischen Dialekt schmunzeln.

Sie zügelte ihr Pferd und blieb ganz ruhig sitzen, in der Hoffnung, daß der Schmerz etwas nachlassen würde.

Gleich darauf sah sie Colin neben sich stehen; er streckte die Arme nach ihr aus, um sie vom Pferd zu heben. Normalerweise wäre sie einfach lachend abgesprungen, aber jetzt war sie heilfroh über seine ritterliche Geste, allerdings nur, bis er sie zu küssen versuchte. Sie versteifte sich, und er ließ sie sofort los. Schließlich standen sie auf dem belebten Hof eines Gasthauses. Die Wirtin, eine Frau namens Girtha, hieß Colin so herzlich willkommen, als wäre er ein lange verschollener Neffe, beklagte seine Magerkeit und machte Sinjun Komplimente, wie hübsch sie sei, und wie perfekt das blaue Reitkostüm zu ihren blauen Augen passe — alles, ohne auch nur einmal Luft zu holen.

Die Gaststube war dunkel, kühl und sehr gemütlich. Die Einheimischen, die hier ihre Biere tranken und sich angeregt unterhielten, schenkten den Neuankömmlingen keine Beachtung.

Colin bestellte *Broonies* und beobachtete gespannt, wie Sinjun in einen der Ingwerkuchen aus Hafermehl biß. Zu seiner großen Erleichterung nickte sie der Wirtin beifällig zu und ließ es sich sichtlich schmecken.

»Und jetzt gibt's *Haggis*«, kündigte er an.

»Ich habe Agnes gefragt, woraus *Haggis,* diese Schafswurst, besteht. Es hört sich nicht sehr appetitlich an.«

»Du wirst dich daran gewöhnen, wenn du siehst, daß alle es essen, und daß es allen großartig schmeckt. Unsere Kinder werden damit entwöhnt werden. Deshalb solltest du es gleich mal probieren.«

Ihre Kinder! Sie starrte ihn mit offenem Mund an. Kinder! Du lieber Himmel, sie waren noch keine Woche verheiratet.

Er grinste über ihre Verblüffung. »Ich habe dir zugegebenermaßen zu hart zugesetzt, aber nachdem ich mich dreimal in dich ergossen habe, ist es durchaus möglich, daß du schon schwanger bist.«

»Nein«, widersprach sie energisch. »Nein, ich bin noch viel zu jung. Außerdem weiß ich nicht, ob ich überhaupt

Kinder bekommen möchte. Als die arme Alex schwanger war, mußte sie sich ständig übergeben, zumindest anfangs. Sie wurde von einer Sekunde auf die andere ganz weiß im Gesicht, und dann ging's los. Hollis, unser Butler, hat in jedes Zimmer von Northcliffe Hall einen Nachttopf stellen lassen.« Sie schüttelte den Kopf. »Nein, ich will jetzt noch keine Kinder.«

»Ich befürchte, daß das nicht von dir allein abhängt. Beim Liebesakt können nun mal Kinder gezeugt werden und . . .«

Sie fiel ihm gereizt ins Wort. »Liebesakt! Ein absurder Ausdruck für das, was du mir angetan hast! Bestimmt gibt es dafür passendere Bezeichnungen — beispielsweise dein berüchtigtes ›vögeln‹!«

Er ignorierte ihren Sarkasmus. »Für den Geschlechtsakt gibt es viele Ausdrücke«, erklärte er ruhig. »Meiner Erfahrung nach lieben Damen aber Poesie und Euphemismen und bevorzugen deshalb die Bezeichnung ›Liebesakt‹. Übrigens solltest du etwas leiser sprechen, Joan. Die anderen Gäste mögen in deinen aristokratischen englischen Augen allesamt Barbaren sein, aber meine Landsleute sind nicht taub.«

»Ich habe nie gesagt, daß es Barbaren sind. Du bist . . .«

»Ich bin nur realistisch. Du könntest schwanger sein, damit mußt du dich abfinden.«

Sinjun schluckte. »Nein, das lasse ich einfach nicht zu.«

»Komm, jetzt iß erst mal dein *Haggis*.«

Sinjuns Blick schweifte von den Beilagen — Kartoffeln und Kohlrüben — zu der heißen Wurst, deren Pelle aus Schafsmagen bestand und die mit einer Masse aus Leber, Herz, Nierenfett und Hafergrütze gefüllt war. »Du hast dieses Essen doch gar nicht bestellt«, sagte sie angewidert.

»Das ist auch gar nicht nötig. Es ist das Hauptgericht, seit das Gasthaus vor fünf Jahren eröffnet wurde. Iß.« Er schnitt ein Stück von seiner Wurst ab und verspeiste es mit großem Appetit.

»Nein, ich kann nicht. Gib mir Zeit, Colin.«

Er lächelte ihr zu. »Ganz wie du willst. Aber probier wenigstens die Beilagen. Angeblich haben schon die Wikinger Gemüse auf diese Art zubereitet.«

Sie war dankbar für sein Entgegenkommen. Die Kohlrüben schmeckten gräßlich, aber sie konnte sie einfach an den Tellerrand schieben, und die Kartoffeln, mit Muskatnuß und Sahne zubereitet, waren wirklich köstlich. Sie aß schweigend, und auch Colin versuchte nicht mehr, die Unterhaltung fortzusetzen.

An die nächsten anderthalb Stunden konnte sich Sinjun später nicht mehr genau erinnern. Colin machte sie auf einige Sehenswürdigkeiten aufmerksam, aber sie nahm vor Schmerzen die Landschaft überhaupt nicht mehr wahr. Als sie nahe daran war, ihren Vorsätzen untreu zu werden und Colin zu sagen, daß sie einfach nicht weiterreiten konnte, rief er plötzlich: »Schau mal, Joan, dort drüben ist Vere Castle!«

Seiner Stimme war Stolz und Liebe deutlich anzuhören, und Sinjun straffte sich ein wenig im Sattel. Vor ihr ragte auf einem niedrigen Hügel ein Bau empor, der etwa so groß wie Northcliffe Hall sein mochte. Damit endeten die Ähnlichkeiten aber auch schon. Der Westteil war ein richtiges Märchenschloß mit Zinnen, Rundtürmen und kegelförmigen Dächern, eine Burg wie aus dem Märchenbuch. Es fehlten nur die Fahnen an den Turmspitzen, eine Zugbrücke, ein Wallgraben und ein Ritter in silberner Rüstung. Ein zweistöckiger langgestreckter Mittelbau verband dieses Märchenschloß mit einem Herrenhaus im Tudorstil. Eigentlich hätte diese Kombination zweier so verschiedener Stilarten absurd oder lächerlich wirken müssen, aber seltsamerweise war das nicht der Fall. Die einzelnen Teile bildeten vielmehr ein harmonisches Ganzes von faszinierender Schönheit. Und dies würde von nun an ihr Zuhause sein.

»Die Familie lebt hauptsächlich im Tudorflügel, obwohl der Burgteil neueren Datums ist. Aber der Graf, der die

Burg Ende des siebzehnten Jahrhunderts erbauen ließ, hatte nicht genug Geld für eine wirklich solide Bauweise, und deshalb verfällt sie schneller als das Tudorhaus, das fast hundertfünfzig Jahre älter ist. Trotzdem liebe ich sie und verbringe viel Zeit im Nordturm. Und Feste veranstalten wir stets in der Burg.«

»So hatte ich mir dein Heim nicht vorgestellt«, sagte Sinjun beeindruckt. »So . . . so massiv, und mit so verschiedenen Teilen.«

»Wie gesagt, die ursprüngliche Tudorhalle datiert aus dem beginnenden sechzehnten Jahrhundert. Der Kamin ist groß genug, um eine ganze Kuh darin zu braten. Es gibt auch eine Spielmannsgalerie, die es durchaus mit der in eurem Castle Braith in Yorkshire aufnehmen kann. Aber ich verstehe schon — du hast eine Art Schuppen erwartet, niedrig, primitiv und stinkend, denn Schotten leben ja mit ihren Tieren in einem Raum. Mit deiner sagenhaften Northcliffe Hall kann man Vere Castle natürlich nicht vergleichen. Es ist nicht prunkvoll, aber es ist sehr geräumig, und es ist mein Zuhause.« Er rutschte nervös im Sattel hin und her. »Die Kleinbauern haben im Winter tatsächlich manchmal ihre Tiere in den Häusern. Aber wir nicht.«

»Weißt du, Colin«, sagte sie sanft, »wenn ich wirklich ein Rattenloch erwartet hätte, so würde das doch nur beweisen, *wie* gerne ich dich heiraten wollte.«

Er sah verdutzt drein, öffnete den Mund und schloß ihn wieder, ohne etwas gesagt zu haben. Bevor sie jedoch den Blick abwandte, fiel ihm plötzlich auf, wie erschöpft sie aussah, und das war zumindest etwas Greifbares, etwas, wo er einhaken konnte. »Himmelherrgott nochmal!« fluchte er wütend, »warum hast du mir nicht gesagt, daß du Schmerzen hast? Du hast mir das absichtlich verheimlicht. Dein Eigensinn übersteigt wirklich alle Grenzen, Joan, und ich werde das nicht dulden, hast du mich verstanden?«

»Oh, sei doch still! Mir geht es ausgezeichnet. Ich möchte . . .«

»Halt den Mund, Joan. Du siehst so aus, aus würdest du jeden Moment vom Pferd fallen. Hast du dich wund gerieben?«

Sie wußte, daß sie keine Minute länger im Sattel bleiben konnte, stieg vorsichtig ab und lehnte sich an das Pferd, bis der Schmerz soweit nachließ, daß sie wieder sprechen konnte.

»Ich werde zu Fuß gehen, Colin. Es ist so schönes Wetter, und ich möchte an den Gänseblümchen schnuppern.«

»Hier gibt es keine Gänseblümchen.«

»Dann eben Krokusse.«

»Hör auf, dummes Zeug zu reden, Joan.« Fluchend sprang er vom Pferd.

»Bleib mir vom Leibe.«

Er blieb etwa einen Meter von ihr entfernt stehen. »Ist dies das Mädchen, das in der Eingangshalle des Hauses seines Bruders unbedingt von mir geküßt werden wollte? Das im Theater einfach mit ausgestreckter Hand auf mich zukam und mir kundtat, es sei eine reiche Erbin? Ist dies das Mädchen, das mich ständig zu überreden versuchte, es doch auf der Stelle zu entjungfern? Wo ist nur dieses Mädchen geblieben?«

Sinjun gab darauf keine Antwort. Sie machte einen Schritt vorwärts, taumelte aber vor Schmerz.

Colin packte sie am Arm und drehte sie zu sich herum. Ihr schmerzverzerrtes Gesicht ließ ihn auf weitere Strafpredigten verzichten. Er nahm sie sanft in die Arme. »Ruh dich ein bißchen aus«, murmelte er, »und dann mußt du mir erlauben, dich zu mir aufs Pferd zu setzen.« Er drückte ihr Gesicht an seine Schulter, und sie atmete seinen Geruch ein.

Wie eine Märchenprinzessin, die vom Prinzen in sein Schloß gebracht wird, erreichte sie ihr neues Zuhause in den Armen ihres Mannes, doch im Gegensatz zu jenen hinreißenden Prinzessinnen machte sie — wie ihr durchaus bewußt war — in ihrem zerknitterten und staubigen Kostüm keinen vorteilhaften Eindruck.

»Schscht, nicht versteifen«, sagte er leise, und sie spürte seinen warmen Atem an ihrer Wange. »Ich glaube einfach nicht, daß du Angst hast — du doch nicht, eine Sherbrooke von Northcliffe Hall. Alle werden dich herzlich willkommen heißen und als Herrin akzeptieren.«

Sie schwieg, während sie unter dem Baldachin aus grünem Laub dahinritten, den die Bäume beiderseits der Auffahrt bildeten. Am Straßenrand tauchten immer mehr Männer, Frauen, Kinder und Tiere auf, um Colin freudig zu begrüßen. Einige Männer warfen ihre Mützen in die Luft, Frauen schwenkten ihre Schürzen, und räudige Hunde umsprangen kläffend Colins Pferd, das sich aber nicht aus der Ruhe bringen ließ. Nur einer Ziege, die an einem Stück Schnur kaute, schien es völlig egal zu sein, daß der Herr wieder heimgekehrt war.

»Alle wissen, daß du die reiche Erbin bist, die sie vor dem Hungertod oder der Emigration bewahren wird. Vielleicht sollte ich verlautbaren lassen, daß nicht ich dich gefunden habe, sondern umgekehrt. Dann würden sie dich mit Sicherheit hochleben lassen. MacDuff müßte eigentlich hier sein. Ich wollte, daß du bei der Ankunft wenigstens *ein* bekanntes Gesicht siehst.«

»Danke, Colin, das ist nett von dir.«

»Wirst du ein kleines Stück gehen können?«

»Selbstverständlich«, erwiderte sie arrogant.

Er lächelte über ihren Kopf hinweg. Mut konnte man ihr wirklich nicht absprechen. Nun, den würde sie auch dringend brauchen.

Sinjun erwachte im milden Abendlicht und wußte im ersten Moment nicht, wo sie war. Dann kehrte die Erinnerung zurück, und sie mußte sich mit der Tatsache auseinandersetzen, daß Colin ihr etwas verschwiegen hatte, was von größter Bedeutung für ihr Leben hier in Vere Castle sein würde. Sie schüttelte fassungslos den Kopf, aber es hatte wenig Sinn, in seiner Abwesenheit vor Wut zu kochen, und so atmete sie tief durch und sah sich in dem riesigen Schlafzimmer um, das mit dunkler Eiche getäfelt und wirklich schön war; nur machten die verschlissenen und sehr staubigen weinroten Vorhänge den Raum so düster wie eine Mönchszelle. Das Bett stand auf einem Podest und hätte ohne weiteres sechs Männern Platz bieten können. Alle Möbel waren alt, und sie erkannte den Tudorstil des riesigen Kleiderschranks in einer Ecke.

In ihrem Kopf erstellte sie bereits die von Colin gewünschte Liste. Es gab so unglaublich viel zu tun. Womit sollte sie beginnen? An den Empfang, der ihr als Gräfin von Ashburnham zuteil geworden war, wollte sie lieber nicht denken, aber es ließ sich einfach nicht verhindern.

Colin hatte seinen Arm um ihre Taille gelegt, während er sie durch die gewaltige Eichentür in die Halle führte, und er hielt sie weiter fest, als sich nach und nach die ganze Dienerschaft versammelte, die das zweifellos für eine sehr romantische Geste hielt. Die Spielmannsgalerie zog sich über drei Seiten der ersten Etage dahin, und das Geländer war alt und kunstvoll geschnitzt. Vom zweiten Stock hing ein gigantischer Kronleuchter herab. An den Wänden standen Tudorstühle mit hohen Rückenlehnen, aber ansonsten waren kaum Möbel zu sehen.

Sie nahm das alles wie durch einen Schleier hindurch wahr, während Colin ihr die Dienstboten vorstellte. Trotz ihrer Schmerzen lächelte sie und wiederholte jeden Namen. Schließlich war sie kein verzärteltes Geschöpf. Hinterher konnte sie sich allerdings an keinen einzigen Namen erinnern.

»Und dies ist meine Tante Arleth, die jüngere Schwester meiner Mutter. Arleth, dies ist meine Frau Joan.«

Sinjun reichte der älteren Dame mit dem spitzen Kinn lächelnd die Hand.

»Und dies ist — war — meine Schwägerin Serena.«

Aha, eine sehr hübsche junge Frau, die nicht viel älter als Sinjun selbst sein konnte und freundlich lächelte.

»Und dies sind meine Kinder. Philip und Dahling, kommt her und begrüßt eure neue Mama.«

In diesem Moment stockte Sinjun der Atem, und sie starrte ihren Mann ungläubig an. Er gab keine weiteren Erklärungen ab, aber sie konnte sich auch nicht verhört haben, denn zwei Kinder kamen langsam auf sie zu, mit mürrischen Gesichtern und mißtrauischen Augen, ein etwa sechsjähriger Junge und ein kleines Mädchen, das vier oder höchstens fünf Jahre alt war.

»Sagt Joan Guten Tag. Sie ist jetzt meine Frau und eure Stiefmutter.« Colins Stimme war tief und gebieterisch, und er selbst machte bisher keine Anstalten, seine Kinder zu begrüßen.

»Hallo, Joan«, sagte der Junge und fügte hinzu: »Ich heiße Philip.«

»Und ich bin Dahling«, sagte das Mädchen.

Sinjun versuchte zu lächeln. Sie liebte Kinder, aber ohne jede Vorwarnung eine Stiefmutter zu sein, war nicht ganz einfach. Sie blickte wieder zu Colin hinüber, aber er lächelte jetzt die Kleine an und hob sie hoch, und sie schlang die Arme um seinen Hals und rief: »Willkommen zu Hause, Papa!«

Papa . . . Es konnte einfach nicht wahr sein, und doch war es wahr. Mühsam brachte Sinjun hervor: »Bist du wirklich ein Darling? Immerzu?«

»Natürlich. Was sollte ich denn sonst sein?«

»Ihr richtiger Name ist Fiona, wie der ihrer Mutter, aber weil das zu Verwechslungen führte, wurde sie bald nur noch Dahling genannt. Das ist ihr zweiter Name.« Er buchstabierte ihn.

»Hallo, Dahling und Philip, ich freue mich sehr, euch kennenzulernen.«

»Du bist sehr groß«, stellte Philipp fest, der das Ebenbild seines Vaters war, bis auf die kühlen grauen Augen, die sie skeptisch betrachteten.

»Du bist ganz zerknittert«, sagte Dahling. »Und du hast eine häßliche Narbe im Gesicht.«

Sinjun lachte. Kinder waren so herzerfrischend ehrlich. »Das stimmt. Dein Vater und ich sind den ganzen Weg von Edinburgh hierher geritten — nein, sogar fast den ganzen Weg von York. Wir brauchen beide dringend ein heißes Bad.«

»Vetter MacDuff hat gesagt, du wärest nett, und wir sollten höflich zu dir sein.«

»Das wäre vielleicht keine schlechte Idee.«

»Genug, Kinder.« Tante Arleth näherte sich. »Entschuldigen Sie bitte, äh . . .«

»Bitte nennen Sie mich Sinjun.«

»Nein, nenn sie Joan.«

Serena blickte forschend von Sinjun zu Colin, und in diesem Augenblick wünschte Sinjun sehnlichst, sie würde auf den Klippen in der Nähe von Northcliffe Hall stehen und auf den Kanal hinausblicken, während der Seewind ihre Haare zerzauste. Sie hatte Schmerzen zwischen den Beinen und sagte ruhig: »Colin, mir geht es leider nicht sehr gut.«

Sie mußte zugeben, daß er rasch handelte. Ohne jemandem irgendwelche Erklärungen abzugeben, hob er sie hoch und trug sie eine breite Treppe hinauf. Dann ging es einen breiten, langen Korridor entlang, der dunkel war und muffig roch. Es kam ihr so vor, als hätte sie einen Kilometer in seinen Armen zurückgelegt, bis er endlich ein riesiges Schlafzimmer betrat und sie behutsam aufs Bett legte. Dann begann er ihre Röcke hochzuschieben.

Sie schlug nach seinen Händen. »Nein!«

»Joan, laß mich sehen, wie schlimm es ist. Um Gottes willen, ich bin dein Mann, und ich kenne schon alles an dir.«

»Geh weg! Ich habe im Moment keine großen Sympathien für dich, Colin. Bitte laß mich allein!«

»Wie du willst. Soll ich dir heißes Wasser bringen lassen?«

»Ja, danke, aber geh weg.«

Keine zehn Minuten später klopfte ein junges Mädchen an. »Ich heiße Emma«, sagte es, »und ich bring Ihnen 's heiße Wasser, Mylady.«

»Danke, Emma.« Sie schickte das Mädchen fort, sobald das möglich war.

Sie wusch sich vorsichtig, denn es war eine schmerzhafte Prozedur, und kroch sodann ins Bett, blieb aber dicht an der Kante liegen. Sie fühlte sich hier fehl am Platz und war wütend auf Colin. Wie hatte er ihr nur eine so wichtige Sache verschweigen können? Sie war die Stiefmutter von zwei Kindern, denen offenbar allein schon ihr Anblick zuwider war. Zu ihrer großen Erleichterung schlief sie aber nach wenigen Minuten ein.

Nun aber war sie wach und würde aufstehen und sich nicht nur mit Colin, sondern auch mit seiner Tante, seiner ehemaligen Schwägerin und seinen beiden Kindern befassen müssen. Sie hatte nicht die geringste Lust dazu. Alle würden sie jetzt für eine verweichlichte Engländerin halten, denn die Wahrheit hatte Colin ja niemandem sagen können. Gerade als sie aus dem Bett steigen wollte, öffnete sich die Tür, und ein kleines Gesicht tauchte im Türspalt auf.

Es war Dahling.

KAPITEL 9

»Du bist ja wach!«

»Ja, ich wollte gerade aufstehen und mich anziehen.«

»Warum hast du dich ausgezogen? Papa wollte uns nicht sagen, was dir fehlt.«

»Ich war nur müde. Es war eine lange Reise von London hierher. Dein Papa wollte möglichst schnell zu dir und Philip zurückkommen. Wolltest du etwas Besonderes?«

Dahling betrat langsam das Zimmer. Sinjun sah, daß sie ein schweres und viel zu kurzes Wollkleid und schwere Stiefel trug, die sehr abgetragen und viel zu klein waren. In diesen Sachen konnte sich das Kind doch unmöglich wohl fühlen.

»Ich wollte sehen, ob du wirklich so häßlich bist, wie ich dachte.«

Altkluger kleiner Teufel, dachte Sinjun, die sich an Amy erinnert fühlte, eines von Ryders Kindern, eine freche Range, die mit Aggressivität ihre tiefen Ängste zu kaschieren versuchte. »Dann mußt du aber näher kommen. Am besten setzt du dich neben mich aufs Bett, damit du mich genau betrachten kannst. Du willst doch bestimmt ein gerechtes Urteil abgeben. Weißt du, Gerechtigkeit ist sehr wichtig im Leben.«

Als die Kleine das Podest erreichte, beugte sich Sinjun hinab und hob sie zu sich aufs Bett hinauf. »So, jetzt kannst du mich nach Herzenslust begutachten.«

»Du redest so komisch — wie Tante Arleth. Sie schimpft immer mit Philip und mir, daß wir nicht wie alle anderen hier sprechen dürfen, nur wie Papa.«

»Du sprichst sehr gut.« Sinjun hielt still, während die Kleine mit den Fingern ihr Gesicht betastete und auch vorsichtig die rote Schramme berührte. »Was ist das?«

»Ein Steinsplitter hat mich verletzt, als dein Vater und ich in Edinburgh waren«, schwindelte Sinjun. »Es ist nichts Schlimmes, und die Narbe wird auch bald verheilen.«

»Du bist nicht schrecklich häßlich, nur ein bißchen.«

»Danke, da bin ich aber schon sehr erleichtert. Du bist auch nicht häßlich.«

»Ich? Häßlich? Ich bin eine große Schönheit, wie meine Mama. Das sagen alle.«

»Oh? Laß mal sehen.« Sinjun ließ nun ihrerseits ihre Finger über das Gesicht der Kleinen gleiten, verweilte hier und dort, gab aber keine Kommentare ab.

Dahling wurde zappelig. »Ich *bin* eine große Schönheit, und wenn ich jetzt keine bin, werde ich eine sein, wenn ich erwachsen bin.«

»Du siehst deinem Vater ähnlich, und das ist gut, denn er ist ein schöner Mann. Du hast seine Augen — wunderschöne dunkelblaue Augen. Aber meine sind auch ganz schön, findest du nicht? Sie sind Sherbrooke-blau. Weißt du, das war mein Familienname.«

Dahling kaute an ihrer Unterlippe. »Sie sind wirklich ganz schön«, gab sie schließlich zu. »Aber du bist trotzdem ein bißchen häßlich.«

»Du hast auch die gleichen schönen dunklen Haare wie dein Vater. Gefallen dir meine Haare nicht? Sie sind kastanienbraun, wie du siehst.«

»Sie sehen nicht schlecht aus, weil sie so lockig sind. Ich habe leider keine Locken. Tante Arleth meint, daß ich mich damit abfinden muß.«

»Aber du bist trotzdem eine große Schönheit?«

»Oja, das hat Papa mir gesagt«, erklärte Dahling im Brustton der Überzeugung.

»Glaubst du alles, was dein Papa dir sagt?«

Das kleine Mädchen legte den Kopf schief. »Er ist doch mein Papa. Er liebt mich, aber manchmal übersieht er mich und Philip einfach, seit er das Oberhaupt des Kinross-Clans ist. Das ist nämlich eine sehr wichtige Aufgabe. Er ist ein wichtiger Mann, und alle brauchen ihn. Da hat er nicht viel Zeit für Kinder.«

»Die Nase hast du aber nicht von deinem Vater. Es ist eine Stupsnase. Hatte deine Mama auch so eine Stupsnase?«

»Das weiß ich nicht. Ich werde Tante Serena fragen. Sie ist Mamas jüngere Schwester und paßt auf mich auf, wenn gerade keine Gouvernante da ist, aber sie tut es nicht gern. Viel lieber pflückt sie draußen Blumen und trägt hübsche Kleider, so als würde sie auf einen Prinzen warten.«

Ein leichtes Gefühl der Beklommenheikt stieg in Sinjun auf. »Hattet ihr denn schon viele Gouvernanten?«

»O ja, weil wir sie nämlich nie leiden können. Es sind immer Engländerinnen, so wie du, und sie sind häßlich, und wir vertreiben sie. Ein paar haben sich auch nicht mit Mama vertragen, und sie hat sie weggeschickt. Mama wollte keine anderen Damen hier haben.«

»Ich verstehe«, murmelte Sinjun, aber das stimmte nicht. »Wieviel Gouvernanten habt ihr denn gehabt, seit eure Mama im Himmel ist?«

»Zwei«, sagte die Kleine sehr stolz. »Mama ist ja auch erst seit sieben Monaten im Himmel. Wir können auch dich vertreiben, wenn wir wollen.«

»Glaubst du wirklich? Nein, du brauchst darauf nicht zu antworten. So, meine Liebe, und jetzt muß ich mich zum Abendessen fertigmachen. Möchtest du mir dabei helfen, oder soll ich dir helfen?«

Dahling runzelte die Stirn. »Ich bin doch fertig.«

»Ißt du im Kinderzimmer oder mit der Familie?«

»Das entscheidet Papa. Er entscheidet alles, seit er der Graf ist, und das gefällt Tante Arleth nicht. Manchmal bekommt sie ganz rote Augen, weil sie so wütend auf ihn ist. Papa sagt, daß Philip und ich richtige kleine Teufel sein können, und deshalb will er uns nicht immer um sich haben, wenn er in Ruhe seine Suppe essen will.«

»Aber heute abend solltet ihr vielleicht mit uns essen, um meine Ankunft zu feiern. Hast du ein anderes Kleid?«

»Ich mag nicht und will nicht feiern. Du bist nicht meine Mama. Ich werde Philip sagen, daß wir dich vertreiben müssen.«

»Hast du ein anderes Kleid?«

»Ja, aber kein neues. Es ist genauso kurz wie das hier. Tante Arleth schimpft, daß ich viel zu schnell wachse, und sie sagt, daß Papa für mich kein Geld rausschmeißen soll. Sie sagt auch, daß wir nur deshalb so arm sind, weil Papa nie hätte Graf werden sollen.«

»Hmmm. Jetzt hat dein Papa genug Geld für neue Kleider. Wir werden ihn fragen, ja?«

»Das ist *dein* Geld. Ich habe gehört, wie Vetter MacDuff zu Tante Arleth gesagt hat, du seist eine reiche Erbin, und deshalb habe Papa dich geheiratet. Und sie hat geschnaubt und gesagt, daß es richtig von ihm sei, sich zu opfern. Sie hat gesagt, das sei die erste anständige Tat seines ganzen Lebens.«

O Gott, dachte Sinjun deprimiert, diese Tante Arleth scheint ja eine garstige Person zu sein. Trotzdem zwang sie sich zu einem Lächeln. »Sie hat recht. Dein armer Vater ist sehr edel und vernünftig, und du solltest es dir auch noch einmal überlegen, ob du mich wirklich vergraulen willst, nachdem ich ja aus wichtigeren Gründen hier bin als eure Gouvernanten.«

»Tante Serena hat gesagt, daß Papa jetzt dein ganzes Geld hat, und daß du vielleicht bald wie meine Mama in den Himmel kommen wirst.«

»Dahling! Halt den Mund!«

Colin hatte unbemerkt das Schlafzimmer betreten, und seine Tochter starrte ihn verzückt, aber auch etwas bestürzt an, weil er sich so ungehalten mit ihr anhörte. Sinjun fiel auf, daß er zwar streng und einschüchternd aussah, ganz der Herr und Meister, das allmächtige Familienoberhaupt, aber doch etwas beunruhigt und verlegen wirkte.

»Sie hat mir nur erzählt, was Tante Arleth und Tante Serena von mir halten, Colin«, sagte sie, »und es ist doch bestimmt in deinem Sinn, daß ich darüber Bescheid weiß. Du hast übrigens recht, Dahling ist eine Schönheit. Außerdem ist sie sehr altklug, und sie braucht dringend neue Kleider. Grund genug für mich, dich nach Edinburgh zu begleiten, findest du nicht auch?«

»Nein. Dahling, geh jetzt zu deiner Tante Serena. Du ißt heute abend mit uns am großen Tisch. Geh jetzt.«

Dahling sprang vom Bett, warf einen letzten Blick auf Sinjun, schüttelte den Kopf und flitzte aus dem Zimmer.

»Was hat sie dir alles erzählt?«

»Alles möglich, was Kinder so daherreden. Wie schon erwähnt — ich liebe Kinder und habe viel Erfahrung im Umgang mit ihnen, was ja bei drei Neffen und Ryders ganzer Kinderschar kein Wunder ist. Warum hast du mir nichts von Philip und Dahling erzählt?«

Sie stellte fest, daß Colin genauso reagierte wie ihre Brüder. Wahrscheinlich war dieses Verhalten typisch männlich. Wenn sie im Unrecht waren, oder wenn ein Gesprächsthema ihnen unangenehm war, gingen sie einfach nicht darauf ein. Auch Colin versuchte abzulenken. »Was hat Dahling gesagt?«

Aber Sinjun hatte im Umgang mit ihren drei Brüdern Beharrlichkeit gelernt. »Warum hast du mir nichts von deinen Kindern erzählt?«

Er fuhr sich mit den Fingern durch die dichten schwarzen Haare. »Joan, das spielt doch jetzt überhaupt keine Rolle mehr!«

Sinjun lehnte sich in die Kissen zurück und zog vorsichtshalber die Decke höher. »Ich kann deinen Standpunkt gut verstehen, Colin. Du hattest Angst, daß ich dich nicht heiraten würde, wenn du mir beichten würdest, stolze Stiefmutter von zwei Kindern zu werden, die alle Gouvernanten vertreiben. Habe ich recht?«

»Ja. Nein. Vielleicht. Verdammt, ich weiß es nicht.«

»Hältst du noch weitere kleine Überraschungen für

mich bereit? Vielleicht eine Geliebte in einem der Burgtürme, die ihr langes goldenes Haar aus dem Fenster hängt, um dich hochzuziehen? Oder ein paar uneheliche Kinder? Oder vielleicht ein verrückter Onkel, der in einem unterirdischen Versteck eingesperrt ist?«

»Hast du ein Kleid für heute abend?«

»Ja, aber Emma muß es vorher bügeln. Ich habe nur eines bei mir. Colin, gibt es noch weitere Überraschungen?«

»Ich werde Emma Bescheid sagen. Nein, es gibt keine, außer . . . woher weißt du etwas von Großonkel Maximilian? Der Ärmste ist wirklich verrückt, und er heult bei Vollmond, aber wer könnte dir das erzählt haben? Normalerweise begnügt er sich damit, Burns zu zitieren und Gin zu trinken.«

»Das soll wohl ein Scherz sein.«

»So ist es. Aber die Kinder sind etwas ganz anderes. Sie sind sehr aufgeweckt, und ich liebe sie. Ich hoffe nur, daß du deinen Ärger auf mich, weil ich dir nichts von ihnen erzählt habe, nicht an ihnen abreagieren wirst.«

»Befürchtest du, daß ich sie mit Steinen bewerfen könnte?«

»Ich meine es ernst.«

»Vielleicht dürfte ich dann wenigstens dich mit Steinen bewerfen.«

»Wenn du schon wieder Steine werfen kannst, geht es dir offenbar so gut, daß ich dich heute nacht lieben kann.« Er bedauerte seine Worte sofort, denn er erbleichte bei dem Gedanken. »Ich bin doch kein Rohling!«

»Freut mich, das zu hören. Wieviel Gouvernanten hatten Philip und Dahling eigentlich schon in den letzten zwei Jahren?«

»Das weiß ich nicht. Drei oder vier, nehme ich an. Fiona kam mit keiner zurecht. Die Kinder waren nicht schuld daran.«

»Aha! Also gut, sag Emma bitte Bescheid, daß sie mein Kleid bügeln soll. Ich gebe es ihr, sobald ich ausgepackt habe.«

»Das kann sie doch machen.«

»Ich mach's lieber selbst.«

»Wie fühlst du dich?«

»Gut. Ich sehe in diesem Zimmer keinen Paravent. Läßt du bitte einen aufstellen?«

»Wozu denn? Wir sind Mann und Frau.«

»Es schickt sich nicht, mich vor dir an- und auszukleiden. Außerdem werde ich Hiilfe benötigen. Wo ist das Schlafzimmer der Gräfin?«

Er deutete auf eine Tür, die wegen der Holztäfelung kaum auffiel.

»Hat deine erste Frau dort geschlafen?«

»Joan, was ist los mit dir? Das alles ist doch völlig unwichtig. Sie ist tot, du bist meine Frau und . . .«

»Nachdem du jetzt mein Geld hast, kannst du mich zu Dahlings Mutter in den Himmel schicken. Du sagst, daß jene Kugel in Edinburgh für dich bestimmt gewesen sei. Vielleicht stimmt das aber gar nicht, Colin.«

Er schleuderte ihr ein Kissen ins Gesicht. »Sag so etwas nie wieder, hast du gehört? Du bist meine Frau, meine Gräfin.«

»Also gut. Ich war wütend auf dich, und deshalb bin ich ausfällig geworden. Entschuldige bitte.«

»Diesmal tu ich's, aber mäßige dich in Zukunft und hör auf, mich zu verhöhnen. Du mußt dich jetzt beeilen. In einer Dreiviertelstunde wird das Abendessen serviert. Ich schicke dir Emma.«

Er entfernte sich, und Sinjun strich mit der Hand über das Kissen, das er nach ihr geworfen hatte. Seine Reaktion war wirklich interessant gewesen. Vielleicht machte er sich doch etwas aus ihr.

Colins Vetter MacDuff war das erste Familienmitglied, dem sie begegnete, als sie hinunterkam. Er stand nachdenklich am Fuß der Treppe, ein Glas Brandy in der Hand, und sah noch massiger aus, als sie ihn in Erinnerung hatte. Sein rotes Haar war mit Pomade geglättet, und er trug ein weißes Leinenhemd, eine schwarze Kniehose und weiße Seidenstrümpfe.

Er bemerkte sie erst, als sie dicht vor ihm stand. »Hallo, Joan, willkommen in Vere Castle! Verzeih bitte, daß ich nicht hier war, als ihr angekommen seid.«

»Hallo, MacDuff! Bitte nenn mich Sinjun. Nur Colin beharrt auf ›Joan‹.«

»Du wirst ihn bestimmt noch umstimmen.«

»Glaubst du?«

»Ja. Er hat mir erzählt, welchen Empfang deine Brüder euch in Edinburgh bereitet haben.« Er ließ seinen Blick über die Spielmannsgalerie schweifen, die jetzt im Halbdunkel lag. »Das hätte ich liebend gern gesehen. Es hört sich so unterhaltsam an. Hat Angus wirklich ein Loch in die Salondecke geschossen?«

»Ein sehr großes Loch. Die Decke ist ringsum ganz schwarz.«

»Ich komme immer zu kurz, wenn es um Abenteuer geht, und das ist bei meiner Statur besonders unfair, findest du nicht auch? Ich könnte viele schöne junge Damen verteidigen, denn ein grimmiger Blick von mir schüchtert fast jeden Gegner ein, und wenn ich meine Fäuste balle, nehmen alle Reißaus. Colin hat mir auch von dem Schuß erzählt.« Er betrachtete ihr Gesicht und strich mit seinen plumpen Fingern über die Schramme. »Gott sei Dank, es wird keine Narbe zurückbleiben. Mach dir keine Sorgen, Colin wird den Schuft bestimmt zur Strecke bringen. Was hältst du von deinem neuen Zuhause?«

Sinjun musterte die staubige Eichentäfelung und das herrlich geschnitzte, aber total verschmutzte Treppengeländer. »Es ist ein Märchenschloß, aber wenn ich mir nur dieses Geländer ansehe, muß ich leider feststellen, daß sehr viele schmutzige Hände es berührt haben und sehr viele andere Hände offenbar müßig in den Schoß gelegt wurden.«

»Seit Fiona und Colins Bruder gestorben sind, wurde hier nicht viel gemacht.«

»Nicht einmal die einfachsten Hausarbeiten?«

»Sieht so aus.« Er blickte sich in der riesigen Halle um. »Du hast recht. Mir ist es bisher nicht aufgefallen, aber ich glaube, seit dem Tod von Colins Mutter hat sich niemand mehr so richtig darum gekümmert. Gut, daß du jetzt hier bist, Sinjun. Du wirst bestimmt dafür sorgen, daß alles wieder auf Hochglanz kommt.«

»Ihr Name ist Joan.«

»Ist das dein ewiger Refrain, Colin?« fragte er fröhlich und schüttelte seinem Vetter so kräftig die Hand, daß Colin zusammenzuckte.

»Sie heißt nun mal Joan.«

»Mag sein, aber Sinjun gefällt mir besser. Wollen wir nicht in den Salon gehen? Ich könnte mir vorstellen, daß deine Frau einen Sherry möchte.«

»O ja.« Sinjun sah ihren Mann an und schluckte. In seinem schwarzen Abendanzug mit weißem Leinenhemd sah er so unglaublich attraktiv aus, daß sie sich am liebsten in seine Arme geworfen und ihn geküßt hätte.

»Guten Abend, Joan.«

»Hallo, Colin.«

Er verbeugte sich leicht und bot ihr seinen Arm.

Nur Tante Arleth hielt sich schon im düsteren Salon auf. Sie saß in der Nähe eines träge brennenden Torffeuers, von Kopf bis Fuß schwarz gekleidet, mit einer sehr schönen Kameebrosche am Hals. Sie war sehr mager, und ihr schwarzes Haar, an den Schläfen mit weißen Strähnen durchsetzt, war elegant hochgesteckt. Früher mußte sie sehr hübsch gewesen sein, doch jetzt wirkte sie mit ihren verkniffenen Lippen und dem spitzen Kinn ziemlich verbiestert. Sie stand abrupt auf und erklärte ohne jede Einleitung: »Die Kinder essen mit Dulcie im Kinderzimmer. Meine Nerven sind überreizt, Neffe, wegen der Ankunft dieser jungen Person, die du vor aller Augen die Treppe hinauftragen mußtest. Ich will die Kinder heute abend nicht an meinem Tisch haben.«

Colin lächelte nur. »Aber *ich* habe meine Kinder vermißt.« Er winkte einem Bediensteten in verschlissener dunkelblauer und weißer Livree zu. »Bitte holen Sie die Kinder, Rory.«

Ein wütendes Zischen war zu hören, und Sinjun wandte sich hastig Tante Arleth zu. »Bitte, Madam, auch ich möchte die Kinder bei Tisch dabei haben. Ich bin jetzt für sie verantwortlich und möchte sie besser kennenlernen.«

»Ich war von jeher der Meinung, daß Kinder nicht zusammen mit Erwachsenen essen sollten.«

»Ja, Tante, wir kennen deine Einstellung, aber heute abend wirst du dich damit abfinden müssen. Joan, einen Sherry? Tante, was möchtest du trinken?«

Tante Arleth setzte sich wieder, trank ihren Sherry und schwieg demonstrativ. Dann betrat Serena den Salon in einem Abendkleid aus hellrosa Seide. Ihre schönen dunkelbraunen Haare waren mit passenden rosa Bändern durchflochten. Sie lächelte, ihre grauen Augen leuchteten, und sie sah offensichtlich nur Colin. O Gott, dachte Sinjun, während MacDuff ihr ein Glas Sherry reichte, wie wird es mir hier ergehen, sobald Colin fort ist? Aber sie wollte ihr Bestes versuchen und lächelte der schönen Serena zu. Zu ihrer Überraschung erwiderte Serena das Lächeln, und es wirkte aufrichtig, aber Sinjun gab sich keiner Täuschung hin: es gab tiefe Wasser in Vere Castle, sehr tiefe Wasser. Dann wurden die Kinder von Dulcie, dem Kindermädchen, hereingeführt, einem jungen Ding mit fröhlichen dunklen Augen, einem hübschen Lächeln und riesigem Busen.

Philip, das Ebenbild seines Vaters, stand stolz da, ohne etwas zu sagen, aber seine Blicke schweiften etwas ängstlich von seinem Vater zu Sinjun und wieder zurück. Dahling lief in ihrem viel zu kurzen Kleid und schäbigen Schuhen auf Colin zu und berichtete: »Dulcie hat gesagt, wenn wir bei Tisch nicht brav sind und du uns anschreien mußt, wird Perlen-Jane uns bestrafen.«

»Was für 'ne Range!« Dulcie warf lachend die Arme hoch. »'N bißchen vorwitzig biste schon, mein Mädchen!«

»Danke, Dulcie.« Tante Arleths Stimme duldete keinen Widerspruch. »Hol die Kinder in spätestens einer Stunde wieder ab.«

»Ja, Madam«, murmelte Dulcie kleinlaut, während sie einen Knicks machte.

»Ich schätze es gar nicht, wenn du dem Kind diese absurden Geistergeschichten erzählst.«

»Ja, Madam.«

»Viele Menschen haben Perlen-Jane aber gesehen«, warf MacDuff ein. An Sinjun gewandt, erklärte er: »Sie ist unser berühmtestes Gespenst, eine junge Frau, die angeblich von unserem Urgroßvater betrogen und herzlos ermordet wurde.«

»Unsinn!« kommentierte Tante Arleth. »Ich habe sie nie gesehen. Euer Urgroßvater hätte keiner Fliege etwas zuleide getan.«

»Fiona hat sie oft gesehen«, teilte Serena Sinjun leise mit. »Sie hat mir erzählt, daß sie beim erstenmal vor Angst fast in Ohnmacht gefallen sei, als sie die junge Frau im perlenbesetzten Kleid gesehen hat, aber der Geist wollte ihr nichts zuleide tun. Perlen-Jane saß mit leichenblassem Gesicht auf dem Schloßtor und hat Fiona angesehen.«

»Das muß etwa zu der Zeit gewesen sein, als Fiona herausfand, daß Colin eine Geliebte hatte.«

Sinjun schnappte nach Luft und starrte Tante Arleth fassungslos an. Sie konnte einfach nicht glauben, daß die Frau tatsächlich eine so bösartige Bemerkung gemacht hatte, aber die haßerfüllte Stimme richtete sich jetzt direkt an sie: »Stell dich doch nicht dumm, Mädchen! Männer sind eben Männer, und sie haben alle ihre Mätressen, jawohl, und Fiona hat herausgefunden, daß er mit jener kleinen Schlampe ins Bett gegangen ist.«

Sinjun blickte zu Colin hinüber, aber er stand mit unbewegter, leicht sardonischer Miene da, so als sei er an solche Angriffe längst gewöhnt und ignoriere sie einfach. Aber Sinjun war nicht gewillt, sie zu ignorieren. Sie bezwang ihre Wut und sagte laut und deutlich: »Sie werden nicht wieder auf diese abfällige Art und Weise über Colin reden. Er würde niemals seinen Treueschwur brechen. Wenn Sie das von ihm glauben, sind Sie entweder blind oder dumm oder bösartig. Ich werde so etwas nicht dulden, Madam. Sie leben im Haus meines Mannes, und Sie werden ihn mit dem Respekt behandeln, den er verdient.«

Tante Arleth holt tief Luft. Sie schwieg aber. Sinjun wußte natürlich, sich diese Frau nun endgültig zur Feindin gemacht zu haben, und schwieg beklommen.

Colin lachte schallend, und dieses tiefe Lachen hallte von den stockfleckigen Wänden wider. »Nimm dich in acht, Tante Arleth. Joan glaubt, mich unbedingt beschützen zu müssen, und sie wird nicht zulassen, daß ich in irgendeiner Weise beleidigt werde. Sie braucht nur eine Rüstung und ein Pferd, um ins Turnier zu reiten und meine Ehre zu verteidigen. Du solltest also lieber deine Zunge hüten, wenn sie in der Nähe ist. Nur sie selbst darf mich maßregeln, sonst niemand. So, und jetzt gehen wir alle ins Eßzimmer. Philip, nimm Dahling an die Hand. Joan, erlaub mir bitte, dir den Weg zu zeigen.«

»Man muß ihr Manieren beibringen«, zischte Tante Arleth leise, aber natürlich nicht leise genug.

»Ich wette, daß du gewinnst«, flüsterte MacDuff Sinjun ins Ohr, während Colin ihr an dem langen Mahagonitisch den Platz der Hausherrin zuwies. Sie ahnte, daß bisher Tante Arleth diesen Platz eingenommen hatte, aber die Dame setzte sich achselzuckend auf den Stuhl links von Colin, und Sinjun war heilfroh, daß es zu keinem neuen Streit gekommen war. Die Kinder wurden in die Mitte gesetzt, und MacDuff und Serena nahmen neben ihnen Platz.

»Ich möchte auf die neue Hausherrin trinken.« Colin stand auf und hob sein Weinglas. »Auf die Gräfin von Ashburnham.«

»Hört, hört!« rief MacDuff.

»Ja, wirklich«, sagte Serena herzlich.

Die Kinder blickten von ihrem Vater zu ihrer Stiefmutter, und Philip erklärte laut: »Du bist nicht unsere Mutter, auch wenn Vater dich heiraten mußte, um uns vor dem Ruin zu retten.«

Tante Arleth lächelte boshaft.

»Nein, ich bin nicht eure Mutter, dazu wäre ich auch viel zu jung. Weißt du, ich bin erst neunzehn.«

»Auch wenn du alt bist, wirst du nicht unsere Mutter sein.«

Sinjun lächelte dem Jungen zu. »Vielleicht nicht. Bald müßte meine Stute Fanny hier eintreffen. Sie ist sehr ausdauernd, Philip. Reitest du auch?«

»Selbstverständlich«, erwiderte er herablassend. »Ich bin ein Kinross, und eines Tages werde ich das Familienoberhaupt sein. Sogar Dahling reitet schon, und sie ist nur ein kleines Mädchen.«

»Großartig. Vielleicht könnt ihr beide mir in den nächsten Tagen etwas von der Umgebung zeigen.«

»Die Kinder haben Unterricht«, mischte sich Tante Arleth ein. »Nachdem keine Gouvernante lange hierbleibt, muß ich sie unterrichten. Eigentlich ist es Serenas Pflicht, aber sie drückt sich davor.«

»Die Kinder sollen Joan begleiten«, erklärte Colin ruhig. »Sie müssen ihre Stiefmutter besser kennenlernen, denn im Gegensatz zu den Gouvernanten bleibt sie für immer hier.« Er warf seinem Sohn einen strengen Blick zu. »Ihr werdet sie nicht schikanieren, verstanden, Philip?«

»Ja«, stimmte Sinjun fröhlich zu, »bitte keine Schlangen in meinem Bett, auch kein Schlamm, in den ich im Dunkeln treten könnte.«

»Wir haben bessere Dinge auf Lager«, versprach Dahling.

»Der Schlamm ist nicht uninteressant«, murmelte Philip, und sein Gesicht nahm einen sehr nachdenklichen Ausdruck an, der Sinjun von anderen Kindern bestens bekannt war.

»Iß deine Kartoffeln«, befahl Colin, »und vergiß den Schlamm schleunigst wieder.«

Es gab *Haggis*, und Sinjun überlegte, ob sie hier Hungers sterben und ein neuer Familiengeist werden würde. Zum Glück konnte sie sich aber an den Beilagen satt essen. Colin und MacDuff unterhielten sich über Geschäfte und über Probleme mit einigen Einheimischen, aber sie hörte nicht besonders aufmerksam zu, da sie immer noch Schmerzen hatte, wenn sie auch erträglicher geworden waren. Allerdings horchte sie sofort auf, als sie Colin sagen hörte: »Ich reite morgen früh nach Edinburgh zurück. Es gibt sehr viel zu tun.«

»Nachdem du jetzt ihr Geld hast?« fragte Tante Arleth honigsüß.

»Ja«, erwiderte Colin ruhig. »Nachdem ich jetzt ihr Geld habe, kann ich endlich damit beginnen, all die Probleme zu lösen, die ich von meinem Vater und meinem Bruder geerbt habe.«

»Dein Vater war ein großer Mann«, sagte Arleth. »Nichts von all dem war seine Schuld.«

Colin schüttelte nur lächelnd den Kopf und setzte seine Unterhaltung mit MacDuff fort. Am liebsten hätte Sinjun ihm ihren Teller an den Kopf geworfen. Er hatte also tatsächlich die Absicht, sie an diesem seltsamen Ort allein zu lassen. Wunderbar, einfach großartig! Zwei Kinder, die ihr nach Kräften das Leben schwermachen würden, und zwei Frauen, die höchstwahrscheinlich nur darauf warten würden, daß sie aus Verzweiflung von einem der Türme in den Tod sprang.

»Wir müssen ein Fest für deine Frau geben, Colin«, sagte Serena plötzlich. »Das wird man von uns erwarten. Alle Nachbarn werden schockiert sein, daß du so schnell wieder geheiratet hast — Fionas Tod liegt schließlich erst sieben Monate zurück —, aber nachdem du es ja nur des Geldes wegen getan hast, sollte man sie so schnell wie möglich darüber informieren. Findest du nicht auch, MacDuff?«

Colin ersparte seinem Vetter eine Antwort, indem er sagte: »Nach meiner Rückkehr werden wir uns weiter darüber unterhalten.«

Sinjun wandte ihre Aufmerksamkeit ihrem neuen Zuhause zu, das ihr viel besser gefiel als ihre Tischgefährten. Das Eßzimmer im Tudorstil war lang und schmal, und an den Wänden hingen Porträts. Der riesige Tisch und die kunstvoll geschnitzten Stühle waren schwer und dunkel und erstaunlich bequem. Die Vorhänge an der langen Fensterfront waren alt und fadenscheinig, aber von sehr schöner Farbe. Sinjun beschloß, für die neuen Vorhänge genau den gleichen matten Goldbrokat zu besorgen.

»Vere Castle ist das schönste Haus in der ganzen Grafschaft.«

Sinjun lächelte Serena zu. »Es ist ein richtiges Märchenschloß.«

»Und es verfällt zusehends«, warf Tante Arleth ein. »Ich nehme nicht an, daß Colin dich schon geschwängert hat?«

Eine Gabel fiel klirrend auf einen Teller, und Sinjun sah, daß Colin seine Tante fassungslos anstarrte. Natürlich war es eine unverschämte Frage, aber da Colin auch schon davon gesprochen hatte, war Sinjun jetzt nicht besonders schockiert.

»Nein«, sagte sie knapp.

»Denk bitte daran, daß die Kinder anwesend sind, Tante.«

»Wir wollen ihre Kinder nicht hier haben!« rief Philip. »Du wirst es doch nicht erlauben, Papa? Du hast Dahling und mich und brauchst keine Kinder mehr.«

»Wir würden sie nämlich nicht mögen«, sagte Dahling. »Sie wären genauso häßlich wie sie selbst.«

»Na, na«, lachte Sinjun, »vielleicht wären sie ja so schön wie dein Vater. Außerdem hast du zugegeben, Dahling, daß meine blauen Augen und meine kastanienbraunen Haare ganz hübsch sind.«

Dahling schob die Unterlippe vor. »Du hast mich dazu gezwungen.«

»Stimmt genau. Ich habe dir den Arm verrenkt und Nadeln in deine Stupsnase gesteckt, weil ich eine schrecklich böse Stiefmutter bin.«

»Perlen-Jane wird dich holen«, fiel Dahling als letzter Ausweg ein.

»Ich freue mich schon darauf, sie kennenzulernen«, sagte Sinjun. »Mal sehen, ob sie so eindrucksvoll wie unsere Jungfräuliche Braut ist.«

»Jungfräuliche Braut?« MacDuff legte den Kopf schief und hob fragend seine buschigen roten Brauen.

»Das ist unser Gespenst in Northcliffe Hall, eine junge Dame aus dem sechzehnten Jahrhundert, deren Mann gleich nach der Hochzeit ermordet wurde, bevor er zu ihr kommen konnte.«

Dahling sah Sinjun jetzt fasziniert an. »Gibt es sie wirklich? Hast du sie selbst gesehen?«

»O ja. Meistens zeigt sie sich nur den weiblichen Familienmitgliedern, aber ich weiß ganz genau, daß mein ältester Bruder, der Graf, sie auch gesehen hat, obwohl er es nicht zugeben will. Sie ist wunderschön, mit sehr langen hellblonden Haaren und einem fließenden Gewand. Sie redet auch, aber nicht laut — man hört sie sozusgen nur im Geiste — und sie scheint die Damen der Familie beschützen zu wollen.«

»Völliger Unsinn!« kommentierte Colin.

»Das sagt Douglas auch immer, aber er hat sie gesehen, wie ich von Alex weiß. Er will es nur nicht zugeben, weil er befürchtet, daß die Leute ihn für hysterisch halten könnten. Alle Grafen von Northcliffe haben über sie geschrieben, aber Douglas weigert sich noch. Wirklich ein Jammer.«

»Ich glaube dir nicht«, sagte Philip. »Jungfräuliche Braut — was für ein alberner Name!«

»Nun, ich glaube dir auch nicht, und Perlen-Jane ist ein genauso alberner Name. Nein, ich werd dir erst glauben, wenn ich eure Perlen-Jane mit eigenen Augen gesehen habe.« Eine ausgezeichnete Herausforderung, dachte Sinjun insgeheim, während sie Philip unter den Wimpern hervor beobachtete. Es würde sie nicht im geringsten wundern, wenn Perlen-Jane ihr nach Colins Abreise ihre Aufwartung machen würde.

»Kinder, Zeit zum Schlafengehen. Da ist Dulcie.«

Sinjun war enttäuscht, daß die Kinder verbannt wurden, gerade als es ihr gelungen war, zumindest ihr Interesse zu wecken. Philip warf seinem Vater einen flehenden Blick zu, aber Colin schüttelte nur den Kopf. »Ich komme später, um euch Gute Nacht zu sagen. Seid jetzt brav und geht mit Dulcie. Joan, wenn du fertig bist, könntest du dich vielleicht mit Tante Arleth und Serena in den Salon begeben. MacDuff und ich müssen noch ein paar Dinge besprechen, kommen aber bald nach.«

»Ein Jammer, daß du ihn so wenig interessierst, daß er dich gleich wieder verläßt.«

O Tantchen, du solltest deine Zunge im Zaume halten, dachte Sinjun, während sie der Frau liebenswürdig zulächelte: »Ja, es ist wirklich ein Jammer. Vielleicht müßte er mich nicht verlassen, wenn sein Vater, dieser große Mann, kein solcher Verschwender gewesen wäre.«

Sie hörte Colin hinter sich lachen und begriff, daß sie ihre Karten ganz falsch ausgespielt hatte. Nun konnte er getrost in dem Glauben abreisen, daß sie keinerlei Probleme mit seinen Verwandten haben würde. Wenn sie gewitzt genug gewesen wäre, in Tränen auszubrechen, wäre er vielleicht hiergeblieben oder hätte sie nach Edinburgh mitgenommen.

»Ich finde, daß Colin der schönste Mann von ganz Schottland ist«, sagte Serena.

»Du bist genauso dumm wie deine verstorbene Schwester«, erwiderte Tante Arleth.

Sinjun holte tief Luft und zwang sich, weiterhin zu lächeln.

Nach Mitternacht betrat Colin leise das Schlafzimmer. Joan schlief dicht an der Bettkante, die Decken bis zur

Nase hochgezogen. Er lächelte, entkleidete sich, ging nackt zum Bett und zog die Decken langsam weg, ohne daß sie aufwachte. Dann schob er behutsam ihr langes Baumwollnachthemd bis zu den Hüften hoch und bewunderte ihre langen weißen Beine. Wirklich sehr schöne Beine, dachte er, unwillkürlich erregt, obwohl er wußte, daß sie ihn in dieser Nacht unmöglich aufnehmen konnte. Nein, er wollte nur sehen, wie groß der angerichtete Schaden war. Er schob ihr Nachthemd noch etwas höher und zog die Kerzen näher heran. Ah, sie war so verführerisch! Ihre kastanienbraunen Schamhaare und der flache weiße Bauch, in dem schon vielleicht jetzt sein Kind wuchs. Ein berauschendere Gedanke. Sie stöhnte leise im Schlaf, als er behutsam ihre Beine auseinanderschob. Vorsichtig winkelte er ihre Knie an und erschrak beim Anblick des wunden Fleisches. »Es tut mir leid«, flüsterte er und überlegte, ob er versuchen sollte, ihr Genuß zu bereiten. Er küßte zart ihren weißen Bauch, und sie erbebte. Dann machte er es sich zwischen ihren Beinen bequem und berührte sie mit der Zunge. Im nächsten Moment schrie sie auf, wehrte ihn ab und wollte ihr Nachthemd hinunterziehen.

»Hallo«, sagte er grinsend. »Ich glaube, ich liebe deinen Geschmack, aber um ganz sicher zu sein, muß ich mehr davon probieren. Was hältst du davon?«

KAPITEL 10

Sinjun öffnete den Mund, um wieder zu schreien, unterließ es dann aber doch. Er lag zwischen ihren Beinen, umschlang mit den Armen ihre Hüften und stützte sein Kinn leicht auf ihren Bauch.

»Nun«, fragte er grinsend, »soll ich weitermachen?«

»Was du da gemacht hast, war . . . bestürzend . . . peinlich . . . Bist du sicher, daß man so etwas tut?«

Er küßte sie wieder an jener Stelle, hob den Kopf, schob ihre Beine noch weiter auseinander und schenkte ihr ein betörendes Lächeln. »Du schmeckst wirklich gut, Joan. Ja, meine Liebe, ein Mann genießt es, eine Frau zwischen den Beinen zu küssen.«

»Ich fühle mich sehr seltsam, Colin. Würdest du mich bitte loslassen? Ich bin nicht daran gewöhnt, mit hochgeschobenem Nachthemd dazuliegen und dort unten berührt zu werden. Es kommt mir unanständig vor. Und du bist schließlich ein Mann.«

»Wenn ich dich hier unten weiter küsse und streichle, wirst du es sehr genießen.«

»O nein, wie sollte das möglich sein? Wirklich, Colin, laß mich los. Mein Gott, du bist ja nackt!«

»Ja, aber du brauchst keine Angst zu haben, ich werde dich nicht wieder nehmen. Eigentlich wollte ich nur nachsehen, wie schlimm du dich heute beim Reiten verletzt hast.«

»*Ich* soll mich verletzt haben? Das ist wirklich die Höhe. *Du* hast mich verletzt!«

Er setzte sich zwischen ihren Beinen auf, und sie wußte, daß er sie *dort* betrachtete, und dann streichelten seine Finger sie sanft, und sie war so verlegen, daß sie kein Wort hervorbrachte. »Du bist sehr wund, aber das heilt bald, wenn du eine Weile nicht reitest.« Er küßte ihren Bauch und machte es sich sodann auf ihr bequem.

Sie spürte sein steifes Glied und versuchte sofort, ihre Schenkel fest zusammenzupressen, was natürlich ein törichtes Unterfangen war, da er ja zwischen ihren Beinen lag.

»Es ist schön, deine Brüste an meiner Brust zu spüren. Gefällt es dir auch?«

»Nein. Ich glaube nicht, daß du dich beherrschen kannst, und ich will nicht wieder verletzt werden.«

»Ich bin ein Mann, Joan, kein geiler Junge, und ich verspreche dir, dich nicht zu nehmen. Küß mich, und dann laß ich dich in Ruhe.«

Sie schob die Lippen vor, aber er lachte nur und fuhr mit der Zunge über ihre Unterlippe. »Öffne den Mund. Weißt du nicht mehr, daß du mich gebeten hast, dir das Küssen beizubringen?«

»Ich habe es nicht vergessen, aber ich will dich nicht richtig küssen, weil du dich dann wieder in einen wilden Barbaren verwandeln wirst.«

»Ein einleuchtendes Argument.« Er gab ihr einen zarten Kuß, rollte zur Seite und beobachtete, wie sie hastig ihr Nachthemd bis zu den Zehen hinunterzog und sich bis zum Kinn zudeckte.

»Wenn du möchtest, kannst du *mir* Genuß bereiten«, sagte er, auf einen Ellbogen gestützt. Seine Augen waren dunkel, seine Wangen gerötet, und sie deutete diese Anzeichen ganz richtig als Erregung. »Wie sollte das möglich sein? Du hast mir versprochen, Colin, mir nicht wieder weh zu tun.«

»Oh, es ist durchaus möglich. Ich habe dich zwischen den Beinen gestreichelt und geküßt. Das kannst du auch bei mir machen.«

Sie sah ihn so an, als wäre er völlig verrückt.

»Das ist bei Menschen, die einander gern haben, durchaus üblich«, beruhigte er sie.

»Ich . . . ich verstehe nicht ganz, Colin.«

»Mein Glied, Joan — du kannst mein Glied streicheln und küssen.«

»Oh . . .«

»Andererseits sollte ich jetzt vielleicht lieber schlafen. Ich muß morgen sehr früh aufstehen.«

»Würde dir das wirklich gefallen, Colin? Würde es dir Genuß bereiten?«

Ihre Stimme klang so ungläubig und verstört, daß er rasch sagte: »Schon gut. Ich brauche wirklich etwas Schlaf.«

»Wenn du willst, versuche ich es.«

»Was?«

»Ich küsse dich dort unten.«

Erst jetzt begriff er, daß dieser Gedanke sie nicht abstieß, sondern eher neugierig machte, und ihn überlief ein lustvoller Schauder. »In Ordnung«, murmelte er, legte sich auf den Rücken und überließ ihr alles weitere.

Sie hob die Decke an und betrachtete sein geradezu schmerzhaft erigiertes Glied, zog die Decke bis zu seinen Füßen herunter und betrachtete ihn wieder. Es kam ihm wie eine Ewigkeit vor, bis sie endlich ihre Hand auf seinen Unterleib legte. »Du bist schön, Colin.«

Er stöhnte, und als ihre Finger zögernd sein Glied berührten, zitterte er wie ein unerfahrener Junge und ballte die Hände zu Fäusten. »Berühr mich mit dem Mund, Joan«, bat er.

Sie kniete sich neben ihn, ihre Haare fielen auf seinen Bauch, und er spürte ihren heißen Atem an seinem Penis und glaubte vor Lust zu vergehen. Als ihre Lippen ihn streiften, konnte er nur mit Mühe einen Schrei unterdrücken.

»Du bist so ganz anders als ich«, sagte sie, während sie ihn streichelte, zwar noch zaghaft, aber um so reizvoller. »Ich könnte nie so schön sein wie du.« Er hätte ihr gern erklärt, daß das nicht stimmte, brachte aber keinen Ton hervor, weil das Verlangen, von ihr in den Mund genommen zu werden, ihn beinahe um den Verstand brachte. Er wollte sie jedoch nicht drängen; sie würde mit der Zeit ganz von allein darauf kommen, und außerdem waren auch ihre schüchternen Experimente so erregend, daß er laut gestöhnt hätte, wenn er nicht befürchtet hätte, sie dadurch zu erschrecken.

Als sie ihn dann endlich in den Mund nahm, spürte er, bald jede Kontrolle über sich zu verlieren; und das durfte nicht geschehen. Es wäre für sie bestimmt erschreckend und abstoßend, wenn er sich in sie ergösse, und deshalb zog er sie mit all seiner Willenskraft weg.

Sie sah ihn bestützt an. »Habe ich es nicht richtig gemacht?«

Sie schmiegte sich an ihn, die Hand auf seinem Herzen, und küßte seine Brust. »Ich werde versuchen, in Zukunft alles richtig zu machen, Colin. Dich mit Mund und Händen zu berühren macht wirklich Freude, weil du so schön bist. Aber diese andere Sache — du bist einfach viel zu groß, das mußt du doch einsehen. Es klappt einfach nicht, wie du ja selbst festgestellt hast. Tut mir leid, aber daran läßt sich nun mal nichts ändern.«

»Du bist ein kleines Dummchen, das keine Ahnung hat.« Er küßte sie auf die Nasenspitze und drückte sie noch fester an sich. »Es wäre mir lieber, wenn du dieses lächerliche Nachthemd ausziehen würdest.«

»Nein«, sagte sie nach kurzem Nachdenken. »Ich glaube, das wäre keine gute Idee.«

Er seufzte. »Du hast wahrscheinlich recht.«

»Colin?«

»Ja?«

»Wirst du in Edinburgh mit anderen Frauen ins Bett gehen?«

Er schwieg sehr lange, bevor er fragte: »Glaubst du, daß ich zu Lebzeiten meiner ersten Frau eine Geliebte hatte?«

»Natürlich nicht!«

»Wie kommst du dann auf den Gedanken, daß ich mit einer anderen Frau schlafen könnte, während ich mit dir verheiratet bin?«

»Männer tun so etwas, das weiß ich. Mit Ausnahme meiner Brüder, die ihren Frauen treu sind, weil sie sie sehr lieben. Aber du liebst mich ja nicht.«

»Wirst du denn in meiner Abwesenheit andere Männer verführen?«

Sie boxte ihn in den Magen, und dann streichelte sie diese Stelle, bevor ihre Finger tiefer glitten und seinen Penis berührten. »Nein«, stöhnte er. »Bitte nicht.«

Sie zog ihre Hand zurück, und er war erleichtert, aber auch frustriert.

»Warum hat Tante Arleth behauptet, du hättest eine Geliebte gehabt, als deine Frau noch am Leben war?«

Er beantwortete ihre Frage nur indirekt. »Sie mag mich nicht, wie du bald feststellen wirst, nachdem du ja jetzt hier lebst. Ich weiß auch nicht, warum.«

»Weißt du, vielleicht würde ich ihr glauben, wenn ich nicht wüßte, wie du gebaut bist, wie groß du bist. Bei diesem Anblick würde doch jede Frau die Flucht ergreifen. Das heißt — du bist schön, Colin, das habe ich dir ja schon oft gesagt, nur jener Teil von dir . . .«

»Das ist mein Geschlechtsorgan oder Glied, Joan.«

»Na gut, dein Glied. Welche Frau würde das freiwillig tun? Nur eine Ehefrau muß es gezwungenermaßen über sich ergehen lassen.«

Er mußte lachen. »Du wirst schon sehen.«

»Haben andere Männer noch ein größeres Glied?«

»Wie sollte ich diese Frage beantworten können? Wenn ich sage, nein, bestimmt nicht, so hört sich das sehr eingebildet an, und ja zu sagen würde gegen meinen männlichen Stolz verstoßen. Übrigens habe ich noch nicht sehr viele nackte Männer gesehen, jedenfalls nicht, wenn sie eine Erektion hatten. Du hast von der ganzen Angelegenheit nicht die geringste Ahnung, aber du wirst alles lernen. Und jetzt schlaf.«

Sie schlief lange vor ihm ein, denn er dachte über Robert MacPershon nach, der ihm nach dem Leben trachtete, und über seine so unschuldige Frau, die aber keine Hemmungen hatte, ihm alle möglichen indiskreten Fragen zu stellen.

Es war wirklich amüsant. Ein solches Mädchen war ihm noch nie im Leben begegnet. Ah, und als sie ihn in den Mund genommen hatte ...

Er hatte nicht die geringste Lust, sie zu verlassen, aber ihm blieb keine andere Wahl. Für ihn gab es in Edinburgh soviel zu tun, und er wollte seine Frau keinen Risiken aussetzen. Hier war sie in Sicherheit. MacDuff hatte ihm erzählt, daß MacPherson sich zur Zeit in Edinburgh aufhielt, fern von Vere Castle. Ja, hier war sie in Sicherheit, und er selbst würde Robbie aufspüren und entweder zur Vernunft bringen oder aber töten. Zumindest würde er nicht ständig befürchten müssen, daß seine Frau versuchen könnte, MacPherson anzugreifen, um ihn zu beschützen.

Als Sinjun am nächsten Morgen nach unten kam, war Colin nicht mehr da. Sie starrte Philpot, den Butler, ungläubig an. »Er ist schon aufgebrochen?«

»Ja, Mylady, schon bei Sonnenaufgang.«

»Potz Blitz!« murmelte Sinjun und begab sich ins Eßzimmer.

Sinjun betrachtete das Wappen der Kinrosses über dem riesigen Kamin im mittelalterlichen Hauptteil des Hauses. Drei silberne Löwen waren auf ein goldenes Schild gemalt. Zwei größere Löwen hielten das Schild hoch, und ein Greif schwebte darüber. Unter dem Schild stand der Wahlspruch: *Verwundet, aber unbesiegt.*

Sie lachte. Es war ein wunderbarer Wahlspruch, und im Augenblick paßte er sogar zu ihrer körperlichen Verfassung, denn sie hatte noch immer leichte Schmerzen zwischen den Beinen.

»Fiona gefiel dieses Wappen, aber soweit ich mich erinnern kann, hat sie nie darüber gelacht.«

Sinjun drehte sich um und lächelte Serena zu. »Der

Wahlspruch hat mich an etwas erinnert, deshalb habe ich gelacht. Nach dem Mittagessen wollte ich mich ein bißchen um Philip und Dahling kümmern. Kennst du ihren Stundenplan?«

»Tante Arleth hat Kopfweh. Wahrscheinlich schikanieren die Kinder Dulcie.«

»O Gott, wenn ich das gewußt hätte! Ich gehe jetzt zu ihnen. Entschuldige mich bitte, Serena.«

»Er wird dich nie lieben.«

Das waren zweifellos offene Worte. Sinjun starrte die junge Frau an. »Warum nicht? Ich bin nicht häßlich, auch wenn Dahling sich das einredet, und ich habe auch keinen so schlechten Charakter.«

»Er liebt eine ANDERE«, verkündete Serena so dramatisch, daß Sinjun fast gelacht hätte. Sie preßte eine Hand aufs Herz und flüsterte: »Eine andere?«

»Er liebt eine andere«, wiederholte Serena und entschwand leichtfüßig.

Sinjun blickte ihr kopfschüttelnd nach und machte sich auf den Weg zum Kinderzimmer, wurde aber von der Haushälterin, Mrs. Seton, aufgehalten, einer Frau mit sehr dunklen Augen und dichten dunklen Brauen, die über der Nase fast zusammenwuchsen. Ihr Mann spielte eine wichtige Rolle in der Kirche, hatte Colin erzählt, und war außerdem Verwalter der Familie Kinross. Sinjun schenkte ihr ein strahlendes Lächeln.

»Mylady, ich habe gehört ... alle haben es gehört ... daß wir jetzt nicht mehr so schrecklich in der Patsche sitzen.«

»Das stimmt. Seine Lordschaft ist zur Zeit in Edinburgh, um uns alle aus dem Styx zu retten.«

Mrs. Seton holte tief Luft. »Gut. Ich habe mein ganzes Leben hier im Schloß verbracht, und der Niedergang hat mich sehr bedrückt.«

Sinjun dachte an Philip und Dahling und beschloß, Dulcie noch eine Weile ihrem Schicksal zu überlassen. »Vielleicht könnten wir uns in Ihrer Wohnung zusammensetzen und bei einer Tasse Tee eine Liste erstellen, was alles benötigt wird.«

Eine Liste, die von Colin abgesegnet werden mußte. Das war einfach absurd. Was verstand denn Colin schon von Bettwäsche, Vorhängen, rissigen Stuhlbezügen, Geschirr und Pfannen?

»Und dann müssen Sie mir erzählen, wo wir alles, was wir brauchen, besorgen können.«

Mrs. Seton schien den Tränen nahe. Ihre Wangen überzogen sich mit freudiger Röte. »O ja, Mylady, o ja!«

»Mir ist auch aufgefallen, daß die Dienstboten nicht gut gekleidet sind. Gibt es in Kinross eine ordentliche Schneiderin? Die Kinder brauchen ebenfalls dringend neue Sachen.«

»O ja, Mylady, wir werden nach Kinross fahren — das ist ein kleiner Ort am anderen Ende des Loch Leven. Dort gibt es alles, was wir benötigen. Gute Ware, wie Sie sehen werden. Es ist gar nicht nötig, nach Edinburgh oder Dundee zu fahren.«

»Es wird Colin gar nicht gefallen, daß du dich hier einmischst, kaum bist du angekommen. Du gehörst nicht hierher, und trotzdem versuchst du sofort, alles an dich zu reißen. Das werde ich nicht dulden.«

Sinjun zwinkerte Mrs. Seton zu, bevor sie sich Tante Arleth zuwandte: »Ich dachte, Sie hätten starkes Kopfweh, Madam?«

Tante Arleth kniff die Lippen zusammen. »Ich bin aufgestanden, weil mich die Sorge quälte, was du alles anstellen könntest.«

»Fangen Sie bitte schon mit der Liste an, Mrs. Seton. Ich komme bald nach — in Ihr Wohnzimmer, ja? Später möchte ich auch alle Dienstbotenräume sehen.«

»Ja, Mylady.« Mrs. Seton entfernte sich sichtlich beschwingt und energiegeladen.

»Nun, Tante Arleth, was willst du jetzt tun?« Sinjun hatte soeben beschlossen, die Frau zu duzen.

»Tun? Was meinst du damit?«

»Hast du die Absicht, mich weiterhin aus dem Hinterhalt zu attackieren? Willst du durch dieses unfreundliche Benehmen uns allen das Leben schwermachen?«

»Du bist ein junges Mädchen! Wie kannst du es wagen, so mit mir zu sprechen?«

»Ich bin Colins Frau, die Gräfin von Ashburnham, und ich hätte sogar das Recht, dir zu sagen, daß du dich zum Teufel scheren sollst, Tante Arleth.«

Die Dame bekam einen hochroten Kopf, und Sinjun befürchtete einen Moment lang, ihre Offenheit etwas übertrieben zu haben. Was wäre, wenn Tante Arleth nun ohnmächtig zu Boden sinken würde? Aber gleich darauf stellte sie beruhigt fest, daß die ältere Dame hart im Nehmen war. »Du stammst aus einer privilegierten, reichen Familie, und du bist Engländerin«, wurde ihr vorgeworfen. »Du hast keine Ahnung, wie einem zumute ist, wenn alles ringsum verfällt! Wenn man mit ansehen muß, daß die Kinder der Pächter vor Hunger weinen! Du kommst einfach daher, prahlst mit deinem Geld und erwartest, daß wir alle dir zu Füßen fallen.«

»Das erwarte ich keineswegs«, sagte Sinjun langsam. »Ich erwarte nur, daß man mir eine faire Chance gibt. Du kennst mich doch überhaupt nicht, und Vorurteile sind selten hilfreich. Können wir nicht versuchen, in Frieden zusammenzuleben? Kannst du mir nicht wenigstens eine Chance geben?«

»Du bist sehr jung.«

»Ja, aber im Laufe der Jahre dürfte ich älter werden.«

»Außerdem bist du frech, junge Dame.«

»Das habe ich von meinen Brüdern gelernt.«

»Colin dürfte nicht Earl of Ashburnham sein. Er ist zweiter Sohn, und er hat sich seinem Vater widersetzt und sich geweigert, für den Kaiser zu kämpfen.«

»Ich bin sehr erleichtert, daß er nichts mit Napoleon zu tun hatte. Trotzdem hat Colin seinem Vater doch einen Gefallen getan — er hat die Fehde mit den MacPhersons beendet, indem er Fiona heiratete. So war es doch, oder?«

»Ja, aber was ist daraus geworden? Er hat das Luder umgebracht. Er hat Fiona in die Tiefe gestoßen und dann so getan, als wüßte er nicht, was passiert war, als könnte er sich an nichts erinnern. O ja, und jetzt ist er der Graf, und die MacPhersons befinden sich wieder auf dem Kriegspfad.«

»Du weißt genau, daß Colin seine Frau nicht umgebracht hat. Warum haßt du ihn so?«

»Doch, er hat sie ermordet. Wer denn sonst? Sie hat ihn mit seinem eigenen Bruder betrogen. Das schockiert dich, was, du ahnungslose Engländerin? Es stimmt aber. Colin hat das herausgefunden und sie umgebracht, und es würde mich gar nicht wundern, wenn er auch seinen Bruder umgebracht hätte, den schönen Jungen, *meinen* schönen, klugen Jungen! Aber diese verdammte Fiona hat sich ihm regelrecht an den Hals geworfen und ihn verführt, und er konnte sich ihrer nicht erwehren, und so kam es eben zur Katastrophe.«

»Tante Arleth, du redest sehr viel, aber lauter wirres Zeug.«

»Du törichtes Geschöpf! Colin hat dir wohl durch sein gutes Aussehen den Kopf verdreht, und du konntest es gar nicht erwarten, mit ihm ins Bett zu gehen und Gräfin zu werden. Alle Mädchen wollen ihn, weil sie keinen Verstand haben, und du bist genauso dumm wie alle anderen und . . .«

»Du hast doch gesagt, daß Fiona ihn nicht wollte, obwohl sie seine Frau war.«

»Er mochte sie nach einer Weile nicht mehr. Und ihr hat mißfallen, wie er sie behandelt hat. Sie war schwierig.«

»Ich weiß nur eines mit absoluter Sicherheit — daß Fiona keine gute Hausfrau war. Du brauchst dich nur einmal umzuschauen, Tante Arleth — alles ist verwahrlost, und nicht nur aus Geldmangel, sondern weil niemand ein Staubtuch oder einen Schrubber zur Hand genommen hat! Und jetzt würde ich vorschlagen, daß du dich beruhigst und eine Tasse Tee trinkst. Ich habe die Absicht, hier Ordnung zu schaffen, und du kannst mir entweder dabei helfen, oder ich werde dich einfach ignorieren.«

»Ich werde es nicht zulassen!«

»Es ist mein voller Ernst, Tante Arleth. Willst du mit mir zusammenarbeiten, oder soll ich einfach so tun, als wärest du nicht vorhanden?«

Sie hörte sich sehr energisch und selbstbewußt an, aber insgeheim war ihr vor Angst fast übel. Ihr erstes Ultimatum! Sie hatte sich beim Sprechen ihre Mutter vorgestellt, der nie jemand zu widersprechen wagte.

Tante Arleth schüttelte den Kopf und stolzierte davon. Sinjun war erleichtert, daß sie das Gesicht der Dame nicht sehen konnte. Sie hatte gewonnen, zumindest vorerst.

Während sie ein riesiges Spinnennetz am Kronleuchter betrachtete, fragte sie sich, warum Mrs. Seton eine solche Schlamperei geduldet hatte. Die Haushälterin machte doch einen sehr tüchtigen Eindruck. Ihre Frage wurde eine Stunde später beantwortet, als die große Liste fertig war und sie zusammen Tee tranken.

»Nun, Mylady, Miss MacGregor hat es einfach nicht erlaubt.«

»Wer ist Miss MacGregor? Oh, ich verstehe, Tante Arleth.«

»Ja. Sie sagte, wenn sie jemanden sehen würde, der auch nur einen Finger rührt, um den gröbsten Schmutz zu beseitigen, würde sie ihn persönlich auspeitschen.«

»Aber sie hat mir gerade erzählt, wie sehr sie darunter leidet, daß alles in einem so trostlosen Zustand ist, und daß die Kinder der Pächter vor Hunger weinen.«

»So eine Gemeinheit! Die Kinder unserer Pächter sind nie hungrig. Oh, wenn das Seine Lordschaft gehört hätte, wäre er in Rage geraten.«

»Wie seltsam! Sie versucht offenbar, Zwietracht zu säen. Aber warum nur?« Insgeheim fragte sich Sinjun, ob die Frau auch in allen anderen Dingen die Unwahrheit sagte. Höchstwahrscheinlich.

»Seit ihre Schwester, Lady Judith, vor etwa fünf Jahren gestorben ist — das war die Mutter Seiner Lordschaft —, hat Miss MacGregor geglaubt, daß der alte Graf sie heiraten würde, aber das hat er nicht getan. Ich glaube, daß er ein Verhältnis mit ihr hatte, aber an eine kirchliche Trauung hat er bestimmt nie gedacht. Männer, oje! Sie sind doch alle gleich, bis auf Mr. Seton, der gegen alle fleischlichen Gelüste gefeit zu sein scheint.«

»Das tut mir sehr leid, Mrs. Seton.«

»Ja, Mylady, mir auch. Jedenfalls war Miss MacGregor sehr wütend, und im Laufe der Zeit wurde sie immer verbitterter und immer unfreundlicher zu uns allen. Der einzige, den sie liebte und verhätschelte, war Malcolm, der ältere Bruder Seiner Lordschaft. Sie hat ihn von jeher wie einen kleinen Prinzen behandelt, und Malcolm hat sie sogar seiner eigenen Mutter vorgezogen, weil sie ihn maßlos verwöhnte, während seine Mutter ihm ordentlich auf die Finger klopfte, wenn er ungezogen war. Dann rannte er immer zu Miss MacGregor und heulte ihr etwas vor. Überflüssig zu sagen, daß das schlecht für seinen Charakter war. Er entwickelte sich zu einem richtigen Taugenichts. Entschuldigen Sie bitte, Mylady, aber es gibt dafür keinen milderen Ausdruck. Er war ein Taugenichts, genau wie sein Vater. Dann ist er ganz unerwartet gestorben, und Master Colin wurde Graf und Familienoberhaupt. Wir müssen noch abwarten, ob er sich bewähren wird. Jedenfalls ist er kein Taugenichts, und er ist ein gerechter Mann. Was nun aber den Zustand des Hauses betrifft, so bemerken Herren Schmutz meistens erst, wenn ihnen die Spinnweben in die Suppe fallen. Und Fiona hat sich überhaupt nicht um den Haushalt gekümmert. Als ich den neuen Grafen schließlich doch einmal darauf angesprochen habe, hat er gesagt, wir hätten kein Geld.«

»Nun, jetzt haben wir Geld, und wir haben den festen Willen, etwas zu tun, und gemeinsam werden Sie und ich es schon schaffen. Bis Seine Lordschaft zurückkommt, wird Vere Castle wieder so aussehen wie zu Lebzeiten seiner Mutter.«

Sinjun verließ die Wohnung der Haushälterin fröhlich pfeifend, sehr zufrieden mit sich, weil sie in weiser Voraussicht ihre immer noch fast zweihundert Pfund Colins Geldbörse wieder entnommen hatte. Was er wohl denken würde, wenn er das Geld vermißte?

Sinjun lag in dem riesigen Bett, das trotz sauberer Bettwäsche und gut gelüfteter Decken noch immer etwas muffig roch, weil das Zimmer zu lange nicht benutzt worden war.

Ihre ersten drei Tage in Vere Castle waren schnell vergangen, weil es unendlich viel zu tun gab. Mrs. Seton hatte schon ein gutes Dutzend Frauen und sechs Männer zum Putzen angeheuert, und Sinjun hatte die Absicht, das Schlafzimmer höchstpersönlich einer gründlichen Reinigung zu unterziehen. Wenn sie einfach untätig bliebe, würde die von Colin gewünschte Liste bei seiner Rückkehr bis zur Nordsee reichen. Freilich hatte sie nie die Absicht gehabt, die Hände in den Schoß zu legen, bis ihr Herr Gemahl die Güte hatte, nach Hause zu kommen. Mrs. Seton, eine Lokalpatriotin, wie sie im Buche stand, lieferte ihr alle nötigen Informationen, und heute vormittag waren sie zusammen in Kinross gewesen, einem Fischerort, in dem es außer Läden aller Art auch eine Schneiderin und einen guten Schreiner gab. Sinjun hatte Colins Zimmer im Nordturm besichtigt und war begeistert, gleichzeitig aber auch entsetzt gewesen. Die Holztreppe war so morsch, daß es gefährlich war, sie zu betreten, und der Raum war schimmelig. Wenn hier nicht schnell etwas geschah, würden alle Bücher Stockflecken bekommen. Sie nahm sich vor, alles instand setzen zu lassen, bevor ihr Mann je wieder einen Fuß in sein Turmzimmer setzte.

Mrs. Seton, Murdock der Bucklige — der Sinjun nur bis zur Achsel reichte und zu Colins treuesten Dienern gehörte — und Mr. Seton, der Verwalter, der fleischlichen Genüssen abhold war, hatten sie nach Kinross begleitet, aber die Männer hatten sehr schnell eingesehen, daß sie keineswegs die Absicht hatte, ihnen die Verhandlungen mit dem Schreiner zu überlassen.

Der hübsche kleine Ort lag am Loch Leven. Eine schmale Straße führte von Vere Castle an der Nordseite des Sees entlang, und die Pferde kannten den Weg genau. Das Wasser war verblüffend blau, und die Hügel waren teils grün, teils kahl. Jeder Fußbreit Ackerboden war bestellt, und jetzt im Frühsommer standen Weizen, Roggen, Gerste und Mais schon ziemlich hoch.

Als sie in Konross einritten, hatte Mr. Seton Sinjun sofort auf die Kirche aufmerksam gemacht und sich lang und breit über die Tugenden des Ortspfarrers und über lasterhafte Menschen ausgelassen, denen die Hölle sicher war. Er hatte ihr auch das alte Kreuz gezeigt, das einst als Pranger gedient hatte, und Sinjun war aufgefallen, daß der Bucklige am liebsten einen Bogen um die Kirche und um jenes Kreuz mit den daran befestigten Eisenfesseln gemacht hätte.

Sie mochte die Gräfin von Ashburnham sein, aber die Geschäftsleute schienen zunächst sehr zu bezweifeln, daß sie die Rechnungen auch bezahlen konnte. Ein zahnloser Greis hatte geschimpft, der alte Graf habe ja sogar das Kinross Mills House verkauft, wo sich jetzt ein Eisenwarenhändler breitmache und als großer Herr aufspiele. Mrs. Seton hatte eine deutliche Sprache führen müssen — aber ja doch, Mylady ist eine reiche Erbin mit viel Geld, und sie hat den Grafen geheiratet, wirklich und wahrhaftig! — bevor der zahnlose Greis und all die anderen ihre Skepsis überwanden und die Dame höchst zuvorkommend und liebenswürdig behandelten. Sie hatten für die Kinder, für die Dienstboten und für Sinjun selbst Kleiderstoffe gekauft, ferner neues Geschirr für den Dienstbotentrakt, neues Bettzeug und viele andere Dinge noch. Auf der Liste, die Colin nie zu Gesicht bekommen würde, waren nun schon viele Posten abgehakt. Es war ein ereignisreicher und sehr befriedigender Tag gewesen.

Sinjun drehte sich auf die Seite, fand aber trotz ihrer Müdigkeit keinen Schlaf, weil sie an das Kinross Mill House denken mußte, das Murdock der Bucklige ihr auf ihre Bitte hin gezeigt hatte. Es war ein sehr schönes Haus mit Parkanlagen aus dem siebzehnten Jahrhundert und einer alten Mühle, deren Mühlrad über dem rauschenden Bach freilich schon lange stillstand. Sie hatte die Fischteiche, die anmutigen Statuen, die kunstvoll beschnittenen Bäume und herrlichen Rosengärten bewundert und sich geschworen, daß Colin und sie das Haus irgendwie wiederbekommen würden. Das waren sie ihren Kindern und Enkeln schuldig.

Sie vermißte Colin sehr, aber er schien es keineswegs eilig zu haben, zu ihr zurückzukehren. Mittlerweile hatte sie begriffen, daß Männer Frauen brauchten, und daß nur Küsse ihnen nicht genügten. Sie mußten in eine Frau eindringen und ihren Samen in sie ergießen, und sie würde das erdulden müssen, wenn sie ihn nicht verärgern wollte. Wenn sie ihn davon überzeugen konnte, daß dreimaliges Eindringen wirklich stark übertrieben war, daß seine Bedürfnisse auch bei nur einem Mal bestimmt nicht zu kurz kamen, würde sie die Prozedur leichter ertragen können. Einmal pro Nacht? Einmal pro Woche? Sie fragte sich, wie oft wohl Douglas und Ryder mit ihren Frauen schliefen. Warum nur hatte sie Alex keine gezielten Fragen gestellt? Aber sie war so sicher gewesen, alles zu wissen, weil sie Douglas große Sammlung griechischer Theaterstücke verschlungen hatte, in denen es alles andere als puritanisch zuging.

Sie dachte an Douglas und Alex, die sich leidenschaftlich küßten, sobald sie glaubten, daß niemand in der Nähe war. Und bei Ryder und Sophie war es genauso. Ryder neckte sie sogar lachend, während er an ihrem Ohrläppchen knabberte, sie streichelte oder küßte. Sinjun dachte, daß es ihr sehr gefallen würde, wenn Colin so etwas mit ihr machen würde. Nur jene andere Sache war so unangenehm. Warum nur hatte sie Alex nicht gefragt? Dabei war Alex viel kleiner und zierlicher als sie selbst, und Douglas war genauso groß wie Colin. Verdammt, wie konnte Alex das nur aushalten?

Seufzend rollte sie sich wieder auf den Rücken. Und dann hörte sie plötzlich ein Geräusch. Sie öffnete die Augen und starrte im Dunkeln in die Richtung, aus der es gekommen war. Ein leises schabendes Geräusch. Aber wahrscheinlich hatte sie es sich nur eingebildet. Schließlich war dies ein sehr altes Haus, und in solchen alten Gemäuern knarrte und knackte es oft aus unerfindlichen Gründen. Sie schloß die Augen.

Da war das Geräusch wieder, diesmal etwas lauter. Ein Kratzen, so als wäre jemand in der Wandtäfelung gefangen. Eine Ratte? Eine scheußliche Vorstellung.

Vorübergehend trat Stille ein, doch dann begann das Kratzen erneut, diesmal begleitet von einem anderen Geräusch, das sich so anhörte, als würde irgendwo eine Eisenkette langsam über den Holzboden gezogen.

Sinjun setzte sich im Bett auf. Das war doch absurd!

Dann stöhnte jemand, und sie bekam eine Gänsehaut und rasendes Herzklopfen. Sie wollte die Kerze anzünden und tastete auf dem Nachttisch nach den Streichhölzern, warf die Schachtel aber versehentlich hinunter. Das Stöhnen und Kratzen endete abrupt, aber dafür wurden die von der Kette verursachten Geräusche lauter und schienen jetzt direkt aus dem Schlafzimmer zu kommen.

Sinjuns Schreckensschrei blieb ihr in der Kehle stecken, als in der hintersten Ecke nun auch noch ein Licht aufglomm, ein grellweißes dünnes Licht. Vor Angst hätte sie fast ihre eigene Zunge verschluckt.

Das Stöhnen setzte wieder ein, und dann schlug die Kette hart gegen etwas oder jemanden, und ein Schrei ertönte, so als hätte die Kette wirklich einen Menschen getroffen.

O Gott, dachte Sinjun, ich kann nicht einfach dasitzen

und wie Espenlaub zittern. Sie zwang sich, aus dem Bett zu steigen, und begann auf dem Boden nach den Streichhölzern zu suchen, konnte sie aber nicht finden. Als ein neuerliches lautes und schmerzerfülltes Stöhnen ertönte, erstarrte sie vorübergehend auf allen vieren, kroch dann aber doch zum Ende des Podests und spähte vorsichtig um die Ecke. Das Licht war jetzt stärker, aber immer noch seltsam vage.

Ein gräßlicher Schrei ließ ihr die Haare zu Berge stehen, und sie war nahe daran, aus dem Schlafzimmer zu rennen.

Plötzlich verschwand das Licht. Die Ecke war wieder völlig dunkel, und es war auch kein Stöhnen mehr zu hören.

Sie wartete nervös ab, obwohl sie inzwischen nicht nur vor Angst, sondern auch vor Kälte zitterte.

Nichts. Kein Kratzen mehr, kein Schaben.

Langsam zog Sinjun die Decken auf den Boden herunter, wickelte sich hinein und schlief vollkommen erschöpft ein.

Mrs. Seton fand sie am nächsten Morgen. Als Sinjun die Augen aufschlug, stand die Haushälterin händeringend da und rief immer wieder: »Oje! Oje! Sind Sie krank, Mylady? Ojemine!«

Sinjun war steif vom stundenlangen Liegen auf dem harten Boden, aber sonst fehlte ihr nichts. »Wenn Sie mir bitte aufhelfen würden, Mrs. Seton. Wissen Sie, ich hatte einen gräßlichen Alptraum, und vor Angst habe ich mich hier unten verkrochen.«

Mrs. Seton hob skeptisch eine schwarze buschige Braue und half Sinjun beim Aufstehen.

»Mir fehlt wirklich nichts, und wenn Emma mir heißes Wasser für ein Bad bringen könnte, wird es mir bald wieder gut gehen.«

Mrs. Seton nickte und ging auf die Tür zu, blieb aber plötzlich stehen und starrte in die Zimmerecke. »Himmel, was ist denn das?«

»Was?« fragte Sinjun heiser.

»Das da.« Mrs. Seton deutete auf den Boden. »Sieht fast wie Schlamm aus dem Cowal Swamp aus, ganz dick und schwarz und stinkt bestialisch . . .« Sie trat einen Schritt zurück und verfiel vor Aufregung in breiten schottischen Dialekt, obwohl sie normalerweise ein korrektes Englisch sprach. »Wie ist dieses Teufelszeug nur hierhergekommen? Das Moor ist doch ein ganzes Stück entfernt.« Sie warf Sinjun einen seltsamen Blick zu, faßte sich dann aber und sagte achselzuckend: »Na, egal. Ich schicke gleich jemanden rauf, der diesen Dreck beseitigt.«

Sinjun sah sich die Bescherung aus nächster Nähe an. Das Zeug war wirklich ekelerregend. Jemand mußte es auf den Boden geschüttet oder aber . . . mit einer Kette hereingezogen haben.

Das haben sie wirklich gut gemacht, dachte sie schmunzelnd, während sie in die Wanne stieg. Wirklich ganz ausgezeichnet.

KAPITEL 11

Sinjun blieb lächelnd bei vier Männern stehen, die sich laut in einer Sprache unterhielten, die mit Englisch nicht viel Ähnlichkeit hatte. Sie hatten den riesigen Kronleuchter heruntergeholt, die gefährlich verrostete Kette ersetzt und waren jetzt damit beschäftigt, den Schmutz von Jahren zu entfernen, bevor die Frauen das ganze Kristall putzen würden.

Sie wechselte noch einige freundliche Worte mit ihnen und setzte ihren Weg zum Frühstückszimmer fort, hörte aber plötzlich Tante Arleths keifende Stimme und stellte fest, daß ihr Zorn einer Dienstmagd galt, die in der Eingangshalle auf allen vieren den Marmorboden schrubbte.

»Ich will das nicht, Annie! Steh auf und verschwinde, aber schnell!«

»Was ist denn hier los?« fragte Sinjun ruhig.

Tante Arleth fuhr auf dem Absatz herum. »Ich mißbillige das alles aufs schärfste, Mädchen! Schau nur, was sie macht! Seit Jahren hat niemand es gewagt, diese Marmorquadrate anzurühren.«

»Das glaube ich gern. Deshalb sind sie auch so schmutzig, daß die arme Annie vom vielen Schrubben bestimmt schon Schwielen an den Knien hat.«

»Ich habe dir doch gesagt, junge Dame, daß du nicht hierher gehörst, und das war mein voller Ernst. Und jetzt besitzt du auch noch die Unverschämtheit, das Geld des Grafen für solchen Unsinn zu verschwenden!«

»O nein«, sagte Sinjun lächelnd. »Es ist mein eigenes Geld, das versichere ich dir.«

»Ich finde, daß es sehr hübsch aussieht, Tante.«

Serena schwebte in einem hellblauen Seidenkleid die

breite Treppe herab und glich mehr denn je einer Prinzessin, die sich verirrt hatte.

»Was weißt denn du schon? Du nimmst und nimmst immer nur. Schau dich doch nur an. Du bist völlig verrückt!«

»Ich weiß nur, daß ich schön bin. Spiegel lügen nicht. Du bist alt, Tante, und deshalb eifersüchtig auf mich. Liebe Joan, womit kann ich mich nützlich machen?«

»Das ist wirklich nett von dir, Serena. Wollen wir nicht zusammen frühstücken und uns dabei überlegen, was du tun könntest?«

»Oh, ich möchte jetzt nicht frühstücken. Ich glaube, ich werde ein paar rote Disteln pflücken. Sie sind das Emblem von Schottland, weißt du das?«

»Nein, das habe ich nicht gewußt.«

»Der Überlieferung zufolge sind Wikinger hier an Land gegangen, um zu plündern, zu vergewaltigen und zu morden, aber einer von ihnen hat auf Disteln getreten und vor Schmerz aufgeschrien. Das hat die einheimischen Gälen alarmiert, und dadurch konnten sie dem Feind entkommen.«

»Blödsinn!« knurrte Tante Arleth und fügte leise hinzu: »Warum setzt du dich nicht lieber unter einen Vogelbeerbaum?«

»Das ist wirklich unfreundlich, Tante. Aber selbst dann, wenn ich es täte, würde nichts passieren. Ich werde von Tag zu Tag mächtiger. Weißt du, Joan, ich bin eine Hexe, aber eine gute Hexe. Wir werden uns später weiter unterhalten.«

»Was hat es mit dem Vogelbeerbaum auf sich?« wollte Sinjun wissen.

Sie hörte, daß Annie scharf die Luft einzog.

»Das geht dich nichts an.«

»Wie du meinst, Tante Arleth. Du wirst Annie jetzt in Ruhe arbeiten lassen. Möchtest du vielleicht mit mir frühstücken?«

»Ich werde diesen Ort von dir befreien«, zischte Tante

Arleth mit der bösartigsten Stimme, die Sinjun je gehört hatte. Dann drehte sie sich auf dem Absatz um und eilte die Treppe hinauf. Konnte sie in den oberen Stockwerken etwas ruinieren? Nein, entschied Sinjun erleichtert.

»Wenn du müde bist, Annie, kannst du in die Küche gehen und dich ausruhen. Die Köchin hat große Kannen Kaffee und Tee für alle gekocht, und ich glaube, es ist auch eine Riesenplatte mit *Broonies* da.« Sinjun rollte genießerisch das R im Namen der köstlichen kleinen Ingwerkuchen.

»Danke, Mylady.«

Sinjun lächelte, als sie die Zimmerleute fleißig arbeiten hörte. Sobald alle Treppen und Geländer in diesem Teil des Hauses repariert waren, würden sie sich die Treppe im Nordturm vornehmen. Alles ging gut vonstatten, und Sinjun war mit sich selbst sehr zufrieden.

Zu ihrer Freude fand sie im Frühstückszimmer Dulcie mit Philip und Dahling vor.

»Guten Morgen allerseits!« rief sie fröhlich.

»Guten Morgen, Mylady«, sagte Dulcie. »Philip, runzle nicht so die Stirn, sonst hast du später Falten! Dahling, hör auf, das Tischtuch mit deinen Eiern zu bekleckern!«

Ein ganz normales Frühstück, dachte Sinjun, die sich an die turbulenten Frühstücke mit Ryders Kinderschar erinnert fühlte. Sie bediente sich an der Anrichte und setzte sich in Colins Stuhl.

»Das ist Papas Stuhl«, protestierte Philip prompt.

»Ja, und er ist sehr schön geschnitzt und sogar groß genug für euren Vater.«

»Das ist nicht dein Platz.«

»Hier ist überhaupt kein Platz für dich«, verallgemeinerte Dahling.

»Aber ich bin die Frau deines Vateres. Wo sollte denn mein Platz sein, wenn nicht hier in Vere Caste?«

Dahling war etwas verwirrt, nicht aber Philip.

»Nachdem Papa jetzt dein Geld hat, könntest du in ein Kloster gehen.«

»Master Philip!« rief Dulcie entsetzt.

»Aber ich bin nicht katholisch, Philip. Was soll ich denn im Kloster? Ich habe keine Ahnung von Kruzifixen, Beichten und Morgenämtern.«

»Was sind Morgenämter?«

»Gottesdienste um Mitternacht oder im Morgengrauen, Dahling.«

»Oh ... Dann geh eben nach Frankreich und werd dort Königin.«

»Das wäre nicht schlecht, Dahling, aber leider gibt es in Frankreich zur Zeit keine Königin, nur Kaiserin Josephine, Napoleons Frau.«

Nun wußten beide Kinder nicht weiter, und Sinjun wechselte rasch das Thema. »Dieses Porridge ist wirklich köstlich. Ich esse es am liebsten mit braunem Zucker.«

»Mit etwas Butter schmeckt es noch besser«, meinte Philip.

»Wirklich? Das werde ich morgen ausprobieren.« Sie aß den letzten Löffel, seufzte zufrieden, trank einen Schluck Kaffee und sagte: »Ich habe in den letzten drei Tagen sehr hart gearbeitet. Heute morgen habe ich beschlossen, mir eine Belohnung zu gönnen, und diese Belohnung seid ihr. Wir reiten zusammen aus, und ihr zeigt mir die Gegend.«

»Ich habe Bauchweh!« rief Dahling stöhnend.

»Dann brauchst du einen Kamillentee, Dahling«, sagte Dulcie.

»Ich begleite dich«, erklärte Philip großmütig, aber es entging Sinjun nicht, daß er seiner Schwester dabei zuzwinkerte.

Philip brauchte weniger als zwei Stunden, um Sinjun in den Lomond Hills in die Irre zu führen und hinter sich zu lassen, und sie benötigte drei Stunden, um zum Schloß zurückzufinden. Trotzdem hatte sie das Gefühl, die Zeit durchaus sinnvoll verbracht zu haben. Sie hatte fünf Pächterfamilien kennengelernt und fünf verschiedene Sorten Apfelwein getrunken. Ein Mann namens Freskin konnte schreiben und besaß deshalb eine Feder und Papier, so daß sie sich alle Namen und die notwendigsten Anschaffungen und Reparaturen notieren konnte. Sie hatten zu wenig Korn, berichtete Freskin, und Sinjun sah seiner Frau die Angst vor Hunger an. Sie brauchten auch eine Kuh und einige Schafe, aber das Korn war am wichtigsten.

Falls jemand — ob Mann, Frau oder Kind — sie bedauerte, weil sie nur wegen ihres vielen Geldes geheiratet worden war, so waren sie höflich genug, es nicht zu äußern. Sinjun verstand den hiesigen Dialekt immer besser, und sie lernte auch neue Wörter, beispielsweise *Sweetie*, was soviel wie Klatschbase bedeutete und auf Freskins Frau durchaus zutraf.

Da es ein wunderschöner Tag war, ließ sie die Stute über die sanften Hügel und durch die Nadelwälder traben, schöpfte mit den Händen Wasser aus dem Loch Leven und wunderte sich, wie eiskalt es war, geriet um ein Haar in ein Torfmoor und wanderte ein Stück über ödes Heideland, das Pferd am Zügel. Alles in allem war sie beim Nachhausekommen müde und zufrieden.

Vere Castle kam ihr auch jetzt wieder wie ein Märchenschloß vor, und sie notierte sich im Geist, unbedingt Stoff für Fahnen zu kaufen, die auf den vier Türmen wehen sollten. Vielleicht könnte sie sogar irgendein schönes junges Mädchen mit langen goldenen Haaren finden, das bereit war, Rapunzel zu spielen.

Singend näherte sie sich dem Haus und entdeckte Philip in der Nähe der schweren Eichentür; vermutlich hatte er schon lange nach ihr Ausschau gehalten.

»Na, Master Philip, du hast mich ja ganz schön hereingelegt! Warte nur, bis ich dich zu einem Besuch nach Südengland mitnehme, in meine Heimat. Dann setze ich mich mitten in den Ahornwäldern ab und lasse dich allein. Aber ich werde immer Brotkrumen ausstreuen, damit du nach Hause findest.«

»Ich wußte, daß du zurückkommst.«

»Natürlich. Schließlich lebe ich hier.«

Philip trat mit seinem abgetragenen Schuh nach einem Stein. »Nächstes Mal werde ich es besser machen.«

Sie zauste ihm lächelnd die dichten schwarzen Haare, die er von seinem Vater geerbt hatte. »Ich zweifle nicht daran, daß du dein Bestes versuchen wirst, aber meinst du nicht, daß du dich lieber mit mir abfinden solltest? Ich bleibe nämlich hier.«

»Dahling hat recht. Du bist häßlich.«

Sinjun lag im Bett und starrte im Dunkeln zur Decke hinauf. Colin war nun schon seit über einer Woche fort und hatte nichts von sich hören lassen. Sie machte sich Sorgen, war aber zugleich wütend auf ihn. Die Tudorräume waren tadellos instandgesetzt, und von ihren knapp zweihundert Pfund war fast nichts mehr übrig. Sie fühlte sich versucht, nach Edinburgh zu reiten, einerseits, um ihren Mann aufzuspüren, andererseits, um weiteres Geld zu besorgen. Die Leute, die so fleißig für sie arbeiteten, sollten sich nicht mit bloßen Versprechungen zufriedengeben müssen.

Die Zimmerleute waren jetzt so weit, Colins Nordturm in Angriff zu nehmen. Vielleicht sollte sie damit doch lieber warten und ihrem Mann gestatten, die Reparaturen selbst zu überwachen? Nein, er hatte dieses Vergnügen nicht verdient! Sie drehte sich auf die Seite, wälzte sich aber gleich darauf wieder auf den Rücken und seufzte tief.

Sie hatte heute die ersten Besucher empfangen, einen Viscount und dessen Frau, die sich die neue Gräfin ansehen wollten.

Zufällig hatte sie gehört, wie Tante Arleth den Gästen ihr Leid klagte. »Es ist eine schwere Bürde für uns alle, Louisa. Sie mag eine reiche Erbin sein, aber sie ist sehr schlecht erzogen und hat überhaupt keinen Respekt vor Höhergestellten. Sie hört nicht auf mich und kommandiert nur alle herum.«

Sir Hector MacBean hatte sich währenddessen erstaunt und sehr wohlwollend umgesehen. »Sie bewirkt damit aber offenbar eine ganze Menge, Arleth. Alles ist blitzblank, und schau dir nur den Kandelaber an, Louisa! Ich hatte immer Angst, daß dieses Ungetüm mich unter sich begraben könnte. Jetzt scheint er an einer neuen Kette zu hängen und funkelt prächtig.«

Das war für Sinjun das Stichwort gewesen, die Röcke ihres einzigen Kleides zurechtzuzupfen und die Gäste mit einem strahlenden Lächeln zu begrüßen.

Später hatte Philpot in seiner neuen schwarz-weißen Livree köstliche Äpfel im Schlafrock serviert, untadelig höflich und in geradezu fürstlicher Haltung.

Tante Arleth saß mit verkniffener Miene da und konnte nur stumm nicken, als Sinjun sagte: »Diese Eiercreme der Köchin ist wirklich ein Gedicht. Findest du sie nicht auch köstlich, Tante?«

Die MacBeans waren sehr sympathisch, und sie schienen Colin wirklich gern zu mögen. Als sie sich verabschiedeten, lächelte Lady Louisa Sinjun zu, tätschelte ihr den Arm und sagte leise: »Sie sind offenbar ein tüchtiges Mädchen. Hier in Vere Castle ist vieles sehr seltsam, und natürlich kursieren alle möglichen Gerüchte, aber ich kann mir gut vorstellen, daß Sie Ordnung schaffen und das Gerede einfach überhören, was ja auch am vernünftigsten ist, da es sich nur um lächerlichen Unsinn handelt.«

Sinjun dankte Lady Louisa, obwohl sie nicht so recht wußte, welche Gerüchte gemeint waren.

Während sie dem Ehepaar von der Freitreppe zuwinkte, zischte Tante Arleth: »Du glaubst, du seist etwas Besseres als wir alle, aber Louisa hat dich bestimmt durchschaut und wird allen erzählen, daß du ein Emporkömmling bist, eine unkultivierte Neureiche, die . . .«

»Tante Arleth, ich bin die Tochter eines Grafen, und ich habe nicht die geringste Lust, mir deine Kränkungen weiter anzuhören. Ich habe nämlich viel zu tun.« Sie entfernte sich, bevor Arleth etwas entgegnen konnte. »Dahling, komm her! Wir müssen dir ein Kleid anprobieren, Liebling.«

Letzte Nacht hatte Sinjun in ihrem Bett eine lange schwarze Schlange gefunden, die verzweifelt nach einem Versteck suchte. Grinsend hatte sie das arme Tier um den Arm geschlungen, es nach unten getragen und im Garten ausgesetzt.

Sie fragte sich, was die Kinder wohl für diese Nacht ausgeheckt hatten, und sie brauchte nicht lange zu warten. Ihr wurde eine Wiederholung der Gespenst-Vorführung geboten. Philip und Dahling waren wirklich schauspielerisch begabt, und Sinjun rief mit zittriger Stimme in die Dunkelheit hinein: »Oh, du schon wieder! Verlaß mich, o Geist, bitte verlaß mich!«

Kurz danach verschwand das Gespenst, und Sinjun hätte schwören können, daß sie ein leises Kichern hörte.

Colin rief schon auf der Freitreppe nach ihr. »Joan!«

Statt dessen wurde er von Philip und Dahling begrüßt. Das Mädchen umklammerte sein Bein und schrie, Sinjun sei gemein, häßlich und grausam.

Philip schwieg zunächst. Colin umarmte beide Kinder und fragte, wo Joan sei.

»Joan?« wiederholte Philip mit krausgezogener Stirn. »Die ist überall zur gleichen Zeit. Sie macht alles mögliche und gönnt niemandem eine Ruhepause. Es ist unerträglich, Papa.«

Dann tauchte Tante Arleth auf und zischte ihm ins Ohr, das *Mädchen,* das er gezwungenermaßen geheiratet habe, kommandiere *alle* herum und ruiniere *alles,* und was er zu tun gedenke. Nun fehlte nur noch Serena, und die setzte sich im nächsten Moment ebenfalls groß in Szene, indem sie ihm betörend zulächelte, sich auf die Zehenspitzen stellte und ihn auf den Mund küßte. Bestürzt trat er einen Schritt zurück.

»Ich bin so froh, daß du wieder zurück bist«, sagte

sie mit ihrer sanften Stimme, und Colins Brauen hoben sich.

»Dahling, laß mein Bein los! Philip, bring deine Schwester weg, irgendwohin! Arleth, einen Augenblick bitte. Wo ist Joan?«

»Hier bin ich, Colin.«

Sie lief die breite Treppe hinab, und er bemerkte, daß sie ein neues Kleid trug, ein schlichtes hellgelbes Kleid, das auch einem Dorfmädchen hätte gehören können, aber an Joan sah es sehr elegant aus. Er hatte sie vermißt und mehr an sie gedacht, als ihm lieb war. Um sie wiederzusehen, war er nach Hause gekommen, obwohl es für ihn noch einiges zu erledigen gegeben hätte. Ja, dachte er, sie sieht wirklich reizend aus. Er konnte es kaum erwarten, ihr dieses Kleid auszuziehen, sie zu küssen und ihren Körper in Besitz zu nehmen. Dann stiegen ihm fast vergessene Gerüche in die Nase, und er vergaß schlagartig seine schönen Phantasien. Bienenwachs und Zitronen. Obwohl er wußte, daß es unmöglich war, glaubte er plötzlich, seine Mutter vor sich zu sehen.

Er blickte sich erstaunt um und traute seinen Augen kaum. Alles strahlte vor Sauberkeit, und er wunderte sich, daß er den Schmutz in den letzten Jahren gar nicht bemerkt hatte.

Der Kandelaber sah aus wie neu, und im Marmorboden konnte man sich spiegeln. Leicht benommen betrat er den Salon und das angrenzende Eßzimmer. Neue Vorhänge, die den alten fast aufs Haar glichen, und die Teppiche konnten zwar unmöglich neu sein, hatten aber in der Nachmittagssonne so leuchtende Farben, daß er sie kaum wiedererkannte.

»Es ist schön, dich wiederzusehen, Colin.«

Er betrachtete seine Frau, die erwartungsvoll die Lippen schürzte, und sagte leise: »Wie ich sehe, warst du fleißig, Joan.«

»O ja, das waren wir alle. Du wirst die Vorhänge bestimmt schon bemerkt haben, Colin. Sie sind neu, aber aus dem gleichen Material wie die alten. Stell dir nur mal vor — das Geschäft in Dundee führt diese alten Stoffe noch, obwohl das Muster fast fünfzig Jahre alt ist. Ist das nicht wunderbar?«

»Mir gefielen die Vorhänge, wie sie waren.«

»Oh, du meinst, dir gefielen der Staub und Schmutz von Jahren?«

»Die Teppiche sehen merkwürdig aus.«

»Da hast du völlig recht. Sie sind sauber, und es steigen auch keine Staubwolken mehr auf, wenn man sie betritt.«

Er öffnete den Mund, aber sie gebot ihm mit einer Geste Einhalt.

»Laß mich raten — dir haben sie so, wie sie waren, besser gefallen.«

»So ist es. Wie gesagt, du bist sehr fleißig gewesen und hast ohne meine Erlaubnis gehandelt.«

»Hätte ich statt dessen auf einem Sofa faulenzen, *Broonies* essen und Romane lesen sollen, die es in der mottenzerfressenen sogenannten Bibliothek im übrigen nicht einmal gibt?«

Er bemerkte, daß sie gut einen Meter voneinander entfernt standen, versuchte aber nicht, diesen Abstand zu verkleinern. Er war im Recht, das mußte er ihr klarmachen, und er erwartete von ihr eine Entschuldigung. »Du hättest auf mich warten sollen. Ich hatte dich doch eigens gebeten, Listen aufzustellen und mir vorzulegen, und dann hätten wir . . .«

»Papa, sie ist so gemein zu Philip und mir! Ich mußte sogar einen ganzen Vormittag in meinem Zimmer bleiben, und es war ein wunderschöner Tag.«

»Sogar meine Kinder, Joan?« Colin blickte auf seine Tochter hinab. »Geh zu Dulcie. Ich möchte mit deiner Stiefmutter sprechen.«

»Wir wollen sie nicht hier im Schloß haben! Sagst du ihr, daß sie uns nicht mehr schlagen soll?«

Sinjun starrte das kleine Mädchen an und lachte dann

los. »Das ist wirklich nicht schlecht, Dahling. Ein Schuß ins Schwarze. Ganz gut gemacht.«

»Geh jetzt, Dahling. Ich kümmere mich um Joan. Ah, Tante Arleth, du bist auch hier? Bitte, laß uns allein und schließ die Tür. Ich möchte mit meiner Frau unter vier Augen sprechen.«

»Du wirst ihr doch sagen, daß sie aufhören soll, alles zu ruinieren, Colin? Schließlich bist du der Herr im Haus und nicht dieses Mädchen. Nicht sie hat in Vere Castle das Sagen, sondern du. Du wirst doch dafür sorgen, daß . . .«

»Schick sie in ein Kloster!« kreischte Dahling, bevor sie sich aus dem Staub machte.

Arleth nickte zustimmend, verließ den Raum und schloß sehr leise die Tür. Colin und Sinjun standen allein im herrlich sauberen und gepflegten Salon. Sogar die alten Möbel hatten einen schönen Glanz, aber im Augenblick war Sinjun nicht danach zumute, ihre eigenen Leistungen zu bewundern. Ihre ganze Aufmerksamkeit galt Colin. Er würde Dahlings dramatischem Auftritt doch bestimmt keinen Glauben schenken, bestimmt nicht . . .

»Hast du meine Kinder geschlagen?«

Sie starrte ihn an, und er war so schön, daß ihr Puls sich unwillkürlich beschleunigte, aber er schien plötzlich ein Fremder zu sein, ein schöner Fremder, den sie am liebsten verprügelt hätte.

»Hast du sie geschlagen, Joan?«

Es war absurd, einfach lächerlich. Sie mußte das auf der Stelle beenden. Rasch ging sie auf ihn zu, verschränkte die Finger hinter seinem Nacken und stellte sich auf die Zehenspitzen. »Ich habe dich schrecklich vermißt«, sagte sie und küßte ihn. Seine Lippen waren warm, aber fest aufeinandergepreßt.

Er befreite sich aus ihren Armen. »Ich war fast drei Wochen fort und bin nur zurückgekommen, um dich zu sehen, um mich zu vergewissern, daß du in Sicherheit bist, daß die verdammten MacPhersons kein neues Unheil gestiftet haben. Ich konnte Robbie MacPherson in Edinburgh nicht finden. Der Feigling geht mir aus dem Weg. Natürlich hätte man es mir mitgeteilt, wenn dir etwas zugestoßen wäre, aber ich wollte mich trotzdem mit eigenen Augen davon überzeugen, daß es dir gutgeht. Du hast meine Abwesenheit indessen genutzt, um dich hier als Schloßherrin aufzuspielen und alles an dich zu reißen. Du warst an meiner Meinung nicht interessiert. Du hast meine Wünsche mißachtet. Du hast *mich* mißachtet!«

Sie hätte nie geglaubt, daß Worte so schmerzen, so verletzen konnten. »Ich habe getan, was ich für richtig hielt«, sagte sie.

»Dann bist du wohl viel zu jung, als daß man dir vertrauen könnte.«

»Das ist doch absurd, Colin, und du weißt es. Ah, da kommt Serena. Wahrscheinlich will sie dich wieder küssen. Möchtest du deine Strafpredigt in ihrer Gegenwart fortsetzen? Ich kann auch Tante Arleth und die Kinder rufen, wenn du möchtest. Vielleicht können sie einen Chor bilden und dir alle meine Sünden vorsingen. Nein? Dann begleitest du mich vielleicht am besten in dein Turmzimmer und redest dir dort alles von der Seele.«

Sie drehte sich auf dem Absatz um und verließ den Raum, und ihm fiel wieder einmal auf, daß sie den unbekümmerten Gang eines jungen Mannes hatte, ohne jedes kokette Schwenken der Hüften. Er folgte ihr, konnte es aber einfach nicht lassen, ihr weitere Vorwürfe zu machen. »Es wäre schön gewesen, wenn du dir Mühe gegeben hättest, mit meinen Kindern Freundschaft zu schließen. Wie ich sehe, betrachten sie dich noch immer als Eindringling, und du scheinst sie genausowenig zu mögen wie sie dich.«

Sie drehte sich nicht nach ihm um, sondern sagte nur über die Schulter hinweg: »Lauter, Colin! Weißt du, Kinder neigen dazu, das Verhalten ihrer Eltern nachzuahmen.«

Das brachte ihn zum Schweigen, aber er blieb ihr auf

dem ganzen Weg zum Nordturm dicht auf den Fersen. Auch hier roch es nach Bohnerwachs und Zitronen, und er begriff, daß sie die Unverfrorenheit besessen hatte, auch in seinem Zimmer — dem einzigen Raum, der ausschließlich ihm gehörte — nach ihrem eigenen Belieben zu schalten und zu walten. Als er die reparierten Treppenstufen sah, schrie er: »Was zum Teufel hast du getan? Diese Art der Reparatur ist ganz und gar nicht nach meinem Geschmack!«

Sie blieb drei Stufen über ihm stehen. »Oh, was hättest du denn gewollt? Vielleicht schräge Stufen? Oder hätte man jede zweite Stufe herausreißen sollen, damit alle, die unvorsichtig sind, zur Strafe in einem Verlies unter dieser Treppe landen?«

»Du hattest kein Recht, dich in meine Angelegenheiten einzumischen. Ich hatte es dir verboten.«

Er stürmte an ihr vorbei, riß die messingbeschlagene Tür seines Turmzimmers auf und wurde von den frischen Gerüchen fast überwältigt. Mitten in dem runden Raum blieb er stehen und starrte die Vase mit Sommerrosen auf seinem Schreibtisch an. Rosen, die Lieblingsblumen seiner Mutter, deren Duft sich mit dem Zitronengeruch vermischte.

Er schloß die Augen. »Du bist entschieden zu weit gegangen.«

»Oh, du bevorzugst also Schmutz? Wolltest du, daß deine Bücher vollends verrotten? Sie waren nahe daran, was kein Wunder war, nachdem die Regale nicht nur schimmlig, sondern auch wurmstichig und weiß der Himmel, was sonst noch waren. Es fehlte wirklich nicht viel, und sie wären vermodert.«

Seine Augen schleuderten Blitze, als er sich ihr zuwandte. Verdammt, natürlich hatte sie im Grunde recht, und er führte sich wie ein richtiger Neidhammel auf. Aber es war *sein* Heim, es waren *seine* Lumpen und Fetzen, und *ihm* oblag es, die notwendigen Veränderungen durchzuführen.

Seine Frau hatte es gewagt, auf eigene Faust Entscheidungen zu treffen, ohne seine Erlaubnis einzuholen. Das war unverzeihlich!

Er versuchte sie nach Kräften zu beschützen, und sie nutzte seine Abwesenheit schamlos aus. In seiner Wut fiel ihm aber nichts Besseres ein als zu schimpfen: »Ich hasse Bohnerwachs und Zitronen! Und von Rosenduft wird mir speiübel.«

»Aber Mrs. Seton hat gesagt, daß deine Mutter . . .«

»Wag es nicht, über meine Mutter zu sprechen!«

»Wie du willst.«

»Du bist in mein Zimmer eingedrungen, in meinen Privatbereich, und hast alles nach deinem Geschmack umgemodelt.«

»Ich habe überhaupt nichts umgemodelt, wie du feststellen wirst, sobald du dich nicht mehr wie ein Narr aufführst. Die Rosen sind schließlich keine Veränderung, sondern nur eine kurzlebige Dekoration. Wolltest du denn wirklich, daß die Wandteppiche, die deine Urgroßmutter gewebt hat, vor Schmutz starren und irgendwann einmal zu Staub zerfallen? Und der rissige Steinboden war geradezu lebensgefährlich, Colin! Du hättest dir beide Beine oder auch deinen Dickschädel brechen können. Wie du siehst, passen die neuen Steine genau zu den alten. Und zumindest erkennt man jetzt, welch leuchtende Farben dieser herrliche Aubusson-Teppich hat.«

»Es wäre *meine* Sache gewesen, diese Aufträge zu erteilen.«

Er führte sich wie ein Hund auf, der sich an einem Knochen festgebissen hat und auf keinen Fall mehr loslassen will. Sinjun riß die Geduld. »Die rissigen Steine ersetzen zu lassen, hat sehr wenig gekostet. Warum hast du das nicht längst machen lassen?«

»Das geht dich überhaupt nichts an. Ich bin dir über mein Tun und Lassen keine Rechenschaft schuldig. Dies ist *mein* Haus, *mein* Schloß, und was du getan hast, war falsch.«

»Ich bin deine Frau, und Vere Castle ist jetzt auch mein Zuhause. Ich bin dafür mitverantwortlich.«

»Du bist nur das, was ich dir zu sein erlaube.«

»Himmelherrgott, du bist wirklich ein Narr! Ich habe sehnlichst auf deine Rückkehr gewartet, aber du hast in fast drei Wochen kein Wort von dir hören lassen. Offenbar vergißt du völlig, daß du hier gewisse Pflichten hast — daß du beispielsweise für deine Kinder verantwortlich bist.«

»Meine Kinder! Sie lehnen dich noch genauso ab wie ganz am Anfang, und dafür gibt es wahrscheinlich gute Gründe. Du hast gegen sie die Hand erhoben, stimmt's? Nur weil das ganze vermaledeite Geld dir gehört, maßt du dir das Recht an, meinen Platz einzunehmen, und offenbar hast du die Vorstellung, daß ein Mann ständig Befehle erteilen muß und wehrlose Kinder schlägt, wenn sie nicht sofort parieren.«

Die Erstausgabe von Shakespeares Werken war natürlich zu wertvoll, um als Waffe herzuhalten. Sinjun wählte statt dessen einen dicken Band mit Predigten irgendeines obskuren Kirchenmannes aus dem sechzehnten Jahrhundert und schleuderte ihn mit aller Kraft nach ihrem Mann.

Der Wälzer traf ihn mit solcher Wucht am Brustkorb, daß er fast das Gleichgewicht verlor. Er starrte sie völlig entgeistert an. Sie hatte ihn angegriffen! Und wenn sie nun ein Schwert zur Hand gehabt hätte?

Er hatte sich gefreut, nach Hause zu kommen, wenigstens für ein, zwei Tage, er hatte sich auf das Wiedersehen mit seiner Frau gefreut, und sie griff ihn mit einem Buch an! Er hatte sich ausgemalt, wie sie alle harmonisch am großen Eßtisch säßen, die Kinder fröhlich plaudernd und lachend, ein Herz und eine Seele mit ihrer Stiefmutter. Statt dieser Idylle nun das! Er rieb sich die schmerzende Brust. Verdammt, das Recht war eindeutig auf seiner Seite. Sie hatte sich seine Rolle angemaßt, und das konnt er nicht dulden.

»Ich glaube, ich werde dich im Schlafzimmer einsperren. Dann kannst du wenigstens kein Unheil mehr stiften.«

Sie blickte ihm in die Augen, in diese herrlichen dunkelblauen Augen, die jetzt zornig funkelten. »Du willst mich also dafür bestrafen, daß ich versucht habe, eine Kinross zu werden?«

»Eine echte Kinross würde niemals alle herumkommandieren, sondern auf die Gefühle anderer Rücksicht nehmen und ihrem Mann gehorchen. Nur weil du die reiche Erbin bist, darfst du dich noch lange nicht als Herr im Haus aufspielen.«

Ohne ein weiteres Wort zu sagen, machte sie auf dem Absatz kehrt, und gleich darauf hörte er ihre leichten Schritte auf der renovierten Treppe.

»So ein gottverdammter Mist!« knurrte er vor sich hin..

Sinjun begab sich auf direktem Wege zu den Stallungen. Sie wünschte verzweifelt, daß Fanny hier wäre, aber bisher waren weder ihre Koffer und Truhen noch ihre Stute eingetroffen. Als Murdock der Bucklige ihr angespanntes bleiches Gesicht und ihre verstörten Augen sah, sattelte er rasch die Stute, die sie seit ihrer Ankunft ritt, ein grobknochiges rotbraunes Pferd namens Carrot.

Sinjun trug kein Reitkostüm, aber das störte sie genausowenig wie die Tatsache, daß Murdock keinen Damensattel aufgelegt hatte. Sie packte die Stute bei der Mähne und schwang sich in den Sattel, wobei ihr die Röcke bis zu den Knien hochrutschten und die weißen Seidenstrümpfe und schwarzen Schuhe zum Vorschein kamen. Sie galoppierte davon und war bald nicht mehr zu sehen.

»Herrlich! Sie ist endlich weg.«

Colin starrte Tante Arleth an. »Was soll das heißen?«

»Sie ist weggeritten, ohne ein Reitkostüm anzuziehen. Man konnte sogar ihre Strümpfe sehen. Ich habe sie von den Eßzimmerfenstern aus beobachtet.«

»Wirst du ihr Geld behalten können, Colin?« erkundigte

sich Serena, während sie durch die Halle tänzelte und sich in allen spiegelnden Flächen betrachtete.

Ihm blieb keine Zeit zu antworten, denn in diesem Augenblick tauchte Murdock auf der Schwelle auf, die abgeschabte rote Mütze in der schwieligen Hand.

»Ich mach mir 'n bißchen Sorgen, Mylord«, murmelte er.

Colin fluchte so herzhaft und grob, daß der Bucklige ihn mißbilligend anstarrte, stürmte dann aber zur Tür hinaus. Er fluchte auch auf dem ganzen Weg zu den Stallungen. Sein Hengst Gulliver war müde, und so nahm er Old Cumber, ein sanftes altes Pferd, das mehr Fehden miterlebt hatte als die meisten Menschen, die hier lebten.

»In welche Richtung ist sie geritten?«

»Auf die Westseite des Sees.«

Er fand keine Spur von ihr. Zwei Stunden lang suchte er sie, zuerst fluchend, dann immer besorgter, daß einer der MacPhersons sie entführt haben könnte. Er schwitzte vor Angst, als er bei Sonnenuntergang zum Schloß zurückkehrte. Die Stute stand im Stall und kaute zufrieden Heu.

Murdock wich dem Blick seines Herrn aus, während er achselzuckend berichtete: »Sie is vor 'ner guten Stunde wiedergekommen, Mylord. Is'n bißchen still gewesen, aber sonst hat ihr nix gefehlt.«

»Aha«, knurrte Colin und schlug sich mit der Reitpeitsche wütend gegen die Stiefel.

Es überraschte ihn nicht, daß das Schlafzimmer genauso sauber war wie das übrige Haus, und er mußte sich widerwillig eingestehen, daß es zwar immer noch dunkel, aber lange nicht mehr so düster war wie früher. Als er, frisch gebadet und in korrekter Abendgarderobe, den Salon betrat, war er fest entschlossen, den Mund zu halten, um in Anwesenheit der ganzen Familie weitere Szenen zu vermeiden.

Joan stand am Kamin, ein Glas Sherry in der Hand, und er sah, daß sie sich nicht umgezogen hatte. Tante Arleth ließ sich über irgend etwas aus, Serena saß auf einem kleinen Sofa und blickte verträumt vor sich hin, und die Kinder saßen nebeneinander auf einem breiten Sessel, während Dulcie wie ein Wachposten hinter ihnen stand.

Sinjun blickte auf, als er den Raum betrat. Verdammt, mußte dieser dumme Kerl so phantastisch aussehen? Wie konnte er nur so blind sein und nicht begreifen, daß sie keineswegs seinen Platz beanspruchte, sondern nur einen Platz an seiner Seite, daß sie mit ihm arbeiten und lachen, ihn küssen und liebkosen wollte?

»Guten Abend«, sagte Colin.

»Papa, sie hat gesagt, daß wir ohne Abendessen ins Bett müßten, aber weil du hier bist, mußte sie nachgeben.«

Dulcie schnappte nach Luft und packte Dahling am Arm. »Du bist ein bösartiges kleines Biest, Dahling Kinross!«

»Ich würde sagen, eine richtige Hexe«, fügte Colin hinzu.

Sinjun lächelte ihre Stieftochter an. »Diesmal hast du ein bißchen übertrieben, Dahling, aber immerhin war es einen Versuch wert. Ich werde dir Schauspielunterricht geben. Man darf nie übertreiben, das ist eine Grundregel des Theaters.«

»Ich stünde gern auf den Brettern, die die Welt bedeuten«, sagte Serena. »So sagt ihr Engländer doch, nicht wahr, Joan?«

»Stimmt genau. Du hast schon einen so anmutigen Gang, als würdest du schweben, und ich bin überzeugt davon, daß alles andere dir ebenfalls leichtfiele.«

»Das ist doch alles Humbug!« zischte Tante Arleth. »Was wirst du jetzt tun, Colin? Hast du schon irgendwelche Anordnungen getroffen?«

»O ja, Tante Arleth — ich werde jetzt gemütlich zu Abend essen. Ah, da ist ja auch Philpot, der uns bestimmt melden will, daß angerichtet ist. Komm, Joan, reich mir den Arm!«

Sinjun hatte dazu eigentlich keine Lust, aber in Gegenwart der lieben Verwandtschaft blieb ihr keine andere Wahl. Sie bereitete sich auf einen neuen Kampf vor, als er ihr die Hand tätschelte, aber er flüsterte ihr zu: »Nein, meine Liebe, nicht hier. Was ich in Zukunft von dir erwarte, werde ich dir später sagen, hinter verschlossener Tür im Schlafzimmer — im ungewöhnlich sauberen Schlafzimmer des Schloßherrn.«

KAPITEL 12

Colin hielt sein Wort. Er schob Sinjun ins Schlafzimmer und verschloß die Tür. Während er den Schlüssel in die Westentasche schob, ließ er sie nicht aus den Augen. Sie blieb mitten im Raum stehen und rieb sich die Arme.

»Soll ich Feuer im Kamin anzünden?«

Sie schüttelte den Kopf.

»Es wäre aber vielleicht gar keine schlechte Idee. Schließlich wirst du bald nackt sein, und ich will nicht, daß du vor Kälte zitterst. Nur vor Lust.«

Das also sind die Strafmaßnahmen eines Mannes, dachte sie. Er behielte natürlich die Oberhand, dafür sorgten schon seine Größe und Statur, und er sah grimmig und verärgert aus. Beim Abendessen hatte sie nichts getan, was diesen Ärger hervorgehoben haben konnte. Wahrscheinlich war ihm wieder der verhaßte Geruch von Bohnerwachs und Zitrone in die Nase gestiegen.

Zum Glück war Sinjun mit zwei sehr eigensinnigen, schwierigen und intelligenten Brüdern gesegnet, von denen sie eine ganze Menge über Männer, deren seltsame Ansichten und unberechenbare Verhaltensweisen gelernt hatte.

Im Augenblick benahm sich Colin wie ein Sultan, und sie sollte seine Sklavin sein. Diese Vorstellung gefiel ihr. Freilich wäre es noch schöner gewesen, wenn er sie lachend geneckt hätte. O ja, und Schleier, Dutzende von Schleiern in verschiedenen Farben, und sie würde für ihn tanzen und . . .

»Worüber lächelst du?«

»Schleier.«

»Joan, hast du den Verstand verloren?«

»O nein, ich hatte nur ein Bild vor Augen — du als Sultan und ich als deine Sklavin, und ich tanze für dich, in Schleier gehüllt.«

Ihm verschlug es zunächst die Sprache. Immer wieder verblüffte sie ihn mit ihren gänzlich unerwarteten Äußerungen. Und sogar bei weniger aus dem Rahmen fallenden Bemerkungen überraschten ihn noch immer ihre Offenheit und unverblümte Ausdrucksweise. Diese Direktheit schockierte ihn einfach.

»Das ist eine sehr reizvolle Idee. Aber heute nacht wirst du nackt für mich tanzen müssen, und ich werde in die Hände klatschen, falls du musikalische Begleitung brauchst. Ich werde dir aber einige Schleier aus Edinburgh mitbringen, damit wir es nächstes Mal deinen Vorstellungen entsprechend versuchen können.«

»Ah, du willst mich also morgen früh wieder verlassen? Wahrscheinlich bei Tagesanbruch, während ich schlafe, stimmt's? Ich verstehe, Colin. Du willst dir den Anblick einer weinenden Frau ersparen, die dich bitten könnte, sie nicht wieder hier allein zu lassen — allein in diesem fremden Haus, allein in diesem fremden Land. Könnte ich dich vielleicht zum Hierbleiben überreden? Nein, das dachte ich mir schon. O ja, ich darf natürlich nicht deine lieben Verwandten vergessen, mit denen ich es gezwungenermaßen irgendwie aushalten muß. Tante Arleth ist wirklich ein Schatz. Sie haßt dich, sie haßt mich, und die einzigen Menschen, die sie je geliebt zu haben scheint, waren dein Bruder und dein Vater, der sie aber — zumindest ihrer Ansicht nach — an der Nase herumgeführt hat. Und was Serena betrifft, bin ich mir nie sicher, ob sie überhaupt von dieser Welt ist oder nicht eher eine Märchengestalt. Sie ist ein bißchen verrückt, aber nicht unangenehm. Und die Kinder — nun ja, die werde ich einfach auch in Zukunft verprügeln, wann immer mir der Sinn danach steht.«

»Ich möchte heute abend nicht mehr mit dir streiten, Joan. Aber schreib dir eines hinter die Ohren — du wirst während meiner Abwesenheit nichts mehr unternehmen. Nichts! Du wirst versuchen, freundlich zu meinen Leuten und zu meinen Kindern zu sein, wie ich das von meiner Frau erwarten darf.«

»Geh zum Teufel, Colin!«

Sie warf trotzig den Kopf zurück, und sein Blut geriet in Wallung. Dieses Mädchen, das ihn in London so angebetet hatte, das auf dem ganzen Weg nach Schottland versucht hatte, ihn zu verführen — es hatte sich in ein zänkisches Weib verwandelt. In den blauen Augen der Sherbrookes war von Bewunderung keine Spur mehr zu sehen; vielmehr versprühten sie ein eisiges Feuer. Aber seltsamerweise erregte ihn diese herausfordernde Haltung.

Er tat einen Schritt auf sie zu. Sie wich nicht zurück, weil sie keine Lust zu einer wilden Verfolgungsjagd quer durchs ganze Schlafzimmer verspürte, obwohl sie einmal gehört hatte, wie Alex quiekte, während Douglas hinter ihr herrannte. Und dann war das Quieken verstummt, und Sinjun hatte gewußt, daß sie jetzt etwas Wundervolles taten. Aber bei Colin und ihr würde es nicht so wundervoll enden.

»Du darfst mich küssen, Colin. Wie schon gesagt, das genieße ich sehr.«

»O ja, ich werde dich küssen.«

»Wenn du willst, werde ich dich auch küssen.«

»Natürlich erwarte ich von dir, daß du meine Küsse erwiderst.«

»Nein, ich meine, wenn du willst, werde ich dein Geschlechtsorgan küssen und dich streicheln. Es hat mir gefallen, als ich dich damit zum Stöhnen brachte . . .«

Er schluckte, und seine Erektion verstärkte sich beträchtlich, weil er sich plötzlich daran erinnerte, wie sie ihn mit Mund und Händen berührt hatte, während sich ihre langen Haare auf seinem Bauch ausgebreitet hatten.

»Nein«, sagte er, »ich will nicht, daß du das machst« — eine Behauptung, der sein Körper energisch widersprach.

»Warum nicht? Es hat dir doch gefallen. Ich verstehe

nicht, warum ich so plötzlich damit aufhören mußte, gerade als ich begriffen hatte, wie man es richtig macht. Ich könnte dir heute nacht auf diese Art und Weise stundenlang Genuß bereiten. Jene andere Sache will ich aber nicht. Du bist einfach viel zu groß.«

»Ich habe dir schon hundertmal gesagt, daß du davon keine Ahnung hast. Es ist geradezu zum Lachen, daß ein Mädchen, das so intelligent und gebildet ist wie du, in dieser Angelegenheit eine derartige Unwissenheit an den Tag legt. Ich werde mit dir schlafen, Joan, und ich werde dich in Besitz nehmen, denn so läuft die Vereinigiung von Mann und Frau nun einmal ab, schon seit Adam und Eva im Paradies.«

»Also gut, wie ich sehe, bist du dazu fest entschlossen. Ich wollte ja auch nur die Lage überprüfen und schlage dir jetzt einen Kompromiß vor. Ein einziges Mal werde ich die Prozedur wohl ertragen können. Aber mehr als einmal ist einfach ausgeschlossen. Es wäre grausam von dir, darauf zu bestehen.«

Er mußte lachen, er konnte einfach nicht anders. O Gott, er hatte sie vermißt, diese verdammte Engländerin, und er hatte den unzweideutigen Einladungen mehrerer Damen in Edinburgh widerstanden. Nein, er hatte keine andere Frau angerührt, und er hatte viel an Joan gedacht, an ihre langen weißen Beine und noch mehr an ihre absolute Ehrlichkeit. Natürlich hatte er keine Sekunde lang geglaubt, daß sie jemals im Zorn die Hand gegen ein Kind erheben würde, nicht einmal gegen Dahling, die wirklich eine Nervensäge sondergleichen sein konnte.

»Nein, wir werden es richtig machen. Ich habe jetzt lange genug Enthaltsamkeit geübt, und ich werde dich nehmen, sooft ich will, und du wirst es genießen, Joan. Du brauchst mir nur zu vertrauen.«

Sie zuckte nicht mit der Wimper. »Du zwingst mich, alle Karten offen auf den Tisch zu legen, obwohl es mir peinlich ist.« Sie holte tief Luft und blickte ihm in die Augen. »Ich bin nicht schwanger, Colin.«

»Das finde ich gar nicht weiter schlimm, Joan, im Gegenteil. Wir müssen uns besser kennenlernen und mehr Verständnis füreinander aufbringen, bevor wir Kinder in die Welt setzen. Und du mußt vor allem lernen, was ich von dir als meiner Frau erwarte.«

»Nein, ich meine ... Ich bin in diesem Augenblick nicht schwanger.«

Seine Enttäuschung war so groß, daß er hätte weinen können, doch er sah noch einen winzigen Hoffnungsschimmer. »Hast du vielleicht schon letzte Woche gemerkt, daß du nicht schwanger bist?«

»Nein, erst jetzt, während unserer Unterhaltung.«

Seltsamerweise glaubte er ihr, und so blieb ihm nichts anderes übrig als herzhaft zu fluchen. »So ein gottverfluchter Mist!«

»Das sagen meine Brüder auch immer«, kicherte sie, »alle außer Tyson, dem frommen Kleriker.«

»Wem sagst du das?« knurrte er. »Dieses ›gottverflucht‹ kam bei allen Angriffen deiner lieben Brüder auf mich vor.«

»Sie lieben mich eben.« Beide schwiegen eine Weile, und schließlich murmelte Sinjun: »Ja, es ist wirklich ein gottverfluchter Mist!«

»Komm her, damit ich dich wenigstens einmal küssen kann.«

Sie ging erwartungsvoll auf ihn zu, war dann aber ein wenig enttäuscht, weil er sich mit einem flüchtigen Kuß begnügte, während es sie nach leidenschaftlichen Küssen wie in der Hochzeitsnacht verlangte. Er schob sie etwas von sich weg, hielt sie aber sanft an den Oberarmen fest und spürte ihre weiche Haut unter den Fingern.

Den Blick unverwandt auf seinen Mund gerichtet, sagte sie: »Edinburgh ist nur einen halben Tag von hier entfernt.«

»Ja, ich weiß.«

»Du könntest alle paar Tage nach Hause kommen, Colin.«

»Ja, aber ich werde es nicht tun — nicht, bevor alles zu meiner voller Zufriedenheit erledigt ist.«

»Wo ist Robert MacPherson? Hast du mit seinem Vater gesprochen?«

»Ich habe keine Ahnung, wo Robbie sich zur Zeit aufhält. Vielleicht ist er mir hierher gefolgt. Aber ich halte es für wahrscheinlicher, daß er versuchen wird, mich in Edinburgh zur Strecke zu bringen. Bisher hat er allerdings nichts unternommen. Ich habe mit seinem Vater, dem alten Latham, gesprochen, und er versteht nicht, warum Robbie sich wie ein feiger Schuft aufführt. Na ja, warten wir ab, früher oder später wird er bei mir auftauchen.«

»Warum bringst du ihn nicht einfach um?«

Colin blinzelte. »Du bist eine Frau«, sagte er langsam. »Frauen sind angeblich sanft und verabscheuen Gewalt und Krieg. Willst du wirklich, daß ich ihn umbringe?«

Sie nickte nach kurzem Nachdenken. »Ja, dir bleibt vermutlich gar nichts anderes übrig. Ich will nicht in ständiger Furcht leben, daß er dich verletzen oder töten könnte, und er scheint gänzlich unberechenbar zu sein. Ja, du solltest ihn umbringen, aber du mußt es natürlich schlau genug anstellen.«

Er fand einfach keine Worte.

»Ich könnte meinen Brüdern schreiben und sie fragen, wie man so etwas am besten bewerkstelligt.«

»Nein«, sagte er hastig, »tu das bitte nicht. Hör zu, es ist ja immerhin möglich, daß Robbie gar nichts mit der Sache zu tun hat. Er ist ein guter Schütze, und wenn er es war, der in Edinburgh geschossen hat, verstehe ich eigentlich nicht, warum er mich verfehlt hat.«

»Du vergißt den Vorfall in London.«

»Natürlich ist es wahrscheinlich, daß er dahintersteckt, aber ich bin mir da nicht ganz sicher.«

»Dann willst du also in Edinburgh bleiben, bis entweder er dich umbringt oder du ihn in Notwehr tötest.«

Er grinste. »Du hast's erfaßt.«

»Manchmal glaube ich, daß Männer viel zu weichherzig sind.«

»Ich möchte nicht unbedingt gehängt werden.«

»Oh, kein Mensch würde dich verdächtigen, denn du gingest bestimmt sehr schlau vor. Glaubst du nicht auch?«

»Ich weiß es nicht. Ich habe noch nie jemanden vorsätzlich getötet.«

Er ließ sie los, und sie trat zu einem der riesigen Ledersessel und stützte sich auf die Rückenlehne. »Ich auch nicht. Trotzdem solltest du es zumindest in Erwägung ziehen. Und jetzt solltest du dich für dein gräßliches Benehmen von heute nachmittag entschuldigen, finde ich.«

Er wurde so steif wie der Feuerhaken am Kamin. »Du und ich, wir hatten eine Abmachung getroffen, und du hast dich nicht daran gehalten. Du hast mir nicht gehorcht.«

»Und wenn ich nicht gerade unpäßlich wäre, würdest du mich dafür bestrafen.«

»Verdammt, Geschlechtsverkehr ist doch keine Strafe!«

»Ha! Ich bin deine Frau und kann die Sache aus eigener Erfahrung beurteilen. Natürlich ist es eine Strafe! Es ist schmerzhaft und demütigend, und nur der Mann hat einen Genuß davon, aber Männer kämen wahrscheinlich sogar mit einer Ziege auf ihre Kosten.«

Er fluchte, was auf leicht zerrüttete Nerven hindeutete, und da Sinjun kein Unmensch war, sagte sie: »Schon gut, Colin, ich verzeihe dir, obwohl du keine Entschuldigung über die Lippen bringst. Ich werde die Hände auch in Zukunft nicht in den Schoß legen, aber ich muß dir leider sagen, daß meine zweihundert Pfund aufgebraucht sind.«

»Ausgezeichnet. Dann ist endlich Schluß mit deiner verdammten Einmischung.«

»O nein, wenn du mir kein Geld zur Verfügung stellst, werde ich in Zukunft einfach lächelnd dabeistehen, wenn Mrs. Seton alle Geschäftsleute nachdrücklich darauf hinweist, daß es dem Mitgiftjäger — das bist natürlich du — tatsächlich gelungen ist, sich eine reiche Erbin zu angeln.«

»In Zukunft? Heißt das, daß sie es schon einmal getan hat?«

»O ja, und sie hat mich sehr ins Herz geschlossen, weil ich eine schier unerschöpfliche Geldquelle bin. Es war wirklich leicht, sie auf meine Seite zu ziehen.«

Er hatte das Gefühl, ohne Hoffnung auf Rettung im gefährlichen Kelly-Torfmoor zu versinken. »Ich werde ihr befehlen, ihre Zunge in Zukunft zu hüten.« Natürlich spürte er, daß es ein ziemlich kläglicher Versuch war, die Herrschaft wieder zu übernehmen, aber deshalb brauchte sie noch lange nicht zu grinsen.

Seufzend gab er klein bei. »Ehrlich gesagt bin ich nach Hause gekommen, um dich zu sehen. Und natürlich meine Kinder. Könntest du nicht versuchen, ihre Zuneigung zu gewinnen?«

»Kindern muß man einfach Zeit lassen, auch Philip und Dahling. Ich bin eigentlich sehr zufrieden mit unseren Fortschritten.«

»Du bist neunzehn und nicht neunundneunzig! Du verstehst nichts von Kindern!«

»O doch, und ich habe stets festgestellt, daß sie unberechenbar, widerspenstig und überaus erfinderisch sind. Aber richtig verstockt ist auf Dauer kaum ein Kind. Wir werden sehen. Natürlich wäre es eine große Hilfe, wenn du hier wärest. Dann würden sie wahrscheinlich schneller begreifen, daß ihre Stiefmutter eine ganz liebenswerte Person ist.«

»Ich reite nach Clackmannanshire, um den Einkauf von Schafen zu überwachen. Die Rinder kommen aus Berwick. Wenn das erledigt ist und wenn Robert MacPherson entweder tot ist oder ich von seiner Unschuld überzeugt bin, komme ich nach Hause.«

Sinjun sah ihn lange an. »In deinem Arbeitszimmer liegen mehrere Listen zur Begutachtung — notwendige Anschaffungen für die Pächter, die ich besucht habe. Du willst sie doch bestimmt sehen, oder?«

Er fluchte wieder, aber sie schenkte ihm keine Beachtung mehr und zog hinter dem orientalischen Paravant ihr Nachthemd an.

Als sie am nächsten Morgen aufwachte, war er erwartungsgemäß nicht mehr da.

Sinjun lächelte, als die große Standuhr im Erdgeschoß zwölfmal schlug. Mitternacht! Nun würde es bestimmt nicht mehr lange dauern.

Sie hatte sich nicht geirrt. Kaum zehn Minuten später hörte sie die leisen schabenden und kratzenden Geräusche, so als würden Ratten hinter der Wandtäfelung umherhuschen. Dann folgten das wohlbekannte Stöhnen und das Klirren der Ketten.

Langsam setzte sie sich im Bett auf, zählte bis fünf und schrie angsterfüllt: »Oh, bitte hör auf, bitte, bitte! O mein Gott, hilf mir, rette mich!« Dann stöhnte sie laut. »Ich kann es nicht ertragen. ich werde diesen verwünschten Ort verlassen müssen. Nein, Perlen-Jane, nein!«

Die Geräusche verstummten.

Eine Stunde später schlüpfte sie lächelnd aus dem Bett.

Philip zuckte im Schlaf. Er träumte von einer großen Forelle, die er vergangene Woche im Loch Leven geangelt hatte, als er mit Murdock dem Buckligen dort gewesen war. Im Traum wurde die Forelle immer größer, und ihr Maul war jetzt schon so breit wie eine offene Tür. Dann knuffte Murdock ihn und sagte ihm, welch ein guter Angler er sei, und die Stimme des Buckligen wurde immer leiser und . . .

Plötzlich waren Murdock und die Forelle verschwunden, und er lag wieder in seinem Bett, aber er war nicht allein. Weiche Finger berührten seinen Nacken, aber es waren nicht mehr Murdocks Finger, und eine sanfte Stimme — nicht Murdocks Stimme! — sagte: »Du bist ein kluger Junge, Philip, so klug und so lieb. O ja, ein guter Junge.«

Er setzte sich rasch auf, und dicht neben seinem Bett stand mit ausgestreckter Hand eine Tote.

Sie hatte langes, fast weißes Haar und trug ein weites weißes Gewand. Sie war jung und schön, aber sie sah unheimlich aus. Ihre Hand war nur wenige Zentimeter von ihm entfernt, und ihre toten Finger waren noch weißer als ihr Kleid.

Philip schluckte, stieß einen gellenden Schrei aus und zog sich die Decken über den Kopf. Es war ein Alptraum, weiter nichts, die Forelle hatte sich einfach in ein Gespenst verwandelt. Trotzdem vergrub er das Gesicht im Kissen und hielt die Decken krampfhaft umklammert.

»Philip, ich bin die Jungfräuliche Braut«, murmelte die sanfte Stimme. »Deine Stiefmutter hat dir von mir erzählt. Ich beschütze sie, Philip. Eure Perlen-Jane fürchtet sich vor mir. Ihr gefällt es nicht, daß du und Dahling versucht, Sinjun Angst einzujagen.«

Die Stimme verstummte, aber Philip lag regungslos da, und erst als er zu ersticken glaubte, stellte er unter den Laken vorsichtig einen schmalen Luftkorridor zum Bettrand her.

Erst bei Tagesanbruch traute er sich unter den Decken hervor. Trübes Morgenlicht fiel ins Zimmer. Keine Spur mehr von der Jungfräulichen Braut.

Sinjun ging ihren üblichen Pflichten nach, nach außen hin heiter und lächelnd, obwohl sie sehnlichst wünschte, daß Tante Arleth in einen tiefen Brunnen fallen möge. Colin war seit vier Tagen fort, und sie kochte vor Wut.

Sie fühlte sich sehr versucht, nach Edinburgh zu reiten, aber vielleicht hielt er sich zur Zeit in Clackmannanshire oder Berwick auf. Dieser gottverfluchte Kerl!

Glücklicherweise trafen am späten Vormittag endlich ihre Sachen und ihre Stute ein, und sie tanzte wie ein Kind umher, küßte sogar vor Aufregung und Freude James, einen der Stallmeister von Northcliffe Hall, und umarmte die drei Stallknechte, die ihn begleiteten. In

Northcliffe Hall waren alle wohlauf, auch die Grafenwitwe, Sinjuns Mutter, die — James zufolge — allerdings ein wenig niedergeschlagen war, weil sie jetzt an niemandem mehr herumerziehen konnte. James übergab Sinjun viele Briefe und war sehr erfreut, in Vere Castle übernachten zu können, zumal Dulcie ihn anlächelte, als wäre er ein Prinz.

Nachdem Sinjun ihn und die drei anderen Männer am nächsten Morgen verabschiedet hatte — natürlich gab sie ihnen Briefe an ihre Familie mit und füllte ihre Satteltaschen mit Reiseproviant —, ging sie in den Stall und sattelte Fanny ausnahmsweise selbst.

»Das is 'ne schöne Stute«, sagte Murdock, und der zweiundzwanzigjährige Ostle stimmte ihm begeistert zu. George II, ein Mischling von undefinierbarer Rasse, bellte das neue Pferd wütend an, dessen Geruch er noch nicht kannte, und Crocker, sein Herr, beschimpfte den Hund in einer so bildhaften Sprache, daß Sinjun sich fest vornahm, bei ihm Unterricht zu nehmen.

Es war ein warmer sonniger Tag, und sie ritt gemächlich die Auffahrt hinab, die etwas verbreitert und mit neuen Kieseln bestreut worden war — natürlich aufgrund der Versicherung, daß der Graf nach seiner Rückkehr alles bezahlen werde. Sinjun lächelte — sie hatte auch noch andere Aufträge erteilt, kaum daß Colin das Haus verlassen hatte. Drei der Pächterkaten bekamen neue Dächer. Für die Pächter mit kleinen Kindern hatte sie sieben Ziegen gekauft. Sie hatte Mr. Seton — der nie abgeneigt war, Nachbarn und Geschäftsleute mit seiner Wichtigkeit zu beeindrucken — nach Kinross geschickt, um Korn und dringend benötigte Ackergeräte zu besorgen. Mehrere Dutzend Küken waren gerecht unter den Pächtern verteilt worden. O ja, sie war sehr fleißig gewesen und hatte ihre Nase nach Herzenslust in alle möglichen Angelegenheiten gesteckt, und wenn Colin nicht bald nach Hause käme, könnte sie versucht sein, sogar einen neuen Flügel ans Schloß anbauen zu lassen. Die Näherin war schon dabei, Fahnen für die vier Burgtürme anzufertigen. Das Tartanmuster derer von Kinross war rot, dunkelgrün und schwarz. Sie wünschte, sie könnte Colin in einem Kilt sehen, aber nach der Schlacht von Culloden im Jahre 1746 waren sie verboten worden. Das war jammerschade, aber bald würden immerhin die Fahnen stolz im Wind wehen.

Sinjun ließ Fanny den ganzen Weg bis zum Loch Leven galoppieren und lockerte dort die Zügel, damit die Stute sich am kalten Wasser laben konnte. Ihr Blick schweifte über die Lomond Hills im Osten, ödes und wildes Heideland. Sogar aus dieser Entfernung war das purpurrote Heidekraut zu sehen, das überall zwischen den Felsen wuchs. Im Westen erstreckte sich hingegen fruchtbares Ackerland, wogende Kornfelder, so weit das Auge reichte. Dies war ein Land der Gegensätze, ein Land von geradezu überwältigender Schönheit, und es war jetzt ihre Heimat.

Sie tätschelte zärtlich Fannys schlanken Hals. »Ich bin eine Romantikerin, und du bist fett«, sagte sie und sog begierig die klare Luft ein, die nach Heidekraut, Disteln und Geißblatt duftete. »Du warst von jeher ein Vielfraß, und Douglas hat wohl nicht aufgepaßt, was? Mein liebes Mädchen, was du jetzt brauchst, ist ein guter Galopp!«

»Das sage ich meinen Frauen auch manchmal.«

Sinjun drehte sich langsam im Sattel um. Keine zwei Meter von ihr entfernt saß ein Mann auf einem prachtvollen rotbraunen Berber. Sie betrachtete den Fremden ruhig und sagte: »Seltsam, daß meine Stute nicht gewiehert hat, als Sie hier auftauchten.«

Er runzelte die Stirn. Ihm hätte es gefallen, wenn sie Furcht oder wenigstens Überraschung gezeigt hätte. Aber vielleicht war sie schwer von Begriff und hatte seinen kleinen Scherz gar nicht verstanden.

»Ihre Stute hat Sie nicht gewarnt, weil sie aus dem See trinkt, und dieses Wasser hat Zauberkräfte, wie man sagt, und Pferde trinken es, bis sie fast platzen.«

»Dann sollte ich ihr wohl lieber Einhalt gebieten.« Sinjun zog sanft die Zügel an, bis Fanny widerwillig das Maul aus dem Wasser hob. »Wer sind Sie, Sir? Ein Nachbar?«

»So ist es. Und Sie sind die neue Gräfin von Ashburnham.«

Sie nickte.

»Sie sind sehr hübsch. Ehrlich gesagt, hatte ich eine Hexe mit Karnickelzähnen erwartet, nachdem Sie ja eine blaublütige Erbin sind. Colin ist wirklich ein Glückspilz.«

»Ich bin heilfroh, keine Hexe zu sein, denn dann hätte Colin mich nie geheiratet, selbst wenn ich die Königin von Saba gewesen wäre. Ob er sich indessen als Glückspilz fühlt, kann ich nicht sagen.«

»Colin ist ein Narr. Keine Frau sollte etwas auf ihn geben.«

Sie sah ihn sich jetzt genauer an. Er war groß, vielleicht sogar noch größer als Colin, obwohl man das bei einem Reiter nur schwer beurteilen konnte, und seine Kleidung war von bester Qualität und ausgezeichneter Paßform. Er war auffallend schlank, fast schon zartgliedrig, obwohl man das von einem Mann eigentlich nicht sagte, und er hatte eine hohe breite Stirn und dichtes, weiches blondes Haar. Seine Gesichtszüge waren zart, fast feminin, speziell die Mund- und Kinnpartie, und er hatte eine helle Haut und hellblaue Augen. Und dieser hübsche Mann sollte ein Bösewicht sein?

»Wer sind Sie?« fragte sie sicherheitshalber.

»Robert MacPherson.«

»Das dachte ich mir schon.«

»So? Nun, das macht die Sache einfacher. Was hat dieser Bastard über mich erzählt?«

Sinjun schüttelte den Kopf. »Haben Sie versucht, Colin in London umzubringen?«

Sie sah, daß das nicht der Fall war, denn seine überraschte Miene war nicht gespielt. Also war es offenbar doch nur ein Zufall gewesen. Lachend verscheuchte er eine Fliege vom Hals seines Hengstes. »Vielleicht . . . Ich versuche, jede sich bietende Gelegenheit zu nutzen.«

»Aber warum sollten Sie Colin töten wollen?«

»Er ist ein Mörder. Er hat meine Schwester umgebracht. Ihr den Hals gebrochen und sie von einer Felsklippe geworfen. Ist das nicht ein ausgezeichnetes Motiv?«

»Haben Sie Beweise für diese Beschuldigung?«

Er lenkte seinen Hengst näher an ihre Stute heran, die nervös den Kopf zurückwarf und die Augen rollte.

Sinjun beruhigte Fanny und redete sanft auf sie ein, ohne Robert MacPherson zu beachten.

»Ich verstehe nicht, warum Sie keine Angst vor mir haben. Sie befinden sich in meiner Gewalt. Vielleicht werde ich Sie vergewaltigen und schwängern.«

Sie legte den Kopf schief. »Wissen Sie was — Sie hören sich wie ein Schmierenkomödiant an. Es ist schon sehr komisch ...«

Robert MacPherson war verdutzt. »Verdammt, was soll hier komisch sein?«

Sinjun blickte nachdenklich drein. »Ich hatte Sie mir ganz anders vorgestellt. Wahrscheinlich ist das oft der Fall. Sie dachten, ich sei eine Hexe, und ich dachte, Sie sähen so ähnlich wie Colin oder vielleicht wie MacDuff aus — den kennen Sie doch bestimmt auch. Aber Sie sind ...« Sinjun verstummte mitten im Satz. *Hübsch* war für einen Mann nicht gerade ein Kompliment, auch nicht *anmutig* oder *elegant*.

»Was bin ich?«

»Sie scheinen ganz nett zu sein ... Ein Gentleman, trotz Ihrer gemeinen Bemerkungen.«

»Ich bin alles andere als nett.«

»Sah Ihre Schwester Ihnen ähnlich?«

»Fiona? Nein, sie war so dunkel wie eine Zigeunerin, aber bildschön, einfach traumhaft schön. Ihre Augen waren so blau wie dieser See im Winter und ihre Haare so schwarz wie die Nacht. Warum? Sind Sie auf eine Tote eifersüchtig?«

»Nein, nur neugierig. Wissen Sie, Tante Arleth — Miss MacGregor — erzählt, Fiona hätte sich in Malcolm verliebt und Colin betrogen, und deshalb hätte Colin sie umgebracht. Das kommt mir seltsam vor, denn Colin ist der vollkommenste Mann auf der ganzen Welt. Welche Frau könnte schon einen anderen Mann wollen, wenn er ihr Ehemann wäre? Halten Sie das für möglich?«

»Ha, ein vollkommener Mann! Er ist ein Bastard, ein mörderischer Bastard! Verdammt, Fiona liebte nur ihren Ehemann. Sie wollte nur ihn, seit sie fünfzehn war, ihn und keinen anderen, bestimmt nicht Malcolm, obwohl er sie begehrte. Unser Vater plädierte für Malcolm, weil dieser einmal den Grafentitel erben würde, aber Fiona wollte davon nichts hören. Sie trat in den Hungerstreik, bis Vater nachgab. Sie bekam Colin, aber ihr Glück währte nicht lange, weil sie rasend eifersüchtig war und ihn ständig der Untreue bezichtigte. Sobald er eine andere Frau auch nur ansah, fing Fiona zu zetern an und drohte, ihm die Augen auszukratzen. Sogar ich kann verstehen, daß diese ungesunde Eifersucht ihm auf die Nerven ging, aber er hatte trotzdem nicht das Recht, sie einfach zu ermorden und dann zu behaupten, er könne sich an nichts mehr erinnern. Absurd.«

»Das alles ist sehr verwirrend, Mister MacPherson. Jeder erzählt mir eine andere Geschichte. Außerdem verstehe ich nicht, wieso Fiona glauben konnte, daß Colin sie betröge. So etwas täte er niemals.«

»Blödsinn! Natürlich hat er mit anderen Frauen geschlafen. Fiona war ursprünglich so charmant und lebensprühend, daß sie jeden Mann um den Verstand brachte, und Colin war stolz darauf, eine so begehrenswerte Frau sein eigen nennen zu kkönnen, aber nur in der ersten Zeit. Als sich ihre Eifersucht dann sogar auf alle Dienstmädchen von Vere Castle ausdehnte, ging er mit anderen Frauen ins Bett, um Fiona zu bestrafen. Aber er kam nicht von ihr los. Sie hat mir erzählt, daß seine Leidenschaft manchmal geradzu beängstigend war. Fiona war eine Hexe, eine eifersüchtige Hexe, und obwohl er sie zuletzt verabscheute, begehrte er sie wahnsinnig, und umgekehrt genauso. Aber jetzt ist sie tot, weil er sie satt hatte und umbrachte. Ich mußte mit der Vergeltung warten, weil mein Vater Colin für unschuldig hielt. Aber er ist ein alter Mann und wird allmählich wirr im Kopf. Sein Diener hat mir erzählt, daß er stundenlang von längst vergangenen Zeiten faselt, von Kämpfen und Fehden. Bald werde ich der Gutsherr sein, aber schon jetzt tue ich, was ich will. Ich habe Vere Castele tagelang beobachtet. Natürlich weiß ich, daß Colin in Edinburgh auf mich wartet, daß er mich zur Rede stellen und vielleicht sogar ermorden will. Aber ich habe mir etwas Besseres ausgedacht. Heute sind Sie endlich einmal allein ausgeritten, und jetzt müssen Sie mit mir mitkommen.«

»Wozu denn das?«

»Sie werden meine Gefangene sein, und Colin wird sich mir auf Gnade und Ungnade ergeben müssen. Endlich wird die Gerechtigkeit obsiegen.«

»Es ist wahnsinnig schwer, Sie ernst zu nehmen, wenn Sie so hochtrabenden Unsinn daherreden.«

Er schnaubte vor Wut und hob die Faust.

»Nicht doch!« Blitzschnell schlug Sinjun ihm die Reitpeitsche ins Gesicht.

Er stieß einen lauten Schmerzensschrei aus, und sein verstörter Hengst bäumte sich auf und warf ihn ab.

Sinjun wartete nicht ab, was er als nächstes tun würde. Sie ergriff die Zügel seines Hengstes, und obwohl das Pferd sich zunächst sträubte, galoppierte es schließlich doch neben Fanny davon.

Sinjun hörte Robert MacPherson laut fluchen und nach seinem Hengst brüllen, doch im Gegensatz zu Douglas' Hengst hörte dieses Pferd nicht auf die Stimme seines Herrn.

Ein seltsamer Mann, dachte Sinjun.

KAPITEL 13

Sinjun erzählte niemandem etwas von ihrer Begegnung mit Robert MacPherson. Wem hätte sie es auch erzählen sollen? Sie konnte sich lebhaft Tante Arleths Reaktion vorstellen. Die liebenswürdige Dame würde MacPherson wahrscheinlich laut applaudieren, Sinjun betäuben und sie Colins Feind in einem Sack ausliefern.

Sinjun hatte Roberts Hengst unweit der Ländereien der MacPhersons laufen lassen und hoffte inbrünstig, daß der Herr einen sehr weiten Fußmarsch vor sich hatte.

Colin mußte sofort verständigt werden! Das war ihr erster Gedanke. Doch während sie ihr Reitkostüm auszog und in ein weiches dunkelgrünes Musselinkleid schlüpfte, überlegte sie, was Colin wohl täte, sobald er hier wäre. Würde er MacPherson zum Duell fordern? Der Kerl war zwar sehr hübsch, aber nichtsdestotrotz verschlagen und bösartig. Er hatte sein wahres Gesicht gezeigt, als er in Edinburgh aus dem Hinterhalt auf Colin geschossen hatte. Sie berührte ihre Wange, wo glücklicherweise keine Narbe zurückgeblieben war. Nein, sie durfte Colins Leben nicht gefährden. Er war ein Ehrenmann und würde niemals mit unfairen Methoden gegen MacPherson kämpfen, für den Ehre wahrscheinlich ein Fremdwort war. Sie würde den Burschen allein unschädlich machen müssen. Ein Gentleman fühlte sich immer verpflichtet, einem bestimmten Verhaltenskodex zu folgen, was sich in kritischen Situationen oft als sehr hinderlich erwies. Sie mußte selbst etwas unternehmen, damit Colin in Ruhe und Frieden mit ihr und seinen Kindern hier leben konnte. Wenn er nie zu Hause war, würde er sie schwerlich je lieben lernen.

Sie lief leichtfüßig die Treppe zu Colins Turmzimmer

hinauf. Sie brauchte eine Pistole, und er besaß eine ganz ordentliche Waffensammlung. Zu ihrer Überraschung war die Tür nur angelehnt, und sie stieß sie leise weiter auf.

Philip stand vor den Waffen an der Wand und versuchte, eine uralte Duellpistole aus der Halterung zu reißen.

»Philip«, sagte sie leise.

Er zuckte zusammen und fuhr herum, leichenblaß im Gesicht. »Oh, du bist es nur«, seufzte er erleichtert. »Was tust du denn im Zimmer meines Vaters?«

»Ich könnte dich das gleiche fragen. Wozu brauchst du diese Duellpistole?«

»Das geht dich nichts an. Außerdem bist du ein dummes Mädchen und verstehst es sowieso nicht.«

»Glaubst du? Wenn du willst, können wir ja ein Wettschießen im Park veranstalten.«

»Du kannst schießen?«

»Natürlich. Weißt du, ich wurde von meinen Brüdern erzogen. Ich kann auch sehr gut mit Pfeil und Bogen umgehen. Du auch?«

»Ich glaube dir nicht.«

»Das solltest du aber. Einmal habe ich einem sehr bösen Mann in den Arm geschossen und auf diese Weise eine kritische Situation abgewendet.«

Er drehte ihr plötzlich den Rücken zu, und sie sah, daß er die Hände rang. Schlagartig begriff sie, wozu er die Pistole benötigte. Die Jungfräuliche Braut hatte ihm offenbar schreckliche Angst eingejagt, und das war ihre — Sinjuns Schuld. Sie hatte das Gespenst nie zuvor bei einem Kind dargestellt und einfach nicht bedacht, daß ein solcher Geist einen kleinen Jungen wahnsinnig erschrecken konnte. Nun machte sie sich schwere Gewissensbisse.

»Was ist los, Philip?« fragte sie sanft.

»Nichts.«

»Habe ich dir schon erzählt, daß Perlen-Jane mich mehrmals besucht hat?«

Ihm stieg die Röte ins Gesicht. »Dieses alberne Gespenst gibt es doch gar nicht. Du hast es nur erfunden, weil du ein Mädchen bist und dich vor allem und jedem fürchtest.«

»Und Jungen fürchten sich nicht vor Gespenstern?«

Er schien einer Ohnmacht nahe, reckte aber energisch das Kinn und schnaubte verächtlich. »Natürlich nicht.«

»Erinnerst du dich noch, daß ich auch von der Jungfräulichen Braut erzählt habe — dem Geist von Northcliffe Hall?«

»Ja, aber ich habe dir nicht geglaubt.«

»Es gibt sie wirklich, aber« — Sinjun holte tief Luft —, »aber sie ist nicht hier in Vere Castle. Soviel ich weiß, hat sie Northcliffe Hall noch nie verlassen, obwohl ihr Schottland vielleicht ganz gut gefiele.«

Philip wollte nach der Duellpistole greifen, aber Sinjun fiel ihm in den Arm. »Nein, Philip, sie ist nicht hier. Komm mit, ich muß dir etwas zeigen.«

Er folgte ihr mißtrauisch.

»Das ist doch Papas Schlafzimmer.«

»Ich weiß. Komm herein.«

Sie entließ Emma, die den schweren Kleiderschrank abstaubte, und sobald sie mit Philipp allein war, öffnete sie die Schranktüren und kramte aus der hintersten Ecke eine Hutschachtel hervor.

»Hier, Philip.«

Sie zog die langhaarige Perücke und das weiße Kleid heraus.

Er erbleichte noch mehr und wich entsetzt zurück.

»Nein, es ist nur ein Kostüm. Ich habe die Perücke aus Rohwolle und Ziegenhaar gemacht. Dahling und du, ihr habt versucht, mich mit eurer Perlen-Jane-Vorstellung zu erschrecken, die übrigens wirklich gelungen war. Beim ersten Mal bin ich vor Angst fast gestorben. Na ja, und da beschloß ich, mich zu rächen. Ich habe dich nachts besucht, nach eurer letzten Vorstellung.«

Er starrte sie an. »Du warst der Geist, der mich am

Nacken berührte und verlangte, ich solle Sinjun in Ruhe lassen?«

»Ja.« Sie hätte ihm gern gesagt, daß es ihr sehr leid tat, ihn so erschreckt zu haben, aber sie wußte, wie ein stolzer Junge darauf reagieren würde.

»Warum nennt Papa dich Joan?«

Sie kicherte. »Er findet, daß Sinjun sich nach einem Männerspitznamen anhört, und das stimmt auch, aber ich werde seit Jahren von allen so genannt, und mir gefällt dieser Name. Möchtest du mich Sinjun nennen?«

»Ja, das hört sich nicht nach einem albernen Mädchen an, auch nicht nach . . .«

»Nach einer bösen Stiefmutter?«

Er nickte, den Blick immer noch auf Perücke und Kleid gerichtet.

»Woher hast du gewußt, daß es Dahling und ich waren und nicht Perlen-Jane?«

»Der Schlamm war ein bißchen zuviel des Guten, ich meine, in Verbindung mit den Ketten, dem Stöhnen und Kratzen hinter der Wandtäfelung. Man darf nie übertreiben. Außerdem habe ich mich am nächsten Morgen sicherheitshalber bei Dulcie erkundigt, und sie hat mir berichtet, daß du mit Crocker in Richtung des Sumpfes geritten bist.«

»Oh . . .«

»Du brauchst die Duellpistole wirklich nicht, Philip.«

»Aber ich könnte gut damit umgehen und würde dich bei jedem Wettschießen schlagen.«

Kleine Jungen waren wirklich köstlich, dachte sie, und aus kleinen Jungen wurden Männer, die sich in dieser Hinsicht nie änderten. »Kannst du fechten?«

»Nein«, mußte er kleinlaut zugeben. »Papa hat es mir noch nicht beigebracht.«

»Nun, dann könnten wir es vielleicht zusammen lernen. MacDuff hatte versprochen, uns bald wieder zu besuchen. Vielleicht kann er uns Unterricht geben, wenn dein Vater bis dahin noch nicht zu Hause ist.«

»Kannst du auch wirklich mit Pfeil und Bogen umgehen?«

»Ja.«

»Im Südturm gibt es eine alte Waffenkammer mit allem möglichen, auch Schwertern und Bogen. Crocker pflegt die Waffen. Das ist sein Hobby.«

»Möchtest du das Bogenschießen erlernen?«

Er nickte langsam, wobei sein Blick wieder zu Perücke und Kleid schweifte. »Mir gefällt der Name Sinjun. Joan hört sich nach einem Cockerspaniel an.«

Sie lachte. »Du sagst es.«

MacDuff trat am nächsten Nachmittag ein und fand Sinjun und Philip im Obstgarten, wo sie mit zweihundert Jahre alten Armbrüsten trainierten, die großartig in Schuß waren.

Crocker saß auf einem Zaun und schnitzte neue Pfeile, und sein Hund lag ihm zu Füßen.

Beim Anblick des Riesen sprang George II auf und bellte wild los.

»George, alter Junge, sitz!«

Für einen Hund, der den Namen eines Königs trug, war George II sehr folgsam. Er ließ sich wieder zu Füßen seines Herrn nieder, legte den Kopf auf die Pfoten und wedelte mit dem Schwanz.

Sinjun hatte das Bellen gehört, drehte sich aber nicht um. »Ja, Philip, diese Haltung ist ausgezeichnet ... Richtig, direkt unter die Nase und den linken Arm ganz gerade und ruhig halten. Ja, so.«

Das Ziel war eine mit Stroh ausgestopfte Vogelscheuche, die Sinjun sich vom Weizenfeld ausgeliehen und in zwanzig Schritt Entfernung aufgestellt hatte.

»Und jetzt ganz locker ... ja, so!«

Er ließ den Pfeil los, der sich der Vogelscheuche in die Leistengegend bohrte.

McDuff stieß einen weithin gellenden Schmerzensschrei aus.

»Ein guter Schuß«, lobte Sinjun, bevor sie sich ihrem angeheirateten Vetter zuwandte. »MacDuff! Es wurde auch höchste Zeit, daß du uns wieder mal besuchst. Kannst du mit Pfeil und Bogen umgehen?«

»O nein, Sinjun, so etwas brauchte ich nie zu lernen. Ich bin viel zu groß und furchterregend, als daß irgendein Gauner mich angriffe.« Er hielt eine fleischige Faust hoch und schüttelte sie drohend. »Das ist mein einziger Schutz, und nach meiner bisherigen Erfahrung genügt er vollkommen.«

»Du hast recht«, stimmte Sinjun zu. »Hast du Philips Schuß gesehen?«

»Aber ja. Wo hast du das gelernt, Philip?«

»Von Sinjun. Sie kann es wirklich gut. Zeig's ihm, Sinjun!«

Sie ließ sich nicht lange bitten, und ihr Pfeil durchbohrte den Hals der Vogelscheuche und trat auf der Rückseite gut zehn Zentimeter wieder aus.

»Mein Gott«, rief Mac Duff, »das war großartig! Haben deine Brüder es dir beigebracht?«

»O ja, aber sie haben keine Ahnung, daß ich jetzt besser schieße als sie. Jedenfalls gäben sie es nie zu.«

»Klug von dir, es ihnen nicht zu sagen«, meinte MacDuff. »Es wäre bestimmt ein schrecklicher Schlag für ihren männlichen Stolz.«

»Männer!« knurrte Sinjun. »Als ob das gar so wichtig wäre.«

»Vielleicht nicht, aber wir Männer nehmen es wichtig.«

»Philip, könntest du Tante Arleth Bescheid sagen, daß MacDuff hier ist? Bleibst du jetzt eine Weile bei uns?«

»Nur ein, zwei Tage. Ich bin unterwegs nach Edinburgh und wollte nur sehen, ob du etwas brauchst.«

Ja, ich brauche meinen Mann, lag es ihr auf der Zunge, aber sie fragte statt dessen: »Hattest du hier in der Gegend zu tun?«

»Freunde von mir, die Ashcrofts, leben in der Nähe von Kinross.«

»Na, ich bin jedenfalls froh, daß du hier bist, auch wenn es nur ein kurzer Besuch ist.«

MacDuff blickte Philip nach, der zum Haus rannte, und sagte lächelnd: »Wie ich sehe, hast du Philip gewonnen. Und wie steht's mit Dahling?«

»Ah, sie ist eine harte Nuß, aber ich glaube, daß ich jetzt ihren wunden Punkt entdeckt habe.«

»Sie ist doch erst viereinhalb, Sinjun. Wie soll sie da schon einen wunden Punkt haben?«

»Sie ist eine Pferdenärrin. Ich habe ihr meine Stute Fanny gezeigt, und sie geriet total aus dem Häuschen. Es war Liebe auf den ersten Blick. Sie wird mir endgültig ins Netz gehen, wenn ich sie auf Fanny reiten lasse.«

»Du bist ja direkt gefährlich, Sinjun. Also läuft alles bestens.«

»Ich würde mal sagen, es läuft. Ob bestens oder nicht, hängt sehr stark von der Laune der Hausbewohner ab.«

Sie gingen auf das Schloß zu, wobei Sinjun gelegentlich mit gerunzelter Stirn stehenblieb.

»Was ist los?«

»Oh, ich stelle nur gerade im Geiste eine Liste auf, was noch alles getan werden muß, eine schier endlose Liste. Der Hühnerstall braucht dringend ein neues Dach, und die Umzäunung muß repariert werden, weil uns durch die Löcher im Zaun viele Hühner abhandenkommen. Ach, und ich könnte noch hundert andere Beispiele anführen. Komm, ich zeige dir den neuen Garten. Die Köchin ist begeistert, und Jillie, die Spülmagd, ist jetzt mindestens zur Hälfte Gärtnerin, weil sie einen grünen Finger hat. Unser Essen wird immer schmackhafter, weil beide glücklich sind. Jetzt muß ich die Köchin nur noch überreden, auch einmal englische Gerichte auszuprobieren.«

»Viel Glück«, lachte MacDuff. Er bewunderte gebührend den neuen Gemüsegarten, wo zarte grüne Pflanzen aus der dunklen Erde hervorkamen. Neben der Zisterne blieb er stehen und sagte unvermittelt: »Colin ist nicht glücklich«, bevor er sich auf die alte Steinumfassung stützte und in die Tiefe blickte.

»Sie ist sehr tief«, sagte Sinjun, »und das Wasser ist süß.«

»Ja, daran erinnere ich mich. Wie ich sehe, hast du eine neue Kette anbringen lassen, und auch der Eimer ist neu.«

»Ja. Warum ist Colin nicht glücklich?«

MacDuff holte sich einen Eimer Wasser herauf, nahm den Holzbecher vom Haken, füllte ihn aus dem Eimer und trank genüßlich.

»Es schmeckt wirklich so gut, wie ich es in Erinnerung hatte.« Er wischte sich mit dem Handrücken den Mund ab.

»Warum ist Colin nicht glücklich?«

»Ich glaube, er hat Schuldgefühle.«

»Zu Recht. Ich bin hier und er nicht, und dann ist da noch eine andere Sache — Robert MacPherson . . .« Sie verstummte hastig und hätte sich ohrfeigen mögen. Colin würde sofort angaloppiert kommen, um sie zu beschützen, und dadurch würde er sein eigenes Leben in Gefahr bringen. Nein, sie mußte mit MacPherson allein fertig werden.

»Was ist mit MacPherson?«

Sie setzte eine Unschuldsmiene auf. »Ich mache mir Gedanken, was Colin wohl in bezug auf den Mann unternommen hat.«

»Bisher gar nichts. Der Kerl ist untergetaucht. Colin besucht gelegentlich den alten MacPherson, und der hat ihm erzählt, daß Robert versucht, ihn noch zu seinen Lebzeiten hinter seinem Rücken zu entmachten. Und Colin befindet sich in einem inneren Zwiespalt, weil er den Alten gern hat, trotz Robert und Fiona.«

»Er wird schon einen Ausweg finden«, sagte sie kurz angebunden und blickte zu den Gerstenfeldern hinüber. »Es hat seit drei Tagen nicht geregnet. Wir brauchen Regen.«

»Nur keine Sorge, in dieser Gegend gibt es immer genug Regen. Die Halbinsel Fife ist mit ihrem milden Klima das reinste Paradies für die Landwirtschaft. Colin kann sich wirklich glücklich schätzen, soviel fruchtbaren Boden zu besitzen. Ein Großteil von Schottland besteht aus kahlen Felsen und öder Heide, und Colins Vorfahren hatten großes Glück, sich hier niederlassen zu können, anstatt in den Highlands oder in den Grenzgebieten.«

»Ich bezweifle, daß die ersten Kinrosses es sich aussuchen konnten, in welchem Teil von Schottland sie leben wollten. Wer sind diese Ashcrofts, MacDuff?«

Er lächelte. »Freunde meiner Eltern. Es war ein längst überfälliger Besuch.«

»Wie der bei uns. Ich freue mich wirklich, daß du hier bist.«

»Ich möchte alles sehen, was du hier verändert hast. Was hält Colin eigentlich von deinen ganzen Verbesserungen?«

»Nicht sehr viel.«

»Hoffentlich hat er deine Gefühle nicht verletzt.«

»Doch, aber das weißt du wahrscheinlich schon.«

»Vielleicht. Du mußt versuchen, ihn zu verstehen, Sinjun. Seit er ein kleiner Junge war, wurden ihm immer wieder Dinge weggenommen, die ihm gehörten, und deshalb hat er gelernt, sie zu verstecken und zu hüten. Aber auch das hat manchmal nichts genützt. Du weißt ja, daß er der zweite Sohn war, und wenn Malcolm, der Erstgeborene, Anspruch auf Colins Sachen erhob, bekam er sie auch. Ich erinnere mich noch gut an Colins Versteck, wo er seine Schätze aufbewahrte, nichts Wertvolles, verstehst du, aber Sachen, die ihm gehörten und die ihm viel bedeuteten, und die Malcolm ihm zweifellos weggenommen hätte, da er alles haben wollte, was Colin gehörte. Deshalb bewahrte Colin seine Schätze in einer kleinen Holzschatulle auf, die er im Astloch einer alten Eiche versteckte. Nur wenn er genau wußte, daß Malcolm nicht zu Hause war, ging er zu der Eiche. Vielleicht erklärt das, warum er solchen Wert darauf legt, alle Anordnungen selbst zu treffen. Vere Castle gehört jetzt ihm, und was ihm gehört, das hütet er eifersüchtig.«

»Ich verstehe«, murmelte Sinjun, aber das stimmte nicht ganz. Schließlich war Colin jetzt kein Junge mehr, sondern ein Mann.

»Es hat ihn zermürbt, daß kein Geld vorhanden war, um Vere Castle wieder zu dem Stammsitz zu machen, der er war, aber jetzt kann er es wahrscheinlich nur schwer hinnehmen, daß du die Retterin in der Not bist.«

»Warum haßt Tante Arleth ihn eigentlich so?«

»Sie ist eine alte Hexe, und ihre Gedankengänge entziehen sich jeder vernünftigen Prüfung. Malcolm war immer ihr Liebling, warum, weiß ich auch nicht. Vielleicht weil er der zukünftige Graf war und sie sich seine bleibende Zuneigung sichern wollte. Colin behandelte sie wie ein völlig bedeutungsloses Zigeunerbalg. Ich weiß noch, wie sie Malcolm über Colins Liebe zur Poesie informierte, die er von seiner Mutter geerbt hatte, und wie Malcolm seinem Vater weismachte, daß auch er Gedichte liebe und deshalb Colins Buch wolle. Nun, er bekam es natürlich.«

»Aber das war ungerecht!«

»Vielleicht, aber für den Grafen lag das zukünftige Schicksal der Kinrosses in Malcolms Händen, und deshalb wurde dem Erstgeborenen nichts abgeschlagen. Das hat natürlich seinen Charakter ruiniert. Außerdem haßte Arleth ihre Schwester, aus dem ganz einfachen Grund, weil sie den Grafen für sich selbst haben wollte. Angeblich hat sie ihn nach dem Tod ihrer Schwester auch bekommen; aber er ist mit ihr nur ins Bett gegangen, nicht zum Altar. Schon seltsam, wie das Leben spielt, nicht wahr?«

Sinjun fröstelte, nicht etwa, weil die Nachmittagssonne hinter grauen Wolken verschwunden war, sondern weil sie solche Konflikte in ihrer eigenen Familie nie erlebt hatte. Ihre Mutter konnte zwar eine echte Landplage sein, aber weder sie selbst noch ihre Brüder hatten jemals wirklich darunter gelitten, und rückblickend kam ihr manches sogar ganz amüsant vor.

»Aber jetzt ist Colin der Graf«, sagte MacDuff. »Er ist ein guter Mann, und meiner Meinung nach hat er eine ausgezeichnete Frau gefunden.«

»Das stimmt«, kommentierte sie sarkastisch. »Das Bedauerliche ist nur, daß er nicht hier ist, um sein Glück zu genießen.«

Auch in den nächsten zwei Tagen war von Colin nichts zu hören und zu sehen. MacDuff war sehr freundlich und hilfsbereit. Er gab Philip und ihr Fechtunterricht und freute sich, daß beide Schüler im Umgang mit dem Rapier großes Geschick an den Tag legten. Und er machte Sinjun viele Komplimente über den Zustand des Hauses, worauf sie erwiderte, daß Wasser und Seife nicht teuer seien.

»Aber man braucht viel Mut und Standhaftigkeit, um Tante Arleths ständiges Klagen und Keifen zu ertragen.«

Sinjun besah sich Colins Waffensammlung und wählte eine kleine Taschenpistole mit Doppellauf aus, die höchstens fünfzehn Jahre alt war und sich mühelos in der Rocktasche ihres Reitkostüms verstecken ließ. Sie hatte beschlossen, selbst den Köder für Robert MacPherson zu spielen. Zweifellos ließ er Vere Castle von seinen Leuten beobachten. Deshalb ließ sie Philip und Dahling nur unter Aufsicht aus dem Haus, und falls sich die Kinder darüber wunderten, erhoben sie keine Einwände.

Am Morgen von MacDuffs Abreise erklärte Dahling beim Frühstück zwischen zwei Löffeln Porridge unvermittelt: »Ich habe beschlossen, daß du doch nicht häßlich bist, Sinjun.«

MacDuff starrte das kleine Mädchen schockiert an, aber Sinjun lachte nur. »Vielen Dank, Dahling. Ich traute mich kaum noch, in den Spiegel zu schauen.«

»Darf ich auf Fanny reiten?«

»Aha, jetzt verstehe ich — eine Kriegslist«, stellte MacDuff fest.

»Wäre ich wieder häßlich, wenn ich nein sagen würde?«

Dahling blickte unschlüssig drein, doch schließlich schüttelte sie den Kopf. »Nein, du wärest nur keine große Schönheit wie ich.«

»Nun, vielleicht könnten wir einen Kompromiß schließen. Ich setze dich vor mich in den Sattel, und wir reiten zusammen.«

Dahling strahlte, und Sinjun wußte genau, daß die Kleine genau das gewollt hatte.

»Beide Kinder nennen dich jetzt also Sinjun.«

»Ja.«

»Ich bin überzeugt davon, daß auch Colin es bald tun wird. Soll ich ihm etwas von dir ausrichten?«

Ihr wurde klar, daß sie ihren Mann nicht in Vere Castle gebrauchen konnte, bis sie MacPherson ausgeschaltet hatte, und sie hatte keine Ahnung, wie lange das dauern würde. Deshalb sagte sie nur: »Richte ihm bitte aus, daß die Kinder und ich ihn vermissen, daß aber ansonsten alles in Ordnung ist. O ja, noch etwas, MacDuff. Sag ihm, ich würde nie seine in der Eiche versteckte Schatulle stehlen.«

Er küßte sie auf die Wange. »Ich glaube nicht, daß Colin auch nur ein Gedicht gelesen hat, seit Malcolm ihm jenes Buch weggenommen hat.«

»Ich werde darüber nachdenken.«

»Auf Wiedersehen, Sinjun.«

Sie blickte ihm von der Freitreppe aus nach, bis Pferd und Reiter nicht mehr zu sehen waren, und entschied, daß es nun an der Zeit war, in bezug auf Robert MacPherson zur Tat zu schreiten.

Doch sie kam nicht dazu, ihren Vorsatz auszuführen, weil Philip ihr unbedingt den Cowal Swamp zeigen wollte. Er bettelte und bettelte und stellte ihr sogar mit Verschwörermiene in Aussicht, sie könne Schlamm für ihre eigenen Zwecke mitbringen. Der Versuchung, Tante Arleths Reaktion auf Schlamm zu testen, konnte Sinjun natürlich nicht widerstehen.

Crocker begleitete sie, und Sinjun fiel auf, daß er gut bewaffnet war, wahrscheinlich auf Colins Befehl hin. Crocker hatte den Namen MacPherson nur ein einziges Mal ausgesprochen und hinterher ausgespuckt.

Sie ritten eine gute Stunde lang durch eine herrlich wilde Heidelandschaft, und dann lag plötzlich der Sumpf vor ihnen, ein unheimlicher, widerwärtiger Ort, an dem es nach Schwefel stank.

Crocker erzählte Sinjun ausführlich alles Wissenswerte über den Cowal Swamp, was die unzähligen Stechmücken weidlich ausnützten. Schließlich wurde es ihr zuviel.

»Schluß jetzt, Crocker!« erklärte sie sehr energisch. »Füllen wir unsere Eimer und verlassen wir diesen Höllenpfuhl.«

Auf dem Rückweg wurden sie von einem Wolkenbruch überrascht, der den Nachmittag in Nacht verwandelte. Die Temperatur fiel schlagartig, und Sinjun hüllte Philip, der vor Kälte zitterte, in ihre Reitjacke. Crocker, der nur ein Baumwollhemd trug, wurde naß bis auf die Haut, und Sinjun sorgte dafür, daß er vor dem Feuer in der Küche ein heißes Bad nahm, während Philip in seinem Zimmer badete und zur Schlafengehenszeit wieder ganz munter war.

Am nächsten Morgen kletterte Dahling auf Sinjuns Bett, weil sie es kaum erwarten konnte, auf Fanny zu reiten.

»Es ist schon spät, Sinjun. Steh auf! Ich bin fertig angezogen.«

Sinjun öffnete ein Auge, sah das kleine Mädchen, das neben ihr saß, aber nur verschwommen.

»Es ist sehr spät«, wiederholte Dahling.

»Wie spät ist es denn?« Ihre Stimme war heiser und krächzend, und als sie kräftig zwinkerte, um den Schwindel zu vertreiben, raubte ihr ein Schmerz über den Augen fast die Sinne. Stöhnend sank sie wieder auf ihr Kissen. »O nein, Dahling, ich bin krank. Komm nicht näher.«

Aber Dahling beugte sich vor und legte ihre kleine Hand an Sinjuns Wange. »Du bist heiß, Sinjun, sehr heiß.«

Fieber! Das hatte ihr gerade noch gefehlt. Sie mußte aufstehen, sich ankleiden und endlich versuchen, MacPherson außer Gefecht zu setzen, und außerdem mußte sie . . .

Sie versuchte aufzustehen, war dazu aber viel zu schwach. Jeder Muskel, jeder Knochen schmerzten wahnsinnig. Besorgt sprang Dahling vom Bett hinunter. »Ich hole Dulcie. Sie weiß bestimmt, was man tun muß.«

Aber es war nicht Dulcie, die etwa zehn Minuten später das Schlafzimmer betrat, sondern Tante Arleth.

»Nun, endlich hat's dich erwischt!«

Sinjun öffnete mühsam die Augen. »Scheint so.«

»Du hörst dich wie ein Frosch an. Crocker und Philip sind ganz gesund. Aber es war ja wohl zu erwarten, daß von den dreien das verzärtelte englische Fräulein krank wird.«

»Ja. Ich hätte gern etwas Wasser, bitte.«

»Aha, durstig? Nun, ich bin nicht deine Dienerin. Ich lasse Emma holen.«

Sie ging, ohne sich noch einmal umzudrehen. Sinjun wartete. Ihre Kehle war so trocken, daß jeder Atemzug schmerzte, bis sie in einen unruhigen Schlaf fiel.

Als sie aufwachte, stand Serena neben dem Bett.

»Wasser, bitte.«

»Aber ja.« Serena verließ das Zimmer, und Sinjun war den Tränen nahe. O Gott, was sollte sie nur tun?

Im Gegensatz zu Tante Arleth kehrte Serena aber wenige Minuten später mit einer Wasserkaraffe und mehreren Gläsern zurück. Sie füllte eines davon und hielt es an Sinjuns Lippen.

»Du mußt langsam trinken«, sagte sie mit sanfter, einschmeichelnder Stimme. »Mein Gott, du siehst wirklich schlecht aus, ganz weiß im Gesicht und ganz verschwitzt. Nein, du siehst gar nicht gut aus.«

Es war Sinjun gleichgültig, wie sie aussah. Sie trank und trank. Als ihr Durst endlich gestillt war, keuchte sie vor Anstrengung und sank erschöpft in die Kissen.

»Ich kann nicht aufstehen, Serena.«

»Nein, ich sehe schon, daß du wirklich ziemlich krank bist.«

»Gibt es in dieser Gegend einen Arzt?«

»O ja, aber er ist alt und gebrechlich und macht kaum noch Hausbesuche.«

»Schick bitte nach ihm, Serena.«

»Ich werde mit Tante Arleth darüber sprechen, Joan.« Sie schwebte hinaus, in einem dunkelroten Seidenkleid mit langer Schleppe. Sinjun versuchte, sie zurückzurufen, brachte aber nur ein Flüstern hervor.

»Wir haben kein Geld für einen Arzt.«

Es war Tante Arleth. Sinjun war mittlerweile so schwindelig, daß sie die Frau nur ganz verschwommen sah, ebenso wie die Uhr in der Nähe des Bettes. Soweit sie erkennen konnte, war es Spätnachmittag. Sie war wieder schrecklich durstig und verspürte außerdem ein dringendes Bedürfnis.

»Bitte hol Emma oder Dulcie.«

»O nein, Dulcie hat mit den Kindern genug zu tun. Du meine Güte, es ist sehr warm in diesem Zimmer. Du brauchst unbedingt frische Luft.«

Tante Arleth riß die Fenster auf und zog die Brokatvorhänge so weit wie möglich zurück. »So, das wird dein Fieber senken. Gute Besserung, meine Liebe. Ich sehe später wieder nach dir.«

Sie verschwand. Sinjun war allein. Im Zimmer wurde es sehr schnell kälter.

Unter Aufbietung aller Willenskraft gelang es ihr, den Nachttopf zu benutzen. Dann taumelte sie wieder ins Bett und verkroch sich zähneklappernd unter den Decken.

Am nächsten Morgen schlüpfte Philip ins Zimmer, rannte zum Bett und betrachtete Sinjun. Sie schlief, zitterte aber wie Espenlaub, und als er ihr die Hand auf die Stirn legte, zog er sie hastig wieder zurück, denn sie glühte regelrecht.

Im Zimmer war es sehr kalt. Die Fenster waren weit geöffnet. Tante Arleth, dachte er. Sie hatte am Vorabend allen erzählt, daß Sinjun fast schon wieder gesund sei, daß sie nur im Bett bleibe, weil sie eine faule Engländerin sei, die es genieße, andere Leute herumzukommandieren. Sie hatte alle gegen Sinjun aufhetzen wollen, das war Philip klar, aber er hatte Angst, diesen Gedanken weiterzuverfolgen. Statt dessen schritt er zur Tat, schloß die Fenster, zog die Vorhänge zu, holte Decken aus seinem Zimmer und breitete sie über den anderen Decken aus.

»Durst«, flüsterte Sinjun.

Er hielt ihren Kopf in seiner Armbeuge und hielt ihr das Glas an die Lippen. Sie war so schwach, daß sie kaum trinken konnte, und er ängstigte sich plötzlich sehr.

»Es geht dir nicht besser«, stellte er fest.

»Nein. Ich bin sehr froh, daß du hier bist, Philip. Du bist hier . . . ich habe dich vermißt . . . hilf mir bitte, Philip. . .« Ihre Stimme war immer schwächer geworden, und er begriff, daß sie nicht einfach eingeschlafen war, sondern das Bewußtsein verloren hatte.

Tante Arleth hatte ihnen verboten, das Schlafzimmer zu betreten, damit sie sich nicht bei ihrer Stiefmutter ansteckten, die aber nur eine leichte Erkältung hätte und selbst nicht wollte, daß jemand sie besuchte.

Es war keine leichte Erkältung. Tante Arleth hatte gelogen. Sinjun war sehr krank.

Er betrachtete sie angsterfüllt und überlegte, was er tun sollte.

»Du ungehorsamer kleiner Junge! Raus mit dir! Hast du gehört, Philip? Komm sofort her!«

Philip drehte sich um. Tante Arleth stand mit bitterböser Miene auf der Schwelle.

»Sinjun ist sehr krank. Sie braucht Hilfe.«

»Ich helfe ihr ja. Hat sie etwas gesagt? Sie versucht nur, dein Mitleid zu erregen und dich gegen mich aufzuhetzen. Du siehst doch, daß ich hier bin, um ihr zu helfen, du dummer Junge. Ich will nicht, daß du ihr zu nahe kommst, weil du dich anstecken könntest.«

»Du hast doch gesagt, daß sie nur im Bett liegen würde, weil sie faul ist. Wie könnte ich mich an Faulheit anstekken?«

»Sie hat immer noch ganz leichtes Fieber, wirklich nichts Schlimmes, aber in Abwesenheit deines Vaters ist es meine Pflicht, auf euch aufzupassen. Deshalb muß ich verhindern, daß ihr krank werdet.«

»Sinjun hat sich sehr gut um mich und Dahling gekümmert.«

»Deine Stiefmutter ist ein dummes und verantwortungsloses Ding, sonst wäre sie nie mit dir zu dem verdammten Sumpf geritten. Sie hat sich nur aufgespielt und so getan, als wäre sie für euch verantwortlich. In Wirklichkeit macht sie sich nicht das geringste aus Dahling und dir. Sie kann uns alle nicht ausstehen, aber sie genießt es, uns Befehle zu erteilen und uns ihren Reichtum unter die Nase zu reiben. O ja, sie sieht in uns allen nur arme Verwandte, die sie widerwillig um sich dulden muß. Was glaubst du denn, warum dein lieber Vater nicht zu Hause ist? Nur ihretwegen. Er kann ihre Gesellschaft nicht ertragen, weil sie ihm ständig seine Armut vorhält. Sie gehört nicht hierher, sie ist eine Engländerin. Komm jetzt sofort her, Philip! Ich sage es nicht noch einmal.«

»Die Fenster waren geöffnet, Tante.«

»Um Himmels willen, ja, sie hat mir befohlen, sie zu öffnen. Ich habe ihr gesagt, daß das sehr unvernünftig sei, aber sie hat so lange auf mich eingeredet, bis ich schließlich nachgegeben habe.«

Er wußte genau, daß sie log, und seine Angst wuchs ins Unermeßliche. Eine innere Stimme sagte ihm, daß

Sinjun sterben werde, wenn er nicht schnell etwas unternahm.

»Komm jetzt endlich, Philip!«

Langsam ging er auf Tante Arleth zu und nickte sogar, so als hätte sie ihn völlig überzeugt. Er wußte jetzt genau, was er zu tun hatte.

Von der Schwelle aus beobachtete er, wie sie zum Bett ging und ihre Hand auf Sinjuns Stirn legte. »Ich wußte es ja«, sagte sie. »Deine Stiefmutter hat kaum noch Fieber. Wir brauchen keinen Arzt.«

Philip rannte davon.

KAPITEL 14

Northcliffe Hall,
unweit von New Romney, England

Alexandra Sherbrooke, Gräfin von Northcliffe, hielt ein gemütliches Nachmittagsschläfchen, mit ausdrücklicher Billigung ihrer Schwiegermutter, die ihr sogar die Wange getätschelt hatte, was man mit etwas gutem Willen als Ausdruck von Zuneigung deuten konnte — freilich nur, weil Alex wieder schwanger war. Für die verwitwete Gräfin bin ich eine Art Gewächshaus, in dem Douglas' Samen wachsen und gedeihen kann, hatte Alex sarkastisch gedacht, kurz bevor sie eingeschlafen war.

Sie träumte von Melissande, ihrer unglaublich schönen Schwester, die vor kurzem ein kleines Mädchen zur Welt gebracht hatte, das Alex sehr ähnlich sah, bis hin zu grauen Augen und tizianrotem Haar. So etwas nenne man ausgleichende Gerechtigkeit, hatte Douglas gesagt; schließlich seien dafür ihre eigenen Zwillinge Ebenbilder der hinreißenden Melissande.

Aber in Alex' Traum stimmte etwas nicht mit Melissande. Sie lag regungslos auf dem Rücken, und ihr herrliches schwarzes Haar war fächerförmig auf den weißen Kissen ausgebreitet. Ihr Gesicht war bleich, mit bläulichen Schatten unter der Haut, und sie atmete flach und röchelnd.

Plötzlich war ihr Haar nicht mehr schwarz, sondern kastanienbraun und zu einem langen Zopf geflochten. Es war auch nicht mehr Melissandes, sondern Sinjuns Gesicht.

Alex wachte auf und blinzelte. Welch merkwürdiger Traum, dachte sie schlaftrunken, während ihr die Augen wieder zufielen. Vielleicht war Sinjun an Melissandes

Stelle getreten, weil sie ihrer Schwägerin erst heute mittag einen langen Brief geschrieben hatte.

Alex döste wieder ein, aber diesmal hatte sie keinen Traum, sondern hörte eine leise Frauenstimme dicht an ihrem Ohr, und diese Stimme sagte immer wieder: »Sinjun ist krank . . . Hilf ihr . . . Du mußt ihr helfen . . .«

Alex fuhr stöhnend aus dem Schlaf. Neben ihrem Bett stand die Jungfräuliche Braut in einem schimmernden weißen Gewand, und sie sprach zu Alex, ohne die Lippen zu bewegen, leise und sanft, aber dennoch sehr eindringlich. »Sinjun ist krank . . . in Nöten . . . Hilf ihr . . . hilf ihr!«

»Was ist passiert? Bitte sag mir — was fehlt Sinjun?«

»Hilf ihr!« flehte die schöne junge Frau händeringend. Ihre Finger waren lang, sehr schlank und seltsamerweise durchscheinend, so daß die Knochen als dunkle Schatten zu sehen waren. Ihr langes Haar war so hellblond, daß es in der Nachmittagssonne fast weißt wirkte. »Hilf ihr . . . Sie ist in großen Nöten . . .«

»Das tue ich.« Alex sprang aus dem Bett, und der Geist nickte, wich in eine Zimmerecke zurück und löste sich langsam in Nichts auf.

Alex holte tief Luft. Die Jungfräuliche Braut hatte sie monatelang nicht mehr besucht, und beim letzten Mal hatte sie gelächelt und erzählt, daß die Kuh des Bauern Elias die Kolik überlebt habe und dem kranken Baby des Bauern jetzt Milch geben könne. Und sie war auch in Alex' schwerster Stunde bei ihr gewesen, bei der Geburt der Zwillinge, als Alex vor Schmerzen laut geschrien und geglaubt hatte, sterben zu müssen. Damals hatte das Gespenst ihr versichert, daß alles gutgehen werde, daß sie keine Sekunde daran zweifeln dürfe, und Alex hätte schwören können, daß eine weiche Hand ihre Stirn und ihren Bauch berührt hatte und daß die Schmerzen daraufhin nachgelassen hatten. Douglas hatte später natürlich behauptet, sie habe einfach Fieberphantasien gehabt. Sie hätte ihm gar nichts davon erzählen sollen, aber sie wußte genau, warum er in dieser Hinsicht so eigensinnig war. Männer konnten einfach nichts annehmen, was sie nicht vorstellen konnten. Die Jungfräuliche Braut war mit dem Verstand nicht zu begreifen, und deshalb durfte es sie nicht geben.

Und nun war der Geist wiedergekommen, um ihr zu sagen, daß Sinjun krank und in Not war.

Douglas war nicht da. Er hatte vor einigen Tagen nach London zurückkehren müssen, zu einem Treffen im Außenministerium mit Lord Avery.

Nun, er könnte in diesem Fall sowieso nicht von Nutzen sein. Wenn sie ihm berichten würde, was die Jungfräuliche Braut gesagt hatte, würde er spöttisch lachen und sie wochenlang damit aufziehen. Nein, es traf sich sehr gut, daß er nicht zu Hause war, denn er hätte ihr nicht erlaubt, in ihrem Zustand etwas zu unternehmen — und sie wußte, daß sie rasch handeln mußte.

Hollis, der Butler, starrte sie an, als hätte sie den Verstand verloren, obwohl sie kein Wort von Schottland verlauten ließ, sondern angeblich nur ihren Schwager und ihre Schwägerin, Ryder und Sophie, in den Cotswolds besuchen wollte. Ihre Schwiegermutter schien hingegen heilfroh zu sein, daß sie nun wenigstens eine Zeitlang aus dem Haus sein würde.

Sophie hatte in den letzten Jahren selbst mehrmals Besuch von der Jungfräulichen Braut gehabt. Sie würde Alex' Bericht nicht in Zweifel ziehen, und dann würden sie gemeinsam entscheiden, was zu tun war.

Philip schlich sich um zehn Uhr abends aus dem Haus. Seine Sorge um Sinjun ließ wenig Raum für Furcht. Er erreichte die Stallungen, ohne daß George II Laut gegeben hätte, denn er hatte den Hund gerade noch rechtzeitig hinter den Ohren gekrault, sattelte sein Pony Bracken und führte es vorsichtshalber ein ganzes Stück weit am Zügel, bevor er aufstieg und losgaloppierte. Ein langer Ritt lag vor ihm, aber er wußte, daß er es schaffen konnte, und betete nur, daß die Hilfe nicht zu spät kommen würde.

Er hatte überlegt, ob er Dulcie in sein Vorhaben einweihen sollte, befürchtete aber, daß sie es nicht schaffen würde, den Mund zu halten. Statt dessen hatte er sie gähnend und scheinbar sehr schläfrig gebeten, nach seiner Stiefmutter zu sehen, ihr Wasser zu trinken zu geben und sie mit möglichst vielen Decken warmzuhalten.

Dulcie hatte es ihm versprochen, und nun konnte er nur hoffen, daß Tante Arleth das Kindermädchen nicht auf frischer Tat ertappen und wegjagen würde.

Die dunklen Regenwolken der vergangenen Tage hatten vereinzelten weißen Wölkchen Platz gemacht, die weder den Halbmond noch die Sterne verhüllten, so daß er ganz gut sehen konnte.

Als er hinter sich Hufgetrappel hörte, bekam er rasendes Herzklopfen, führte Bracken rasch in das dichte Unterholz neben der Straße und hielt dem Pony die Nüstern zu, damit es nicht wiehern konnte.

Drei Männer kamen angeritten, und bald konnte er ihre Unterhaltung deutlich verstehen.

»Ja, 'n bißchen bekloppt is sie schon, aber ich nehm sie trotzdem.«

»Nee, nee, sie gehört mir, du Blödmann! Ihr Alter hat sie mir versprochen, und der Herr is auch einverstanden, daß wir's Aufgebot bestellen.«

Ein dritter Mann lachte laut und triumphierend, spuckte verächtlich aus und rief: »Ha, ihr zwei Dämlacke, ihr guckt beide in den Mond, weil ich sie nämlich schon längst gefickt habe. Ich werd's unserem Herrn sagen, und dann gehört sie mir. Und ich verrat euch was, Jungs — das Weibsbild hat wirklich tolle Titten!«

Der Streit artete in Handgreiflichkeiten aus, begleitet von Schreien, Flüchen und dem nervösen Wiehern der Pferde. Philip stand schreckensstarr da und hoffte inbrünstig, daß der stärkste Mann die beiden anderen möglichst bald zum Teufel jagen werde.

Nach etwa zehnminütigem Kampf fiel ein Schuß, dicht gefolgt von einem gellenden Schrei und einer kurzen unheimlichen Stille.

»Verdammt, du hast Dingle umgebracht, du Vollidiot!«

»Ja, aber er hat's nich besser verdient, weil er sie gefickt hat.«

»Und wenn sie nun schon sein Balg im Bauch hat?« brüllte der andere Mann. »Du bist schon 'n selten dummes Arschloch, Alfie! Ich möcht nicht in deiner Haut stecken, wenn MacPherson das erfährt!«

»Wir sagen einfach kein Wort nich. So'n verfluchter Kinross hat'n umgelegt. Nichts wie weg hier! Los!«

Sie ließen den dritten Mann zurück. Philip band Bracken an einer Eibe fest und schlich sich zur Straße. Der Mann lag auf dem Rücken, mit weit von sich gestreckten Armen und Beinen, einen großen roten Fleck auf der Brust. Seine Augen waren schreckensweit aufgerissen, die Zähne gebleckt. Er war tot.

Philip übergab sich, rannte zu seinem Pony und galoppierte davon. Er hatte den Mann erkannt. Der Kerl hieß Dingle und war einer der schlimmsten Schläger im Dienst der MacPhersons. Sein Vater hatte ihm diesen Dingle einmal gezeigt und gesagt, der Bursche sei ein Kretin, aber leider typisch für die Männer der MacPhersons.

Um vier Uhr morgens war Philip auf der Fähre nach Edinburgh, nach einem Ritt, der ihn genauso erschöpft hatte wie sein Pony. Von den Shillingen, die er der Geldkassette seines Vaters entnommen hatte, blieb ihm nur noch ein einziger, nachdem er die Überfahrt bezahlt hatte. Kurz nach sechs hämmerte er an die Tür des Hauses am Abbotsford Crescent, das er eine gute Stunde gesucht hatte, zuletzt den Tränen nahe.

Angus öffnete gähnend die Tür und starrte den kleinen Jungen mit offenem Mund an.

»Du meine Güte, der junge Herr! Na, das gibt 'ne Überraschung für den Grafen. Wer hat dich denn begleitet, Junge?«

»Schnell, Angus! Ich muß sofort zu meinem Vater!« Er schob den alten Diener einfach beiseite, rannte die Treppe hinauf und stürzte ins Schlafzimmer seines Vaters, wobei die Tür so weit aufflog, daß sie gegen die Wand prallte.

Colin fuhr sofort aus dem Schlaf. »Mein Gott, Philip! Was zum Teufel tust du hier?«

»Papa, schnell! Du mußt nach Hause kommen! Sinjun ist schwer krank!«

»Sinjun?« wiederholte Colin verständnislos.

»Deine Frau, Papa, deine *Frau*. Beeil dich!« Philip zog seinem Vater einfach die Decken weg.

»Joan ist krank?«

»Nicht Joan, Papa, Sinjun. Bitte beeil dich! Tante Arleth wird sie sterben lassen, das weiß ich genau.«

Philip zitterte jetzt am ganzen Leibe.

»Verdammt, ich glaube es nicht! Mit wem bist du hergekommen? Was ist passiert?« fragte er, während er nackt aus dem Bett sprang. »Erzähl mir alles, Philip!«

Er zog sich hastig an, spritzte sich Wasser ins Gesicht und lauschte dabei aufmerksam dem Bericht seines Sohnes.

Philip erzählte ihm von dem Ritt zum Cowal Swamp, von dem Wolkenbruch auf dem Rückweg und wie Sinjun ihre eigene Reitjacke ausgezogen und ihm umgehängt hatte. Er erzählte von dem kalten Zimmer, den offenen

Fenstern und von Tante Arleths Lügen, und dann brach er plötzlich in Tränen aus. Sein verzweifeltes Schluchzen erschreckte Colin, der seinen Sohn in die Arme nahm und fest an sich drückte. »Alles wird wieder gut, Philip. Ganz bestimmt. Du hast deine Sache sehr gut gemacht. Wir werden bald zu Hause sein und Joan helfen.«

»Sie heißt Sinjun.«

Colin zwang seinen erschöpften Sohn, wenigstens einige Löffel seines eilig zubereiteten Porridges zu essen. Eine halbe Stunde später galoppierten sie los. Philip hatte nichts davon hören wollen, in Edinburgh zu bleiben, um sich auszuruhen. »Ich muß wissen, wie es ihr geht«, hatte er energisch erklärt, und Colin hatte ihm nicht widersprochen, weil er stolz auf den Jungen war, der in dieser Nacht bewiesen hatte, daß er einmal ein tapferer Mann sein würde.

Sinjun fühlte sich erstaunlich friedvoll. Und sie war unglaublich müde, so müde, daß sie in alle Ewigkeit schlafen wollte. Sie hatte keine Schmerzen mehr, war nur noch von dem Wunsch beseelt, sich einfach fallenzulassen. Sie stöhnte leise, und ihre eigene Stimme war ihr fremd und schien von weither zu kommen. Wie konnte man nur so schrecklich müde sein und doch nicht einschlafen können?

Dann hörte sie eine Männerstimme, eine kräftige, tiefe, ungeduldige und befehlshaberische Stimme. Diesen zornigen Ton hatte sie nur allzuoft von ihren Brüdern gehört, aber es war weder Douglas' noch Ryders Stimme. Der Mann sprach jetzt dicht an ihrem Ohr, aber sie konnte seine Worte nicht verstehen, und es interessierte sie auch gar nicht, was er sagte. Eine zweite Stimme war zu hören, aber sie war sanft und unaufdringlich und würde sie nicht am Einschlafen hindern. Dann verstummte auch die laute, gebieterische Stimme, ihr Kopf sank zufrieden zur Seite, und ihr Atem wurde immer langsamer.

»Verflucht, wach auf! Ich sag's dir nicht noch einmal,

Sinjun — wach auf! Du darfst nicht einfach aufgeben! Wach auf, du gottverdammte Range!«

Das Gebrüll riß sie schmerzhaft von der Schwelle zurück, hinter der etwas sehr Verführerisches wartete — Ruhe und Stille.

Da war diese Männerstimme schon wieder, eine schrecklich laute Stimme. Douglas brüllte so, aber das konnte nicht Douglas sein, denn er war weit von hier, in England. Doch wer es auch immer sein mochte — er sollte endlich still sein und sie einschlafen lassen. Sie öffnete die Augen, um ihm das zu erklären, und sah dicht über sich den schönsten Mann, den sie je gesehen hatte, mit schwarzen Haaren, dunkelblauen Augen und einem Grübchen am Kinn. Sie flüsterte heiser: »Du bist so schön . . .« Und dann schloß sie die Augen wieder, denn sie wußte, daß das ein Engel sein mußte, und folglich war sie im Himmel, und sie freute sich, daß dieser Engel bei ihr war.

»Himmelherrgott noch mal, mach die Augen auf! Ich bin nicht schön, ich habe mich ja nicht einmal rasiert.«

»Ein Engel flucht nicht«, brachte sie deutlich hervor und zwang sich, die Augen wieder zu öffnen.

»Ich bin kein Engel, sondern dein verdammter Ehemann! Du wachst jetzt auf der Stelle auf, Sinjun, verstanden? Ich dulde diese Faulenzerei nicht, und ich werde dich verprügeln, wenn du nicht sofort zu mir zurückkommst!«

»Verdammter Ehemann«, wiederholte sie langsam. »Ja, du hast recht, ich muß zurückkommen. Ich kann Colin nicht sterben lassen. Ich will nicht, daß er stirbt. Er muß gerettet werden, und nur ich kann das tun. Er ist zu anständig, um sich selbst zu retten. Er ist nicht grausam, und nur ich kann ihn retten.«

»Dann verlaß mich nicht! Du kannst mich nicht retten, wenn du stirbst, verstanden?«

»Ja.«

»Gut. Ich werde dich jetzt stützen, und ich will, daß du trinkst. Verstanden?«

Sie brachte ein Nicken zustande, und dann fühlte sie einen starken Arm im Rücken, und ein kaltes Glas berührte ihre Lippen. Sie trank und trank, und das Wasser war Ambrosia. Es lief ihr über das Kinn und durchnäßte ihr Nachthemd, aber sie war so schrecklich durstig, daß ihr nichts etwas ausmachen konnte, solange ihr nur dieses köstliche Wasser durch die Kehle rann.

»So, genug für den Moment. Hör mir zu. Ich werde dich jetzt waschen, damit das Fieber sinkt. Verstanden? Du hast viel zu hohes Fieber, und ich muß es senken. Aber du wirst nicht wieder einschlafen. Sag mir, daß du mich verstanden hast.«

Aber sie kam nicht dazu, denn eine schrille Frauenstimme kreischte plötzlich: »Ich wollte diesen alten Narren von Childress auch gerade holen lassen, als du kamst, Colin. Es ist nicht meine Schuld, daß sie auf einmal kränker wurde. Davor war sie fast gesund, ich schwör's dir!«

Sinjun stöhnte. Sie fürchtete sich vor dieser Frau, sie wollte sich verstecken, sich möglichst klein machen. Der schöne Mann, der kein Engel war, sagte mit ganz ruhiger Stimme: »Geh, Arleth! Ich will nicht, daß du dieses Zimmer je wieder betrittst. Geh!«

»Das kleine Luder wird dir Lügen auftischen! Ich kenne dich dein ganzes Leben lang. Du kannst doch nicht gegen mich und für sie Partei ergreifen.«

Sie hörte wieder eine Stimme, aber aus größerer Entfernung. Dann wurde es herrlich still, und plötzlich berührte ein kühles, nasses Tuch ihr Gesicht, und seine Stimme sprach wieder zu ihr, aber diesmal sanft und beruhigend, und er sagte, sie solle ganz ruhig liegenbleiben, und bald werde sie sich etwas besser fühlen. »Vertrau mir«, murmelte er immer wieder, und das tat sie. Er würde die böse Frau von ihr fernhalten.

Sie hörte auch den anderen Mann, den mit der alten sanften Stimme.

»So ist's gut, Mylord. Reiben Sie sie ab, bis das Fieber

sinkt, alle paar Stunden. Und lassen Sie sie trinken, soviel sie will.«

Jemand zog ihr das verschwitzte Nachthemd aus, und sie war dankbar dafür, weil sie plötzlich bemerkt hatte, wie klebrig sich ihre Haut anfühlte. Das nasse Tuch glitt über ihre Brüste und über ihre Rippen, und das war herrlich, aber es ging nicht tief genug. Die köstliche Kühle erreichte nicht jene inneren Schichten, wo sie regelrecht glühte, und sie versuchte, ihren Rücken zu wölben, um das Tuch stärker zu spüren.

Der schöne Mann legte ihr die Hände auf die Arme und drückte sie sanft hinunter. »Ganz ruhig. Ich weiß, daß es brennt. Ich hatte ja auch einmal hohes Fieber. Erinnerst du dich noch daran? Damals hatte ich das Gefühl, inwendig lichterloh zu brennen, und nichts konnte diese Glut löschen.«

»Ja«, murmelte sie.

»Ich verspreche dir, nicht aufzuhören, bis der Brand gelöscht ist.«

»Colin!« Sie öffnete die Augen und lächelte ihm zu. »Du bist kein Engel. Du bist mein verdammter Ehemann. Ich bin so froh, daß du hier bist.«

»Ja«, sagte er tiefbewegt, »und ich werde dich nie wieder verlassen.«

Sie versuchte, die Hand zu heben, um sein Gesicht zu berühren und seine Aufmerksamkeit auf sich zu ziehen. Es war so wichtig, sich ihm verständlich zu machen, obwohl sie nur krächzen konnte. »Du mußt mich aber wieder verlassen, das ist sicherer für dich. Ich wollte nicht, daß du nach Hause kommst, bevor ich ihn unschädlich gemacht habe. Er ist ein Taugenichts und täte dir bestimmt etwas zuleide. Ich muß dich doch vor ihm beschützen.«

Colin runzelte die Stirn. Wovon redete sie? Vor wem wollte sie ihn beschützen? Die Augen fielen ihr vor Erschöpfung wieder zu, und er wusch sie vom Gesicht bis zu den Zehenspitzen und drehte sie dann auf den Bauch.

Sie stöhnte leise, war aber viel zu schwach, um sich zu wehren.

Er rieb sie ab, bis ihre Haut sich endlich kühl anfühlte, und dann schloß er die Augen und betete inbrünstig um ihre Genesung, obwohl er sich keineswegs sicher war, daß Gott einen so wenig frommen Mann wie ihn erhören würde. »Bitte, Gott, bitte laß sie wieder gesund werden«, sagte er laut in dem stillen Raum, und es klang wie eine Beschwörung.

Er deckte sie zu, als er hörte, daß die Tür geöffnet wurde.

»Mylord?«

Es war der Arzt, und Colin informierte ihn: »Das Fieber ist gesunken.«

»Ausgezeichnet. Es wird zweifellos wieder steigen, und dann müssen Sie die Prozedur wiederholen. Ihr Sohn schläft übrigens vor der Tür auf dem Fußboden, und Ihre Tochter sitzt neben ihm, lutscht am Daumen und sieht sehr besorgt aus.«

»Sobald ich meiner Frau ein Nachthemd angezogen habe, kümmere ich mich um die Kinder. Danke, Childress. Bleiben Sie hier?«

»Ja, Mylord. Morgen werden wir wissen, ob sie die Krankheit übersteht.«

»Sie wird sie überstehen, glauben Sie mir. Sie ist zäh, und außerdem hat sie einen mächtigen Auftrieb — sie muß mich beschützen.«

Er lachte, obwohl ihm eher zum Weinen zumute war.

Sinjun hörte die Frauenstimme und begann zu zittern. Sie hatte Angst, sich zu bewegen, Angst, die Augen zu öffnen. Die Stimme war bösartig und haßerfüllt.

Es war Tante Arleth.

»Du bist also noch nicht tot, du kleine Nutte. Nun, dann müssen wir eben ein bißchen nachhelfen. Nein, nein, bleib ruhig liegen, du kannst dich sowieso nicht wehren, schwach wie du bist. Dein lieber Mann, dieser

Dummkopf, hat dich alleingelassen, und jetzt bist du mir auf Gnade und Ungnade ausgeliefert, mein Mädchen, und das wird dir nicht gut bekommen.«

Sinjun zwang sich, die Augen zu öffnen. »Warum willst du, daß ich sterbe, Tante Arleth?«

Ohne die Frage zu beantworten, redete die Frau weiter vor sich hin, und ihre Stimme überschlug sich vor Wut und Haß. »Ich muß schnell handeln, sehr, sehr schnell, denn der junge Narr wird bald zurückkommen, obwohl er dich nicht haben will. Wie könnte er dich auch wollen? Du bist eine Ausländerin, keine von uns. Vielleicht sollte ich dir dieses schöne weiche Kissen aufs Gesicht legen. Ja, genau, das tue ich. Dann verschwindest du endlich von hier. Du gehörst nicht hierher, du bist eine Außenseiterin, ein Niemand. Ja, das Kissen. Nein, das ist zu verräterisch. Ich muß schlau vorgehen. Aber ich muß auch schnell handeln, sonst könntest du weiterleben und ein Pfahl in meinem Fleische bleiben. Du würdest mir das Leben sogar noch mehr als bisher zur Hölle machen, nicht wahr? Ich kenne deinesgleichen — gemein und bösartig! Man darf euch nicht trauen. Und hochnäsig und herrschsüchtig. Du willst alle nur herumkommandieren, weil wir für dich minderwertige Wilde sind. Wenn ich nicht schnell handle, sind wir alle verloren. Sogar jetzt überlegst du, wie du mich von hier vertreiben könntest und . . .«

»Tante Arleth, was tust du hier?«

Sie fuhr auf dem Absatz herum und sah Philip auf der Schwelle stehen. »Papa hat dir verboten, dieses Zimmer zu betreten, Tante. Laß Sinjun in Ruhe!«

»Ah, du verdammter Lümmel, du hast alles verdorben und mich sehr enttäuscht. Ich will ihr doch nur helfen. Warum sollte ich sonst hier sein? Geh weg, Junge! Mach, daß du wegkommst! Hol deinen Papa. Ja, geh zu dem verdammten Grafen.«

»Nein, ich bleibe hier, und du wirst gehen, Tante. Mein Papa ist kein verdammter Graf, er ist der allerbeste Graf, den man sich vorstellen kann.«

»Ha, du hast ja keine Ahnung, was er ist! Seine Mutter — meine eigene Schwester und deine Großmutter — hat ihren Mann betrogen und sich mit einem *Kelpie* eingelassen, der im Loch Leven hauste. Er nahm die Gestalt ihres Mannes an, aber ihr Mann liebte mich und hatte für sie keinen Blick mehr übrig. Nein, der Mann, mit dem sie herumhurte, war nicht ihr Gemahl, denn der gehörte nur mir allein. Sie schlief mit einem *Kelpie,* einer Ausgeburt der Hölle, von Grund auf böse und verderbt, und von ihm bekam sie dann einen Sohn, deinen Vater, der genauso böse und verderbt ist wie der *Kelpie,* der ihn gezeugt hat.«

Philip hatte keine Ahnung, wovon sie redete, aber er betete inbrünstig, daß sein Vater oder Mrs. Seton oder Crocker kommen möge, irgend jemand. Bitte, lieber Gott, schick ganz schnell jemanden! Tante Arleth ist verrückt geworden.

Seine Gebete schienen aber nicht erhört zu werden, und Tante Arleth ging jetzt wieder auf Sinjun zu. Er rannte an ihr vorbei, sprang auf das Bett und schirmte seine Stiefmutter mit seinem Körper gegen Tante Arleth ab.

»Sinjun!« schrie er und schüttelte sie, bis sie die Augen aufschlug.

»Philip? Bist du das? Ist sie fort?«

»Nein, Sinjun, sie ist noch hier. Du mußt wach bleiben! Du mußt!«

»Verschwinde, Junge!«

»O Gott«, flüsterte Sinjun.

»Hast du gewußt, du dummer Junge, daß ihr richtiger Ehemann — dein Großvater — ein Ebereschenkreuz über die Tür hängte, damit sie nicht eintreten konnte? Er wußte, daß sie mit einem *Kelpie* herumhurte. Aber Satan beschützte sie sogar vor dem Ebereschenkreuz.«

»Bitte geh weg, Tante.«

Arleth starrte von dem Jungen zu der Frau, deren Augen schreckensweit aufgerissen waren. Es gefiel ihr, diese Angst zu sehen.

»Du hast deinen Vater geholt und ihm lauter Lügen erzählt, so daß er Gewissensbisse bekam. Eigentlich wollte er nämlich nicht zurückkommen. Er will sie los sein. Er hat jetzt ihr Geld, wozu sollte er sich da noch mit ihr abgeben?«

»Bitte geh weg, Tante.«

»Ich habe gehört, daß hier von *Kelpies* und Ebereschen gesprochen wird. Hallo, Tante, hallo, Philip! Wie geht es Joan?«

Philip zuckte im ersten Augenblick erschrocken zusammen. Serena hatte das Zimmer lautlos betreten, wie ein Gespenst, und stand jetzt dicht neben dem Bett.

»Sie heißt Sinjun. Bring Tante Arleth weg von hier, Serena, bitte.«

»Warum denn, mein lieber Junge? Was die Ebereschenkreuze betrifft, so verabscheue ich sie von ganzem Herzen. Warum erwähnst du sie überhaupt, Tante? Gewiß, ich bin eine Hexe, aber das Ebereschenkreuz kann mir nichts anhaben.«

Philip fragte sich, ob bald auch er selbst den Verstand verlieren würde, aber er hatte jetzt keine Angst mehr. Was auch immer Serena sein mochte, sie würde nicht zulassen, daß Tante Arleth Sinjun etwas zuleide tat.

»Verschwinde, Serena, sonst kröne ich dich mit einem Ebereschenkreuz!«

»O nein, Tante, das wirst du nicht tun. Du weißt genau, daß du mir nichts anhaben kannst. Dazu bin ich viel zu stark und viel zu gut.«

Tante Arleth war blaß vor Zorn, und ihre Augen waren so kalt wie das Loch Leven im Januar.

Und dann betrat zu Philips grenzenloser Erleichterung sein Vater das Zimmer. Colin blieb wie angewurzelt stehen, als er seinen Sohn dicht neben Joan auf dem Bett kauern sah, so als müßte er sie beschützen. Serena erweckte den Eindruck einer schönen Märchenprinzessin, die aus Versehen in ein Tollhaus geraten war und jetzt nicht wußte, was sie tun sollte.

Tante Arleth starrte völlig ausdruckslos auf ihre mageren Hände hinab, die mit Altersflecken übersät waren.

»Colin?«

Er ging lächelnd auf das Bett zu. Endlich schien sie ihn richtig zu erkennen. »Hallo, Joan, ich freue mich, daß es dir besser geht.«

»Was ist ein *Kelpie*?«

»Ein böser Wassergeist, der alle möglichen Gestalten annehmen kann und seine Macht vom Teufel bekommt. Aber warum willst du das wissen?«

»Ich weiß nicht, das Wort ging mir ständig im Kopf herum. Danke. Kann ich etwas Wasser haben?«

Es war Philip, der ihr das Glas an die Lippen hielt. »Hallo«, sagte sie. »Was ist, Philip? Seh ich so schrecklich aus?«

Der Junge berührte ihre Wange mit den Fingerspitzen. »O nein, Sinjun, du siehst gut aus. Es geht dir wieder besser, ja?«

»Ja, und weißt du was? Ich habe Hunger.« Sie wandte sich Tante Arleth zu. »Du haßt mich und wünschst mir nichts Gutes. Ich verstehe dich nicht. Ich habe dir doch gar nichts getan.«

»Das ist *mein* Haus, kleines Fräulein, und ich werde ...«

»Nein, Tante Arleth«, fiel Colin ihr sanft ins Wort, »du wirst jetzt sofort das Zimmer verlassen und es nie wieder betreten. Keine Widerrede.«

Sie entfernte sich langsam und widerwillig, und er fragte sich, ob sie nun endgültig ihren ohnehin schon dürftigen Verstand verloren hatte. Dann hörte er seine Frau sagen: »Philip, hol mir bitte die Pistole aus der Tasche meines Reitkostüms und leg sie unter mein Kissen.«

Colin hätte ihr gern gesagt, daß sie sich nicht lächerlich machen solle, aber er schwieg, weil er selbst alles andere als sicher war, daß Tante Arleth nicht tatsächlich versucht hatte, ihr etwas anzutun.

»Ich werde Mrs. Seton sagen, daß du Krankenkost benötigst, Joan.«

»Ich erinnere mich, daß du mich Sinjun genannt hast.«

»Mir blieb nichts anderes übrig, denn auf deinen richtigen Namen hast du nicht reagiert.«

Sinjun schloß die Augen. Sie war wieder schrecklich müde und so schwach, daß sie die kleine Pistole nicht hätte festhalten können, auch wenn es um ihr Leben ginge. Das Fieber stieg, und sie schauderte. Außerdem hatte sie immer noch schrecklichen Durst.

»Papa, bleib du bei Sinjun, und ich sage Mrs. Seton Bescheid. Hier ist die Pistole, Sinjun. Ich schiebe sie unter das Kissen.«

Colin gab ihr zu trinken, und dann setzte er sich neben sie, und sie fühlte seine Hand auf der Stirn und hörte ihn leise fluchen.

Von einer Sekunde zur anderen schlug die Hitze in Kälte um, und sie hatte das Gefühl, von Kopf bis Fuß ein einziger Eiszapfen zu sein, der zerbersten würde, sobald sie sich bewegte.

»Ich weiß«, flüsterte Colin. Er zog sich hastig aus, kroch zu ihr unter die Decke und drückte sie fest an sich, verzweifelt bemüht, seine eigene Körperwärme auf sie zu übertragen. Sie wurde von Kälteschaudern geschüttelt, und es schmerzte ihn, sie so leiden zu sehen. Er hielt sie an sich gepreßt, bis sie endlich einschlief, und auch dann ließ er sie nicht los, obwohl er schwitzte.

»Es tut mir so leid, daß ich nicht hier war«, flüsterte er in ihr Haar hinein, während er ihren Rücken streichelte, und er schwor sich, sie in Zukunft besser zu beschützen und ihr Lust zu schenken, sobald sie wieder gesund war. Nie wieder würde er rücksichtslos über sie herfallen.

Am nächsten Tag fiel das Fieber endgültig, und Colin, der erschöpfter als je zuvor in seinem Leben war, lächelte dem Arzt zu. »Ich habe Ihnen doch gesagt, daß sie überleben wird. Sie ist zäh.«

»Sehr merkwürdig«, meinte Childress. »Schließlich ist sie Engländerin.«

»Nein, Sir, sie ist meine Frau, und das macht sie zu einer Schottin!«

Am Abend überbrachte einer der Pächter eine Hiobsbotschaft. MacPherson hatte zwei Kühe gestohlen und MacBain und dessen beide Söhne getötet. Colin zitterte vor Wut, als er das hörte.

»MacBains Frau sagt, die Mörder lassen Ihnen ausrichten, dies wär die Rache dafür, daß Sie Dingle umgebracht haben.«

»Dingle? Verdammt, ich habe den Lumpen seit einer Ewigkeit nicht gesehen.« Colin fluchte laut. »Was ist, Philip? Geht es Joan wieder schlechter?«

»Nein, Papa, aber ich weiß alles über Dingle.«

Colin lauschte aufmerksam dem Bericht seines Sohnes, und bei dem Gedanken, daß Philip auf dem Weg nach Edinburgh möglicherweise selbst nur knapp dem Tod entronnen war, schnürte es ihm die Kehle zu. Er klopfte dem Jungen aber anerkennend auf die Schulter, bevor er sich zum Nachdenken in sein Turmzimmer zurückzog.

Es war hoffnungslos. Er wollte diese blutige Fehde beenden, aber was könnte er Robert MacPherson sagen? Daß er sich wirklich nicht daran erinnern konnte, wie Fiona ums Leben gekommen war und warum er selbst bewußtlos auf den Klippen gelegen hatte?

Sinjun schlief friedlich, als sie ein weiches weißes Licht wahrnahm, das etwas Geheimnisvolles an sich hatte. Sie wollte wissen, was es damit auf sich hatte, aber sie blieb ganz ruhig liegen und wartete einfach ab. Ein dunkler Schatten flackerte in dem weißen Licht, wie eine Kerzenflamme im Wind, wurde immer größer, und dann stand eine schimmernde Frauengestalt vor ihr. Es war eine junge Frau mit gutmütigem Bauerngesicht, und ihr weißes Kleid war mit Perlen übersät. So viele Perlen hatte Sinjun noch nie gesehen. Das Kleid mußte sehr schwer sein.

Perlen-Jane, dachte Sinjun lächelnd. Sie hatte die Jungfräuliche Braut verlassen, und nun wollte ein anderes Gespenst offenbar ihre Bekanntschaft machen. Angst hatte sie nicht, denn weder sie selbst noch Colin hatten dem Geist etwas Böses getan.

Die Perlen schimmerten in dem immer heller werdenden Licht, das schließlich so intensiv wurde, daß es Sinjun in den Augen weh tat. Die Perlen leuchteten und funkelten jetzt. Der Geist stand einfach da und betrachtete sie, so als versuche er zu ergründen, was für ein Mensch Sinjun war.

»Er hat versucht, mich zu bestechen«, sagte der Geist endlich, und es kam Sinjun so vor, als bewegten sich seine Lippen. Mit 'ner einzigen billigen Perle hat er sich loskaufen wollen, der schändliche Betrüger, aber so leicht hat er mich nicht loswerden können, denn immerhin hatte er mich ja getötet. Nicht mal mit der Wimper hatte er gezuckt, wie seine Kutsche mich über den Haufen fuhr. Und seine vornehme Braut saß neben ihm, diese hochnäsige Person, für die ich nur ein Haufen Dreck am Straßenrand war. Deshalb verlangte ich von ihm so viele Perlen, wie auf meinem Kleid Platz hatten, und ich hab ihm geschworen, daß er erst dann seine Ruhe vor mir hätte.«

Aber du warst doch schon tot, dachte Sinjun, die immerhin froh war, nun das Geheimnis der vielen Perlen zu kennen.

»O ja, ich war tot, mausetot, aber ich hab dem verdammten Kerl das Leben zur Hölle gemacht, ihm und auch seiner Frau, o ja, ich hab das Luder geplagt, bis es den Anblick seines teuren Gemahls nicht mehr ertragen konnte. Mein Porträt ist wieder verschwunden. Häng es auf! Es muß zwischen den beiden hängen, in der Mitte, und sie voneinander trennen, so wie sie zu Lebzeiten getrennt waren, weil ich immer zwischen ihnen stand. Dort muß mein Porträt hängen. Ich weiß nicht, warum es abgenommen wurde, aber du mußt es wieder aufhängen und dafür sorgen, daß es immer an seinem Platz hängen bleibt.«

»Ich verspreche es dir. Bitte komm wieder, wann immer du willst.«

»Ich wußte, daß du keine Angst vor mir hast. Gut, daß du jetzt hier bist.«

Sinjun fiel in tiefen heilenden Schlaf, und als sie spät am nächsten Morgen erwachte, setzte sie sich im Bett auf und streckte die Glieder. Sie fühlte sich großartig.

KAPITEL 15

Philpot öffnete die Haustür und riß den Mund auf. Zwei elegante Damen standen auf der Freitreppe, und auf der Auffahrt stand eine Reisekutsche mit erhabenem Wappen, angespannt mit zwei prächtigen Rotbraunen, die schnaubten und mit den Hufen scharrten.

Der Kutscher hatte seine Peitsche auf dem Schoß und pfiff vor sich hin, während er Philpot mit unverhohlenem Mißtrauen musterte. Zwei Vorreiter ließen die Damen nicht aus den Augen. Verdammte Engländer, dachte Philpot, Inselganoven, alle miteinander!

Die beiden Damen trugen Reisekleidung von allerbester Qualität — Philpot war zwar der Sohn eines Bäckers aus Dundee, aber er hatte ein gutes Auge für Güteklassen —, allerdings etwas staubig und zerknittert. Die kleinere hatte einen Schmutzfleck auf der Nase, trug ein graues Kostüm mit Goldlitzen auf den Schultern und hatte rote Haare, die aber doch nicht richtig rot waren, eher dunkelrot, aber so dunkel auch wieder nicht ... Er schüttelte den Kopf. Die andere Dame war genauso hübsch, in ihrem dunkelgrünen Reisekostüm mit passendem Hütchen auf dem kastanienbraunen Haar; ein dicker Zopf, normalerweise bestimmt korrekt um den Kopf gewunden, fiel ihr jetzt über die Schulter. Sie hatten unübersehbar eine weite Reise hinter sich, und sie schienen es dabei sehr eilig gehabt zu haben.

Die Dame mit dem roten und doch nicht richtig roten Haar trat näher und fragte mit strahlendem Lächeln: »Ist dies Vere Castle, Stammsitz des Grafen von Ashburnham?«

»Jawohl, Mylady. Dürfte ich fragen, wer Sie . . .«

Ein Schrei hinter ihm ließ Philpot erbleichen. Du lieber

Himmel, war die Gräfin ohnmächtig geworden? Er drehte sich so schnell um, wie sein Alter und seine Würde es erlaubten, und sah, daß sie an einer elisabethanischen Rüstung lehnte und die beiden Damen völlig fassungslos anstarrte.

»Alex? Sophie? Seid ihr es wirklich?«

Die Dame in Grün stürzte an Philpot vorbei. »Geht es dir gut, Sinjun? O bitte, meine Liebe, sag schnell — geht es dir gut? Wir haben uns so schreckliche Sorgen um dich gemacht.«

»Es geht mir schon wieder viel besser, Sophie. Aber warum seid ihr hier? Sind Douglas und Ryder noch draußen? Warum . . .«

»Du warst krank!« Nun stürzte auch die rothaarige Dame an Philpot vorbei. »Ich hab's gewußt! Aber jetzt sind Sophie und ich hier, und wir werden uns um dich kümmern. Du brauchst dir um nichts mehr Sorgen zu machen, Sinjun.«

Die beiden Damen umarmten und küßten die kranke Gräfin, tätschelten ihr die blassen Wangen und riefen ein ums andere Mal, wie sehr sie sie vermißt hatten.

Nachdem die erste Aufregung sich gelegt hatte, stellte Sinjun dem Butler ihre Schwägerinnen vor und fragte: »Wissen Sie, wo der Herr ist?«

»Sie hätten das Bett nicht verlassen sollen, Mylady«, sagte er vorwurfsvoll.

»Bitte nicht schimpfen, Philpot. Ich habe es einfach nicht mehr ausgehalten im Bett. Aber jetzt fühle ich mich wirklich etwas wackelig auf den Beinen und werde mich hinsetzen. Bitte kümmern Sie sich darum, daß jemand meinem Mann ausrichtet, meine Schwägerinnen seien zu Besuch gekommen. Alex und Sophie, kommt mit in den Salon.«

Sinjun wollte vorausgehen, taumelte aber plötzlich. Philpot sprang hinzu, aber die beiden Damen waren schneller. Mit vereinten Kräften wurde Sinjun in den Salon gebracht, mehr getragen als gestützt, und auf ein Sofa gebettet, mit einem Kissen unter dem Kopf und einem zweiten unter den Füßen.

»Ist dir warm genug, Liebes?«

»O ja, Alex, mir geht es ausgezeichnet, aber ich genieße eure Fürsorge sehr. Es ist einfach herrlich, daß ihr hier seid. Ich kann es noch immer nicht glauben. Warum seid ihr gekommen?«

Alex wechselte einen Blick mit Sophie und erklärte ohne Umschweife: »Die Jungfräuliche Braut hat uns geschickt. Sie sagte, du seist krank.«

»Und Douglas und Ryder?«

Sophie zuckte die Achseln und sah nicht im geringsten schuldbewußt aus. »Douglas hält sich zum Glück in London auf, und deshalb war es für Alex kinderleicht, Northcliffe Hall mit den Zwillingen zu verlassen, um mir einen Besuch abzustatten. Ryder stellte ein größeres Problem dar, und wir mußten warten, bis er mit Tony nach Ascot aufbrach. Glücklicherweise dauern die Rennen ja drei Tage. Alex und ich haben behauptet, unpäßlich zu sein, und dann haben wir uns auf den Weg hierher gemacht, ganz einfach.« Nach kurzem Schweigen fügte sie hinzu: »Ryder glaubt offenbar, daß ich schwanger bin. Er hat mir den Bauch getätschelt und so eine Siegermiene zur Schau getragen, daß ich mir kaum das Lachen verbeißen konnte. Offenbar glaubt er, daß Schwangerschaften ansteckend sind — Alex ist nämlich schwanger, mußt du wissen.«

Sinjun stöhnte. »Sie werden bestimmt herkommen und wieder versuchen, Colin umzubringen.«

»*Wieder*?« riefen Alex und Sophie wie aus einem Mund.

Sinjun stöhnte wieder. »O ja. Alex, beim erstenmal warst du doch selbst dabei und hast Douglas mit einem Spazierstock geschlagen, damit die Herren ihren Kampf beendeten. Und hier in Schottland gab es zwei weitere kritische Situationen. Habt ihr die Jungen auch mitgebracht?«

»Nein«, sagte Alex, »Jane darf die drei genießen, solange wir hier sind. Sie legt übrigens neuerdings größten Wert darauf, als ›Vorsteherin von Brandon House‹ vorgestellt zu werden. Die Zwillinge fühlen sich dort natürlich wie im siebten Himmel — mit Grayson und den anderen Kindern als Gesellschaft. Zusammen mit unseren Sprößlingen sind es im Augenblick vierzehn, aber wer weiß — vielleicht bringt Ryder wieder ein neues Kind aus Ascot mit.«

»Glückliche Jane!«

»O ja«, stimmte Sophie ernsthaft zu. »Sie ist wirklich glücklich, und Graysn ginge für sie durchs Feuer. Was Alex' Zwillinge betrifft, so wird Melissande sie bestimmt fast jeden Tag besuchen, weil sie ihr so ähnlich sehen. Sie nennt sie ihre kleinen Abbilder, und das bringt Douglas fast zur Raserei. Er betrachtet seine Söhne kopfschüttelnd, blickt verzweifelt gen Himmel und fragt laut, womit er diese beiden schönsten Knaben der ganzen Welt verdient habe. Ihre Schönheit wird ihnen unweigerlich zu Kopf steigen, befürchtet er, und ihren Charakter verderben.«

»Setzt euch doch endlich, alle beide. Mir ist ganz wirr im Kopf. Die Jungfräuliche Braut hat dir erzählt, ich sei krank, Alex?«

Bevor Alex antworten konnte, öffnete sich die Tür, und Mrs. Seton, die vor Aufregung leicht schielte, betrat den Salon mit einem großen Silbertablett in beiden Händen, steif und hoheitsvoll wie eine Herzogin.

Sinjun durchschaute diese Pose natürlich, spielte aber mit. »Danke, Mrs. Seton«, sagte sie förmlich. »Diese beiden Damen statten uns einen Besuch ab. Es sind meine Schwägerinnen, die Gräfin von Northcliffe und Mrs. Ryder Sherbrooke.«

»Sehr erfreut, meine Damen.« Mrs. Seton machte einen Knicks, mit dem sie sogar im Salon der Königin alle Ehre eingelegt hätte.

»Ich richte das Königin-Mary-Zimmer und das Herbst-Zimmer her«, verkündete sie mit einem zweiten eindrucksvollen Knicks. »Die Lakaien kümmern sich um Ihr Gepäck, und Emma wird auspacken.«

»Sie sind sehr freundlich, Mrs. Seton. Vielen Dank.«

»Dies ist der Stammsitz unseres Grafen, und hier geht alles seinen geordneten Gang.«

»Selbstverständlich«, bestätigte Sinjun ernsthaft und beobachtete fasziniert, wie würdevoll sich Mrs. Seton zurückzog. »Puh! Ich hätte nie gedacht, daß sie so auftreten kann.«

»Mir fehlen einfach die Worte«, lachte Alex.

»Ehrlich gesagt haben wir nur einen einzigen Lakaien — Rory. Aber Emma ist wirklich eine ausgezeichnete Kraft und wird sich gut um euch kümmern. Aber jetzt zurück zur Jungfräulichen Braut.«

Doch auch diesmal kam Alex nicht dazu, etwas zu erzählen, denn die Tür öffnete sich wieder, und der Schloßherr betrat den Salon, selbstsicher, aber etwas argwöhnisch. Er sah nur zwei junge Damen, die mit Teetassen in den Händen neben seiner Frau saßen, und in der einen erkannte er Douglas' Frau wieder. O Gott, dann mußte der vermaledeite Graf irgendwo in der Nähe sein. Colin blickte sich rasch nach allen Seiten um.

»Wo sind sie? Sind sie diesmal bewaffnet? Pistolen oder Rapiere? Verstecken sie sich vielleicht hinter dem Sofa, Joan?«

Sinjun lachte, und Colin strahlte, weil sie wieder lachen konnte, auch wenn es sich noch ziemlich schwach anhörte.

»Allmächtiger!« rief Sophie. »Du siehst ja wie ein Bandit aus!«

Colin trug ein weites weißes Hemd, das ein Stück seiner behaarten Brust zur Schau stellte, eine enge schwarze Reithose und schwarze Stiefel, und mit seinem stark gebräunten Gesicht und den vom Wind zerzausten schwarzen Haaren sah er tatsächlich ziemlich wild und verwegen aus, und es entging Sophie auch nicht, daß Sinjun ihren Mann völlig hingerissen anstarrte.

Erst jetzt fiel Colin auf, wie blaß seine Frau war, und seine Miene verdüsterte sich. Er eilte auf das Sofa zu und legte ihr eine Hand auf die Stirn. »Kein Fieber, gottlob! Wie geht es dir? Warum bist du hier unten? Philpot hat mir als allererstes ganz besorgt berichtet, daß du dich kaum auf den Beinen halten konntest. Willkommen, meine Damen. Also, Joan, was zum Teufel tust du hier unten?«

»Ich habe es im Bett einfach nicht mehr ausgehalten.« Sinjun strich ihm mit der Hand zärtlich über das Kinn. »Es geht mir wirklich viel besser, Colin. Dies sind meine Schwägerinnen, aber Alex kennst du ja schon. Und das ist Sophie, Ryders Frau.«

Colin lächelte charmant, war aber noch immer auf der Hut. »Es ist mir ein Vergnügen, meine Damen. Aber wo sind denn die Herren Gemahle abgeblieben?«

»Sie kommen bestimmt irgendwann nach«, sagte Sinjun, »aber ich hoffe, daß es noch ein Weilchen dauern wird. Alex und Sophie sind nämlich schlau.«

»Hoffentlich schlauer als du.« An die Damen gewandt erklärte er: »Als wir in meinem Edinburgher Haus ankamen, warteten Douglas und Ryder dort schon auf uns, fest entschlossen, mich umzubringen. Nur die Donnerbüchse meines Dieners hat uns gerettet.«

»Und ein großes schwarzes Loch in die Salondecke gerissen«, fügte Sinjun hinzu.

»So ist es. Übrigens bin ich noch nicht dazu gekommen, es reparieren zu lassen.«

Alex schien sehr interessiert. »Seltsam, daß Douglas nichts davon erwähnt hat. Er hat mir von deinem Edinburgher Haus erzählt, Colin, aber von gewalttätigen Auseinandersetzungen war nicht die Rede. Und wann haben sie dich dann noch einmal angegriffen?« Sie hätte schwören können, daß Colin errötete, und ihre Neugier wuchs ins Unermeßliche, um so mehr, als sie sah, daß Sinjun einen hochroten Kopf bekam.

»Colin, die Jungfräuliche Braut hat sie hergeschickt«, lenkte Sinjun hastig ab.

»Ist das nicht das Gespenst von Northcliffe Hall, von dem du den Kindern erzählt hast?«

»Welchen Kindern?« rief Alex verständnislos.

Colin errötete wieder, während er hastig nach einer Teetasse griff, und rutschte nervös auf seinem Stuhl herum.

»Ich habe zwei wunderbare Kinder«, berichtete Sinjun schmunzelnd, »Philip und Dahling. Sie sind vier und sechs Jahre alt und werden sich ausgezeichnet mit unseren anderen Rangen verstehen. Ich habe Colin schon von Ryders Lieblingen erzählt.«

»Du hast in deinen Briefen aber nichts von Kindern erwähnt«, sagte Sophie vorwurfsvoll.

»Äh ... nein, weißt du ...« Sie verschob eine Erklärung auf später. »Colin, die Jungfräuliche Braut hat Alex besucht und ihr erzählt, ich sei krank. Und weil Alex und Sophie sich Sorgen um mich machten, sind sie so schnell wie möglich hergekommen.«

Alex ließ sich für den Augenblick bereitwillig vom Thema abbringen. Die faszinierenden Geheimnisse würde sie noch früh genug lüften. »Sie hat gesagt, du seist nicht nur krank, sondern auch in Nöten.«

»O Gott«, murmelte Sinjun. Ihr fiel auf, daß Colin aufrichtig verwirrt zu sein schien. Douglas hätte jetzt höhnische Bemerkungen über hirnverbrannten Blödsinn gemacht, und Ryder hätte schallend gelacht.

»Von irgendwelchen besonderen Nöten meiner Frau ist mir nichts bekannt«, behauptete Colin. »Es gibt kleinere Schwierigkeiten, aber mit denen werde ich ohne weiteres allein fertig. Was zum Teufel geht hier eigentlich vor? Ich will jetzt die Wahrheit wissen, die ganze Wahrheit.«

»Wir sind zu Besuch gekommen, weiter nichts.« Alex schenkte ihm ein strahlendes Lächeln. »Und wir werden uns um alles kümmern, bis Sinjun wieder gesund und kräftig ist. Stimmt's, Sophie?«

»So ist es«, bestätigte Sophie, die das zweite Stück Kuchen auf dem Teller hatte. »Weißt du, Colin, wir beide haben verschiedene hausfrauliche Talente, und deshalb werden wir beide hier gebraucht, damit alles reibungslos läuft. Der Tee ist übrigens hervorragend, Sinjun.«

Colin starrte sie mit gerunzelter Stirn an. »Joan hat wirklich Glück mit ihren Verwandten«, sagte er langsam.

»Joan?« Wo hast du denn diesen Namen her?«

»Ihr Spitzname gefällt mir nicht.«

»Oh, aber . . .«

»Mir macht es wirklich nichts aus«, sagte Sinjun und fuhr hastig fort: »Danke, daß ihr beide gekommen seid. Ich freue mich riesig.« Und ohne zu überlegen, fügte sie hinzu: »Es war einfach schrecklich.«

»Was meinst du damit?« Sophie leckte sich etwas Himbeermarmelade vom Finger.

Mit einem beredten Seitenblick auf ihren Mann sagte Sinjun: »Später, Sophie.«

Colins Stirn war jetzt in tiefe Falten gelegt. »Du gehst jetzt wieder zu Bett, Joan. Dein Gesicht ist so weiß wie mein Hemd, und du schwitzt stark. Das gefällt mir gar nicht. Komm, ich trage dich hinauf, und diesmal wirst du im Bett bleiben, bis ich dir erlaube aufzustehen.« Ohne ihre Antwort abzuwarten, hob er sie hoch und trug sie durchs Zimmer, rief aber immerhin über die Schulter hinweg: »Wenn ihr wollt, könnt ihr gern mitkommen, meine Damen. Dann seht ihr auch gleich einen Teil des Hauses.«

Und so folgten Alex und Sophie ihrem Schwager die unglaublich breite Treppe hinauf, sehr erleichtert, daß Sinjun nicht schwer krank war, aber zugleich ziemlich beruhigt, nicht nur wegen der Kinder, von deren Existenz sie nichts geahnt hatten, sondern noch mehr, weil Sinjun von schrecklichen Ereignissen gesprochen hatte.

»Du mußt das alles einfach als Abenteuer ansehen«, flüsterte Alex Sophie hinter vorgehaltener Hand zu und fuhr sodann lauter fort: »Herrje, schau dir nur den Herrn auf dem Gemälde dort an! Er ist nackt!«

Colin erklärte lächelnd, ohne sich umzudrehen: »Das

ist mein Ururgroßvater, Grantham Kinross. Angeblich hat er eine Wette mit einem Nachbarn verloren und mußte sich deshalb ohne sein Plaid malen lassen. Aber immerhin wird seine Blöße durch diesen günstig plazierten Busch verhüllt.«

»Was war das denn für eine Wette?« wollte Alex wissen.

»Der Überlieferung zufolge war Grantham ein wilder junger Mann, der alle Damen in weitem Umkreis mit seinen Aufmerksamkeiten beglückte. Ein Nachbar sagte, daß es Grantham nie gelingen werde, seine tugendhafte Frau zu umgarnen, und so schlossen sie eine Wette ab. Die Frau war aber in Wirklichkeit ein verkleideter junger Mann, und deshalb verlor Grantham die Wette und mußte sich unbekleidet malen lassen.«

Sophie lachte. »Du hast recht, Alex — das ist ein herrliches Abenteuer.«

Nach dem Abendessen begaben sich Sophie und Alex in Sinjuns Schlafzimmer, um ihr Gesellschaft zu leisten. Colin wollte das Damenkränzchen nicht stören und beschloß deshalb, sich eine Weile seinen Kindern zu widmen.

»Nein, fragt mich nicht wieder, wie es um meine Gesundheit bestellt ist!« rief Sinjun. »Mir geht es ausgezeichnet, nur bin ich noch sehr schwach. Ich habe mich stark erkältet, weil ich bei einem Wolkenbruch pudelnaß geworden bin, aber richtig schlimm wurde es, weil Tante Arleth mich töten wollte.«

Sophie und Alex starrten sie ungläubig an.

»Ist das dein Ernst?« fragte Alex.

»Sie ist eine sauertöpfische Person«, meinte Sophie, »und alles andere als froh, daß wir hier sind — aber warum sollte sie dich töten wollen?«

»Sie will mich nicht hier haben, nur mein Geld, und vielleicht nicht einmal das. Als ich erkrankte, war Colin in Edinburgh, und sie hat die Fenster geöffnet und mir jede Pflege verweigert, mir nicht einmal Wasser zu trinken gegeben. Kurz gesagt, sie hat mich an den Rand des Todes gebracht, und Philip ist nachts ganz allein nach Edinburgh geritten, um seinen Vater zu holen. Er ist ein wunderbarer kleiner Junge. Später hat sie es dann noch einmal versucht. Ich weiß nicht, ob sie es wirklich ganz ernst meinte oder nur völlig wirr im Kopf ist. Sie redet sehr viel, aber das meiste ergibt keinen Sinn. Wie findet ihr meine Kinder?«

»Sie durften nur für einige Minuten in den Salon kommen. Beide sehen ihrem Vater ähnlich, und das heißt, daß sie sehr hübsch sind. Dahling versteckte sich daumenlutschend hinter dem Bein ihres Vaters, aber Philip kam auf uns zu und sagte, er freue sich, daß wir hier seien. Mit gesenkter Stimme fügte er dann hinzu, wir sollten gut auf dich aufpassen, damit dir nur ja nichts passiert. Du hast in ihm einen großen Verehrer, Sinjun, und ich glaube, später wird er viele Frauenherzen brechen.«

»Sein Vater wird mir hoffentlich *nicht* das Herz brechen.«

»Warum sollte er?« fragte Alex. »Du bist doch wirklich alles, was ein Ehemann sich wünschen kann.«

»Danke.« Sinjun tätschelte ihrer Schwägerin liebevoll die Hand.

»Es gibt hier irgendwelche Probleme«, sagte Alex, »und du solltest uns alles erzählen, Sinjun, denn ich habe die schreckliche Vorahnung, daß morgen in aller Herrgottsfrühe unsere lieben Männer hier auftauchen und uns die Köpfe abreißen werden.«

»Nein«, widersprach Sinjun energisch, »wir haben bestimmt noch mindestens zwei Tage Zeit. Ihr habt eure Sache sehr gut gemacht. Sophie, du hast doch gesagt, daß Ryder mit Tony in Ascot ist. So schnell wird Douglas ihn dort nicht aufgetrieben haben.«

»O doch«, seufzte Sophie, »ich stimme völlig mit Alex überein. Morgen früh werden sie hier an die Tür hämmern, und du weißt genau, wie sie sich aufführen werden — Douglas wird vor Wut kochen, weil Alex in ihrem Zustand eine Reise unternommen hat, und Ryder wird mir das Fell gerben wollen, weil ich Geheimnisse vor ihm habe.«

Alex lachte. »Nein, mach dir um mich bitte keine Sorgen, Sinjun. Ich fühle mich großartig und habe mich seit anderthalb Tagen nicht mehr übergeben müssen. Los, erzähl, Sinjun!«

»Während ihr alle unten beim Abendessen wart, habe ich einen großartigen Plan entwickelt. Ich brauche nur ein wenig Zeit, um ihn in die Tat umzusetzen.«

»Einen Plan wofür?« fragte Sophie.

Sinjun begann ihren Bericht mit den MacPhersons und kam sodann auf Perlen-Jane zu sprechen, an deren Existenz weder Alex noch Sophie auch nur einen Augenblick zweifelten.

»Glaubt ihr«, sagte Alex nachdenklich, als Sinjun eine kurze Pause machte, »daß Gespenster irgendwie Kontakt miteinander aufnehmen können? Woher wußte die Jungfräuliche Braut, daß du krank bist und Hilfe brauchst? Hat diese Perlen-Jane es ihr erzählt?«

Niemand konnte diese Frage beantworten, aber Sinjun rief plötzlich:

»O Gott, ich habe ganz vergessen, Perlen-Janes Porträt und die beiden anderen wieder aufzuhängen, obwohl ich es ihr versprochen habe. Hoffentlich verübelt sie mir das nicht.«

»Weißt du, was es damit auf sich hat?«

»Perlen-Jane wurde offenbar von einem gewissenlosen Kinross verführt, sitzengelassen und umgebracht. Daraufhin begann sie zu spuken und verlangte von dem schurkischen Grafen so viele Perlen, wie auf ihrem Kleid Platz hatten. Außerdem sollte er sie malen lassen — natürlich nach seiner Erinnerung, denn sie war ja tot und konnte nicht mehr Modell stehen — und ihr Porträt zwischen dem seinen und dem seiner Frau aufhängen. Und jedesmal, wenn jemand das Porträt seitdem von dort entfernte, stieß dem Schloßherrn oder der Schloßherrin etwas Unangenehmes zu. Nein, sie wurden nicht vom Blitz getroffen oder so, so spektakulär waren die Vorfälle nicht, aber sie wurden beispielsweise krank, weil sie etwas Verdorbenes gegessen hatten. Ich will nicht, daß mir so etwas passiert. Tante Arleth hat die Porträts bestimmt von ihren angestammten Plätzen entfernt, weil sie hoffte, daß mir dann etwas Schlimmes widerfahren würde. Ich kann es nicht beweisen, aber es sähe ihr sehr ähnlich.«

»Eine schreckliche Person«, sagte Alex, »aber nachdem wir jetzt hier sind, wird sie sich wohl nicht mehr trauen, dir nach dem Leben zu trachten.«

»Ich finde Serena noch unheimlicher«, meinte Sophie, während sie sich vor den Steinkamin kniete und im Feuer herumstocherte. »Sie hat etwas so Unwirkliches an sich — sowohl ihr Benehmen als auch ihre Aufmachung. Das Kleid, das sie heute abend trug, war wirklich ein Traum. Dabei fält mir ein — wie konnte sie sich eine so teure Robe leisten, wenn Colin kein Geld hatte? Versteh mich nicht falsch, Sinjun — sie war sehr freundlich zu uns, aber irgendwie rätselhaft.«

»Ich würde sagen, sie ist verrückt«, kommentierte Alex.

»Vielleicht«, stimmte Sophie nachdenklich zu, »aber mir kommt es fast so vor, als würde sie schauspielern. Ich glaube nicht, daß sie geistig so verwirrt ist, wie sie tut.«

»Sie hat mir erzählt, daß Colin nicht mich, sondern eine ANDERE liebt. Und sie liebt es, ihn auf den Mund zu küssen, wenn er nicht damit rechnet. Aber andererseits scheint sie mich zu dulden. Seltsam ist sie zweifellos.« Sinjun zuckte die Achseln und gähnte. »Ich werde sie morgen fragen, wer ihre teuren Kleider bezahlt hat. Es ist wirklich eine interessante Frage.«

»Nur wenn dein Mann dir aufzustehen erlaubt«, grinste Sophie.

»O Gott, du siehst wirklich sehr müde aus, Sinjun.«

»Ich brauche nur etwas Schlaf«, sagte Sinjun resolut.

»Morgen bin ich bestimmt schon viel kräftiger. Das ist auch notwendig, denn mein Plan duldet keinen langen Aufschub. Spätestens übermorgen müssen wir handeln, sonst könnten eure besorgten Männer uns einen Strich durch die Rechnung machen.«

»Hoffentlich hast du recht mit deiner Vermutung, daß sie nicht vor Freitag hier aufkreuzen«, sagte Sophie. »Na ja, wir frühstücken morgen mit dir, und dann kannst du uns alles über deinen Plan erzählen. Einverstanden?«

»Welchen Plan?« fragte Colin von der Schwelle her.

»Er bewegt sich genauso lautlos wie Douglas«, seufzte Alex. »Es wirkt so herausfordernd.«

»Natürlich unsere Pläne für den Tag, was denn sonst?« Sophie erhob sich aus ihrer knienden Haltung und klopfte sich den Rock ab. »Wie wir die Hausfrauenpflichten unter uns aufteilen wollen und alles dies. Lauter Themen, die einen Mann nicht interessieren, etwa Alex' Schwangerschaft und wie man Babyschuhchen und -jäckchen strickt.«

Colins dunkelblaue Augen funkelten schelmisch. »Wie kommst du darauf, daß ich mich nicht für Frauenangelegenheiten interessiere, teure Schwägerin? Schließlich gehen alle diese Themen auch mich etwas an. Sobald es irgend geht, wird auch Joan mit einem dicken Bauch herumlaufen.«

»Colin!«

»Vielleicht lerne ich sogar stricken, Joan. Dann könnten wir zusammen am Kamin sitzen, mit den Nadeln klappern und dabei Namen für unsere Nachkommenschaft auswählen.«

Sophie hatte nicht die Absicht, sich von ihm herausfordern zu lassen. »So, das Feuer wird jetzt für mehrere Stunden brennen. Danke, daß wir Sinjun besuchen durften, Colin. Komm, Alex. Gute Nacht.«

Als die Tür sich hinter den beiden Damen geschlossen hatte, setzte sich Colin auf die Bettkante und warf seiner Frau einen forschenden Blick zu. »Sie sind genauso gefährlich wie ihre Männer. Nur wenden sie andere Taktiken an. Ich traue ihnen nicht über den Weg — und dir auch nicht, Joan. Du wirst mir jetzt erzählen, was hier vorgeht.«

Sie gähnte wieder, diesmal aber eigens für Colin. »Gar nichts. Mein Gott, ich glaube, ich könnte eine ganze Woche lang schlafen.«

»Joan, du sollst dich aus meinen Angelegenheiten heraushalten«, sagte er ruhig — beängstigend ruhig.

»Natürlich«, stimmte Sinjun bereitwillig zu und setzte zu einem neuen Gähnen an, ließ es dann aber doch sein.

Er hob eine Braue. »Als ich aus Edinburgh zurückkam, hast du sehr viel geredet. Weil du hohes Fieber hattest, konntest du deine Zunge nicht so gut wie sonst im Zaum halten. Du hast ständig wiederholt, daß du mich beschützen müßtest. Nicht daß das etwas Neues wäre, aber da ist immer noch MacPherson. Ich befehle dir, in der Nähe des Hauses zu bleiben, trautes Weib. Du wirst es mir überlassen, mit dem Bastard abzurechnen.«

»Er ist sehr hübsch«, rutschte es ihr heraus. In der nächsten Sekunde schnappte sie erschrocken nach Luft.

»Aha!« Colin beugte sich über sie und stützte sich links und rechts neben ihrem Gesicht auf das Kopfbrett des Bettes. »Du hast Robbie also gesehen. Wann? Wo?«

Sie versuchte, mit den Schultern zu zucken, aber es war schwierig, weil seine Finger jetzt über ihren Hals glitten, fast so, als wolle er sie erwürgen. »Ich bin zum Loch Leven geritten, und er ist mir dorthin gefolgt. Er wurde ein bißchen frech, und ich bin auf und davon. Das war alles, Colin.«

»Du lügst.« Er stand seufzend auf.

»Na ja, ich habe . . . Ich habe sein Pferd mitgenommen. Aber das war wirklich alles, ich schwör's dir.«

»Du hast sein Pferd mitgenommen? Verdammt, ich hätte nie gedacht, daß eine Frau derart von der Sucht besessen sein könnte, sich einzumischen. Nein, sag jetzt bitte nichts mehr, versprich mir nur, daß du das Haus nicht verlassen wirst.«

»Nein, das kann ich dir nicht versprechen.«

Dann werde ich dich eben im Schlafzimmer einschließen müssen. In dieser Hinsicht dulde ich wirklich keinen Ungehorsam, Joan. Robert MacPherson ist gefährlich. Hast du die Schramme an deiner Wange schon vergessen?«

Sinjun war nicht allzu besorgt, denn nachdem jetzt auch Sophie und Alex hier waren, würden sie Colin zu dritt vor jeder möglichen Gefahr beschützen.

»Ja, ich bin ganz deiner Meinung«, sagte sie. »Er ist gefährlich, und das paßt gar nicht zu seinem hübschen Gesicht.«

»Es ist nur eine Vermutung von mir, aber vielleicht hängt seine Bosheit mit seinem Aussehen zusammen. Als er zum Mann heranwuchs, bekam sein Gesicht keine harten Züge, sondern wurde statt dessen immer weicher. Vielleicht versucht er das durch besondere Gewalttätigkeit auszugleichen. Also, Weib, wirst du mir gehorchen?«

»Du weißt doch, Colin, daß ich das in den meisten Fällen bereitwillig tue. Aber bei seltenen Ausnahmen mußt du mir gestatten, daß ich das tue, was *ich* für richtig halte.«

»Ach ja? Und zu diesen Ausnahmen gehört wohl auch die körperliche Liebe?«

»So ist es.«

»Du bist dir wohl sehr sicher, daß ich dich nicht nehme, solange du noch von der Krankheit geschwächt bist, und das macht dich mutig, stimmt's?«

Sinjun nickte stumm.

Er fuhr sich seufzend mit den Fingern durchs Haar. »Joan, ich war nicht sehr nett zu dir, als ich zum erstenmal nach Hause kam.«

»Du warst ein fürchterliches Ekel.«

»Ganz so weit ginge ich nicht, aber ich sehe, daß meine Kinder dich mittlerweile sehr ins Herz geschlossen haben. Mein sechsjähriger Sohn hat sogar sein Leben riskiert, um zu mir nach Edinburgh zu kommen.«

»Ich weiß, und bei diesem Gedanken stockt mir noch immer das Blut in den Adern. Er ist ein tapferer kleiner Junge.«

»Er ist eben mein Sohn.«

Sie lächelte ihm zu.

»Auch Dahling singt jetzt Lobeshymnen auf dich, wann immer ich sie überreden kann, den Daumen aus dem Mund zu nehmen. Das heißt, noch mehr als dich liebt sie deine Stute.« Er hörte sich zu Sinjuns Verwunderung nicht nur überrascht, sondern auch ein wenig verstimmt an.

»Gibst du auch zu, daß ich das Recht und die Pflicht habe, mich um den Haushallt zu kümmern?«

»Mir bleibt wohl nichts anderes übrig. MacDuff sollte mir in Edinburgh etwas von dir ausrichten. Daß du meine Schatulle nicht stehlen würdest oder so etwas. Was sollte das bedeuten?«

»Daß ich dir nichts wegnehmen will, wie jene Schatulle, die du vor deinem Bruder in der Eiche verstecken mußtest. Ich möchte einfach alles mit dir teilen, was uns gehört. Ich bin weder Malcolm noch dein Vater.«

Er drehte ihr jäh den Rücken zu. »Wie ich sehe, hat MacDuff aus der Schule geplaudert.«

»Er wollte nur, daß ich dich besser verstehe. Wann hast du eigentlich Geburtstag?«

»Am 31. August. Warum?«

Sie schüttelte lächelnd den Kopf und überlegte, welches wohl seine Lieblingsdichter waren. Dann gähnte sie wieder, und diesmal war es nicht gespielt.

»Du mußt jetzt schlafen«, sagte er. »Ich zweifle nicht daran, daß deine Brüder ihren Frauen dicht auf den Fersen sind, und ich erlaube dir huldreich, mich vor den beiden zu beschützen. Die Damen wußten offenbar nicht, daß ihre Männer in unser Schlafzimmer eingedrungen sind.«

»Gott sei Dank!«

»Vielleicht sollte ich es ihnen erzählen.«

»Colin! Oh, du machst nur einen Scherz.«

»So ist es. Aber sag mal, wissen Douglas und Ryder eigentlich, daß ihre Frauen hier sind?«

»Selbstverständlich.«

»Wie konnten sie die Frauen nur allein auf eine so weite Reise schicken? Nein, erzähl mir lieber nichts, sonst wachsen mir nur graue Haare.«

Colin zog sich vor dem Kamin aus, im vollen Bewußtsein, daß seine Frau ihn beobachtete.

»Ich finde es sehr unvorsichtig von Alex herzukommen. Sie riskiert durch diese Torheit, ihr Kind zu verlieren. Wenn du schwanger bist, wirst du tun, was ich dir sage.«

Sinjun lächelte, weil sie genau wußte, daß sie tun würde, was sie wollte. Er war jetzt nackt, und sie betrachtete fasziniert seinen muskulösen Rücken, sein Gesäß, seine Beine. Er war einfach vollkommen, daran gab es für sie keinen Zweifel.

»Colin?« Sie hörte selbst, daß ihre Stimme heiser klang.

»Ja?« Er drehte sich langsam um, und sie merkte, daß er genau wußte, was sie wollte.

Sie schluckte und wünschte, er werde noch mindestens eine Stunde so stehenbleiben, damit sie sich an ihm sattsehen konnte. Vielleicht könnte sie Malunterricht nehmen und ihn dann überreden, für sie zu posieren.

»Ja, Joan?«

»Wirst du heute nacht mit mir schlafen? Ich meine ... mich in den Armen halten?«

»O ja, ich weiß, daß dir das gefällt, weil es ungefährlich ist. Ich werde dich sogar küssen, und auch das gefällt dir sehr.«

Er ging betont langsam auf das Bett zu, damit sie ihn nach Herzenslust betrachten konnte. Ihre Begeisterung amüsierte ihn, schmeichelte ihm aber auch gewaltig, wie er sich eingestehen mußte. Es war großartig, wenn eine Frau ihren Mann so bewunderte. Dann hörte er, daß sie scharf die Luft einzog, und blickte an sich hinab. Unter ihrem Blick hatte er eine Erektion bekommen, und nun fürchtete sie sich wieder. Aber was hatte sie erwartet — daß er schrumpfen werde?

Verdammt, hoffentlich wäre sie bald wieder gesund und kräftig. Dieser ganze Humbug zerrte an seinen Nerven.

»Wirst du jetzt zu Hause bleiben, Colin?«

»Ja, nachdem MacPherson jetzt hier sein Unwesen treibt, muß ich mich natürlich hier aufhalten. Und ich werde allein mit ihm fertig werden — ohne deine Hilfe, verstanden? Außerdem muß ich dich offenbar vor Tante Arleth beschützen.«

»Das weiß ich sehr zu schätzen, Colin.«

Er legte sich neben sie ins Bett und nahm sie in die Arme. Sie lagen so dicht beeinander, daß ihre Nasenspitzen sich fast berührten.

»Du hast immer noch dein Nachthemd an.«

»Das ist vielleicht auch besser so.«

»Wahrscheinlich hast du recht«, seufzte er, bevor er sie küßte. Dann grinste er. »Mund auf, Joan. Du hast alles vergessen, was ich dir beigebracht habe. Nein, nicht wie ein Frosch oder wie eine Opernsängerin. So ist's besser. Ja, gib mir deine Zunge.«

Er begehrte sie sehr, und wenn ihn nicht alles täuschte, hätte sie gegen Liebkosungen mit Mund und Händen nicht das geringste einzuwenden gehabt, aber er wußte, daß sie noch sehr schwach war, und er wollte nicht, daß sie wieder krank wurde. Deshalb küßte er sie auf die Nasenspitze, rollte auf den Rücken und drückte ihre Wange an seine Schulter, wobei er sich sehr edel vorkam. Sie stieß einen Laut der Enttäuschung aus und versuchte ihn wieder zu küssen.

»Nein, Joan, ich möchte dich nicht ermüden. Entspann dich einfach, während ich dich festhalte. Hatte Philip recht? Hat Tante Arleth tatsächlich versucht, dich zu töten?«

Sinjun zitterte vor Lust und versuchte vergeblich, sich unter Kontrolle zu bekommen. Sie wollte ihn küssen, bis sie keine Luft mehr bekäme, sie wollte ihn überall streicheln und küssen, sie wollte sein Glied wieder in den Mund nehmen und ihm Genuß bereiten. Es war so schwierig, nicht daran zu denken, daß er dicht neben ihr lag. Langsam legte sie eine Hand auf seinen Bauch und betastete seine Schamhaare.

Colin schloß die Augen und biß sich auf die Lippe. »Nein, Joan, du mußt ruhig liegenbleiben, Liebling. Nimm bitte deine Hand weg und beantworte meine Frage.«

Sie begriff plötzlich, daß es auch ihm schwerfiel, sich zu beherrschen, und sie wußte seine Sorge um ihre Gesundheit durchaus zu schätzen, aber sie selbst würde im Augenblick sogar ein neuerliches Fieber gern in Kauf nehmen. Ihre Finger glitten noch etwas tiefer und berührten sein Glied. Er zuckte wie von der Tarantel gestochen zurück, und sie resignierte mit einem tiefen Seufzer. »Sie hat nicht versucht, mir Gift einzuflößen oder sowas Ähnliches, aber zweifellos wünschte sie mir den Tod, und sie half sogar etwas nach, indem sie die Fenster öffnete. Und als du schon zu Hause warst, fand sie mich einmal allein vor und redete davon, mich mit einem Kissen ersticken zu wollen. Dann fiel ihr aber ein, daß das zu offenkundig wäre. Sie sagte, ich hätte alles ruiniert und ihr das Leben vergällt. Sie hat an jenem Tag soviel geredet, Colin, und auch bei anderen Gelegenheiten, und manches habe ich während deiner Abwesenheit auch aus anderen Quellen erfahren.« Sie erzählte ihm, daß Tante Arleth Mrs. Seton verboten hatte, das Haus zu putzen, und daß sie von einem *Kelpie* schwafelte, der Colins Vater sei, während der alte Graf nur sie und nicht ihre Schwester geliebt habe, die eine Närrin und zudem noch mit dem Teufel im Bunde gewesen sei. Colin stellte viele Fragen, aber es blieb verwirrend. Als sie schließlich vor Müdigkeit kaum noch ein Wort hervorbrachte, küßte er sie auf die Schläfe und sagte: »Ich werde dafür sorgen, daß sie Vere Castle verläßt. Sie stellt eine Gefahr für sich selbst und für uns alle dar. Weiß der liebe Hiimmel, was sie den Kindern antun könnte, wenn sie plötzlich eine neue fixe Idee bekommt. Seltsam, daß mir früher nie aufgefallen ist, wie verschroben sie ist. Natürlich wußte ich, daß sie mich ablehnte, aber das hat mich nicht weiter gestört. Schlaf jetzt. Ja, leg deine Hand auf meine Brust. Das ist keine so gefährliche Stelle.«

Sie lächelte an seiner Schulter. Wenn er bei ihr war, konnte ihr nichts geschehen. Und daß *ihm* nichts geschah, dafür würde sie schon sorgen. Er konnte sich so gebieterisch aufführen, wie er wollte, es würde ihm nichts nützen. Gegen drei Frauen hatte er keine Chance.

Nicht die geringste Chance.

KAPITEL 16

Douglas und Ryder tauchten am nächsten Tag nicht in Vere Castle auf, und am darauffolgenden Morgen waren sie immer noch nicht da, worauf ihre Frauen einerseits mit Erleichterung und andererseits mit Sorge reagierten. Um acht Uhr, beim Frühstück in Sinjuns Schlafzimmer, verlieh Sophie ihren Gefühlen endlich Ausdruck. »Aber wo bleiben sie nur? Glaubst du, daß ihnen etwas zugestoßen ist, Alex?«

»O nein«, sagte Alex mit gerunzelter Stirn. »Ich glaube allmählich, daß sie verärgert sind und überhaupt nicht kommen werden, um uns eine Lektion zu erteilen. Douglas ist es wahrscheinlich leid, daß seine Versuche, sich durchzusetzen, nur in wenigen Fällen zum Erfolg führen, und deshalb bestraft er mich durch seine Abwesenheit.«

Sinjun betrachtete ihre beiden Schwägerinnen und mußte schallend lachen, obwohl sie dafür bitterböse Blikke erntete. »Ich traue meinen Ohren kaum — ihr hört euch so an, als wolltet ihr sie sofort hier haben.«

»O nein!«

»Wie absurd!«

Sinjun blickte von einem düsteren Gesicht zum anderen. »Hat wenigstens eine von euch eigentlich daran gedacht, in einem Brief euer Ziel anzugeben?«

Alex bedachte sie mit einem empörten Blick. »Natürlich habe ich Douglas eine Nachricht hinterlassen. Wofür hältst du mich eigentlich? Ich will doch nicht, daß er sich Sorgen macht.«

»Und was hast du geschrieben?«

»Äh . . . daß ich zu Sophie fahre. Oh, verflucht!«

Sinjun wandte sich schmunzelnd an Sophie, die angestrengt ihre hellgrünen Schuhe betrachtete. »Und du? Hast du Ryder geschrieben, wohin du und Alex wolltet?«

Sophie schüttelte den Kopf, ohne von ihren Schuhen aufzuschauen. »Ich habe ihm nur geschrieben, daß wir eine kleine Besichtigungsreise durch die Cotswolds machen wollten, und daß ich ihm noch mitteilen würde, wann wir zurückkommen.«

»O Sophie, das darf doch nicht wahr sein!« Alex schleuderte ein Kissen nach ihr. »Was hast du dir nur dabei gedacht, ihm nicht die Wahrheit zu schreiben?«

»Und du?« Sophie warf das Kissen mit aller Kraft zurück. »Du hast Douglas doch auch keinen reinen Wein eingeschenkt. Aber du warst immerhin in der glücklichen Lage, nur einen Teil der Wahrheit verschweigen zu müssen, während ich lügen mußte.«

»Du hättest überhaupt nicht zu lügen brauchen! Wenn du auch nur ein bißchen überlegt hättest, wäre dir das klargeworden, aber du hast überhaupt nicht nachgedacht, du . . .«

»Wag es ja nicht, mich dumm zu nennen!«

»Das habe ich nicht getan, aber wenn dir der Schuh paßt . . .«

»Schluß jetzt!« rief Sinjun, die schon wieder mit dem Lachen kämpfte. Alex üppiger Busen wogte, und Sophie hatte einen hochroten Kopf und ballte die Fäuste.

Nach längerem Schweigen fragte Alex mit kläglicher Stimme: »Und was sollen wir jetzt machen?«

»Ryder und Douglas werden längst erraten haben, wohin ihr verschwunden seid, da bin ich mir ganz sicher«, erklärte Sinjun resolut. »Wenn ihr wollt, könnt ihr ihnen ja sofort schreiben, und ich schicke dann einen unserer Stallburschen nach Edinburgh. Aber ich halte es für überflüssig.«

»Das würde ja ewig dauern!«

»Es ist auch völlig überflüssig«, wiederhole Sinjun. »Ihr könnt mir glauben — eure Männer werden nicht mehr lange auf sich warten lassen. Ich bin überzeugt, daß sie spätestens am Freitag hier sein werden. Vielleicht könntet ihr beide euch jetzt die Hände reichen, damit wir endlich zu den wirklich wichtigen Angelegenheiten kommen?«

Ihre Schwägerinnen umarmten sich zwar, machten aber immer noch mißmutige Gesichter. Sinjun hingegen hatte beste Laune. Sie fühlte sich viel kräftiger als am Vortag, noch nicht ganz wiederhergestellt, aber doch einsatzfähig, speziell, da sie erstmals einen ganz klaren Kopf hatte.

Sie diskutierten über ihren Plan, bis Sinjun das Gefühl hatte, alle möglichen Entwicklungen und Konsequenzen berücksichtigt zu haben. Sophie und Alex waren von diesem Plan nicht begeistert, aber Sinjun überzeugte sie davon, daß es keine andere Alternative gab. »Oder wäre es euch lieber, wenn ich ihn einfach erschieße und die Leiche in den Loch Leven werfe?« Mit diesem Argument brachte sie ihre Schwägerinnen zum Schweigen. Schon am Nachmittag zuvor hatte sie einen Brief geschrieben, Ostle holen lassen und dem jungen Mann einen Auftrag erteilt. Nun konnte sie nur beten, daß er den Mund halten würde, wie er ihr hoch und heilig versprochen hatte.

»Wir werden noch heute morgen handeln«, erklärte Sinjun, »denn wir dürfen uns nicht darauf verlassen, daß uns noch ein Tag Zeit bleibt. Im Gegensatz zu euch setze ich volles Vertrauen in Douglas und Ryder.«

Sowohl Alex als auch Sophie waren mit Taschenpistolen bewaffnet, und beide konnten damit umgehen, wenn auch nicht so meisterhaft wie Sinjun.

»Die Jungfräuliche Braut sprach schließlich von Problemen«, sagte Alex, »und wir sind nicht dumm, auch wenn wir vielleicht nicht an alles gedacht bzw. nicht alles *geschrieben* haben. Und wo ist deine Pistole, Sinjun?«

Sie zog die kleine Waffe unter dem Kopfkissen hervor. »Ich fühle mich heute morgen kräftig genug für unser Vorhaben. Jetzt muß ich nur noch dafür sorgen, daß Colin mit anderen Dingen so beschäftigt ist, daß er weder euch noch mich im Auge behalten kann.«

Doch Colin loszuwerden erwies sich als schwierige Aufgabe. Schließlich war Sinjun mit ihrem Latein völlig am Ende und sah nur noch einen einzigen Ausweg: sie begann jämmerlich zu husten, wobei sie sich vor Schmerzen krümmte, und klagte über schreckliche Kopfschmerzen, speziell über dem linken Auge. Sie brachte sogar einige sehr überzeugende Schauder zustande, und ihre Augen tränten, während sie keuchend nach Luft schnappte.

»Ich dachte, es würde dir viel besser gehen!« sagte Colin, während er ihr den Rücken massierte. Er nahm Alex und Sophie das Versprechen ab, bei Sinjun zu bleiben, während er selbst den Arzt holen würde. Sie gaben es ihm um so bereitwilliger, als sie ja tatsächlich nicht die Absicht hatten, Sinjun allein zu lassen, die allerdings heftige Gewissensbisse verspürte, weil sie Colins Fürsorge mißbrauchte, aber zugleich wußte, daß sie um jeden Preis hart bleiben mußte.

»Wenn Männer nur nicht so halsstarrig wären, dachte sie, war sich aber darüber im klaren, daß dieser Wunsch unerfüllbar war.

»Ich fühle mich großartig«, beantwortete sie Alex' Frage, während sie rasch in ein altes blaues Reitkostüm schlüpfte. »Später werde ich wahrscheinlich schwach wie ein neugeborenes Kätzchen sein, aber im Augenblick fühle ich mich stark. Macht euch keine Sorgen, ihr zwei. Wir müssen das erledigen, bevor eure Männer hier auftauchen, und das wird entgegen euren Prognosen sehr bald der Fall sein.«

»Wo willst du hin?«

Es war Philip. Ohne Alex und Sophie zu beachten, ging er schnurstracks auf Sinjun zu und stellte sich vor sie hin, die Hände in die Hüften gestemmt. »Wo willst du hin?« fragte er wieder. »Du hast ein Reitkostüm an, kein Nachthemd. Papa wird sehr unzufrieden sein, Sinjun. Und mir gefällt das auch nicht.«

Sinjun hätte ihm gern zärtlich die Haare zerzaust, begnügte sich aber mit einem Lächeln. »Ich zeige deinen beiden neuen Tanten nur ein bißchen die Gegend. Mir geht es ganz gut, und ich werde vorsichtig sein und sofort umkehren, sobald ich müde werde.«

»Wo ist Vater?«

»Wahrscheinlich prüft er mit Mr. Seton Rechnungen, oder aber er besucht unsere Pächter. Er war drei Wochen fort, und jetzt muß er sich um vieles kümmern. Hast du ihn nicht gefragt?«

»Ich war nicht unten, als er weggegangen ist. Dahling hatte einen Wutanfall und versuchte Dulcie ins Bein zu beißen. Ich mußte Dulcie beschützen.«

»Vielleicht könntest du Tante Arleth ein bißchen im Auge behalten, solange ich die Gastgeberin spiele?«

Seine Miene hellte sich auf. »Ja, das tu ich gern, aber bitte übernimm dich nicht, Sinjun.«

»Ich versprech's dir.« Sie blickte ihm nach, und ihre Gewissensbisse wurden immer unterträglicher. »Das war wirklich nicht schön von mir, aber er will mich genauso in Watte packen wie sein Vater.«

»Du bist eine großartige Schauspielerin«, kommentierte Alex, während sie die Hintertreppe hinabschlichen. »So gut bin ich leider nicht.«

»Ich tu's nicht gern, aber es mußte ja sein«, seufzte Sinjun. »Ich muß dafür sorgen, daß Colin in Sicherheit ist. Falls er jemals herausfindet, was wir getan haben, wird er mich bestimmt verstehen.«

»Dein Optimismus ist auf Sand gebaut«, sagte Sophie. »Er ist ein Mann, und ich möchte nicht in deiner Haut stecken, wenn er dahinterkommt. Verständnis ist bei Männern keine weit verbreitete Tugend, am allerwenigsten, wenn es um die eigene Ehefrau geht.«

»Sophie hat recht«, meinte Alex. »Wenn Colin dahinterkommt — und meiner persönlichen Erfahrung nach kommen Ehemänner hinter *alles,* wovon sie nichts wissen sollen —, wird er vor Wut kochen, weil du dich in Gefahr begeben hast, und als Mann wird er dir die Schuld dafür geben, daß er sich Sorgen machen mußte. Männer haben nun einmal ihre eigene Logik, die wir Frauen nie begreifen werden.«

»Ein Mann kann sich niemals damit abfinden, daß es Dinge gibt, mit denen er nicht zurechtkommt«, fuhr Sophie fort, »und wenn seiner Frau etwas gelingt, was er selbst nicht geschafft hat, spuckt er Gift und Galle und ärgert sich über ihren Erfolg.«

»Ich weiß«, sagte Sinjun. »Schließlich bin ich jetzt selbst verheiratet, und ich habe schon festgestellt, daß Colin sich nicht von Douglas und Ryder unterscheidet. Er brüllt und tobt, bis ich ihm den Schädel einschlagen könnte. Aber diesmal wird er bestimmt verstehen, daß mir gar keine andere Wahl blieb, als selbst die Initiative zu ergreifen.«

»Ha!« rief Alex.

»Ha, ha«, ergänzte Sophie.

»Vielleicht kommt er ja auch nie dahinter«, tröstete sich Sinjun.

»Das dürfte ein Wunschtraum bleiben«, sagte Alex.

»Du sagst es«, bekräftigte Sophie.

In düstere Gedanken versunken, eilten die drei Damen zu den Stallungen. Sinjun befahl Ostle, Fanny und zwei andere Pferde zu satteln.

»Das and're hat mir gar nich' gefallen«, wiederholte er ein ums andere Mal. »'S is' nicht recht.«

»Du wirst den Mund halten, Ostle«, erklärte Sinjun so resolut, daß ihre Schwägerinnen sie verwundert ansahen. »Sobald wir fort sind, reitest du nach Edinburgh und ziehst die Erkundigungen ein, von denen wir gesprochen haben. Es ist sehr wichtig, daß niemand etwas davon erfährt, daß du so schnell wie möglich zurückkommst und mich unter vier Augen informierst. Hast du mich verstanden, Ostle?«

Obwohl ihm die ganze Sache nicht geheuer war, nickte er ergeben. Immerhin hatte die Gräfin ihn fürstlich entlohnt.

Unglückseligerweise gab es außer Fanny nur ein Pferd, das für eine Dame geeignet war. »Macht nichts«, sagte Sinjun, »dann nehme ich eben Argyll, Sophie reitet auf Fanny, und Alex wird mit Carrot vorliebnehmen müssen.«

»Äh, Mylady ... Argyll is' heut aber gar nich' gut aufgelegt. Seine Lordschaft wollt' ihn reiten, aber der Bursche hat sich so garstig aufgeführt, daß Seine Lordschaft dann doch lieber den Gulliver genommen hat. 'S is' nich' länger wie zehn Minuten her, daß er weggeritten is'.«

Gulliver war der Hengst, auf dem Colin von Edinburgh nach Hause geritten war, nachdem Philip ihn geholt hatte. Sinjun schluckte, sagte aber energisch: »Nun, ob er garstig ist oder nicht — sattle Argyll für mich. Zehn Minuten, so, so ... Beeil dich, Ostle, und mach dir keine Sorgen. Alles wird gut gehen.«

Gleich darauf galoppierten sie die lange Auffahrt hinab. Die warme Sommerluft umspielte ihre Gesichter, und einzelne Sonnenstrahlen, die durch den Baldachin aus dichtem grünem Laub drangen, zauberten ein reizvolles Muster auf den Kies.

»Wie schön!« rief Sophie begeistert.

»Ja«, stimmte Sinjun zu. »Colin sagt, daß ausgerechnet jener Vorfahr von ihm, der sich nackt malen lassen mußte, all diese Bäume entlang der Auffahrt pflanzen ließ. Eine reizvolle Idee, finde ich. Aber mit den Gärten von Northcliffe können wir natürlich nicht konkurrieren, Alex.«

»Vielleicht nicht, aber eine solche Allee werde ich in Northcliffe auch anlegen lassen«, sagte Alex. »Was meint ihr — Kiefern, Birken und Eichen?«

Sinjun wußte, daß ihre beiden Begleiterinnen von ihrem Plan nicht begeistert waren und sich mit belanglosen Gesprächen über Bäume abzulenken versuchten. Zum Glück benahm sich Argyll mustergültig, so als wäre er hell begeistert, daß ausnahmsweise eine Frau auf seinem breiten Rücken saß.

»Das Schloß der MacPhersons ist etwa zehn Kilometer von hier entfernt«, berichtete Sinjun bei einem kurzen Halt, »aber ich kenne eine Abkürzung — Ostle hat sie mir genau beschrieben. Seid ihr immer noch mit von der Partie? Bestimmt?«

»Mir gefällt die Sache nicht«, sagte Sophie, »und Alex auch nicht. Es muß eine andere Möglichkeit geben. Dein Plan birgt unwägbare Risiken.«

Sinjun schüttelte den Kopf. »Es gibt keine andere Möglichkeit. Wir dürfen MacPherson auf gar keinen Fall die Initiative überlassen. Er hat schon einmal — vielleicht sogar zweimal — versucht, Colin umzubringen, und beim zweitenmal bin versehentlich *ich* verletzt worden.«

Ihre Schwägerinnen schnappten nach Luft, denn sie hatte ihnen bis dahin nichts von dem Mordversuch in Edinburgh erzählt, aber sie fuhr unerbittlich fort: »Nein, die Initiative mußte von mir ausgehen. Wir werden ihn überrumpeln. Natürlich weiß ich, daß es Probleme geben könnte, sogenannte unbekannte Faktoren, aber etwas Besseres ist mir einfach nicht eingefallen. Und es wird bestimmt klappen. Ostle wird in Edinburgh herausfinden, was wir wissen müssen. Die ganze Affäre müßte in höchstens zwei Tagen abgeschlossen sein. Und sogar wenn eure Männer in der Zwischenzeit auftauchen sollten, werde ich mich immer noch verkrümeln und die Sache allein zu Ende führen können. Dann kann Colin von mir aus brüllen und mit der Faust auf den Tisch hauen, soviel er will. Es wird mir nichts ausmachen, ja, ich werde es sogar genießen, weil ich genau wissen werde, daß er nun in Sicherheit ist.«

»Dein Mann wird nicht nur brülllen und mit der Faust auf den Tisch hauen — er wird uns alle umbringen.«

»Natürlich wird er wissen, daß ich ihm einen Bären aufgebunden habe, aber wie sollte er jemals die Wahrheit erfahren?«

»Und welchen Bären willst du ihm aufbinden, um unsere derzeitige Abwesenheit zu erklären?« fragte Alex skeptisch. »Von den nächsten Tagen ganz zu schweigen. Sogar ohne die Einmischung unserer Göttergatten wird es sehr schwer sein, Colin ständig in die Irre zu führen. Also, was willst du ihm heute sagen?«

»Ehrlich gesagt, weiß ich das jetzt selbst noch nicht, aber sobald Colin mich anbrüllt, wird mir bestimmt etwas Großartiges einfallen. Das ist immer so. Eines nach dem anderen. Weiter geht's, Kameraden!« Argyll galoppierte davon, und unter seinen Hufen stoben Steinchen hervor.

Sie trafen unterwegs nur wenige Leute, und der Weg wurde immer beschwerlicher, je tiefer sie in die öde Hügellandschaft vordrangen, die trotzdem von wilder Schönheit war, weil überall zwischen bizarr gezackten Felsen purpurrotes Heidekraut wuchs.

»Bist du ganz sicher, daß das eine Abkürzung ist?« erkundigte sich Alex.

Sinjun nickte. »Wir müßten gleich am Ziel sein.«

St.Monance Castle, der Stammsitz des MacPherson-Clans, lag am Ende des Pilchy Loch, der im Laufe des vergangenen Jahrhunderts immer seichter geworden war. Rund um den See gab es genügend Ackerland, wie Sinjun feststellte. Trotzdem sah das Schloß ziemlich verwahrlost aus. Die grauen Steinmauern waren stark verwirrtert und rissig, und aus dem ehemaligen Wallgraben, der versumpft und mit Unkraut überwuchert war, stank es fast so schlimm wie aus dem Cowal Swamp.

»Dieses Schloß bräuchte auch dringend eine reiche Erbin, Sinjun.«

»Soviel ich weiß, steckt fast jeder schottische Clan verzweifelt in Geldnöten, speziell im Hochland. Wir hier auf der Halbinsel Fife haben genügend fruchtbares Ackerland. Keine Ahnung, warum die MacPhersons arm sind.« Sinjun holte tief Luft. »Ich hoffe nur, daß Robert MacPherson auf mich wartet. Wie schon gesagt, habe ich ihm geschrieben, daß ich heute vormittag kommen würde — allein. Bleibt hier und versteckt euch. Haltet mir die Daumen, daß alles gut geht, denn wenn dieser Plan fehlschlägt, weiß ich nicht, was ich tun soll. Sehe ich halbwegs passabel aus — so daß ein Mann lüstern nach mir schielen könnte?«

»Mehr als nur schielen«, versicherte Sophie aufrichtig.

Dies war der Teil des Planes, der Alex und Sophie am meisten Sorgen bereitete, aber Sinjun schien sich ihrer Sache völlig sicher zu sein. »Ostle hat mir hoch und heilig geschworen, daß er den Brief abgegeben hat«, sagte sie, und ihre Schwägerinnen wußten, daß jeder weitere Einwand sinnlos wäre. Ihnen blieb nichts anderes übrig als in einem Birkenwäldchen abzuwarten, ob Sinjun mit ihrem Kavalier bald angeritten kommen würde. »Wenn du in einer halben Stunde nicht zurück bist, holen wir dich dort raus«, rief Alex ihr noch nach.

Sinjun ritt direkt auf das Schloßportal zu. Im Hof hielt sich etwa ein Dutzend Männer und Frauen auf, die ihre Arbeiten unterbrachen und der Dame mit offenen Mündern nachstarrten.

Zwei Männer verschwanden im Schloß, sobald sie Sinjun gesichtet hatten. Sie zügelte Argyll am Fuße der breiten Steintreppe und lächelte den Gaffern freundlich zu.

Dann öffnete sich die schwere eisenbeschlagene Tür, und zu Sinjuns grenzenloser Erleichterung erschien Robert MacPherson selbst auf der Schwelle, starrte sie einen Augenblick lang schweigend an und ging die tief ausgetretenen Steinstufen hinab, bis er sich auf Augenhöhe mit ihr befand.

»Sie sind also tatsächlich gekommen«, sagte er, die Arme auf der Brust verschränkt. »Ich frage mich nur, Mylady, warum Sie sich so ganz allein in mein Domizil getraut haben, und warum in Ihren schönen blauen Augen keine Spur von Angst zu sehen ist.«

Sie staunte wieder darüber, wie hübsch er war. Seine zarten Gesichtszüge wiesen nicht die geringste Unregelmäßigkeit auf, von den perfekt geschwungenen hellen Brauen bis hin zu der schmalen aristokratischen Nase, Und seine Augen konnten es an Schönheit durchaus mit den ihren aufnehmen. Ihn anzuschauen, war durchaus ein Vergnügen.

»Wollen Sie mit mir ausreiten?« fragte sie.

Robert MacPherson warf den Kopf zurück und lachte. »Halten Sie mich für einen Dummkopf? Zweifellos hält sich dort drüben im Birkenwäldchen Ihr Herr Gemahl mit einem Dutzend Männer versteckt und wartet nur darauf, mich niederzuschießen.«

»Das ist doch ein Hirngespinst. Oder halten Sie Colin Kinross wirklich für einen ehrlosen Schurken, der seine eigene Frau vorschicken würde, um den Fuchs aus dem Bau zu locken?«

»Nein«, erwiderte MacPherson langsam. »Für so eine Tat ist Colin viel zu stolz. Mit Ehrgefühl hat das nichts zu tun. Sie haben einen arroganten Mann geheiratet, meine Liebe, einen viel zu stolzen, durch und durch bösen Mann. Er würde höchstpersönlich angeritten kommen und mich herausfordern.«

»Dann halten Sie ihn also für furchtlos?«

»Nein, seine maßlose Eitelkeit verführt ihn zu Dummheiten. Er würde wahrscheinlich sterben, ohne zu begreifen, wie das passieren konnte. Wollen *Sie* mich etwa herausfordern?«

»Sie haben meinen Brief offenbar mißverstanden. War mein Ritt hierher wirklich umsonst?«

»O nein, ich habe jedes Wort richtig verstanden, werte Dame. Übrigens hat Ihr Diener sich vor Angst fast in die Hose gemacht. Sie hingegen treten ganz schön keck auf, und das interessiert mich. Trotzdem will es mir, ehrlich gesagt, nicht so recht einleuchten, daß Sie Wert auf eine nähere Bekanntschaft mit mir legen. Unsere letzte Begegnung hat bei mir nicht gerade den Eindruck hinterlassen, als wäre Ihnen an meiner Gesellschaft gelegen. Ich war damals ziemlich wütend auf Sie, kann ich Ihnen sagen, denn es war ein weiter Fußmarsch.«

»Das war Ihre eigene Schuld. Sie haben mich unterschätzt, weil ich eine Frau bin. Sie waren, offen gesagt, ein ungehobelter Bauer. Ich schätze es nicht, wenn man mir droht oder mich zu zwingen versucht. Aber jetzt gebe ich Ihnen eine Chance, Ihre guten Manieren zu zeigen und auf diese Weise vielleicht eine Freundin zu gewinnen.«

»Aber warum? Das ist es, was mich interessiert.«

Sinjun beugte sich zu ihm hinab und sagte leise: »Sie sind viel zu hübsch für einen Mann, und das reizt mich. Ich möchte wissen, ob Sie unter Ihrer Hose ein richtiger Mann sind oder nur ein hübscher Junge, der in einem Männerkörper herumstolziert.«

Seine Augen verengten sich vor Wut. Er wollte sie pakken, aber sie hielt ihm eine Pistole unter die Nase.

»Ich sagte doch soeben, daß ich keine ungehobelten Männer mag, Sir. Nun, möchten Sie unter Beweis stellen, ob Sie nur ein hübscher Junge oder ein Mann mit männlichen Gelüsten sind?«

Plötzlich stand ihm die Begierde ins Gesicht geschrieben. Sie hatte diese Szene am Vortag oft geprobt, und nun hatte sie offenbar gewonnen, aber es war beängstigend, diese Leidenschaft entfacht zu haben.

»Und woher soll ich wissen, daß Sie mich im Wald nicht mit dieser hübschen kleinen Pistole erschießen werden?«

Sie lächelte. »Eine Garantie gibt es nicht.«

Er betrachtete sie forschend. »Sie sind jetzt ein bißchen blaß. Vielleicht haben Sie doch ein wenig Angst?«

»Ein wenig, ja. Schließlich könnten Ihre Männer irgendwo auf der Lauer liegen, um mich zu erschießen. Aber wahrscheinlich wäre es Ihrem Ruf abträglich, eine Frau umzubringen. Außerdem bin ich der Ansicht, daß man das Leben voll ausschöpfen muß, und dazu muß man nun mal Risiken eingehen. Liegen irgendwo Männer auf der Lauer?«

»Nein. Sie sind schließlich, wie Sie vorhin selbst gesagt haben, nur eine Frau, noch dazu eine Engländerin und die Tochter eines Grafen. Aber eine Frau wie Sie ist mir noch nicht begegnet, und Sie faszinieren mich. Warum haben Sie Colin geheiratet, wenn Sie ihn nicht wollten? Sie sind doch erst zwei Monate verheiratet, stimmt's?«

»Nun, vielleicht haben Sie gehört, daß wir während dieser zwei Monate nur sehr wenige Tage — und Nächte — miteinander verbracht haben. Er bleibt meistens in Edinburgh, und ich muß in seinem modrigen Schloß herumsitzen. Ich langweile mich fast zu Tode, Sir, und Sie scheinen ein aus dem Rahmen fallender Mann zu sein. Sobald ich Sie sah, wußte ich, daß Sie ganz anders als Colin sind. Ich finde Sie wirklich sehr attraktiv.«

»Begleiten Sie mich zu den Stallungen. Ich hole mein Pferd, und dann reiten wir zusammen an einen geheimen Ort, wo ich Ihnen zeigen werde, daß ein Mann ein hübsches Gesicht haben und trotzdem sehr potent sein kann.«

»So potent wie Colin?«

Er wurde steif wie ein Brett.

»Wissen Sie, man kann über meinen Mann sehr vieles sagen, aber er ist in jeder Beziehung ein richtiger Mann. Wirklich ein Jammer, daß er sich nichts aus mir macht — nur aus meinem Geld.«

»Verglichen mit mir ist er eine Niete«, erklärte MacPherson. »Das werde ich Ihnen bald beweisen.«

Sinjun bezweifelte zwar, daß das stimmen könnte, hielt aber ihren Mund, denn schließlich sollte er mit ihr ausreiten und nicht wutschnaubend versuchen, sie vom Pferd zu holen. Wenn sie gezwungen wäre, ihn hier auf seinem eigenen Grund und Boden zu erschießen, wäre sie in keiner beneidenswerten Situation.

Zehn Minuten später war Robert MacPherson von drei Reiterinnen umringt, die ihre Pistolen auf ihn gerichtet hatten. »Ich hatte also doch recht«, sagte er, an Sinjun gewandt.

»Keineswegs. Colin weiß nichts von all dem. Wissen Sie, er ist ein Ehrenmann, der es niemals über sich bringen würde, Sie einfach abzuknallen, wie Sie es verdient hätten. Deshalb haben wir drei beschlossen, ihm diese schwere Bürde abzunehmen. Ich kann einfach nicht dulden, daß Sie noch einmal versuchen, ihn zu töten, wie in London oder in Edinburgh. Außerdem hätten Sie nicht die Katen unserer Pächter niederbrennen und die Männer umbringen dürfen. Jetzt werden Sie für Ihre Verbrechen bezahlen, und ich werde sehr erleichtert sein, sobald ich Sie in weiter Ferne weiß. Übrigens hat mein Mann Ihre Schwester nicht ermordet. Wie können Sie glauben, daß er einer Frau – und gar noch seiner eigenen Frau – etwas zuleide täte, nachdem er es nicht einmal über sich bringt, einen erbärmlichen Wicht wie Sie zu beseitigen?«

»Sie hat ihn gelangweilt. Er hatte genug von ihr.«

»Ein durchaus einleuchtendes Argument, denn Sie langweilen mich nach nur zwei kurzen Begegnungen derart, daß ich durchaus versucht wäre, Sie von einem Felsen zu stoßen. Aber ich werde es nicht tun, obwohl Sie nicht nur ein schrecklicher Langweiler, sondern auch noch ein Prahlhans und ein ehrloser Geselle sind. Ich weiß von Colin, daß Ihr Vater ein anständiger Mensch ist, und ich möchte dem alten Herrn keinen unnötigen Schmerz bereiten. So, Alex und Sophie, ich habe alles gesagt, was ich auf dem Herzen hatte. Sollen wir ihn jetzt auf sein Pferd binden?«

Colin war zuerst völlig verwirrt, wurde dann aber so wütend, daß er Gift und Galle spucken und gleichzeitig laut fluchen wollte, was nicht leicht zu bewerkstelligen war.

Er stand vor seinem Sohn und sagte mit gefährlich ruhiger Stimme: »Soll das heißen, daß deine Stiefmutter und deine beiden Tanten irgendwo herumreiten?«

»Das hat Sinjun gesagt, Papa. Sie sagte, sie fühle sich großartig und wolle den beiden ein bißchen die Gegend zeigen. Ich habe sie gefragt, wo du seist und ... ich glaube, sie hat mir nicht die Wahrheit gesagt.«

»Gelogen hat sie, das meinst du wohl? Verdammt, ich

werde sie verprügeln, ich werde sie im Schlafzimmer einsperren, ich werde . . .«

Dr. Childress berührte ihn am Ärmel. »Was ist los, Mylord? Hat die Gräfin doch keinen Rückfall erlitten?«

»Meine Frau«, knurrte Colin zwischen den Zähnen hindurch, »hat sich krank gestellt, um ungehindert ausreiten zu können. Was mag sie nur im Schilde führen?«

Nach kurzem Nachdenken schlug er sich an die Stirn. »Wie konnte ich nur ein solcher Hornochse sein?«

Er drehte sich auf dem Absatz um und rannte auf Gulliver zu, der zufrieden an Tante Arleths weißen Rosen neben der Freitreppe knabberte.

»Ich befürchte, daß meine Mutter meinen Vater in Wut gebracht hat«, erklärte Philip dem Arzt. »Ich glaube, ich sollte ihm folgen, um sie zu beschützen.« Und Philip stürmte seinem Vater nach.

Dr. Childress blickte ihnen kopfschüttelnd nach. Er kannte Colin von Geburt an, und er hatte miterlebt, wie der Junge zu einem aufrechten und stolzen Mann herangewachsen war. Zum Glück war es weder Colins Vater noch seinem älteren Bruder gelungen, seinen Charakter zu verderben. Nachdenklich murmelte der alte Herr vor sich hin: »Die junge Dame hat wohl einen Tiger gereizt.«

Der Tiger hielt erst an, als St.Monance Castle, das Schloß der MacPhersons, in Sicht kam. Gulliver atmete schwer, und während Colin im Schutz einiger Kiefern verweilte, tätschelte er seinem Hengst liebevoll den Hals. »Du bist ein braver Junge, Gull! Ich schwöre dir, daß meine Frau es bald bedauern wird, uns soviel Ärger bereitet zu haben. Stell dir vor, Ostle liegt angeblich krank im Bett. Findest du das glaubhaft? Ich jedenfalls nicht. Und dann hatte dieses Weib auch noch die Unverfrorenheit, Argyll zu reiten!« Das Pferd, dem er sein Herz ausgeschüttet hatte, schüttelte nur den Kopf, um Fliegen abzuwehren.

Colin ließ das Schloß nicht aus den Augen, konnte aber nichts Ungewöhnliches erkennen, keine nervöse Betriebsamkeit, keine Aufregung. Einige Leute waren zu sehen, aber sie schienen ihren üblichen Beschäftigungen nachzugehen.

Was führten Joan und ihre Schwägerinnen im Schilde? Waren sie wirklich hierhergekommen?

Nach weiteren zehn Minuten langweiliger Beobachtung gelangte er zu dem Schluß, daß er hier nur seine Zeit vergeudete. Wenn er nicht an die schweren eisenbeschlagenen Türen von St.Monance klopfen und fragen wollte, wo seine Frau sei, konnte er genauso gut den Heimweg antreten. In seiner Wut auf Joan, die mit einer gehörigen Portion Angst vermischt war, hatte er völlig impulsiv gehandelt, ohne vorher zu überlegen, ob sein Tun sinnvoll war.

Wo zum Teufel steckten Joan und ihre lieben Verwandten?

Als er kehrtmachte, sah er sich plötzlich Philip gegenüber, der ganz ruhig auf seinem Pony saß. Colin mußte sich eingestehen, daß er wirklich nicht in Hochform war, hatte er doch nicht einmal bemerkt, daß der Junge ihm gefolgt war. Ohne ein Wort zu wechseln, ritten Vater und Sohn tief in Gedanken versunken nach Hause.

Colin war nicht einmal besonders überrascht, als er sah, daß die drei Pferde wieder in ihren Boxen standen und fraßen, als wären sie völlig ausgehungert. Selbst ein Blinder hätte sehen können, daß sie einen harten Ritt hinter sich hatten. Argyll warf seinem Herrn einen Blick zu, der durchaus besagen konnte: ›Diesmal hat sie's dir aber gezeigt, mein Lieber!‹

Colin grinste, aber es war kein amüsiertes Grinsen. Mit großen Schritten eilte er auf das Haus zu. Philip blieb ihm dicht auf den Fersen, aber als der Junge etwas sagen wollte, wehrte Colin stirnrunzelnd ab. Trotzdem rief sein Sohn ihm nach, als er die Treppe hinaufstürmte, zwei oder drei Stufen auf einmal nehmend: »Vergiß nicht, daß sie schwer krank gewesen ist, Papa!«

»Bevor ich mit ihr fertig bin, wird sie sich sehnlichst

wünschen, wieder hohes Fieber zu haben«, brüllte Colin über die Schulter hinweg.

Er begegnete Tante Arleth, die zufrieden lächelte, als sie seine Wut sah. Ihm war klar, daß sie keinen sehnlicheren Wunsch hatte, als daß er seine Frau umbringen würde. Im Augenblick hatte er tatsächlich Mordgelüste.

Am liebsten wäre er einfach ins Schlafzimmer gestürzt und hätte losgebrüllt, aber er zwang sich in letzter Sekunde zur Ruhe. An tobende Männer waren die drei Damen so gewöhnt, daß sein Gebrüll jede Wirkung verfehlen, geschweige denn sie derart einschüchtern würde, daß sie ihm stammelnd die Wahrheit gestanden.

Unter Aufbietung aller Willenskraft schaffte er es, die Tür leise zu öffnen. Ihm bot sich ein idyllisches Bild: seine beiden Schwägerinnen saßen elegant gekleidet auf ihren Stühlen, wie zu einer Teegesellschaft, und seine Frau lag im Bett, mit offenen Haaren und in einem spitzenbesetzten Morgenrock. Sie sah sehr jung und unschuldig aus und hielt ein Buch in der Hand. Alle drei Damen betrachteten ihn forschend, so als wäre er unbefugt in einen vornehmen Salon in Putnam Square eingedrungen, und ihre Mienen schienen zu besagen: ›Nanu, wie kommt denn dieser Gentleman hierher? Seltsam, wir hatten ihn doch gar nicht eingeladen. Was sollen wir jetzt mit ihm machen?‹

Dann rief Joan mit honigsüßer Stimme: »O Colin, wie schön, daß du wieder hier bist! Es tut mir wirklich leid, daß du Dr. Childress ganz umsonst bemüht hast, aber gleich nachdem du gegangen warst, fühlte ich mich seltsamerweise viel besser. Ich versuchte noch, dich zurückzurufen, aber du warst schon fort. Wie du sehen kannst, geht es mir jetzt ganz gut. Freust du dich darüber?«

»Was ich sehe«, sagte Colin sanft, »ist eine perfekte Bühneninszenierung, auf die jedes Londoner Theater stolz sein könnte. Ihr drei seid wirklich sehr begabt. Daß Joan unglaublich schnell agieren kann, wußte ich natürlich schon lange, spätestens seit unserer gemeinsamen Flucht nach Schottland, aber nun sehe ich, daß ihr zwei es genauso faustdick hinter den Ohren habt. Sogar die Farben eurer Kleider sind auf Joans Morgenrock abgestimmt. Wirklich bemerkenswert! Ich gratuliere euch allen.«

Er setzte sich neben Sinjun auf das Bett und betrachtete nachdenklich ihren schlanken weißen Hals, den er liebend gern umgedreht hätte. Statt dessen begann er mit einer Strähne ihres dichten, lockigen Haares zu spielen.

Sinjun hatte geglaubt, er würde wie ein Irrer toben. Seine Ruhe war ihr unheimlich und verunsicherte sie. Ihr fiel beim besten Willen keine einzige geistreiche Bemerkung ein.

»Wie liebreizend du aussiehst«, sagte er nach kurzer Zeit. »So sauber und gepflegt, und du hast auch keinen Pferdegeruch an dir, nicht die geringste Spur.«

»Wir sind nur ganz kurz ausgeritten, weil ich schnell müde wurde.«

»Das kann ich mir vorstellen. Armer Schatz, bist du sicher, daß es dir besser geht? Brauche ich wirklich nicht zu befürchten, daß du einen Rückfall erleidest?«

»O nein, Colin, ich fühle mich großartig. Aber es ist nett, daß du dir Sorgen um mich machst.«

»Nicht wahr? Und jetzt will ich sofort von dir die Wahrheit hören. Ich warne dich — wenn du lügst, werde ich dich bestrafen.«

»Bestrafen? Eine solche Drohung hört sich wirklich nicht freundlich an.«

»Ich fühle mich im Augenblick auch gar nicht zivilisiert, sondern wie ein Wilder. Sag mir alles, Joan. Sofort.« Seine Stimme war so ruhig und leise, aber der Klang . . . O Gott, gefährlicher als Douglas oder Ryder konnte er doch wohl unmöglich sein?

Sinjun warf ihren Schwägerinnen einen flehenden Blick zu, und Sophie eilte ihr tatsächlich sofort zu Hilfe. »Du lieber Himmel, Colin, wir sind nur ein bißchen ausgeritten. Dann fühlte sich Sinjun ziemlich schwach, und wir haben sofort kehrtgemacht und sie dann ins Bett gebracht. Du wirst uns deshalb doch nicht böse sein?«

»Du lügst, Sophie«, erwiderte Colin liebenswürdig. »Leider bin ich nicht dein Mann und kann dich deshalb auch nicht verprügeln, aber diese Unschuld vom Lande ist meine Ehefrau, und sie hat mir zu gehorchen. Bis jetzt kann davon leider keine Rede sein. Sie wird aber lernen müssen, daß . . .«

Alex griff sich plötzlich laut stöhnend an den Magen und sprang heftig auf. O Gott! Sinjun, gleich wird mir schlecht!«

Colin wußte ihr schauspielerisches Talent zu schätzen und klatschte Beifall. »Bravo!« rief er spöttisch. »Sehr überzeugend.«

Alex fiel auf die Knie und übergab sich auf den frisch gereinigten Aubosson-Teppich.

KAPITEL 17

»Sie hat sich ständig übergeben, als sie mit den Zwillingen schwanger war«, berichtete Sinjun, während sie Anstalten machte aufzustehen. »In den ersten drei Monaten waren alle Bedienten damit beschäftigt, Nachttöpfe bereitzustellen.«

»Nein, bleib liegen«, befahl Colin seiner Frau und ging auf Alex zu, die nun nichts mehr im Magen hatte und nach Luft rang. Er packte sie unter den Achseln, zog sie hoch, warf einen Blick auf ihr bleiches Gesicht und die verschwitzten Haare und nahm sie auf die Arme. »Du fühlst dich hundsmiserabel, stimmt's? Das tut mir sehr leid, aber es wird dir bestimmt bald wieder besser gehen.«

Seufzend vergrub Alex ihr Gesicht an seiner Schulter.

»Hol Wasser und ein Handtuch, Sophie«, sagte Colin, während er Alex neben Sinjun aufs Bett legte.

»Ein wahres Glück, daß sie nicht viel gefrühstückt hat«, meinte Sinjun. »Arme Alex, geht es dir wieder etwas besser?«

»Nein«, stöhnte Alex, »aber hör bitte auf, mich ›arme Alex‹ zu nennen, sonst fühle ich mich wie eine gichtgeplagte alte Jungfer.«

Sophie informierte die Dienstboten über das Mißgeschick, worauf nicht nur Emma, sondern auch zwei andere Mägde sich mit weit aufgerissenen Augen die Bescherung ansahen. Sophie brachte ein nasses Handtuch herbei, Mrs. Seton folgte ihr mit einer Schüssel kalten Wassers dicht auf den Fersen, und Rory, der Lakai, versuchte ebenfalls einen Blick auf die Vorgänge im Schlafzimmer zu werfen.

»Hier, trink das.« Colin hielt seiner Schwägerin ein Glas

Wasser an die Lippen, und sie trank gehorsam, griff sich aber gleich darauf wieder stöhnend an den Magen.

»Wasser hat ihr auch während der ersten Schwangerschaft manchmal Krämpfe verursacht«, sagte Sinjun. »Mrs. Seton, was wir brauchen, ist heißer Tee.«

»Armes kleines Ding«, murmelte Mrs. Seton, während sie behutsam Alex' Gesicht abwischte, »ja, ja, die Schwangerschaft ist nun mal keine ungetrübte Freude.«

Alex stöhnte wieder, und Sophie verkündete: »Ich hatte keinerlei Beschwerden, nicht die geringsten.«

»Halt den Mund, Sophie«, knurrte Alex sie an. »Zuerst warst du zu dünn, um Ryder über unseren Aufenthalt zu informieren, und jetzt prahlst du auch noch mit deinem Wohlbefinden, während ich mich sterbenselend fühle.«

»Reg dich nicht auf.« Colin nahm Mrs. Seton das feuchte Tuch aus der Hand und wischte Alex selbst den Schweiß von der Stirn. »Du wirst bestimmt bald wieder gesund und munter sein.«

Auf dem Korridor waren plötzlich laute Schritte zu hören, so als näherte sich ein Bataillon Kreuzritter, fest entschlossen, das Heilige Land zu befreien. Das hat uns gerade noch gefehlt, dachte Colin, als Douglas Sherbrooke die Schlafzimmertür so heftig aufriß, daß sie gegen die Wand prallte. Dicht hinter Douglas stürzte Ryder ins Zimmer, gefolgt von einem sichtlich konsternierten Philpot.

»Mylord«, rief der Butler verstört«, sie haben mich einfach über den Haufen gerannt!«

»Das ist schon in Ordnung, Philpot«, seufzte Colin. »Hallo, Douglas, Ryder. Seid mir willkommen. Emma, beseitige bitte die Bescherung, und alle anderen — hinaus!«

»Ich wußte, daß ihr kommen würdet.« Sinjun strahlte ihre Brüder an. »Aber ihr wart sogar noch schneller, als ich gedacht hatte.«

Sophie starrte angestrengt ihre Schuhe an.

Alex schloß stöhnend die Augen.

Douglas ging ruhig auf das Bett zu und betrachtete seine Frau. »Dir war also wieder mal übel, und natürlich mußtest du dich ausgerechnet auf den schönen Teppich übergeben. Nun, Sinjun, du bist selbst schuld. Eigentlich müßtest du Alex doch kennen. Verdammt, sie hat jeden wertvollen Teppich in Northcliffe Hall beschmutzt. Du hättest in weiser Voraussicht überall Nachttöpfe aufstellen lassen sollen. Einmal hat sie sich sorgar auf meinen Lieblingsmorgenrock übergeben.«

»Du hattest es nicht besser verdient«, murmelte Alex mit geschlossenen Augen.

Ryder war keineswegs so ruhig wie sein älterer Bruder. Er packte seine Frau bei den Armen und brüllte: »Verflucht, sieh mich an, Sophie!«

»Das tu ich doch.«

»Du hast mich verlassen, Weib! Du schikanierst mich ständig, aber diesmal bist du wirklich zu weit gegangen!«

»Wann habe ich dich jemals schikaniert, Ryder? Wir wußten, daß ihr hier auftauchen würdet, obwohl Alex allmählich die Befürchtung hegte, daß Douglas nicht kommen würde, um sie zu bestrafen.«

»Es würde weder Douglas noch mir jemals in den Sinn kommen, euch mit unserer Abwesenheit zu bestrafen, aber ich habe mir große Sorgen um dich gemacht, bis mir klar wurde, daß du mich belogen hattest und überhaupt nicht schwanger bist.«

»Ich habe nie behauptet, schwanger zu sein. Du bist selbstzufrieden und mit geschwellter Brust umherstolziert, und da wollte ich dich einfach nicht enttäuschen.«

»Ich werde dich verprügeln. Wo ist dein Zimmer?«

»Ich nehme dich nicht in mein Zimmer mit. Alex fühlt sich schlecht, und Sinjun ist schwer krank gewesen. Allerdings geht es ihr schon wieder besser. Colin gibt sich abgeklärt, aber ich traue dem Frieden nicht ganz, und Douglas und du — ihr seid wie immer. Sinjun wußte, daß ihr bald hier sein würdet, aber ich verstehe nicht, wie das möglich war, nachdem ich dir keine entsprechende Nachricht hinterlassen hatte.«

»Ja«, murmelte Alex, »woher wußtest du, wo wir sind, Douglas?«

Douglas hatte die arme Emma beobachtet, die den Teppich säuberte, wandte sich jetzt aber seiner Frau zu. »Weißt du denn immer noch nicht, daß ich dir sehr schnell auf die Schliche komme, was immer du auch treiben magst?«

»Ich hatte doch allen erzählt, daß ich nur Sophie besuchen wollte.« Alex hatte ihre Augen noch immer fest zugekniffen.

»Hier ist eine Tasse Tee für die Lady.« Mrs. Seton marschierte resolut auf das Bett zu, und Douglas machte ihr gezwungenermaßen Platz. Sie hielt die Tasse an Alex' Lippen, und nach drei großen Schlucken ließ sich die Gräfin in die Kissen fallen. »Oh, das hat gut getan!« seufzte sie zufrieden.

»Ihr gebt wirklich ein herrliches Bild ab, so Seite an Seite im Bett«, kommentierte Ryder sarkastisch.

»Hoffentlich geht es dir bald wieder besser, meine Liebe«, sagte Douglas zu seiner Frau. »Ich habe nämlich ein Hühnchen mit dir zu rupfen.«

»Ach, schluck deinen Ärger lieber runter, Douglas«, sagte Sinjun, bedauerte es aber im nächsten Moment, weil der Zorn ihres Bruders sich nun voll über sie entlud. »Na, Schwesterherz, du hast wohl wieder allen möglichen Unfug getrieben, stimmt's? Und wie ich sehe, steht dein Zustand einer verdienten Strafe durchaus nicht im Wege. Ich würde dir liebend gern höchstpersönlich den Po versohlen, aber nachdem du jetzt einen Mann hast, muß ich mir diese Genugtuung leider versagen. Ich hoffe aber sehr, daß er dir eine ordentliche Tracht Prügel verabreichen wird. Es geht ihr dazu doch gut genug, Colin?«

Colin grinste. »O ja.«

»Ausgezeichnet.« Douglas rieb sich die Hände. »Hoffentlich wirst du nicht so unter ihren Eskapaden zu leiden haben wie ich.«

»Ich dulde keinerlei Eskapaden«, erklärte Colin im Brustton der Überzeugung.

»Hör mal, Douglas«, mischte sich Sophie ein, »ich möchte jetzt endlich wissen, wie Ryder und du auf die Idee gekommen seid, daß wir hier sind. Sinjun hat freilich von Anfang an behauptet, daß ihr spätestens am Freitag hier auftauchen würdet, aber sie hält euch ja sowieso für Halbgötter.«

Alex stöhnte leise. Mrs. Seton holte aus ihrer großen Schürzentasche ein in eine Serviette gewickeltes Rosinenbrötchen. »Probieren Sie das, Mylady. Es ist ganz leicht und beruhigt den Magen.«

Sinjun beobachtete Douglas, der sich sichtlich unbehaglich fühlte und mit rotem Kopf im Zimmer auf und ab lief. Auch Alex ließ ihren Mann nicht aus den Augen, während sie an dem Brötchen kaute, und plötzlich ging ihr ein Licht auf. »Die Jungfräuliche Braut hat dir erzählt, wo wir sind! Was hat sie dir sonst noch berichtet?«

»Das ist völliger Unsinn!« brüllte Douglas. »Dieser gottverdammte Geist existiert nicht, und damit basta! Ich brauchte nur logisch zu überlegen, und schon war mir klar, daß ihr euch nur nach Schottland abgesetzt haben konntet.«

Ryder betrachtete seinen Bruder mit gerunzelter Stirn. »Du hast mich in Ascot aufgestöbert und mir erklärt, wir müßten unseren Frauen folgen, die gehört hätten, daß Sinjun krank und in Schwierigkeiten sei. Ich dachte, daß Alex dir einen Brief hinterlassen hätte, aber offenbar war das nicht der Fall. Woher wußtest du, daß Sophie in die Sache verwickelt ist? Was war los, Douglas?«

Douglas raufte sich die Haare, bis sie wirr hochstanden. Er machte einen mürrischen und verlegenen Eindruck. »Ich hatte einfach so ein Gefühl, weiter nichts. Wir alle haben doch gelegentlich solche unerklärlichen Gefühle, sogar du, Ryder. Dieses Gefühl überkam mich, als ich in Alex' Bett schlief, weil Mutter darauf bestand, meine Matratze neu füllen zu lassen, weiß der liebe Himmel, warum. Ich liebe platte Gänsefedern. Und während ich an Alex dachte, hatte ich plötzlich so ein mulmiges Gefühl. Alles übrige war logisches Denken.«

Colin stand mit über der Brust verschränkten Armen am Kamin. Das ganze Gerede über Gespenster schien ihn überhaupt nicht zu berühren; er machte sogar einen leicht belustigten Eindruck. Zumindest hoffte Sinjun von ganzem Herzen, daß dieser Streit ihn amüsierte, denn dann würde er umgänglicher sein. Als einen Moment lang Stille eintrat, sagte er tröstend: »Der Teppich war nicht allzu teuer. Mach dir darüber keine Sorgen, Alex. Ich finde, daß Emma ihn ausgezeichnet gesäubert hat.«

Alex öffnete ein Auge. »Danke, Colin. Du bist wirklich sehr nett zu einer Kranken, im Gegensatz zu . . .«

»Wag es ja nicht auszusprechen«, warnte Douglas, der wieder auf der Bettkante Platz genommen hatte, nachdem Mrs. Seton sich widerwillig zurückgezogen hatte. »*Ich* bin dein Mann, und nur ich habe nett zu dir zu sein, kein anderer, hast du mich verstanden?«

Sie riskierte es erstmals, ihn direkt anzuschauen. »Ich verstehe dich wie immer sehr gut. Aber du mußt unser Gespenst gesehen haben, Douglas, und es hat dir erzählt, wo wir sind.«

»Nein, verdammt nochmal!«

»Was ich nicht verstehe«, mischte sich Sophie ins Gespräch, »ist, warum die Jungfräuliche Braut Douglas informiert hat. Glaubt sie nicht, daß wir allein mit der Situation fertig werden können?«

»O Gott, Sophie!« rief Sinjun.

Sophie hielt sich erschrocken eine Hand vor den Mund und warf Colin einen forschenden Blick zu.

»Aha«, konstatierte er ruhig, »es gibt also eine besondere Situation. Ich habe ja nie daran gezweifelt, und die Sache muß etwas mit MacPherson zu tun haben. Sobald ihr mich heute morgen losgeworden seid, habt ihr euch mit dem Kerl beschäftigt. Was habt ihr mit ihm gemacht, mein holdes Weib? Ist er tot? Habt ihr ausgelost, wer ihn umbringen würde?«

»Niemals!« entrüstete sich Alex.

»Ich hätte ihn gern umgebracht«, gestand Sinjun sehnsüchtig, »aber mir war klar, daß du das nicht billigen würdest, weil du seinen Vater gern hast. Nein, der Schurke ist nicht tot. Du verstehst mich doch, Colin, nicht wahr? Ich mußte dich beschützen. Du bist mein Mann, und er hätte dir bestimmt irgendwo aufgelauert und dir ein Messer in den Rücken gestoßen, oder er hätte einige seiner Leute losgeschicht, wie er es in London getan hat, als du am Oberschenkel verletzt wurdest. Dieser Kerl ist zu allem fähig, er hat kein Ehrgefühl, kein . . .«

Colin verzog keine Miene, aber Sinjun sah, daß sein rechtes Auge nervös zuckte, und er war ihr direkt etwas unheimlich, als er sich mit gespielter Ruhe an ihre Brüder wandte: »Findet ihr das alles nicht auch hochinteressant? Meine Frau — eure kleine Schwester — hält mich für ein völlig hilfloses junges Fohlen, für einen Schwächling, für einen Dummkopf, der sich nicht selbst verteidigen kann. Was meint ihr, was ich mit ihr tun sollte?«

Er hörte sich jetzt kein bißchen amüsiert an, wie Sinjun zu ihrem größten Bedauern feststellen mußte.

»Du bist ihr Mann«, erwiderte Douglas. »Du wirst am besten wissen, was du tun mußt, um sie nicht zu gefährden.«

»Mich interessiert in erster Linie«, sagte Ryder nachdenklich, ohne Colin und Douglas zu beachten, »wie ihr drei Weiber zusammengekommen seid.« Er hielt seine Frau noch immer an den Armen fest.

»»Die Jungfräuliche Braut hat Alex einen Besuch abgestattet«, erklärte Sophie geduldig, wenn auch leicht herablassend. »Wie Douglas genau weiß, geistert sie — von seltenen Ausnahmen abgesehen — nur im Schlafzimmer der Gräfin umher.«

»Das stimmt nicht ganz. Einmal . . .« Douglas verstummte hastig und fluchte laut. »Jetzt reicht's mir aber wirklich! Aus welchen Gründen auch immer — wir sind alle hier versammelt, und es gibt irgendwelche Schwierigkeiten. Was hast du mit diesem MacPherson gemacht, den wir noch nicht kennen, Sinjun?«

»Wir haben ihn in einer verlassenen Kate angekettet.«

Die drei Männer starrten Sinjun fassungslos an. Ihre Auskunft hatte ihnen förmlich die Sprache verschlagen.

»Wir waren keineswegs besonders grausam«, fuhr Sinjun ungerührt fort. »Die Kette ist ziemlich lang, so daß er einige Schritte machen kann. Aber sie war notwendig, damit er uns nicht entkommt.«

»Aha«, sagte Colin bedächtig. »Und wollt ihr Robbie dort verhungern lassen?«

»O nein.« Alex sah lieber Colin als Douglas an. »Wir werden ihm abwechselnd Essen in die Hütte bringen. Du solltest keinen Verdacht schöpfen.« Sie seufzte tief. »Jetzt ist vermutlich alles gründlich verdorben.«

Douglas tätschelte die blasse Wange seiner Frau und schmunzelte unwillkürlich. »Nein, das glaube ich nicht.« Er stand auf. »Ryder und Colin, sollen wir diese interessante Situation jetzt selbst in die Hand nehmen?«

Sinjun schnappte nach Luft. »Nein, das erlauben wir nicht! Warum kehrt ihr nicht einfach nach Hause zurück und . . .«

»Ich bin zu Hause«, warf Colin trocken ein.

»Du weißt genau, was ich meine. Wir brauchen eure Einmischung nicht. Alles läuft großartig. Ich habe alles im Griff. Alle Pläne werden . . . Ach, verdammt, geht doch einfach fort!«

»Wo ist diese Kate, Joan?«

»Das verrate ich dir nicht. Du würdest ihn einfach laufen lassen, und dann bringt er dich um und macht mich zur Witwe, kaum daß ich eine Ehefrau geworden bin, und das wäre höchst unfair.«

»Oh, ich habe durchaus die Absicht, dich zu einer vollwertigen und glücklichen Ehefrau zu machen«, sagte Colin und stellte erfreut fest, daß sie errötend verstummte. »Wo ist die Kate?«

Sinjun schüttelte nur stumm den Kopf.

»Also gut«, sagte Douglas, »Alex, wo ist diese verdammte Kate?«

Alex klimperte hilflos mit den Wimpern, stieß einen tiefen Seufzer aus und spreizte die Hände. »Ich habe wirklich keine Ahnung, Douglas. Du weißt doch, daß mein Orientierungssinn katastrophal ist. Nur Sinjun kennt den Weg dorthin. Sophie und ich wären hoffnungslos verloren, stimmt's, Sophie?«

»Hoffnungslos.«

»Ich werde dich jetzt verprügeln«, verkündete Ryder großspurig, doch statt dessen küßte er seine Frau. Dann hob er grinsend den Kopf. »Nur keine Angst. Mit der Zeit bringe ich alles aus ihr heraus. Sie schmilzt dahin wie eine Kerze. Es ist ganz reizvoll und . . .«

Sophie knuffte ihn kräftig in den Magen.

Er schnappte nach Luft, grinste aber weiterhin. »Na, na, meine Liebe, du kannst doch nicht leugnen, daß du mich vergötterst, daß du mich regelrecht anbetest — nicht nur mich, sondern sogar meinen Schatten. Du bist wie eine liebliche Rose, die sich allmorgendlich im Sonnenlicht öffnet . . .«

»O Gott«, stöhnte Sinjun, »als Dichter bist du einfach grauenhaft, Ryder. Halt lieber den Mund und laß Sophie in Ruhe.«

»Ich möchte wissen, was ihr drei mit MacPherson vorhattet, denn ich kann mir kaum vorstellen, daß ihr ihn in den nächsten dreißig Jahren dreimal täglich füttern wolltet.«

»Nein«, sagte Sinjun. »Wir haben einen ausgezeichneten Plan, und wenn ihr einfach verschwinden und Brandy trinken oder sowas Ähnliches tun würdet, würden wir alles bestens erledigen.«

»Was ist das für ein Plan, Sinjun?« Douglas trat auf ihre Seite des Bettes, aber sie schüttelte den Kopf und starrte auf den mittleren Lederknopf seines Reitjacketts.

Er beugte sich über sie.

»Ich habe dich gleich nach deiner Geburt in den Armen gehalten«, sagte er. »Du hast meine Hemden mit Milch vollgesabbert. Ich habe dir das Reiten beigebracht. Ryder hat dir beigebracht, wie man Witze erzählt. Wir beide haben dir das Schießen beigebracht und dich die Liebe zu Büchern gelehrt. Ohne uns wärest du ein Nichts, ein Niemand. Sag uns, welchen Plan du ausgeheckt hast?«

Sie schüttelte wieder den Kopf.

»Ich kann dir immer noch das Fell gerben, Range.«

»Nein, das geht leider nicht mehr, Douglas«, mischte sich Colin ein. »Aber ich kann und werde es tun. Sie hat mir bei unserer Trauung Gehorsam geschworen, aber ihr Versprechen bisher nicht erfüllt.«

»Wie zum Teufel hätte ich dir denn gehorchen sollen, wenn du ständig in Edinburgh warst und es nicht einmal für nötig gehalten hast, gelegentlich etwas von dir hören zu lassen? Du hast dich in dem verdammten Haus mit dem schwarzen Loch in der Salondecke doch pudelwohl gefühlt, stimmt's?«

»Ah, ein bißchen Säure, Joan! Vielleicht solltest du den anderen erklären, warum ich mich in Edinburgh aufgehalten habe.«

»Deine Gründe waren absurd. Ich kann sie nicht akzeptieren.«

Colin seufzte. »Es ist schwierig. Ryder und Douglas, würdet ihr vielleicht mit euren Frauen das Schlafzimmer verlassen, damit ich Joan ordentlich verhören kann?«

»Nein, ich möchte, daß Alex und Sophie hierbleiben! Ich habe Hunger. Es ist Mittagessenszeit.«

»Und welche deiner Schwägerinnen soll MacPherson heute das Mittagessen bringen?«

»Ach, hol dich der Teufel, Colin!«

Ryder lachte. »Nun, wir werden bald wissen, wo sie diesen MacPherson hingebracht haben. Wenn sie ihn nicht verhungern lassen wollen, müssen sie ja irgendwann zu dieser Kate reiten, und dann brauchen wir ihnen nur zu folgen.«

»Warum bist du in Edinburgh geblieben, Colin?« wollte Douglas wissen.

»Um meine Frau zu beschützen«, antwortete Colin. »Und meine Kinder. Jene Schramme an Joans Wange — ihr erinnert euch gewiß noch daran — stammte von einem Streifschuß. Nach diesem Vorfall konnte ich ihr natürlich nicht erlauben, mit mir in Edinburgh zu bleiben. Ich dachte, daß sie hier in Sicherheit wäre, und das war sie auch, bis MacPherson beschloß, Edinburgh zu verlassen und sein Unwesen hier zu treiben.«

»Welche Kinder?« fragte Ryder seinen Schwager verständnislos.

»O nein, nicht schon wieder!« stöhnte Sinjun. »Ich habe zwei Stiefkinder, Philip und Dahling. Ihr werdet sie bald kennenlernen, und sie werden dich bestimmt vergöttern, Ryder, wie alle Kinder es tun. Und wenn du keine allzu grimmige Miene aufsetzt, Douglas, laufen sie vielleicht auch vor dir nicht schreiend davon.«

Douglas warf Colin einen nachdenklichen Blick zu. »Hier scheint ja viel los zu sein«, seufzte er. »Ich werde jetzt meine Frau zu Bett bringen, damit sie sich ausruhen kann, und dann würde ich ganz gern meine neue Nichte und meinen neuen Neffen kennenlernen.«

»Los, Sophie, du begleitest Alex am besten, denn wenn ich im Augenblick mit dir allein bleibe, könnte ich mich allzu leicht vergessen.«

Sobald Colin und Sinjun unter sich waren, verließ er seinen Standort am Kamin und setzte sich neben sie aufs Bett. Seine Miene war undurchdringlich, aber seine dunkelblauen Augen funkelten vor Zorn, und sein Gesicht war nur wenige Zentimeter von dem ihren entfernt, als er unnatürlich ruhig sagte: »Diesmal bist du entschieden zu weit gegangen. Ich dulde keine weiteren Einmischungen in meine Angelegenheiten, keine weiteren Beleidigungen. Wo steckt MacPherson?«

»Wenn ich es dir verrate, könnte er dich vielleicht immer noch irgendwie verletzen. Bitte, Colin, kann ich nicht einfach meinen Plan ausführen?«

Er lehnte sich mit verschränkten Armen etwas zurück. »Und wie sieht dieser Plan aus?«

»Ich übergebe Robert MacPherson der Royal Navy. Soviel ich weiß, kümmert man sich bei der Marine herzlich wenig darum, ob die Menschen, die man ihnen bringt, tatsächlich zur See fahren wollen oder nicht. Verstehst du?«

»O ja, ich verstehe.« Er wandte seinen Blick von ihr ab. »Kein schlechter Plan. An welches Schiff der Royal Navy hattest du denn gedacht?«

»Ich habe Ostle nach Leith geschickt, damit er auskundschaftet, welche Schiffe zur Zeit im Hafen liegen. Zumindest eines wird doch bestimmt dort sein, glaubst du nicht auch?«

»Ja, und wenn nicht, so läuft mit Sicherheit bald eines ein. Trotzdem ist dein Plan unausführbar, aus einem ganz bestimmten Grund, von dem du nichts wissen konntest.«

»Kannst du mir auch verraten, warum?«

Er grinste über den Groll in ihrer Stimme. »Das Wort *Clan* leitet sich vom gälischen *clann* ab und bedeutet nichts anderes als ›Kinder‹. Der MacPherson-Clan — das sind die Kinder von MacPherson, und wenn du eines von ihnen irgendwie beseitigst, sind die anderen verpflichtet, Rache und Vergeltung zu üben. Wenn der Sohn des Familienoberhaupts plötzlich verschwindet, wird man sofort vermuten, daß der Kinross-Clan dahintersteckt, und die Gewalt wird in ungeahntem Ausmaß eskalieren. Verstehst du?«

Sinjun nickte langsam. »Daran habe ich nicht gedacht. O Gott, was soll ich jetzt nur machen, Colin?«

»Als erstes wirst du mir versprechen, daß du nie wieder irgendwelche Angelegenheiten selbst in die Hand nehmen und nie wieder Geheimnisse vor mir haben und nie wieder versuchen wirst, mich vor Feinden zu beschützen.«

»Das sind sehr viele Versprechen, Colin.«

»Bisher hast du deine Versprechen stets gebrochen, Joan, aber ich gebe dir noch eine Chance, hauptsächlich, weil du viel zu schwach bist, als daß ich dir eine ordentliche Tracht Prügel verabreichen könnte.«

»Ich verspreche es dir, wenn du mir das gleiche versprichst.«

»Ich werde dich trotz deiner Schwäche totprügeln.«

»Möchtest du das wirklich?«

»Eigentlich nicht. Vor einer Viertelstunde hätte ich es liebend gern getan, und noch viel lieber hätte ich dich erwürgt, aber jetzt nicht mehr. Jetzt würde ich dir am liebsten das Nachthemd ausziehen und deinen Körper mit Küssen übersäen.«

»Oh . . .«

»Oh«, imitierte er sie grinsend.

»Ich glaube, daß das Küssen mir gefallen würde.«

»Ich werde dich küssen, sobald du mir gesagt hast, wo MacPherson ist.«

Sinjun wußte nicht, was sie tun sollte. Sie hatte Angst um ihren Mann, und unglückseligerweise spiegelten sich ihre Gefühle in ihrem ausdrucksvollen Gesicht wider.

»Schlag dir jeden Gedanken an weitere Lügen sofort aus dem Kopf«, befahl er ihr auch. »Sag mir auf der Stelle die Wahrheit. Und danach wirst du mir versprechen, dich ab sofort aus meinen Angelegenheiten herauszuhalten.«

»Er ist in der Kate am westlichen Rand von Craignure Moor.«

»Ein ausgezeichnetes Versteck. Kein Mensch kommt je dorthin. Er dürfte inzwischen vor Wut kochen.«

»Er ist ja noch gar nicht so lange dort, erst etwa drei Stunden.«

»Ich möchte, daß du dich jetzt ausruhst, damit du schnell zu Kräften kommst.« Er stand auf und blickte auf sie hinab. »Es war keine gute Idee von mir, dich nicht anzurühren. Du bist meine Frau, und von nun an werde ich jede Nacht mit dir schlafen.«

»Das wäre schön«, murmelte sie geistesabwesend, während sie mit ihren schmalen Fingern die Decke zerknüllte. »Ich möchte dich begleiten, Colin. Ich möchte diese Sache mit dir zusammen durchstehen.«

Er betrachtete sie lange. »Ich habe dir doch erzählt, daß MacDuff mir ausgerichtet hat, du hättest nicht die Absicht, meine Schatulle zu stehlen. Als ich ihn völlig verständnislos anstarrte, erklärte er mir, daß er dir von meinem Vater und von meinem Bruder erzählt hatte. Ich wünschte, er hätte es nicht getan, aber nun ist es eben passiert. Mir ist mittlerweile klar, daß du nur versuchst, für Vere Castle, für mich und die Kinder von Bedeutung zu sein. Also gut, Joan — wir werden Robert MacPherson zusammen aufsuchen.«

»Danke, Colin.«

»Warten wir noch ein paar Stunden. Mir gefällt die Vorstellung, daß er immer mehr in Rage gerät.«

Sinjun grinste ihm zu, und zu ihrer großen Freude erwiderte er ihr Lächeln. »Schlaf jetzt. Ich wecke dich später.«

Es war ein guter Anfang, dachte sie, als er das Schlafzimmer verließ. Ein ausgezeichneter Anfang, auch wenn sie es nicht übers Herz gebracht hatte, ihm zu sagen, daß sie überhaupt nicht müde, sondern schrecklich hungrig war.

Es war kurz vor zehn Uhr abends. Sinjun saß in einem breiten Ohrensessel am Kamin auf dem Schoß ihres Mannes. Sie trug ein Nachthemd und einen hellblauen Morgenrock, während Colin noch eine Wildlederhose und ein weißes Batisthemd anhatte. Es war ein kühler Abend, und das prasselnde Feuer im Kamin übte auf Sinjun eine beruhigende Wirkung aus. Sie lehnte ihr Gesicht an die Schulter ihres Mannes und küßte ihn zwischendurch auf den Hals.

»Deine Brüder haben sich offenbar mit ihren Frauen versöhnt«, berichtete Colin, »und wenn Sophie bisher noch nicht schwanger war, so wird sie es bestimmt bald sein. Ryder hat sie während des ganzen Abendessens völlig ausgehungert angesehen.«

»Das tut er immer, sogar wenn er wütend auf sie ist.«

»Sie muß eine glückliche Frau sein.«

»Vielleicht könntest du mich gelegentlich auch so ansehen.«

»Vielleicht.« Er nahm sie fester in den Arm. »Wie fühlst du dich?«

»Unser Abenteuer mit Robert MacPherson hat mich überhaupt nicht ermüdet.«

»Aha, und warum hast du dann nach der Rückkehr zwei Stunden wie ein Murmeltier geschlafen?«

»Na ja, vielleicht ein wenig«, gab sie zu. »Glaubst du, daß er seine Angriffe jetzt einstellen wird, und man sich auf seine Versprechen verlassen kann?«

Colin dachte an die Stunde, die sie mit Robbie in der Kate verbracht hatten. Sie waren mitten am Nachmittag dort angekommen, und er hatte ihr erlaubt, als erste einzutreten. Ihr Auftreten eines Generals, der seine Truppen in die Schlacht führt, brachte ihn zum Schmunzeln, und er war froh, sie mitgenommen zu haben. Noch vor zwei Monaten wäre so etwas für ihn völlig undenkbar gewesen, aber Joan hatte ihn gelehrt, viele Dinge mit anderen Augen zu sehen.

Robert MacPherson war im ersten Moment völlig sprachlos vor Wut. Als die Frau die Hütte betrat, hätte er sich am liebsten auf sie gestürzt und sie bewußtlos geschlagen. Dann sah er Colin hinter ihr und bekam es erstmals mit der Angst zu tun, wollte sich das aber natürlich nicht anmerken lassen und spuckte deshalb auf den schmutzigen Boden. »Aha, es war also doch ein abgekartetes Spiel!« rief er. »Du hast deine Frau vorgeschickt, um mich in die Hände zu bekommen. Du erbärmlicher, widerlicher Feigling!«

»O nein«, widersprach Sinjun sofort, »Colin ist hier, um Sie vor mir zu retten. Ich wollte Sie der Royal Navy ausliefern, und dann hätten Sie Decks schrubben können, bis Sie über Bord gegangen und ertrunken wären, aber Colin hat es mir nicht erlaubt.«

»Du scheinst es hier nicht allzu gemütlich zu haben, Robbie.« Colin rieb sich zufrieden die Hände, und MacPherson ging wütend auf ihn los, wurde aber schon nach einem knappen Meter durch die Ketten abrupt gestoppt.

»Befrei mich von diesen Dingern!« kreischte er hysterisch.

»Später«, sagte Dolin. »Vorher möchte ich mich mit dir unterhalten. Ein Jammer, daß es hier keine Stühle gibt, Joan. Du siehst ein bißchen blaß aus. Am besten setzt du dich auf den Lehmboden und lehnst dich an die Wand. So ist's recht. Robbie und ich haben einiges zu besprechen.«

»Du verfluchter Mörder! Wir haben nichts zu besprechen. Bring mich ruhig um, du Hurensohn! Dann werden meine Männer Vere Castle und deine ganzen Ländereien verwüsten. Na los, nun mach schon!«

»Warum sollte ich?«

»Warum nicht? Schließlich hast du auch meine Schwester und den armen Dingle umgebracht.«

»O nein, Dingle wurde von einem deiner eigenen Männer getötet. Zufällig war mein Sohn Philip Zeuge des Geschehens. Natürlich ging es bei der Auseinandersetzung um eine Frau. Alfie hat ihn umgebracht.«

Robert MacPherson schüttelte angewidert den Kopf. »Dieser Dummkopf! Wie oft habe ich den Kerlen schon gesagt ...« Er verstummte mitten im Satz und zerrte wieder erfolglos an seinen Ketten. »Also gut, in diesem Fall warst du offenbar unschuldig. Aber du hast meine Schwester ermordet.«

Sinjun öffnete den Mund, schloß ihn aber sofort wieder, weil sie begriff, daß dies eine Angelegenheit war, die Colin und MacPherson unter sich ausfechten mußten.

Obwohl es ihr sehr schwerfiel, begnügte sie sich ausnahmsweise mit der Rolle der Beobachterin.

»Deine Schwester ist vor fast acht Monaten gestorben. Warum bist du nicht sofort gegen mich vorgegangen?«

»Damals wußte ich noch nicht, daß du sie umgebracht hast. Mein Vater war von deiner Unschuld überzeugt, und ich glaubte ihm, bis ich die Wahrheit herausfand.«

»Aha, die Wahrheit! Könntest du mir verraten, von wem du diese angebliche Wahrheit erfahren hast?«

MacPherson wirkte plötzlich verschlagen. »Warum sollte ich? Ich habe keinen Grund, an meiner Informationsquelle zu zweifeln. Und meinem Vater würde es genauso gehen, wenn in seinem armen Gehirn auch nur ein Funke Verstand verblieben wäre.«

»Als ich deinen Vater zuletzt besucht habe, war er völlig klar im Kopf«, sagte Colin. »Reite nach Edinburgh und erzähl ihm deine Version der Dinge. Dann wirst du ja sehen, wie er darauf reagiert. Ich könnte wetten, daß er dich auslachen wird, und ich glaube, daß du ihm nichts davon erzählst, weil du dich vor seinem Zorn über deine Gutgläubigkeit fürchtest. Und du verbreitest überall das Märchen, dein Vater wäre schwachsinnig, nur weil du weißt, daß er dir — was mich betrifft — nie zustimmen wird. Erzähl ihm alles, Robbie. Er ist das Familienoberhaupt der MacPhersons. Er ist dein Vater. Vertrau ihm. Und jetzt sag mir, wer dir weisgemacht hat, daß ich deine Schwester ermordet hätte.«

»Nein.«

»Wie könnte ich dich dann freilassen? Ich möchte noch nicht sterben, und ich möchte mir auch nicht dauernd Sorgen um die Sicherheit meiner Frau und meiner Kinder machen müssen.«

MacPherson betrachtete seine aufgeschürften Handgelenke. Er war an die Wand gekettet wie ein Verbrecher! Und was am allerschlimmsten war — das hatte eine Frau ihm angetan, dieses lächerliche Geschöpf dort drüben, das auf dem Boden saß und ihn aus großen blauen Augen betrachtete. Von einem Weib ausgetrickst zu werden — es war einfach unvorstellbar! Sein Blick schweifte von ihr zu Kinross, den er sein Leben lang kannte. Colin war groß und schlank, ein Mann mit männlich markanten Gesichtszügen, dem die Weiber in Scharen nachliefen. Fiona hatte ihn trotz ihrer krankhaften Eifersucht leidenschaftlich geliebt, und kein Mensch zweifelte an Colins Potenz. Wie oft hatte er mit eigenen Ohren gehört, daß alberne Mädchen von Colin schwärmten. Konnte es ihm da jemand verübeln, daß er neidisch auf diesen kraftstrotzenden Kerl war?

Er sagte leise: »Wirst du mich freilassen, wenn ich dir verspreche, weder diesem Mädchen noch deinen Kindern etwas zuleide zu tun? Um Himmels wissen, Mann, Philip und Dahling sind mein Neffe und meine Nichte, Fionas Kinder. Du glaubst doch wohl nicht, daß ich ihnen etwas antun könnte?«

»Nein, ich glaube, dazu wärest nicht einmal du fähig, Robbie. Aber dann bleibt immer noch Joan übrig. Sie ist meine Frau, und sie hat nun mal die unselige Angewohnheit, mich ständig beschützen und retten zu wollen.«

»Sie hätte eine ordentliche Tracht Prügel verdient. Schließlich ist sie nur ein Weibsbild, weiter nichts.«

»Wenn sie *dich* beschützen wollte, würdest du deine Meinung wahrscheinlich irgendwann revidieren. Wer hat dir erzählt, daß ich Fiona ermordet hätte?«

»Ich werde deiner Frau kein Haar krümmen, ich versprech's dir.«

»Aber Sie werden auch in Zukunft versuchen, Colin etwas zuleide zu tun, stimmt's?« Sinjun war aufgesprungen. Sie hatte nicht das geringste Mitleid mit MacPherson. Wenn es nach ihr gegangen wäre, hätte er hier angekettet vermodern können.

Er konnte ihre Gefühle an ihrem Gesicht ablesen und mußte unwillkürlich grinsen, während Colin sagte: »Setz dich, Joan, und halt dich aus dieser Sache heraus.«

Sie gehorchte, aber ihr Gehirn arbeitete auf Hochtouren. Wer hatte Colin des Mordes beschuldigt? Tante Arleth? Das schien eine einleuchtende Möglichkeit zu sein. Wenn er tot wäre, könnte sie tun, was sie wollte. Dennoch ergab es keinen richtigen Sinn. Tante Arleth wußte die Mitgift, die sie — Sinjun — in die Ehe eingebracht hatte, durchaus zu schätzen. Natürlich würde die Frau sie gern tot sehen, aber haßte sie auch Colin so sehr, daß sie ihm den Tod wünschte, vielleicht weil sie ihn für den Tod seines Bruders verantwortlich machte? Sinjun bekam plötzlich Kopfweh, pochende Schmerzen über der rechten Schläfe. Das alles war einfach ein bißchen zuviel.

Colin wurde abrupt aus seinen Erinnerungen an den Nachmittag mit Robbie gerissen, als ein Holzscheit funkensprühend in sich zusammenfiel. Er zog seine Frau fester an sich, und sie fragte: »Glaubst du ihm, Colin?« Dann küßte sie ihn wieder auf den Hals. Seine Haut war warm und schmeckte leicht salzig, einfach wundervoll. Sie hätte ihn bis in alle Ewigkeit küssen mögen.

»Ich möchte heute abend nicht mehr über Robbie sprechen.«

»Aber du hast ihn freigelassen, und das macht mir Angst.«

»Er hat beim Namen seines Vaters geschworen, dir nichts zuleide zu tun.«

»Ha! Er ist eine Schlange, schön, aber tödlich.«

»Pssst, Joan, ich möchte dich jetzt küssen.« Sein Mund berührte den ihren, und sie schmeckte den süßen Portwein, den er nach dem Abendessen mit ihren Brüdern getrunken hatte. Als seine Zunge sich langsam zwischen ihre Lippen schob, schlang sie ihre Arme um seinen Hals, ganz erfüllt von dem Wunsch, ihn nie wieder loszulassen. »Das ist ein herrliches Gefühl«, flüsterte sie.

Er hob den Kopf und schaute sie an. »Ich habe dich vermißt. Heute nacht wirst du lernen, was Lust ist, Joan. Willst du mir vertrauen und mit dem Unsinn aufhören, daß ich viel zu groß für dich bin?«

»Aber du bist so groß wie eh und je, Colin. Daran läßt sich nichts ändern, und ich glaube noch immer nicht, daß es schön für mich sein könnte, wenn du in mich eindringst.«

Er lächelte ihr zu. »Vertrau mir.«

»Mir bleibt wohl nichts anderes übrig, denn ich möchte dein schönes Gesicht jeden Tag bis zu meinem Tod sehen. Du bist mir sehr wichtig, Colin, und deshalb mußt du gut auf dich aufpassen. Einverstanden?«

»Ja, und ich werde auch auf dich gut aufpassen.«

Er küßte sie wieder, immer intensiver, bis sie sich keuchend an ihn preßte und mit den Fingern in seinen Haaren wühlte, glücklich darüber, daß er offenbar nichts anderes im Sinn hatte als sie zu küssen.

Doch nach etwa fünf Minuten genügte ihr diese Liebkosung nicht mehr. Sie verspürte das Bedürfnis nach etwas anderem, auch wenn sie nicht genau wußte, was es war. Ein eigenartiges Gefühl im Unterleib, eine Art Ziehen und Prickeln, weckte in ihr die Erinnerung an ihre Hochzeitsnacht, als sie ähnlich erwartungsvoll und erregt gewesen war – bis Colin ihr dann so weh getan hatte. Sie griff nach seiner Hand und drückte sie auf ihren Bauch.

»Ich fühle mich ganz komisch«, murmelte sie heiser.

»Ja, das merke ich.« Er küßte sie wieder leidenschaftlich, bis sie stöhnte. Erst dann glitten seine Finger langsam von ihrem Bauch, tiefer hinab, und sie hielt den Atem an, weil sie wußte, daß etwas Herrliches nun nicht mehr fern war.

»O Colin!« flüsterte sie.

»Was möchtest du jetzt, Joan?«

KAPITEL 18

Colin hatte sich eine Strategie zurechtgelegt, an der er unbedingt festhalten wollte. Auf gar keinen Fall durfte er die Kontrolle über sich verlieren. Nein, heute nacht mußte er seine Frau zunächst dazu bringen, ihn leidenschaftlich zu begehren. Dann würde er weitersehen.

Er war grenzenlos erleichtert und erfreut, daß ihre Erregung zusehens intensiver wurde.

»Ich möchte . . .«, begann sie und zeigte es ihm stattdessen, indem sie mit ihrer Zunge die seine suchte.

»Ja, das bekommst du.« Während er sie leidenschaftlich küßte, berührten seine Fingerspitzen ihre intimsten Stellen, ohne sie jedoch zu streicheln.

Sinjun wunderte sich darüber. Früher hatte er sich wie ein Wilder aufgeführt und ihr weh getan, doch nun war er ungemein rücksichtsvoll und behutsam. Glaubte er, daß sie noch immer schwach war?

Nein, erkannte sie, er wollte sie nur nicht wieder erschrecken oder verstören. Sie lächelte selig und sagte impulsiv: »Ich liebe dich, Colin. Ich habe dich vom ersten Augenblick an geliebt, und ich halte dich für den wundervollsten Mann von ganz Schottland.«

Ihre Worte weckten in ihm Empfindungen, die ihm bisher unbekannt gewesen waren — leidenschaftliche und doch zugleich sanfte, zärtliche Gefühle, die ihn im ersten Moment erschreckten. Er küßte Joan wieder, bevor er sie neckte: »Nur von Schottland?«

»Also gut, vielleicht von ganz Großbritannien.«

»Küß mich, Joan.«

Ihr Mund war von seinen Küssen schon rot und geschwollen, aber sie preßte ihre Lippen begierig auf die seinen und erbebte, als ihre Zungen sich zärtlich berührten.

Nun hielt er die Zeit für gekommen, einen Schritt weiterzugehen. Seine Finger gerieten in Bewegung, und er fühlte, daß ihr leichtes Nachthemd feucht wurde. »Komm, wir befreien dich von diesen überflüssigen Hüllen«, sagte er, und sie nickte, überwältigt von ihren seltsamen Empfindungen. Er zog ihr Morgenrock und Nachthemd aus und bewunderte ihren nackten Körper im Feuerschein, die vollen Brüste, die schmale Taille, den flachen Bauch. Nie hatte er eine schöner gebaute Frau gesehen. Und sie gehörte ihm, nur ihm allein. Seine Hände zitterten so stark, daß er sie hastig auf seine Schenkel preßte. Nein, er würde sich beherrschen. Er würde seine Frau nie wieder erschrecken. Aber es fiel ihm schwer, an seinem Plan festzuhalten.

Er lehnte den Kopf an die Sessellehne, und das alte Leder knarrte gemütlich. »Was soll ich jetzt machen, Joan?«

»Ich möchte, daß du mich weiter küßt.«

»Wo?«

Sie zog scharf die Luft ein. »Meine Brüste«, flüsterte sie, während sie mit den Fingern sein Kinn streichelte. »Du bist immer noch angezogen, Colin. Das ist unfair.«

»Vergiß Fairness für einen Augenblick.« Er hatte nicht die Absicht, sich ihr nackt zu zeigen, denn dann würde sie ihre Leidenschaft vergessen und zur Salzsäule erstarren.

»Ich finde, daß deine Brüste noch ein wenig warten können«, sagte er und küßte sie wieder auf den Mund, während er ganz sanft eine Hand um ihre linke Brust wölbte.

»Oh!« stöhnte sie.

»Du bist schön.« Seine Fingerspitzen stimulierten leicht ihre Brustwarze. »Lehn dich in meinem Arm zurück.«

Sie gehorchte willig und blickte verzückt zu ihm auf. Als seine Lippen endlich ihre Brust berührten, hätte sie vor Lust fast aufgeschrien, und er lächelte zufrieden, obwohl er seine ganze Erfahrung aufbieten mußte, um seine eigene Erregung vor ihr zu verbergen. Er begehrte sie so sehr, daß er sogar kurzfristig erwog, sie einfach zum Bett zu tragen und in Besitz zu nehmen. Eigentlich müßte sie jetzt doch schon bereit sein, ihn aufzunehmen. Aber er rief sich sofort energisch zur Ordnung und stimulierte statt dessen ihre Brüste mit der Zunge und mit den Fingern, bis sie sich unter seinem Mund wand.

»Und jetzt möchte ich, daß du die Augen schließt, Liebling, und dich ganz darauf konzentrierst, was ich mache.«

Seine Finger fanden sehr schnell ihre empfindsamste Stelle und machten sich ans Werk, sanft und doch kräftig, in einem schnellen Rhythmus, der ihr überhaupt keine Zeit ließ, Einwände zu erheben. Ihr Körper zuckte, ihre Schenkel spreizten sich ganz von allein, und er konnte die Mischung aus Lust und Verwirrung deutlich an ihrem ausdrucksvollen Gesicht ablesen. »O Colin«, flüsterte sie und fuhr sich mit der Zunge über die Unterlippe.

»Ich möchte, daß du nur noch daran denkst, was meine Finger machen, Joan, und daß du dich einfach gehenläßt, während ich dich küsse.«

Er führte seinen Mittelfinger in sie ein, und es war ein so herrliches Gefühl, daß er fast vor Lust aufgeschrien hätte, und er küßte sie mit verzehrender Leidenschaft und liebkoste sie, bis sie sich versteifte. Lächelnd betrachtete er ihr Gesicht. »Ja, Liebling, ja, komm, komm jetzt.«

Und im nächsten Moment erlebte sie tatsächlich ihren ersten Orgasmus, ohne zu begreifen, was mit ihr geschah. Völlig überwältigt von ihren Gefühlen, wünschte sie nur, daß dies nie enden möge. Verschwommen sah sie sein lächelndes Gesicht über sich und hörte ihn immer wieder murmeln: »Ja, komm, mein Liebling, komm . . .«

Der Höhenflug ebbte sanft ab, nachdem er ihr eine neue faszinierende Welt eröffnet hatte, eine magische Welt der Sinne, nach der sie sich von nun an stets sehnen würde.

»O Gott«, flüsterte sie, »das war einfach wundervoll, Colin.«

»Ja.« Er küßte sie wieder, aber diesmal war es ein zarter, beruhigender Kuß. Ihre blauen Augen spiegelten Lust und Verwirrung wieder, und das entzückte ihn und rührte ihn zutiefst.

Sinjun holte tief Luft. Sein Genuß, dachte sie plötzlich bestürzt. Sie hatte ihm keinerlei Lust beschert. Würde er ihr jetzt weh tun? O nein, das würde er nie wieder tun. Aber sein Genuß ... Ihr Herzschlag beruhigte sich, und ihr fielen die Augen zu. Zu Colins Belustigung und Kummer schlief sie im nächsten Moment.

Er hielt sie noch lange in seinen Armen, betrachtete sie und starrte zwischendurch in die ersterbenden Flammen, während er sich fragte, was diese Frau ihm bedeutete.

Als Sinjun am nächsten Morgen erwachte, lächelte sie selig, denn ihre Gedanken kreisten ausschließlich um ihren Mann. O Gott, sie liebte Colin so sehr! Doch plötzlich schwand ihr Lächeln dahin. Sie hatte ihm ihre Liebe gestanden, hatte ihm gesagt, daß es für sie Liebe auf den ersten Blick gewesen sei, und er hatte darauf nichts erwidert. Allerdings hatte er ihr solche Lust beschert, daß sie sich unwillkürlich gefragt hatte, ob man daran sterben konnte.

Sie hatte ihm ihre Liebe gestanden, und er hatte geschwiegen!

Zweifellos hatte sie eine Dummheit begangen, aber seltsamerweise störte es sie nicht besonders. Es kam ihr jetzt geradezu lächerlich vor, ihm etwas verheimlichen zu wollen. Sie war ihm nicht gleichgültig, das glaubte er zu wissen, und sie hielt es für unwahrscheinlich, daß er die Macht, die sie ihm durch ihre Liebeserklärung gegeben hatte, mißbrauchen würde.

Nur eines zählte: sie war Colins Frau. Gott hatte ihr diesen Mann geschenkt, und nun war er der wichtigste Mensch in ihrem Leben. Daran würde sich nie etwas ändern.

Trotzdem war sie nervös und etwas verlegen, als sie eine Dreiviertelstunde später das kleine Eßzimmer betrat und dort nur Colin vorfand. Er saß gemütlich am Kopfende des Tisches, eine Tasse Kaffee in der Hand, eine dampfende Schüssel Porridge vor sich. Ihre Brüder und ihre Schwägerinnen waren nicht da. Die Kinder, Tante Arleth und Serena auch nicht. Obwohl sich so viele Menschen unter ihrem Dach aufhielten, waren Colin und sie allein.

»Alle haben den Frühstückstisch schon vor einer halben Stunde verlassen. Ich dachte mir, daß dir das nur recht sein würde und habe auf dich gewartet.«

Schelmisch grinsend fuhr er fort: »Ich dachte, daß du vielleicht das Bedürfnis hättest, über deine Empfindungen von gestern abend zu sprechen. Natürlich ganz unter uns. Ich dachte, daß du vielleicht enttäuscht sein würdest, weil ich dich nur einmal zum Höhepunkt gebracht habe. Es tut mir sehr leid, daß du so schnell eingeschlafen bist, aber als Gentleman wollte ich dich nicht aufwekken, nur um dir ein weiteres Mal Lust zu bescheren. Schließlich bist du krank gewesen, und da wollte ich dich nicht überfordern.«

»Das war sehr nett von dir, Colin«, sagte sie, errötete aber heftig, als ihre Blicke sich trafen. Er führte eine ebenso kühne Sprache wie ihre Brüder. Sie reckte ihr Kinn, aber ihr wollte beim besten Willen keine schlagfertige Antwort einfallen. »Ich bin nicht enttäuscht, mein Trauter, aber es bereitet mir Sorgen, daß du mir nicht erlaubt hast, dir meinerseits eine Erleichterung zu verschaffen.«

»Erleichterung«, wiederholte er. »Welch triste Bezeichnung für rasendes Verlangen, für sexuelle Lust. Erleichterung! Das muß ich meinen Freunden erzählen. Mal sehen, was sie davon halten.«

»Nein, tu das bitte nicht. So etwas sollte zur Intimsphäre gehören. Also gut, ich nehme den Ausdruck ›Erleichterung‹ zurück. Es tut mir leid, daß ich dir keine große sexuelle Lust beschert habe.«

»So ist's viel besser. Aber wie kommst du darauf, daß mir kein Genuß zuteil wurde? Ich habe dich beobachtet, als du deinen ersten Orgasmus hattest, Joan, und es war ein faszinierendes Erlebnis. Ich habe gespürt, wie du unter meinen Fingern gezittert hast, ich habe dich stöhnen gehört, und als du vor Lust geschrien hast, hätte ich am liebsten das gleiche getan.«

»Aber du hast es nicht getan.«

Er warf ihr einen unergründlichen Blick zu und fragte so nüchtern, als wären sie schon fünfzig Jahre verheiratet: »Möchtest du etwas Porridge?«

»Nein, danke, nur Toast.«

Er stand auf, um sie zu bedienen. »Bleib sitzen. Ich möchte, daß du schnell wieder zu Kräften kommst.«

Er schenkte ihr Kaffee ein und legte Toast auf ihren Teller. Dann hob er plötzlich ihr Kinn an und küßte sie, zuerst leidenschaftlich, dann sehr zart. Als er sich von ihr löste, waren ihre Augen leicht verschleiert, und sie atmete schwer.

»Philip hat mir gesagt, er würde dir verzeihen, daß du ihn belogen hast, wenn du ihn nett darum bittest«, berichtete Colin, während er wieder zu seinem Platz ging. »Er scheint dich sehr gut zu verstehen. Jedenfalls meinte er, daß du für mich durchs Feuer gehen würdest, und wenn du zu diesem Zweck einmal lügen müßtest, so sei das nicht weiter schlimm.«

Philip ist wirklich ein sehr kluger Junge, dachte sie, während sie wie hypnotisiert auf Colins Mund starrte und auf ein zärtliches Wort von ihm wartete, vielleicht sogar auf ein Geständnis, daß ihre Liebeserklärung ihn sehr gerührt habe. Statt dessen warf er ihr ein gequältes Lächeln zu und befahl mit jener undurschschaubaren Miene: »Iß, Joan.«

Sie kaute unlustig an ihrem Toast herum und fragte sich, warum Gott in Seiner unendlichen Weisheit beschlossen hatte, daß Männer und Frauen so verschieden voneinander sein mußten.

»Ich wollte dir auch sagen, Joan, daß ich noch heute vormittag mit Tante Arleth sprechen werde. Falls sie es war, die Robert MacPherson eingeredet hat, ich hätte Fiona ermordet, werde ich sie dazu bringen, mir die Wahrheit zu gestehen.«

»Irgendwie kann ich das nicht so recht glauben, obwohl sie eine erschreckende Abneigung gegen dich hegt. Aber sie konnte auch Fiona nicht ausstehen. Wenn ich sie richtig verstanden habe, gab es überhaupt nur zwei Menschen, die sie liebte — deinen Vater und deinen Bruder. Aber meistens redet sie wirres Zeug daher, wie jene Geschichte, daß dein Vater ein Kelpie gewesen sei. Sie ist schon sehr schrullig.«

»Sobald ich geklärt habe, ob sie gegen mich intrigiert hat oder nicht, wird diese schrullige Person unser Haus verlassen.«

»Aber sie hat doch kein Geld, Colin.«

»Sie hat Familie, und ich habe ihrem Bruder schon eine Nachricht zukommen lassen. Er und seine Familie leben im zentralen Hochland, und ihnen bleibt gar keine andere Wahl als Arleth bei sich aufzunehmen. Es tut mir sehr leid, daß sie dir das Leben schwergemacht hat, Joan.«

Sinjun wollte sagen, daß das eine starke Untertreibung war, daß die Frau ihr regelrecht nach dem Leben getrachtet hatte, aber dann schluckte sie die Bemerkung hinunter. Das alles spielte jetzt keine Rolle mehr. Bald würde Tante Arleth nicht mehr hier sein. »Aber falls sie Robert MacPherson nicht aufgehetzt hat — wer dann?«

»Das weiß ich noch nicht, aber ich werde es herausfinden. Und Robbie hat uns ja versprochen, daß er seinen Männern vorerst jede weitere Gewalttätigkeit streng verbieten wird, und daß er selbst mit seinem Vater sprechen und ihm diesmal wirklich zuhören wird. Mißversteh mich bitte nicht, Joan, falls er noch einmal jemanden von uns oder von unseren Leuten angreifen sollte, werde ich ihn töten. Das weiß er, und vielleicht bringt ihn das zur Vernunft.«

»Serena ist seine Schwester. Könnte *sie* dich nicht bei ihm angeschwärzt haben?«

Er sah amüsiert aus, zugleich aber auch so selbstgefällig

wie ein Jüngling, der sein erstes Kompliment von einer Dame erhalten hat. »O nein. Serena liebt mich, wie sie mir unzählige Male versichert hat — allerdings erst, nachdem ich dich geheiratet hatte. Ich werde dafür sorgen, daß sie möglichst bald zu ihrem Vater zieht.«

»O Gott, dann wird das Schloß ja ganz leer sein! Bitte, Colin, das ist wirklich nicht notwendig. Serena ist ziemlich seltsam, vielleicht sogar ein bißchen verrückt, aber völlig harmlos. Allerdings werde ich wohl ein ernstes Wort mit ihr reden müssen, wenn sie wieder einmal versuchen sollte, dich zu küssen.«

Colin lachte. »Ihr ist nicht klar, wie wild du bist, wie besitzergreifend. Eigentlich müßte ich sie warnen, daß sie sich in Gefahr begibt, wenn sie mich je wieder berührt. Sie sollte froh sein, daß ich sie zu ihrem Vater zurückschicke. Nachdem du dich jetzt um die Kinder kümmerst, brauchen wir weder Tante Arleth noch Serena, findest du nicht auch?«

»O ja«, stimmte Sinjun begeistert zu.

»Im Augenblick tut sich wirklich allerlei«, fuhr er nach kurzem Schweigen fort. »Innerhalb der nächsten zwei Tage müßten die Schafe eintreffen — genug Schafe, um unsere Leute mit Wolle und Milch zu versorgen. Und ich habe auch genügend Rinder für alle gekauft. Außerdem habe ich eine Versammlung aller Kleinbauern und Pächter einberufen. Wir werden alle notwendigen Reparaturen durchführen, von Dächern und Zäunen bis hin zu Bettrahmen. Und wir werden Lebensmittelvorräte und neue Ackergeräte anschaffen. Der Kinross-Clan wird keine Angst vor der Zukunft haben müssen. Danke, Joan.«

»Gern geschehen«, murmelte sie verlegen und schluckte. Er hatte mit ihr wie mit einer gleichberechtigten Partnerin gesprochen. »Warum erzählst du mir das alles?«

Er führte einen Löffel Porridge zum Mund und kaute nachdenklich. »Es ist *dein* Geld, das all dies ermöglicht, und da scheint es mir nur recht und billig, daß du weißt, wofür es ausgegeben wird.«

Sie war enttäuscht über seinen kühlen, nüchternen Ton, brachte es aber fertig, ruhig zu sagen: »Der Haushalt läuft jetzt schon ganz gut, aber es gibt noch immer viel zu reparieren, und ich werde auch Gärtner brauchen.«

»Ja, Alex hat mir schon in den Ohren gelegen, was draußen alles gemacht werden muß, und ich würde mich gar nicht wundern, wenn sie höchstpersönlich um die Rosenbüsche herum Unkraut jäten würde. Sie hat sich sehr darüber ereifert. Sprich mit Mr. Seton. Er soll Männer herbringen, und du suchst dir die geeignetsten als Gärtner aus. Natürlich wird das alles einige Zeit in Anspruch nehmen, aber wir haben jetzt genügend Zeit. Die Gläubiger sitzen mir nicht mehr im Nacken, und wir werden bald gemeinsam jene berühmte Liste erstellen. Douglas und Ryder möchten, daß ich sie herumführe und ihnen zeige, was wir so alles machen. Sie möchten auch einige unserer Leute kennenlernen. Hast du Lust, uns zu begleiten?«

Sie betrachtete ihn forschend. Er schloß sie nicht mehr aus. Hatte er endlich begriffen, daß sie nicht die Absicht hatte, seine Schatulle zu stehlen? Nein, wahrscheinlich nicht. Er wollte ihr nur ein Zugehörigkeitsgefühl vermitteln, weil es nun einmal ihr Geld war, wie er betont hatte. Er versuchte, nett zu ihr zu sein, aber sie haßte seine Freundlichkeit, weil Freundlichkeit viel zu nichtssagend war.

»Nein, diesmal nicht.« Sie warf ihre Serviette auf den Teller und stand auf. »Ich möchte mich ein wenig den Kindern widmen. Bei Philip muß ich mich für meine Notlüge entschuldigen, und nachdem er dein Sohn ist, wird er bestimmt verlangen, daß ich vor ihm niederknie, bevor er mir huldvoll verzeiht.«

Colin lachte schallend.

»Außerdem werden meine Schwägerinnen bestimmt wissen wollen, was aus MacPherson geworden ist.«

»Ich habe ihnen beim Frühstück schon alles erzählt, und Alex hat mich heftig kritisiert, bis sie plötzlich grün im Gesicht wurde, ihren Magen umklammerte und aus dem Zimmer stürzte. Douglas rannte ihr mit dem Nachttopf nach, den Mrs. Seton ihm gegeben hatte. Ryder und Sophie lachten und heuchelten Interesse an meinen landwirtschaftlichen Projekten, hatten im Grunde aber nur Augen füreinander. Wenn deine Brüder nicht gerade versuchen, mich umzubringen, sind sie wirklich sehr liebenswert.«

Sinjun grinste. Sie konnte sich die Szene nur allzu gut vorstellen. »Und wie haben Tante Arleth und Serena darauf reagiert? Schuldbewußt? Verärgert?«

»Tante Arleth hat kein Wort gesagt, und Serena wirkte völlig geistesabwesend. Dafür hatte Dahling tausend Fragen. Sie wollte wissen, warum du sie nicht mitgenommen hast, als es darum ging, MacPherson in Gewahrsam zu nehmen. Schließlich sei auch sie eine Frau. Und dann fragte sie Serena, warum ihr Bruder ein so böser Mann sei, worauf Serena erwiderte, daß er sein Engelsgesicht hasse und deshalb seine Teufelsseele kultiviere.«

»Offenbar müßte ich mich auch bei ihr entschuldigen. Bist du ganz sicher, daß Tante Arleth nicht schuldbewußt ausgesehen hat?«

»Ja, aber ich werde mich trotzdem unter vier Augen mit ihr unterhalten.«

»Ich habe immer noch Angst, Colin.«

Er stand auf, ging zu ihr hin und nahm sie in die Arme. »Niemand wird dir je wieder etwas zuleide tun«, beruhigte er sie. »Mein Gott, du hast mir einen Mordsschrecken eingejagt.«

Sie vergrub ihr Gesicht in seiner Halsgrube. »Gut«, murmelte sie. »Du warst manchmal ein schreckliches Ekel, und ein kleiner Dämpfer schadet dir gar nichts.«

Er lachte, zog sie noch fester an sich und fragte: »Wie fühlst du dich heute?«

»Viel besser. Nur ein bißchen schwach.«

»Von nun an wirst du dich fast jeden Morgen etwas matt fühlen. Das kommt von der Lust.«

Sie legte den Kopf zurück, um sich von ihm küssen zu lassen.

»Papa, es gefällt Sinjun bestimmt nicht, wenn du am Frühstückstisch mit ihr schmust.«

Colin seufzte, küßte sie leicht aufs Kinn und ließ sie widerwillig los, während er seinen Sohn betrachtete, der auf der Schwelle stand und die Hände in die Hüften stemmte — genau wie er selbst es gern tat.

»Was willst du, Philip? Joan wollte sich gerade zu dir begeben und dich um Verzeihung bitten. Sie ist sogar bereit, vor dir niederzuknien und für dich gebrannte Mandeln zuzubereiten, bis deine Zähne verfaulen. Und da du mein Sohn bist, rechnet sie mit endlosen Vorwürfen.«

Philip setzte eine strenge Miene auf, erklärte aber gleich darauf großmütig: »Schon gut, Sinjun, ich kenne dich, und ich bezweifle, daß du dich je ändern wirst.« Dann wandte er sich wieder seinem Vater zu. »Onkel Ryder hat mich gefragt, ob ich ihn, Tante Sophie und all seine Kinder besuchen wolle. Er sagt, zur Zeit seien es mehr als ein Dutzend, und ich würde mich bestimmt gut mit ihnen verstehen. Sie leben alle in Brandon House, direkt neben seinem eigenen Haus. Hast du gewußt, Papa, daß er Kinder aus allen möglichen schrecklichen Situationen rettet? Er wird ihr Vormund und kümmert sich um sie, und er liebt sie. Das hat er zwar nicht gesagt, aber ich habe es gespürt, und Onkel Douglas hat es mir bestätigt. Ich glaube, es ist ihm peinlich, wenn man ihn für einen guten Menschen hält. Onkel Ryder hat mir auch von seinem Schwager Jeremy erzählt, der in Eton ist und ein lahmes Bein hat, aber trotzdem großartig reiten und kämpfen kann. Er hat gesagt, wenn du damit einverstanden bist, könnte er auch mir beibringen, wie man so richtig fies kämpft. Jeremy war nicht viel älter als ich, als er es ihm beigebracht hat. Bitte, Papa, erlaubst du es?«

»Onkel Ryder und Onkel Douglas!« knurrte Colin. »Ich mache dir einen Vorschlag, Philip. Dein Onkel Ryder und ich werden mit allen möglichen fiesen Tricks gegeneinander kämpfen, und wer gewinnt, darf es dir beibringen. Einverstanden?«

Philip, nicht dumm, erwiderte: »Vielleicht wäre es am besten, wenn ihr es mir beide beibringt.«

»Er sollte Diplomat werden«, sagte Colin grinsend zu seiner Frau und umarmte seinen Sohn. »Deine beiden Onkel und ich werden das alles besprechen. Und du solltest dich jetzt ausruhen, Joan.«

»Oh, Papa, Sinjun bringt mir das Bogenschießen bei, aber da ist noch das Fechten. MacDuff hat uns einige Stunden gegeben, aber er mußte zu schnell wieder fort. Du wirst uns doch Unterricht geben, Papa?«

»Joan hat zusammen mit dir Fechtunterricht bei MacDuff genommen?«

»O ja, und ich muß weitermachen, damit Philip mich nicht abhängt.«

»Ich wußte gar nicht, daß du so vielseitig begabt bist«, kommentierte er säuerlich.

Sie neigte grinsend den Kopf zur Seite. »Du hörst dich jetzt genauso wie Douglas und Ryder an, wenn ich irgend etwas besser kann als sie. Sie selbst haben mir Pistolen- und Bogenschießen ebenso beigebracht wie Reiten und Schwimmen, aber sie sind beleidigt, sobald ich es auf irgendeinem Gebiet zur Meisterschaft bringe.«

»Das ist natürlich sehr unvernünftig. Ein Mann liebt es normalerweise sehr, wenn seine Frau seine Hosen anzieht und davonreitet, um gegen seine Feinde zu kämpfen, während er selbst überhaupt nichts zu tun und zu sagen hat.«

»Ich glaube, es geht dabei nicht nur um Ehefrauen, sondern um Frauen allgemein. Männer müssen sich offenbar ständig bestätigen, daß sie die Stärkeren sind.«

»Trotz all deines Wagemuts, deines erschreckenden Einfallsreichtums und deiner rührenden Sorge um mein Wohlergehen bist du schwächer als ich. Jeder Mann, sogar ein Dummkopf, könnte dich verletzen, und deshalb haben wir Männer die Pflicht, unsere Frauen und Kinder zu beschützen. Glaub mir, wir sind mitunter ganz nützlich.«

»Ha! Du weißt genau, daß das Unsinn ist, Colin. Wir leben schließlich nicht mehr im Mittelalter, als Räuber das ganze Land unsicher machten.«

»Worüber streitet ihr eigentlich?« Philip blickte von Sinjun zu seinem Vater. »Ihr habt beide recht. Auch Jungen können nützlich sein. Bin ich nicht nach Edinburgh geritten, um dich zu holen, Papa? Ohne mich wäre Sinjun vielleicht gestorben.«

Sie tauschten über Philips Kopf hinweg einen Blick. Sinjun grinste. Colin fragte: »Du glaubst also, daß jedes Familienmitglied seinen Teil beisteuern sollte? Daß jeder gelegentlich die Möglichkeit haben sollte, ein Held zu sein?«

»Das würde bedeuten, daß sogar Dahling eine Chance bekäme«, murmelte Philip nachdenklich. »Was meinst du, Sinjun?«

»Ich glaube, deinem Vater ist jetzt endlich ein Licht aufgegangen.«

»Schluß jetzt, Philip. Nimmst du Joans Entschuldigung an?«

»Sie heißt Sinjun, Papa. Ja, ich nehme deine Entschuldigung an, Sinjun. Du würdest für Papa alles tun, und deshalb kann ich dir nicht böse sein.«

»Danke«, sagte sie demütig.

Gleich darauf verließen Vater und Sohn zusammen das Frühstückszimmer, und Colin beugte sich zu Philip hinab, um zu hören, was der Junge sagte. Sinjun blickte ihnen nach, und ihre Liebe war so groß, daß es fast schmerzte.

Wer zum Teufel hatte Robert MacPherson eingeredet, daß Colin der Mörder seiner Frau Fiona war?

Der Spätnachmittag war kühl, aber der Himmel war klar — Sherbrooke-blau, hatte Sophie zu ihrem Mann gesagt und ihn sodann leidenschaftlich geküßt.

Colin hatte plötzlich das Bedürfnis gehabt, eine Weile allein zu sein. Jetzt betrachtete er mit gerunzelter Stirn die Stockflecken auf dem Buch, das er in der Hand hielt. Es war nicht zu übersehen, daß das Buch gesäubert und der Einband eingeölt worden war, aber die Flecken waren vor langer Zeit entstanden und ließen sich nicht mehr entfernen. Natürlich war es Joan gewesen, die sich seiner Bücher angenommen hatte, aber erst jetzt fiel ihm auf, wie behutsam und respektvoll sie mit seiner Bibliothek umgegangen war. Er setzte sich an den Schreibtisch, verschränkte die Arme über dem Kopf, lehnte sich im Stuhl zurück und schloß die Augen.

In seinem Turmzimmer roch es nach frischem Heidekraut und Rosen und auch ein klein wenig nach Bohnerwachs und Zitrone. Jetzt war er auf seine Frau nicht mehr wütend, nein, er war ihr zutiefst dankbar. Wahrscheinlich würden diese Gerüche ihn schon bald nicht mehr an seine Mutter, sondern an Joan erinnern.

Ich liebe dich.
Im Grunde hatte er schon lange gewußt, daß sie ihn liebte, obwohl es ihm schwerfiel, an Liebe auf den ersten Blick zu glauben. Aber sie hatte von Anfang an seine Partei ergriffen. Sie war in ihrem Glauben an ihn niemals schwankend geworden. Sogar wenn sie gestritten hatten, hatte er stets gewußt, daß sie für ihn durchs Feuer gehen würde.

Es war demütigend.

Er hatte unglaubliches Glück gehabt. Er hatte nicht nur seine reiche Erbin, sondern auch eine wunderbare Mutter für seine Kinder bekommen — und eine prachtvolle Frau, auch wenn sie eigensinnig und viel zu impulsiv war.

Die düsteren schwarzen Wolken über Vere Castle lösten sich endlich auf — aber er hatte immer noch einen unbekannten Feind. Vielleicht hätte er den Namen aus Robert MacPherson herausprügeln sollen. Joan hätte ihn mit Sicherheit nicht daran gehindert. Wahrscheinlich hätte sie sogar selbst zuschlagen wollen.

Bei diesem Gedanken mußte er grinsen. Sie war blutrünstig, wenn es um seine Sicherheit ging. Dann dachte er an Tante Arleth, die den Verstand verloren hatte, ohne daß es ihm aufgefallen wäre. Wegen seiner Blindheit hätte Joan sterben können. Arleth hatte sogar ganz offen zugegeben, daß sie der kleinen Nutte, wie sie Joan nannte, den Tod wünschte, damit im Schloß wieder Ruhe einkehrte und sie selbst das Regiment führen konnte.

Aber sie hatte MacPherson nicht aufgehetzt, dessen war er ganz sicher. Seufzend öffnete er die Augen, als er Schritte auf der Treppe hörte, Dann erkannte er die leichten Schritte, setzte sich aufrecht hin und nahm sein Buch wieder zur Hand.

Als Joan das Zimmer betrat, fiel ihm sofort auf, daß sie Schweißtropfen auf der Stirn hatte und schwer atmete. Er erhob sich rasch und ging ihr entgegen. »Komm, setz dich hin und erhol dich ein bißchen. Du darfst noch nicht wieder die wilde Amazone spielen.«

Sie ließ sich auf den Stuhl fallen. »Es ist deprimierend, wenn man beim Treppensteigen aus der Puste kommt. Ich hatte plötzlich das Bedürfnis nach etwas Ruhe. Du auch?«

»Ja, aber ich freue ich, daß du hier bist.«

Sie holte tief Luft. »Ich bin aus einem bestimmten Grund hergekommen.«

»Du willst wissen, was bei dem Gespräch mit Tante Arleth herausgekommen ist, stimmt's?«

»Eigentlich nicht, denn wenn sie Robbies Informationsquelle gewesen wäre, hättest du mich bestimmt sofort aufgesucht. Nein, es geht um etwas ganz anderes, aber das kann warten. Was liest du?«

Er reichte ihr das Buch. »Danke, daß du versucht hast, es zu reparieren. Es hat meinem Großvater gehört, und er hat mir oft daraus vorgelesen. Chesterfields *Letters to His Son*. Ich finde, es wird langsam Zeit, daß ich diese Briefe über Mythologie und Geschichte Philip vorlese.«

»Chesterfields Sohn hieß auch Philip. Ist das nicht ein seltsamer Zufall? Douglas hatte mir Chesterfield nicht als Lektüre empfohlen, aber ich habe ihn sehr schnell selbst entdeckt. Der Ärmste war unglücklich verheiratet und hatte deshalb eine schlechte Meinung von Frauen, aber Douglas sagte, ich solle mir nichts daraus machen, weil Chesterfield ja nicht das Glück gehabt habe, mich zu kennen. Ah, das hier ist eine meiner Lieblingsstellen: ›Trag dein Wissen genausowenig zur Schau wie deine Taschenuhr . . . Vermeide es vor allem nach Möglichkeit, über dich selbst zu sprechen‹.«

Er starrte sie sprachlos an und fragte sich, ob sie ihm wohl ein Leben lang immer neue Überraschungen bescheren würde.

»Meine eigenen Bücher liegen noch in den Kisten«, berichtete sie. »Ich hatte bisher keine Zeit, sie auszupakken.« Sie warf ihm einen unsicheren Blick zu. »Außerdem wußte ich nicht, wo ich sie aufstellen darf.«

Colin kam sich plötzlich wie ein schrecklicher Egoist

vor. Eine sanftmütigere Frau als Joan hätte er vermutlich völlig unterjocht und terrorisiert. Und sogar dieses kühne Geschöpf war verunsichert, und das wegen einer Bagatelle!

»Du weißt ja«, sagte er lächelnd, »daß es im Schloß viele leerstehende Räume gibt. Du kannst jeden davon als Privatbibliothek einrichten. Aber ich würde mich sehr freuen, wenn du bereit wärest, deine Bücher hier im Turmzimmer unterzubringen.«

Sie sprang auf und warf sich strahlend in seine Arme. »O Colin, ich liebe dich so sehr!«

Er hielt sie fest, küßte ihr Ohrläppchen und ihre Nasenspitze und zeichnete mit den Fingerspitzen ihre Brauen nach. »Nur weil ich dir in meinem Refugium ein paar Bücherregale anbiete?«

Er bot ihr nicht nur Regale an, sondern gewährte ihr Zutritt zu etwas, das er bisher eifersüchtig gehütet hatte, weil es ihm so sehr am Herzen lag. Sie wies ihn nicht darauf hin, weil sie wußte, daß es ihm peinlich wäre. Er hatte ihr soeben einen großen Vertrauensbeweis gegeben.

«Ich bin aus einem besonderen Grund hergekommen«, sagte sie mit leuchtenden Augen und küßte ihn.

»Ja, aber du hast ihn mir noch nicht mitgeteilt.«

»Ich möchte den Liebesakt mit dir vollziehen.«

»Du meinst wohl, daß ich dich wieder zum Höhepunkt bringen soll?«

»Nein, ich will *dich* zum Höhepunkt bringen.«

Colin war völlig verblüfft. Verdammt, er war der Mann, und er hatte sie ganz langsam verführen wollen. Und nun ergriff sie wieder die Initiative. Aber nein, wahrscheinlich hatte er sie falsch verstanden.

»Es wäre töricht, wenn wir so weitermachen würden wie bisher«, fuhr sie unbeirrt fort. »Ich habe dich dazu gezwungen, und du warst sehr rücksichtsvoll, sehr verständnisvoll. Ich bin sehr selbstsüchtig gewesen, aber jetzt will ich *alles* mit dir erleben.«

»Wirklich alles?«

»O ja.«

KAPITEL 19

»So etwas hört sich verlockend an«, sagte Colin langsam. Nur unwillig nahm er Abschied von seinen edlen Plänen einer sanften allmählichen Verführung.

Sie streichelte sein Gesicht mit den Fingerspitzen, umarmte ihn, küßte seinen Mund, sein Kinn und seine Nase, knabberte an seinem Ohrläppchen und erklärte resolut: »Ich bin egoistisch und kindisch gewesen, ein richtiger Feigling. Du bist ein Mann, und ich will deine Frau sein, in jeder Hinsicht. Ob es weh tut oder nicht, ist unwichtig. Ich will dir alles geben, was du brauchst. Ich werde mich dir ohne Jammern und Klagen hingeben, so oft du willst.«

»Ah, Joan, aber die Schmerzen. Ich weiß, daß du sie noch nicht vergessen hast. Ich möchte dich nicht quälen und dich nicht zum Weinen bringen.«

»Ich werde nicht weinen. Ich werde stark sein. Douglas und Ryder haben mich zum Stoizismus erzogen. Ryder hat mir immer die Ohren langgezogen, wenn er fand, daß ich mich wie ein Mädchen aufführte. Ich werde dich nie wieder enttäuschen, Colin.« Sie holte tief Luft. »Ich schwör's dir.«

Er befreite sich sanft aus ihren Armen. »Nein, dieses Opfer kann ich nicht annehmen. Es wäre einfach zuviel verlangt. Vielleicht könntest du mir einmal im Jahr eine Vereinigung erlauben — nur damit wir ein Kind zeugen können.« Er seufzte tief und setzte eine Martyrermiene auf. »Es macht mir wirklich nichts aus. Dir jede Nacht Lust zu schenken wird mir vollauf genügen. Es muß mir genügen, denn ich bin schließlich kein Unmensch, der deinen Schmerz ignorieren könnte.«

»O Colin, du bist so edel, so rücksichtsvoll, aber mein

Entschluß steht fest. Wir werden es sofort hinter uns bringen. Dann müßte ich mich bis zum Abendessen erholt haben. Und falls ich doch vor Schmerz aufschreien sollte, kann es hier niemand hören. Ich möchte dich jetzt ausziehen.«

Er konnte nur mit Mühe das Lachen unterdrücken. »Du mußt mich wirklich sehr lieben, dich auf diese Weise opfern zu wollen«, sagte er, scheinbar tief gerührt. »Obwohl du genau weißt, was dich erwartet, bist du bereit, dich mir hinzugeben. Erst jetzt wird mir so richtig klar, wie stark und selbstlos du bist, Joan. Du beschämst mich.«

Sie fummelte ungeschickt an seinen Hosenknöpfen herum, und er klopfte ihr lachend auf die Finger. »Komm, wir ziehen uns lieber gleichzeitig aus. Einverstanden?«

Sie nickte eifrig und begann sich ihrer Kleider zu entledigen. Wollte sie ihn wirklich hier auf dem Teppich verführen? Im Grunde war es eine großartige Idee, mußte er zugeben.

Colin zog gerade erst seinen linken Stiefel aus, als sie schon nackt vor ihm stand. Ihr Versuch eines verführerischen Lächelns scheiterte allerdings kläglich. Sie hatte in diesem Augenblick große Ähnlichkeit mit ihrer Namensschwester, der heiligen Johanna, die sich sogar im Angesicht des Scheiterhaufens mit dem Gedanken aufrechthielt, ihre Würde um jeden Preis wahren zu müssen. Diese süße kleine Närrin!

Als auch er nackt war, starrte sie wie hypnotisiert auf seinen Unterleib, doch da er noch keine Erektion hatte, bot er für sie offenbar kein Bild des Schreckens.

Er wollte diese Farce gerade beenden und wieder in die Rolle des zärtlichen Verführers schlüpfen, als sie ihn regelrecht ansprang, ihre Arme um seinen Hals warf, so als wollte sie ihn erdrosseln, und ihn leidenschaftlich küßte.

Laß sie gewähren, dachte er, streichelte ihren Po und schlang sodann ihre Beine um seine Taille.

Sie küßte ihn, bis sie völlig außer Atem war.

»Was soll ich jetzt machen, Joan?«

»Ich möchte, daß du dich auf den Rücken legst, damit ich dich küssen kann. Und du darfst dich nicht bewegen.«

Er erfüllte ihren Wunsch und machte es sich auf dem Teppich bequem. Durch die schmalen Fenster fiel silbernes Sonnenlicht ein. Sie legte sich auf ihn, ihre Beine zwischen den seinen, sein nun bereits erigierter Penis an ihrem Bauch.

Er sah die Furcht in ihren Augen, aber gleich darauf lächelte sie. »Du bist sehr schön, Colin. Ich bin die glücklichste Frau der Welt.«

»Ah . . . danke«, murmelte er verlegen.

»Du mußt ganz stilliegen, Colin. Ich werde dich küssen, so wie du mich geküßt hast, einverstanden?«

Er nickte, obwohl er wußte, wie schwer ihm das fallen würde.

Sie küßte ihn auf Hals, Schultern und Brust, und ihre zarten Finger streichelten ihn liebevoll. Er glaubte vor Lust zu vergehen und hob die Arme, um ihrem Treiben hastig Einhalt zu gebieten.

»Nein, du hast versprochen, dich nicht zu bewegen.«

Er hatte zwar gar nichts versprochen, zwang sich aber, mit geballten Fäusten ruhig liegenzubleiben, weil sie es so wollte.

Als ihr warmer Mund seinen Unterleib berührte, durchfuhr ihn ein heißer Schauder. »Joan, nicht«, murmelte er, von seiner Begierde geradezu gepeinigt.

Sie hob grinsend den Kopf. »Fühlst du dich jetzt so wie ich gestern abend? So als würdest du von einem inneren Feuer verzehrt, wärest aber zu allem fähig, nur um es noch heißer zu entfachen?«

»So ähnlich.«

Sie berührte sein Glied mit der Hand und streichelte es, während sie ihn aufmerksam beobachtete. Seltsamerweise machte ihn das verlegen. »Nein«, murmelte sie gleich darauf. »Ich will mehr, ich will wissen, wie du schmeckst.« Sie liebkoste seinen Penis mit dem Mund, und er bäumte sich keuchend und stöhnend auf.

»Aha.« Begeistert über seine heftige Reaktion, nahm sie sich jetzt vor, ihn zum Schreien zu bringen.

Fast hätte er es getan, denn er konnte seinen Orgasmus kaum noch unterdrücken. »Joan, nein, Liebling, bitte hör auf, sonst bekomme ich einen Samenerguß, und dann wird dein Opfer umsonst gewesen sein.«

Sie gab ihn sofort frei. »Ich weiß schon — du mußt deinen Samen in mich ergießen. Das hier genießt du zwar auch, aber als Mann wünscht du dir doch das andere. Also gut.«

Bevor er wußte, wie ihm geschah, kniete sie über ihm. »O nein!« rief er, als sie ihn aufzunehmen versuchte, so als wollte sie sich selbst pfählen.

Sie sah ihn erstaunt an, und er stellte fest, daß sie bleich geworden war, zweifellos aus Angst vor Schmerzen.

Lächelnd streichelte er ihre Arme. »Noch nicht, Joan. Versuch nicht, mich in dich hineinzuzwängen. Ich bin noch nicht soweit, noch lange nicht. Ich brauche mehr, um echten Genuß zu verspüren, um . . .«

Er verstummte, als er sie erschrocken nach Luft schnappen hörte. Ihr Blick schweifte von seinem Penis zu seinem Gesicht, und sie starrte ihn an, als wäre er völlig übergeschnappt. »Willst du damit sagen, daß du noch größer wirst? Aber du hast gestöhnt und gebebt, Colin, und du schwitzt. Da kann doch nicht mehr allzuviel fehlen.«

»O doch«, beteuerte er geradezu verzweifelt. »Ich bin ein Mann und brauche noch viel mehr. Glaub mir. Du mußt mir vertrauen, denn schließlich habe ich große Erfahrung. Du möchtest mir doch einen möglichst großen Genuß bescheren, oder?«

»Natürlich. Ich habe dir doch versprochen, nicht egoistisch zu sein. Wenn du noch größer werden mußt, um vor Lust schreien zu können, helfe ich dir dabei.« Sie holte tief Luft. »Was soll ich jetzt tun?«

Er lächelte ihr zu. »Leg dich auf den Rücken. Nein,

nein, keine Angst, ich will nicht die Leitung übernehmen. Ich muß dir nur zeigen, was ich jetzt dringend brauche.«

Sie warf ihm einen etwas zweifelnden Blick zu, tat aber, wie ihr geheißen. Als er sich aufsetzte, sah er wieder jene Furcht in ihren Augen, aber er konnte ihr daraus keinen Vorwurf machen, denn sein Glied war jetzt voll erigiert. Und sie glaubte, daß es noch größer werden könnte!

Er zwang sich zur Ruhe, fest entschlossen, diese herrliche Überraschung nicht in ein neues Fiasko zu verwandeln.

Er legte sich zwischen ihre Beine und stützte sich auf die Ellbogen. »Schau mich an, Joan«, sagte er beschwörend. »Ja, so ist's gut. Was ich mir jetzt wünsche, sind deine Küsse, andernfalls müßte ich dir Lust vorgaukeln, und du willst doch bestimmt nicht, daß ich nur so tue, als hättest du mir Genuß beschert.«

»O nein.« Sinjun hatte an seinem Programm nicht das geringste auszusetzen. Wenn sie ihn küßte, konnte sie für kurze Zeit jenen Körperteil von ihm vergessen, der so bedrohlich groß war. Natürlich würde es weh tun, aber sie würde ihn nicht enttäuschen, nie wieder. Er begehrte sie, und sie würde sich all seinen Wünschen fügen.

Colin nahm sich Zeit. Er küßte sie leidenschaftlich, bis sie sich — dem Himmel sei Dank! — stöhnend unter ihm wand. Dann wandte er seine Aufmerksamkeit ihren Brüsten zu, und ihr wundervoller Geschmack ließ ihn vor Lust erschaudern.

»Begehrst du mich jetzt genug, Colin?«

»O nein, ich brauche mehr, Joan. Es dauert ziemlich lange, bis meine Lust übermächtig wird.«

»Ich verstehe.«

»Genießt du das, was ich mache? Natürlich ist das nicht notwendig, aber warum solltest du nicht auch ein bißchen Spaß daran haben?«

»O ja, es ist ein ganz angenehmes Gefühl.«

Wart nur, Liebling, dachte er, als seine Zunge ihren flachen Bauch berührte, dir werde ich es gleich zeigen! Er fühlte, wie ihre Muskeln sich anspannten, und er wußte, daß sie nicht ahnte, was er als nächstes tun würde, aber sie war erregt, das war unübersehbar.

Im nächsten Moment stimulierte er sie mit dem Mund, und sie schrie auf und zerrte an seinen Haaren.

Er liebkoste sie mit dem Mund und überzeugte sich sodann mit den Fingern davon, daß sie bereit war, ihn in sich aufzunehmen.

»Schau mich an, Joan«, flüsterte er heiser, während er ihre Hüften etwas anhob.

Als er in sie eindrang, sah er ihren schreckensweit aufgerissenen Augen an, daß sie auf den Schmerz wartete, der ihr unvermeidlich schien, der aber ausbleiben würde, wie er wußte. Ihre warme Grotte nahm ihn bereitwillig auf, und das war ein so herrliches Gefühl, daß es ihn größte Mühe kostete, nicht die Kontrolle über sich zu verlieren.

»Colin?«

»Ja? Gefällt dir das nicht?«

»Doch, und das kann ich nicht begreifen. Warum tut es diesmal nicht so wahnsinnig weh? Du füllst mich aus, das spüre ich, aber es tut kein bißchen weh. Im Gegenteil, es ist ganz angenehm.«

Er küßte sie wieder. »Beweg dich auf und ab, Joan, denn das wird meinen Genuß steigern, und das wünscht du dir doch?«

»O ja.« Ihre Bewegungen waren anfangs noch etwas unbeholfen und ruckartig, doch ihr Körper entdeckte sehr schnell den richtigen Rhythmus, der sich seinen Stößen anpaßte. Als er spürte, daß es um seine Beherrschung bald endgültig geschehen sein würde, schob er seine Hand rasch zwischen ihre Schenkel und stimulierte sie, während er ihr Gesicht beobachtete.

»Colin«, stöhnte sie.

»Ja, Liebling, komm, laß uns den Höhepunkt zusammen erleben, einverstanden?«

»Ich verstehe nicht, was . . .« Sie verstummte, warf den Kopf zurück, wölbte den Rücken und schrie auf. Im selben Augenblick kam auch er zum Höhepunkt.

Sobald er wieder einigermaßen ruhig atmete, legte er eine Hand auf ihre Brust und registrierte zufrieden, daß sie noch immer heftiges Herzklopfen hatte. Am liebsten hätte er einen Freudentanz aufgeführt.

Sie hob eine Hand, ließ sie aber gleich wieder fallen, ohne ihn umarmt zu haben, wie er es sich gewünscht hätte. Andererseits war es sehr beglückend, sie derart erschöpft zu haben.

»Du warst sehr tapfer, Joan«, versicherte er ganz ernst. »Es ist wirklich großherzig von dir, deinen Schmerz zu verbergen und sogar so zu tun, als würdest du Lust empfinden. Ich habe wirklich unglaubliches Glück gehabt, eine so edelmütige und selbstlose Frau zu finden!«

Im nächsten Moment rieb er sich stöhnend den Arm. »Edelmütig, selbstlos und gemein«, knurrte er. »Warum hast du mich so geknufft?«

»Du hast mich belogen, du Lump! Nein, du brauchst gar nicht so arrogant die Brauen zu heben. Du hast gelogen. Du hast mir zugestimmt, daß es schrecklich weh tut. Du hast dich über mich lustig gemacht, und ich hasse dich!«

Er mußte laut lachen, was dazu führte, daß sein Glied fast aus ihr herausglitt. Aber er wollte sie nicht verlassen. Allein schon der Gedanke an diesen weichen und warmen Aufenthaltsort ließ seinen Penis wieder anschwellen, und er drang tiefer in sie ein.

»Nein, das war deine absurde Idee. Wenn ich an das erste Mal zurückdenke . . .«

»Das erste Mal, ha! Du hast mich gleich *dreimal* vergewaltigt!«

»Ich habe mich oft genug dafür entschuldigt, und wenn dein Gedächtnis dich nach dem Sturm der Lust, der soeben über dich hinwegbrauste, nicht völlig im Stich läßt, müßtest du dich daran erinnern, daß ich dir versichert habe, es würde nie wieder weh tun. Jetzt weißt du, daß ich die Wahrheit gesagt habe. Heute morgen habe ich dir zu erklären versucht, daß wir Männer durchaus nützlich sein können. Aber wir eignen uns nicht nur als Beschützer, sondern auch als Lustspender. Möchtest du es jetzt viellleicht noch einmal versuchen, nachdem du erlebt hast, was es mit der sexuellen Lust auf sich hat?«

Obwohl sie immer noch wütend dreinblickte und ihre Augen zu Schlitzen verengt waren, sagte sie: »Einverstanden.«

Diesmal liebte er sie langsam, was für beide den Genuß nur noch erhöhte, und später, als sie wieder ruhig atmen konnten, murmelte sie: »Du hast insgeheim über mich gelacht, Colin, stimmt's?«

»Ein wenig. Deine feste Überzeugung, daß mein Körper nicht zu deinem passen könnte, amüsierte mich, aber ich litt auch darunter, weil ich dich sehr begehrte. Ah, auch jetzt begehre ich dich schon wieder. Was sagst du dazu? Nein, warte, das wäre ja jenes verhängnisvolle dritte Mal. Überleg dir deine Antwort gut, Joan.«

»Da gibt es nichts zu überlegen.« Sie küßte ihn leidenschaftlich.

Sie verspäteten sich zum Abendessen. Philpot und Rory servierten schon den Nachtisch — Heidel- und Johannisbeerbrötchen —, als sie endlich das Eßzimmer betraten. Philip und Dahling waren von Dulcie bereits zu Bett gebracht worden.

Serena, Sinjuns Brüder und Schwägerinnen saßen bei Tisch. Tante Arleth weigerte sich, ihr Zimmer zu verlassen, bis ihr Bruder sie mit einer Kutsche abholen würde.

Douglas hob eine Braue, hielt aber den Mund. Sinjun wunderte sich über seine Diskretion, bis sie merkte, daß ein großes Stück Torte ihn am Reden hinderte.

Bedauerlicherweise hatte Ryder keinen vollen Mund. Er lehnte sich auf seinem Stuhl zurück, faltete die Hände auf dem Bauch und bemerkte mit boshaft funkelnden

Augen: »Sinjun, dein Gesichtsausdruck weckt in mir den Wunsch, Colin umzubringen. Du bist meine kleine Schwester. Du hast kein Recht, so auszusehen, kein Recht zu treiben, was du unübersehbar getrieben hast.«

»Sei still«, zischte Sophie und piekste ihn mit ihrer Gabel in den Handrücken.

»Er hat aber recht«, sagte Douglas, der den Kuchen hinuntergeschlungen hatte und nun unbedingt auch seinen Kommentar abgeben wollte.

»Halt du dich da raus!« warmte ihn Alex. »Sie ist eine verheiratete Frau, kein zehnjähriges Mädchen mehr.«

»Das ist eine unwiderlegbare Tatsache.« Colin grinste seinem Verwandten zu, küßte seine Frau auf die Nasenspitze und rückte ihr den Stuhl zurecht. »Genauer gesagt, sind es sogar zwei Tatsachen.«

Er nahm am Kopfende des Tisches Platz und hob sein Weinglas. »Ich möchte auf meine Frau trinken, auf eine schöne und kühne Dame, die sich allerdings in eine fixe Idee verrannt hatte und . . .«

»Colin, halt den Mund!« Sinjun warf einen Suppenlöffel nach ihm, traf aber nur eine Blumenvase, weil der Tisch fast vier Meter lang war.

Philpot räusperte sich laut, aber niemand schenkte ihm Beachtung.

Serena blickte seufzend von Sinjun zu Colin. »*So* hat Colin weder Fiona noch mich je angesehen. Das ist nicht nur Begierde, sondern ein tieferes Gefühl. Er sieht wie ein Kater aus, der mehr Sahne genascht hat als ihm zusteht. Das ist sehr egoistisch, finde ich. Hoffentlich wird ihm von der vielen Sahne übel werden. Du hast ihn gründlich verdorben, Joan. Philpot, ich hätte gern noch ein paar Törtchen.«

Philpot stellte mit einem wahren Pokergesicht die Tortenplatte neben ihrem Teller ab.

»Ich bin sehr erleichtert, daß seine Gefühle sich nicht mehr lediglich in Begierde erschöpfen«, neckte Ryder seine Schwester. »Besitzt du vielleicht einen Zaubertrank,

Sinjun? Hat Sophie dir das Rezept verraten? Sie ist so lüstern nach mir, daß ich meinen ganzen Edelmut aufbringen muß, um ihren Forderungen gerecht zu werden. Ich tue wirklich mein Bestes, um ihr zu einem zweiten Kind zu verhelfen, aber sie läßt mir einfach keine Ruhe. Nur hier bei Tisch bin ich halbwegs vor ihr sicher.«

»Wenn du nicht gleich den Mund hältst, wird sie dich diesmal mit der Gabel nicht nur pieksen, sondern aufspießen«, sagte Alex. »Ich hoffe nur, Sophie, daß dir wenigstens einmal so richtig übel wird, sobald du schwanger bist.«

»O nein«, erklärte Sophie im Brustton der Überzeugung. »So etwas passiert mir nicht. Bei dir muß es wohl an deinem Magen liegen, Alex. Er macht dich krank.«

Alle drei Ehefrauen lachten.

Douglas warf seiner Schwägerin einen grimmigen Blick zu.

Ryder warf sich in die Brust. »Nein, Sophie wird nicht die geringsten Beschwerden haben, weil ich es ihr nämlich streng verbieten werde.«

Alex wandte sich kopfschüttelnd an Sophie. »Manchmal vergesse ich ganz wie sie sind, und wenn ich dann wieder daran erinnert werde, stelle ich fest, daß das Leben einfach herrlich ist, sogar noch köstlicher als diese Törtchen, an denen Douglas sich überfrißt.«

»Nachdem du jetzt endlich ein wahres Wort gesprochen hast, holdes Weib, bitte ich dich herzlich, nicht gleich wieder mit grünem Gesicht hinauszurennen.«

»Vielleicht könnten wir das Thema wechseln«, schlug Sinjun vor.

»Einverstanden«, sagte Ryder. »Nachdem Douglas und ich nun gesehen haben, daß dein Mann dir durchaus zusagt, können wir uns anderen Themen zuwenden. Douglas und ich haben gründlich über diese Situation nachgedacht, Colin, und wir glauben, daß die Person, die dich bei Robert MacPherson verleumdet hat, selbst den Mord an deiner ersten Frau begangen hat.«

»Aber welches Motiv hätte jemand für den Mord an Fiona haben können?« fragte Sinjun. »Es muß ein ausgeklügelter Plan gewesen sein, und der Verdacht sollte auf Colin fallen, der bewußtlos auf der Felsklippe lag und sich später an nichts erinnern konnte. Serena, kennst du jemanden, der deine Schwester gehaßt hat und sich mit Zaubertränken auskennt?«

Serena blicke von ihrem Törtchen auf, lächelte Sinjun zu und erklärte mit sanfter Stimme: »Fiona war ein treuloses Luder. Ich habe sie selbst gehaßt, und ich weiß über die Wirkung von Opium, Bilsenkraut und ähnlichem sehr gut Bescheid. Ich hätte es ganz leicht bewerkstelligen können.«

»Oh . . .«

»Gehen wir einen Schritt weiter«, sagte Douglas. »Serena, wer hat Colin gehaßt?«

»Sein Vater. Sein Bruder. Tante Arleth. Zuletzt hat auch Fiona ihn gehaßt, weil sie so eifersüchtig war und er sie nicht liebte. Sie war sogar auf mich eifersüchtig, obwohl ich dich damals nie angerührt habe, Colin. Dazu war ich viel zu vorsichtig.«

Colin legte seine Kuchengabel auf den Teller. Seine ruhige Stimme verriet nichts von dem Schmerz, den Serenas Worte in ihm ausgelöst haben mußte, wie Sinjun wußte. »Mein Vater hat mich nicht gehaßt, Serena. Er wußte mit mir nur nichts anzufangen. Mein Bruder war der zukünftige Graf, und alles drehte sich nur um ihn. Ich war völlig unwichtig. Natürlich war das sehr ungerecht, und ich litt darunter. Auch mein Bruder Malcolm hatte eigentlich keinen Grund, mich zu hassen, denn er bekam ja alles, was er wollte. Viel eher hätte ich ihn hassen können. Was Tante Arleth betrifft, so liebte sie meinen Vater und haßte meine Mutter, ihre Schwester. Nach dem Tod meiner Mutter wollte sie, daß mein Vater sie heiratete, aber das tat er nicht. Es stimmt, daß sie mich verabscheut und meinen Bruder für einen Halbgott gehalten hat. Vielleicht sah sie in mir eine Bedrohung, weil immerhin die — wenn auch geringe — Möglichkeit bestand, daß ich Graf werden könnte.«

»Ich hasse dich nicht, Colin.«

»Danke, Serena. Was Fiona kurz vor ihrem Tod für mich empfand, weiß ich nicht. Ich hoffe aber, daß sie mich nicht gehaßt hat. Ich habe ihr nie Böses gewünscht.«

»Ich würde dich niemals hassen, Colin. Ich wünschte nur, *ich* wäre die reiche Erbin gewesen, denn dann hättest du Joan nicht heiraten müssen.«

»Aber ich habe sie nun mal geheiratet, und du wirst in Zukunft bei deinem Vater in Edinburgh leben, meine Liebe, und Bälle und andere Veranstaltungen besuchen. Du wirst viele nette Männer kennenlernen. Es ist nur zu deinem Besten, Serena.«

»Das sagen alle Erwachsenen, wenn sie ihr Verhalten rechtfertigen wollen.«

»Du bist doch selbst erwachsen«, sagte Sinjun, »und ich kann mir nicht vorstellen, daß du in Vere Castle bleiben möchtest.«

»Nein, da hast du recht. Colin wird nie mit mir schlafen, das ist mir jetzt klar, und deshalb ist es besser, wenn ich gehe.« Sie erhob sich abrupt und verließ das Zimmer.

»Du hast sehr seltsame Verwandte, Colin«, kommentierte Douglas.

»Und was ist mit deiner Mutter, Douglas, und der Art, wie sie mich behandelt?«

»Also gut, Alex, ich gebe zu, daß es in den meisten Familien seltsame Gestalten gibt«, grinste Douglas. »Aber Serena . . . ich weiß nicht, Colin . . . sie kommt mir so . . . so unwirklich vor. Nicht verrückt, das nicht, aber ganz normal auch nicht.«

»Sie steht nie mit beiden Füßen auf der Erde, und sie redet sich gern ein, sie wäre eine Hexe. Deshalb befaßt sie sich seit Jahren intensiv mit Pflanzen und Kräutern.«

»Aber du glaubst nicht, daß sie ihre Schwester ermordet und dich betäubt hat?« fragte Sinjun.

»Nein, obwohl Douglas natürlich recht hat — sie ist

nicht ganz normal. Aber Fiona hat ihre Schwester vergöttert und darauf bestanden, daß Serena hier bei uns leben sollte, obwohl ich davon nicht begeistert war.«

»Hat sie versucht, dich in Gegenwart ihrer Schwester zu küssen?«

»Nein, Alex, damit hat sie erst begonnen, als Joan ins Haus kam. Seitdem lauerte sie mir ständig irgendwo auf.«

»Es wäre wirklich nicht schlecht, etwas mehr Klarheit in diese ganze Angelegenheit zu bringen«, meinte Douglas.

»Vielleicht sollten wir Dahling zu Hilfe rufen«, sagte Sinjun. »Sie hat ihre eigenen ausgeprägten Ansichten über alles und jeden.«

»Joan«, rief Colin plötzlich stirnrunzelnd, »du hast ja gar nichts gegessen. Das geht nicht. Ich muß darauf bestehen, daß du wieder zu Kräften kommst. Philpot, bitte eine große Portion für meine Frau.«

Sinjuns Brüder tauschten Blicke mit ihren Frauen und brachen in fröhliches Gelächter aus. Colin blinzelte erstaunt und errötete sodann zu Sinjuns großer Freude.

Colin, der seit Wochen zur Enthaltsamkeit gezwungen war, hatte keine Mühe, seine Frau vor dem Einschlafen noch einmal zu befriedigen, und Sinjun, die nach wochenlangen Ängsten endlich den Sinnenrausch kennengelernt hatte, konnte nun nicht genug geliebt werden.

Beide schliefen danach tief und fest, bis Sinjun abrupt wach wurde und mit weit aufgerissenen Augen in die Dunkelheit starrte.

Ein weiches Licht hob sich davon ab, und die unzähligen Perlen am Brokatkleid schimmerten geheimnisvoll. Sinjun wußte sofort, daß Perlen-Jane verstört war.

»Schnell, Tante Arleths Zimmer!«

Die Worte hallten Sinjun in den Ohren, so laut, daß sie nicht verstehen konnte, warum Colin nicht aus dem Schlaf fuhr.

Dann verschwand Perlen-Jane von einer Sekunde auf

die andere, und Sinjun schüttelte ihren Mann, während sie schon die Decken zurückwarf.

»Colin!« schrie sie, während sie hastig in ihr Nachthemd schlüpfte.

Schlaftrunken fragte er: »Was ist denn, Joan? Ist etwas passiert?«

»Beeil dich, es ist Tante Arleth!«

Sie stürzte aus dem Zimmer, ohne sich die Zeit zu nehmen, eine Kerze anzuzünden.

Während sie den Korridor hinabbrannte, rief sie nach ihren Brüdern, verlor aber keine Sekunde damit, an die Türen der Gästezimmer zu hämmern.

Sie riß die Tür von Tante Arleths Schlafzimmer auf und blieb, zur Salzsäule erstarrt, stehen. Tante Arleth baumelte an einem Strick, der am Kronleuchter befestigt war, und ihre Füße waren einen knappen halben Meter vom Boden entfernt.

»O nein!«

»Mein Gott!«

Colin schob sie beiseite, stürzte ins Zimmer und hob Tante Arleth an den Beinen an, damit der Strick ihr nicht mehr den Hals abschnürte.

Gleich darauf drängten auch Douglas, Ryder, Sophie und Alex ins Zimmer, und Colin schrie über die Schulter hinweg: »Schnell, schneidet den verdammten Strick durch! Vielleicht ist es noch nicht zu spät.«

Weil kein Messer zu finden war, stieg Douglas auf einen Stuhl, um den Knoten unter dem Kandelaber zu lösen. Er brauchte dazu nicht allzu lange, aber den anderen kam es wie eine Ewigkeit vor, bis Colin die Frau endlich zum Bett tragen und von dem Strick befreien konnte.

Er legte seine Finger auf ihre Halsschlagader, er klopfte ihr kräftig auf die Wangen, er massierte ihre Arme und Beine, er schüttelte sie, aber sie reagierte nicht darauf.

Schließlich richtete er sich auf. »Sie ist tot«, murmelte er. »Mein Gott, sie ist tot.«

»Ich wußte, daß sie tot sein würde«, ertönte Serenas

melodische Stimme von der Schwelle. »Der Kelpie-Geliebte deiner Mutter hat Arleth geholt, weil sie Joan über deine Abstammung informiert hat. O ja, der Kelpie war dein Vater, Colin, und jetzt ist Arleth tot, und das hat sie auch verdient.«

Sie wandte sich mit wehendem Nachthemd zum Gehen, blieb dann aber noch einmal stehen und rief über die Schulter hinweg: »Ich glaube nicht an diesen Kelpie-Unsinn. Ich weiß wirklich nicht, warum ich das gesagt habe. Aber es tut mir nicht leid, daß sie tot ist. Sie war für dich gefährlich, Colin.«

»O Gott«, murmelte Alex mit weichen Knien und setzte sich hastig auf den Boden.

KAPITEL 20

»Es war kein Selbstmord«, sagte Colin.

»Aber der Schemel neben ihr«, wandte Sinjun entsetzt ein. »Er war doch umgestoßen, so als hätte sie . . .« Ihre Stimme versagte, und sie schluckte. Colin zog sie fest an sich.

»Ich weiß«, murmelte er. »Ich weiß. Wenn wir nur ein paar Minuten früher gekommen wären, hätten wir vielleicht . . .« Douglas stand auf und lehnte sich an den Kamin, eine Tasse Kaffee in der Hand. »Nein, sie hat keinen Selbstmord begangen, davon bin ich fest überzeugt. Sie hatte einfach nicht die Kraft, einen derart stabilen Knoten wie den am Kronleuchter zu knüpfen.«

»Müßten wir nicht den Magistrat verständigen?« fragte Sinjun ihren Mann.

»Der bin ich selbst. Ich stimme mit Douglas völlig überein. Aber wovon bist du eigentlich aufgewacht, Joan? Und woher wußtest du, daß mit Tante Arleth etwas nicht stimmte?«

»Perlen-Jane hat mich geweckt und in Tante Arleths Zimmer geschickt. Wir haben keine Sekunde Zeit verloren, Colin. Ich frage mich, warum sie so lange gewartet hat. Vielleicht begriff sie nicht, daß Tante Arleth nicht überleben würde, oder aber sie wünschte ihr den Tod. Vielleicht glaubte Perlen-Jane, dies sei eine gerechte Strafe für alles, was Tante Arleth Fiona, Colin und mir angetan hat. Aber wie sollten wir die Motive eines Geistes verstehen können?«

Douglas entfernte sich mit rotem Kopf vom Kamin. »Sinjun, hör mit diesem Geistergeschwätz auf! Ich will nichts davon hören, wenigstens hier nicht. Schlimm genug, daß ich es zu Hause ertragen muß, weil es eine alberne Familientradition ist. Verschon mich wenigstens hier mit diesem Geschwätz!«

Die Diskussion wurde fortgesetzt, aber Sinjun beteiligte sich nicht mehr daran. Sie war so müde und geschockt, daß sie nicht einmal richtig zuhörte, als jedes Familienmitglied lautstark seine eigene Meinung kundtat, die natürlich im Widerspruch zu allen anderen stand.

Plötzlich begann Sophie heftig zu zittern und ließ sich hastig in einen Sessel fallen. Ryder eilte sofort zu ihr und nahm sie zärtlich in die Arme, seine Stirn an die ihre gedrückt. »Was ist, Liebste? Bitte sag es mir.«

»Die Gewalt, Ryder, diese schreckliche Gewalttätigkeit ... Mich überfielen plötzlich die Erinnerungen an all die grausigen Ereignisse auf Jamaika. O Gott, wie ich diese Erinnerungen hasse!«

»Ich weiß, Liebling, aber jetzt bin ich bei dir, und ich bleibe für immer bei dir, und niemand wird dir je wieder etwas zuleide tun. Vergiß deinen verdammten Onkel, vergiß Jamaika.« Er massierte ihr sanft den Rücken, während er sie in seinen Armen wiegte.

»Warum bringst du Sophie nicht zu Bett, Ryder?« schlug Douglas vor. »Sie sieht völlig erschöpft aus.«

Ryder nickte zustimmend.

Etwa fünf Minuten später, um vier Uhr morgens, sagte Colin: »Wir alle sind erschöpft. Schluß jetzt. Wir können am Vormittag weiterdiskutieren.«

Im Bett hielt er Sinjun fest an sich gedrückt, sein Gesicht an ihrer Schläfe.

»Wer hat sie ermordet, Colin?«

Er spürte ihren warmen Atem an seinem Hals. »Ich weiß es nicht«, gab er zu. »Keine Ahnung. Vielleicht war sie eine Komplizin von Fionas Mörder ... ach, ich weiß nicht. Was für eine Nacht! Versuchen wir, wenigstens ein paar Stunden zu schlafen.«

Beim Frühstück wurde überraschend wenig gesprochen. Colin hatte Dulcie angewiesen, mit Philip und Dahling im Kinderzimmer zu frühstücken, damit ihnen keine phantastischen Theorien zu Ohren kamen, die sie erschrecken könnten. Aber niemand hatte Lust, wieder Vermutungen von sich zu geben.

Serena sagte überhaupt nichts. Sie kaute langsam ihr Porridge und nickte dabei von Zeit zu Zeit, so als führte sie Selbstgespräche. Sinjun sagte sich, daß sie Serena nie verstehen würde. Sie bezweifelte allerdings, daß Serena sich selbst verstand.

Serena bemerkte schließlich, daß Sinjun sie nachdenklich beobachtete, und sagte mit ruhiger, sanfter Stimme: »Ein Jammer, daß nicht du tot bist, Joan. Dann hätte Colin dein ganzes Geld und mich. Ja, wirklich ein Jammer. Ich mag dich im Grunde — es ist schwierig, dich nicht gern zu haben, aber trotzdem ist es jammerschade.« Nach diesen Worten, die Sinjun einen kalten Schauder über den Rücken jagten, lächelte Serena allen zu und verließ das Zimmer.

»Sie ist unheimlich«, sagte Sophie fröstelnd.

»Ich glaube, daß das alles nur Gerede ist«, widersprach Alex. »Sie will sich damit in Szene setzen, und sie genießt es, andere zu schockieren. Nimm dich zusammen, Sinjun. Es waren doch nur Worte, weiter nichts.«

»Ich werde dafür sorgen, daß Serena so schnell wie möglich das Haus verläßt. Vielleicht ist es am besten, wenn ich Ostle gleich mit einem Brief zu Robert MacPherson schicke. Er könnte seine Schwester selbst abholen. Es hat keinen Sinn, diese Angelegenheit weiter hinauszuzögern.«

Robert MacPherson kam tatsächlich, begleitet von einem halben Dutzend seiner Mannen, die bis zu den Zähnen bewaffnet waren.

»Wie du siehst, ist Alfie nicht mit von der Partie. Ich habe ihn wegen des Mordes an Dingle hängen lassen.«

Er stieg ab und betrat das Schloß, bestand aber darauf, daß die Tür geöffnet blieb. »Hier hat sich ja einiges verändert«, stellte er fest und nickte Sinjun zu. »Sie scheinen eine ausgezeichnete Hausherrin zu sein.«

»O ja.« Sinjun fragte sich, warum sie ihn nicht erschossen hatte, als sie die Möglichkeikt dazu gehabt hatte. Sie traute diesem bildhübschen Mann mit der schwarzen Seele nicht über den Weg.

»Ich bringe Serena jetzt nach Edinburgh. Ich habe dir versprochen, daß ich mit meinem Vater sprechen würde, Colin, aber ich warne dich — er ist nicht mehr ganz bei Sinnen.«

»Er war es durchaus, als ich ihn zuletzt besucht habe«, erwiderte Colin. »Wenn du mir verraten würdest, wer dir eingeredet hat, ich hätte deine Schwester ermordet, könnten wir uns beide viel Zeit sparen.«

»O nein.« Robert MacPherson klopfte etwas Staub von seinem Rockärmel. »Das würde zu nichts führen. Du würdest die betreffende Person vor Wut umbringen, und ich hätte immer noch Zweifel an deiner Unschuld. Nein, ich werde mit meinem Vater sprechen. Ihm werde ich erzählen, wer dich beschuldigt hat, und dann werde ich ja hören, was er dazu sagt. Mehr kann ich dir wirklich nicht versprechen, Colin.«

»Ich würde deinen gottverfluchten Informanten nicht umbringen.«

»Wenn nicht du, dann deine blutrünstige Frau.«

»Da hat er recht, Colin«, sagte Sinjun.

Erst jetzt kam es Colin zu Bewußtsein, daß sie alle in der Eingangshalle herumstanden, aber er brachte es einfach nicht über sich, Robbie in den Salon zu bitten und ihm eine Tasse Tee anzubieten, obwohl es ein Gebot der Höflichkeit gewesen wäre. Nein, sie würden in der Halle bleiben. Um das ungemütliche Schweigen zu brechen, sagte er: »Diese beiden Damen kennst du ja.«

»O ja, und sie stehen deiner Frau an Blutdurst nicht nach. Guten Tag, werte Damen.« Er verbeugte sich tief. »Ich nehme an, daß Sie die Ehemänner dieser Furien sind, und ich bin sehr erleichtert, Sie hier zu sehen. Diese beiden bezaubernden Geschöpfe sollte man keinen Moment aus den Augen lassen.«

Er wandte sich wieder Colin zu. »Nun, du hast geschrieben, daß ich Serena so schnell wie möglich abholen sollte. Darf ich fragen, warum du es plötzlich so eilig hast?«

»Tante Arleth ist letzte Nacht gestorben. Jemand hat sie in ihrem Zimmer erhängt.«

»Aha, ich verstehe, du hast mich hergelockt, um mich des Mordes an der alten Hexe zu beschuldigen. Ein Glück, daß ich meine Männer mitgebracht habe.«

»Sei kein Narr, Robbie. Es sollte nach einem Selbstmord aussehen, aber sie hätte nicht die Kraft gehabt, einen so festen Knoten zu machen. Nein, jemand hat sie umgebracht, vielleicht sogar dein Informant. Sie könnten Komplizen gewesen sein, und er hat sie vielleicht zum Schweigen gebracht, weil er befürchtete, daß sie reden könnte.«

Aber Robert MacPherson blieb mißtrauisch und bewegte sich einige Schritte auf die offene Tür zu, um seinen Männern näher zu sein, die auf der Treppe Position bezogen hatten.

»Verdammt, Robbie, jemand muß ins Schloß eingedrungen sein und sie ermordet haben!«

»Vielleicht war sie ja doch stark genug, um einen ordentlichen Knoten machen zu können«, entgegnete MacPherson. »Arleth war viel robuster, als es den Anschein hatte.«

Colin sah ein, daß jede weitere Diskussion sinnlos wäre. Er holte Serena, die ihm, als sie nebeneinander die breite Treppe hinabgingen, verzehrende Blicke zuwarf, so als wäre er ihr Geliebter, so als wären sie Romeo und Julia.

»Ich bin heilfroh, daß sie das Haus verläßt«, flüsterte Sophie Sinjun zu. »Sie macht mir Angst, egal ob das alles nur gespielt ist oder nicht.«

»Mir auch.«

»Schwester.« Robert nickte Serena kurz zu und bedeutete seinen Männern, Colin die beiden Koffer abzunehmen.

»Hallo, Robbie.« Serena stellte sich auf die Zehenspitzen und küßte ihren Bruder auf den Mund. »Du bist in den letzten sechs Monaten noch schöner geworden. Deine zukünftige Frau tut mir leid. Sie wird es schwer haben, mit deiner Schönheit zu konkurrieren. Du mußt mir versprechen, daß du mich in Edinburgh nirgendshin begleiten wirst.«

Einen schrecklichen Augenblick lang glaubte Sinjun, daß er seine Schwester schlagen würde. Dann sagte er lächelnd: »Ich werde mir einen Bart wachsen lassen.«

»Es freut mich, daß das möglich ist«, meinte Serena, drehte sich nach Colin um, streichelte seine Wangen und küßte auch ihn auf den Mund. »Leb wohl, mein Liebster. Ein Jammer, daß du *sie* bevorzugst, aber sie ist wenigstens nett, und ich bin froh, daß du sie geheiratet hast, weil sie eine reiche Erbin ist.«

Mit diesen Worten schwebte sie aus dem Haus, gefolgt von Colin und Robert MacPherson. Es war ein kühler, bewölkter Tag. Serena bestieg eine Stute, die ihr Bruder mitgebracht hatte, und einer von Robbies Männern schnallte ihre Koffer am Sattel fest. Gleich darauf ritten die Geschwister, umringt von ihren Leibwächtern, die lange Auffahrt hinab.

»Besuch mich, sobald du mit deinem Vater gesprochen hast«, rief Colin Robbie noch nach.

»Irgend etwas werde ich bestimmt unternehmen«, lautete MacPhersons Antwort.

Colin kehrte in die Halle zurück. »Auch ich bin froh, eine reiche Erbin geheiratet zu haben«, sagte er, »speziell *diese.*.«

Sinjun lächelte ihm zu, obwohl es ihr schwerfiel. Immerhin versuchte er, die allgemeine Stimmung zu heben.

Sophie rieb sich die Hände. »Wir müssen jetzt das Rätsel lösen. Sinjun, ich möchte mehr über Perlen-Jane hören. Was glaubst du, warum sie dir erschienen ist und dich in Tante Arleths Zimmer geschickt hat?«

Douglas stürmte aus dem Schloß, wobei er seiner Frau

über die Schulter hinweg zurief: »Ich gehe reiten. Bis ich zurückkomme, habt ihr diesen Geisterquatsch hoffentlich durchgesprochen.«

»Armer Douglas«, kommentierte Ryder. »Er ist einfach außerstande, seinen Standpunkt zu ändern.«

»Ich weiß«, sagte Alex. »Ich kann mit ihm über alles reden, nur nicht über die Jungfräuliche Braut. Aber Sophie hat recht — wir müssen uns ausführlich über alles unterhalten.«

»Die Sache wäre viel einfacher, wenn das Schloß abends abgeschlossen würde, aber das war hier nie üblich. Jeder, der sich in Vere Castle einigermaßen gut auskennt, kann einfach hereinspazieren.«

»Das ist höchst bedauerlich«, meinte Sinjun, »aber ich tippe immer noch auf Serena.«

Sie diskutierten, bis die Kinder für eine Unterbrechung sorgten. Philip und Dahling hatten von den Dienstboten gehört, daß Tante Arleth ermordet worden war, und ihren bleichen Gesichtern war der Schock deutlich anzusehen.

»Kommt her.« Colin nahm seine Kinder in die Arme. »Alles wird wieder gut werden. Wir werden herausfinden, was passiert ist. Ich bin klug. Eure Onkel und Tanten sind klug. Und sogar eure Stiefmutter zieht gelegentlich richtige Schlußfolgerungen, wenn man sie mit der Nase darauf stößt. Glaubt mir — alles wird wieder gut.«

Er hielt sie lange an sich gedrückt, bis Dahling erklärte: »Laß mich los, Papa. Ich muß jetzt zu Sinjun. Sie braucht mich.«

Die Kleine schlief auf Sinjuns Schoß ein, während Philip sich demonstrativ dicht neben seine Stiefmutter stellte. Mein Beschützer, dachte sie und lächelte ihm liebevoll zu.

Tante Arleths Leiche wurde am nächsten Nachmittag von ihrem Bruder, Ian MacGregor, abgeholt. Wenn er erstaunt oder verstört über die Neuigkeit war, daß jemand seine

Schwester in ihrem eigenen Schlafzimmer ermordet hatte, so wußte er es gut zu verbergen. Es war unübersehbar, daß er Vere Castle so schnell wie möglich wieder verlassen wollte.

Er hatte nicht die geringste Lust, sich an der Aufklärung des Verbrechens zu beteiligen. Zu Hause warteten Frau und sieben Kinder auf ihn, erzählte er, und sein salbadernder Ton weckte in Sinjun den Wunsch, ihm eine schallende Ohrfeige zu geben. Natürlich würde er Arleth beerdigen, aber das Rätsel ihres Todes sollte Colin selbst lösen — schließlich war sie in seinem Haus ums Leben gekommen. Schrullig sei Arleth von jeher gewesen, sagte er. Sie habe immer das haben wollen, was ihre Schwester besaß.

Beim Aufbruch sagte er zu Sinjun: »Ich hoffe, daß du nicht wie die arme Fiona ermordet wirst, obwohl es keine allzu große Rolle spielen dürfte, nachdem Colin dein Geld ja inzwischen sicher in der Tasche hat.«

Sie blickten ihm nach, als er neben einem offenen Wagen herritt, auf dem Tante Arleths Sarg stand, der in eine schwarze Decke gehüllt war.

»Er ist mein Onkel«, murmelte Colin, »und ich hatte ihn nicht mehr gesehen, seit ich ein fünfjähriger Junge war. Er ist zum viertenmal verheiratet, und er hat viel mehr als sieben Kinder. Diese sieben sind von seiner derzeitigen vierten Frau. Sobald eine Frau stirbt, weil sie durch zu viele Schwangerschaften hintereinander ausgelaugt wurde, heiratet er die nächste und setzt unverdrossen weitere Kinder in die Welt. Er ist ein erbärmlicher Wicht.«

Niemand widersprach ihm.

»Du siehst ihm ein bißchen ähnlich«, sagte Douglas. »Seltsam, daß er so gut aussieht und doch einen so üblen Charakter hat.«

Sinjun lehnte sich an Colins Brust. »Was machen wir jetzt?«

»Was mich am meisten stört, ist die Tatsache, daß jemand so einfach ins Schloß gelangen konnte, um Tante

Arleth zu ermorden. Serena kann die Tat nicht begangen haben, zumindest hoffe ich das von ganzem Herzen.«

»Nein, sie kann es unmögich gewesen sein«, bestätigte Douglas. »Ich habe mir in jener Nacht ihre Oberarme genau angeschaut. Sie hat überhaupt keine Muskeln. Sinjun hätte so etwas schaffen können, nicht aber Serena.«

Diese Bemerkung war nicht nach Colins Geschmack, wie sein Stirnrunzeln deutlich machte, aber Douglas zuckte nur mit den Schultern.

»Es stimmt schon, Colin«, sagte Sinjun. »Ich bin sehr kräftig.«

»Ich weiß.« Colin küßte seine Frau seufzend auf die Stirn.

Sinjun saß im Stroh und spielte mit den Jungen, die eine Stallkatze mit dem irreführenden Namen Tom vor etwa einem Monat in einer leeren Box geworfen hatte. Sie hörte Ostle im Gespräch mit Crocker, und sie hörte Fanny in der übernächsten Box schnauben, womit die Stute zweifellos ihren Wunsch nach frischem Heu kundtat.

Sinjun war müde, aber auch angenehm benommen, obwohl sie wußte, daß sie ihre Angst nur verdrängt hatte. Colin hatte eine Besprechung mit Mr. Seton, und ihre Brüder verrichteten zusammen mit den Pächtern harte körperliche Arbeit. »Das übt auf mich eine beruhigende Wirkung aus«, hatte Ryder seiner Frau erklärt.

»Auch Douglas hatte das Bedürfnis zu schwitzen«, hatte Alex gesagt. »Sie müssen irgendwie ihren Frust abreagieren. Schließlich sind wir in den zwei Tagen seit Tante Arleths Tod überhaupt nicht weitergekommen.«

Während ihre Schwägerinnen sich daran machten, alle Türen im Schloß auf mögliche Spuren zu untersuchen, hatte Sinjun das Bedürfnis nach etwas Ruhe verspürt. Es entspannte sie, mit den Kätzchen zu spielen. Zwei der Winzlinge kletterten gerade an ihrem Rock hoch und machten es sich schnurrend und mit den scharfen Krällchen knetelnd auf ihrem Schoß bequem.

Sinjun streichelte sie geistesabwesend. Ostles Stimme schien jetzt aus weiter Ferne zu kommen, und auch Crocker war kaum noch zu hören. Sogar Fannys unzufriedenes Schnauben drang nur noch gedämpft an ihre Ohren, und sie schlief ein.

Als sie aufwachte, war nicht viel Zeit vergangen. Die Kätzchen schliefen auf ihrem Schoß. Die Sonne stand hoch am Himmel, und durch das große Stallfenster fielen ihre Strahlen ungehindert ein.

MacDuff kauerte neben Sinjun.

Sie schüttelte den Kopf und lächelte ihm zu. »Hallo, was für eine herrliche Überraschung! Ich stehe sofort auf, um dich gebührend zu begrüßen, MacDuff.«

»O nein, Sinjun, bleib ruhig liegen. Du mußt Rücksicht auf die Kätzchen nehmen. Schlaue Kerlchen, nicht wahr? Ich setze mich einfach neben dich.«

»Wie du willst.« Sie gähnte herzhaft. »In letzter Zeit ist soviel passiert, und da wollte ich ein Weilchen allein sein. Hast du Colin schon gesehen? Weißt du, daß Tante Arleth ermordet worden ist? Bist du hergekommen, um uns zu helfen?«

»O ja.« Er hob die schlafenden Kätzchen behutsam hoch und legte sie auf eine alte Decke. Dann ballte er plötzllich die Faust und versetzte Sinjun einen kräftigen Kinnhaken.

Colin sah sich im Salon um. Es war Spätnachmittag, und alle hatten sich zum Tee versammelt.

»Wo ist Joan?« fragte er.

»Ich habe sie seit dem Mittagessen nicht mehr gesehen«, sagte Sophie, »und Alex auch nicht. Wir waren nämlich den ganzen Nachmittag zusammen.«

»Ja, wir haben nach Spuren gesucht«, bestätigte Alex. »Wir wollten herausfinden, durch welche Tür der Mörder ins Schloß gelangt ist. Aber wir konnten nichts Auffälliges entdecken.«

Sophie warf mit einem Rosinenbrötchen nach ihr. »Du

bist so schrecklich stur, Alex! Wir *haben* die Tür gefunden. Es ist die kleine Küchentür, Colin. Ich weiß genau, daß jemand sie aufgebrochen hat, aber Alex behauptet steif und fest, daß es sich nur um normale Abnutzung handelt, weil die Tür so alt ist.«

»Ich werde sie mir mal ansehen«, sagte Colin. »Jedenfalls danke, daß ihr es versucht habt.«

»Wo zum Teufel ist Sinjun?« fragte Ryder in die Runde.

Gleich darauf überbrachte der kleine Sohn eines Pächters einen Brief.

»Bleib hier«, befahl Colin dem Jungen, während er den Umschlag aufriß. Er las den Brief zweimal, erbleichte und fluchte laut.

Der Junge konnte ihm nichts Aufschlußreiches berichten. Ein Herr hatte ihm den Brief gegeben. Der Herr war bis zu den Ohren in einen Schal gehüllt und hatte den Hut bis zu den Augen heruntergezogen. Irgendwie kam er ihm bekannt vor, aber er wußte nicht, wer er war. Der Herr war nicht von seinem großen Pferd abgestiegen.

Colin kehrte in den Salon zurück und reichte Douglas den Brief.

»Allmächtiger, ich kann das nicht glauben!«

Ryder riß seinem Bruder den Brief aus der Hand und las laut vor:

> Lord Ashburnham,
> ich habe Ihre reiche Frau in meiner Gewalt, und ich werde sie töten, wenn Sie mir nicht fünfzigtausend Pfund überbringen. Ich gebe Ihnen zwei Tage Zeit, um das Geld aus Edinburgh zu holen. Sie sollten sich unverzüglich auf den Weg machen. Ich werde Sie beobachten. Sobald Sie mit dem Geld zurückkommen, werde ich wieder Kontakt mit Ihnen aufnehmen.

»O Gott!« murmelte Alex.

Wenige Minuten später betrat Philpot den Salon und berichtete, einer der Stallburschen habe Crocker und Ostle gefesselt und geknebelt in einer Stallecke gefunden. Die beiden Männer wußten nicht, wer sie aus heiterem Himmel niedergeschlagen hatte, während sie einen kleinen Schwatz hielten.

Colin wandte sich zum Gehen.

»Wohin willst du?« Douglas packte seinen Schwager am Arm.

»Nach Edinburgh, das verdammte Lösegeld holen!«

»Wart einen Augenblick, Colin.« Ryder rieb sich bedächtig das Kinn. »Wir sollten zuerst ein bißchen nachdenken. Ich glaube, ich habe einen guten Plan. Kommt mit.«

Sophie sprang auf. »O nein, ihr könnt uns nicht so einfach ausschließen! Schießlich sind wir hergekommen, um Sinjun zu helfen.«

»So ist es!« bekräftigte Alex, griff sich an den Magen und rannte in die hinterste Ecke, wo Philpot einen Nachttopf hingestellt hatte.

MacDuff beobachtete, wie Colin früh am nächsten Morgen das Schloß verließ und auf seinem großen Hengst Gulliver davongaloppierte. Er hatte ursprünglich angenommen, daß Colin sofort aufbrechen würde, aber andererseits war sein Vetter diese Ehe schließlich nur widerwillig eingegangen. Er hat Joan Sherbrooke nur wegen ihres Geldes geheiratet, und wenn sie umgebracht würde, dürfte er ihr keine Träne nachweinen.

Aber Colins Ehre würde ihn natürlich zwingen, das Lösegeld zu bezahlen.

MacDuff rieb sich die Hände. Mit etwas Glück würde Colin abends oder nachts zurückkehren, aber der Brief mit den Bedingungen der Geldübergabe würde erst am nächsten Morgen eintreffen. MacDuff wollte die Familie noch eine Weile schmoren lassen. Oder war das doch keine so gute Idee? Vielleicht sollte er die Sache doch lieber möglichst schnell über die Bühne bringen.

Er genoß die Vorstellung, daß Sinjuns Brüder und

Schwägerinnen sich zur Zeit in Vere Castle aufhielten, und er hoffte, daß sie versuchen würden, ihn irgendwie auszutricksen. Dann könnte er ihnen beweisen, daß sie völlig unfähige englische Bastarde waren.

Die Engländer als große Verlierer — das wäre eine herrliche Ironie des Schicksals, ganz dazu angetan, den immer gegenwärtigen Schmerz in seiner Brust zu lindern.

Er wartete noch eine Stunde, um zu sehen, ob einer von Sinjuns Brüdern das Schloß verlassen würde, aber kein Mensch ließ sich blicken. Erleichtert ritt er zu der kleinen Kate zurück.

Es war Jamie, der jüngste aller Pächtersöhne, der durch die kleine Hintertür in die Küche schlüpfte — durch eben jene Tür, von der Sophie schwor, auf diesem Wege hätte der Mörder das Schloß betreten. Jamie gehörte zu dem Dutzend kleiner Jungen, die im weiten Umkreis des Schlosses als Späher postiert worden waren, natürlich gut versteckt.

Colin saß am Küchentisch, einen Becher starken schwarzen Kaffee in der Hand.

»'S is'n Mann, Mylord, 'S is' Ihr Vetter, der Riese mit den roten Haaren. Ich glaub', Sie nennen ihn MacDuff.«

Colin erbleichte. Ryder legte ihm eine Hand auf die Schulter.

»Wer ist dieser MacDuff?«

»Mein Cousin. Douglas hat ihn in London kennengelernt. Mein Gott, Ryder, warum nur? Ich verstehe das nicht.«

Ryder gab Jamie eine Guinee, und der Junge konnte sein Glück kaum fassen. »Danke, Mylord, danke! Meine Ma tät jetzt sagen: Gott segne Sie, Mylord.«

Colin stand schwerfällig auf. »So, Jamie, du bringst uns jetzt zu der Stelle, wo du ihn gesehen hast.«

Eine Stunde später schlüpfte Douglas durch dieselbe kleine Hintertür in die Küche. Seine Augen funkelten vor Aufregung, und während seine Frau ihn zur Begrüßung küßte, sah er das gleiche verräterische Glitzern auch in ihren Augen. »Deine Abenteuerlust steht der meinen in nichts nach, stimmt's?«

»O ja, und bald werden wir MacDuff geschnappt haben. Erinnerst du dich noch an ihn, Douglas? Der ungemein sympathische Riese, der Colin in London besucht hat. Colin war wie vom Donner gerührt. Er kann nicht verstehen, warum MacDuff so etwas tut.«

»Großer Gott!«

»Es ist ein Schock, ich weiß. Colin und Ryder lassen sich von dem Jungen, der ihn gesehen hat, sein Versteck zeigen.«

»Bald werden wir Arleths und Fionas Mörder also in unserer Gewalt haben. Welches Motiv er wohl hatte?«

Alex schüttelte den Kopf. »Das weiß nicht einmal Colin. Nur Sophie behauptet natürlich, sie hätte ihn sofort verdächtigt, wenn sie das Glück gehabt hätte, ihn wie wir in London kennenzulernen.«

Douglas lachte.

Als Douglas um sieben Uhr abends zum Schloß zurückritt, wußte er genau, von wo aus MacDuff ihn beobachtete, und er hielt sein Gesicht von jenem dichten Fichtenwäldchen abgewandt und hoffte, daß der Entführer seine Aufmerksamkeit auf die pralle Satteltasche konzentrieren und deshalb nicht bemerken würde, daß Gulliver kein bißchen schwitzte, wie das nach einem stundenlangen harten Ritt der Fall gewesen wäre. Tatsächlich hatte Gulliver aber nur einen zehnminütigen Galopp hinter sich. Douglas war von dem Hengst begeistert, bezweifelte aber, daß Colin ihn ihm verkaufen würde.

Eine halbe Stunde später hob Philpot einen Brief auf, der auf der Freitreppe lag, öffnete ihn, las und lächlte.

MacDuff pfiff vergnügt vor sich hin, als er sein Pferd vor der halb verfallenen Kate anband, die am östlichen Rand des Cowal Swamp stand, von einigen Tannen umgeben.

Es war ein unheimlicher Ort, an dem es nach Verwesung und fauligem Wasser stank. Angeblich hatte früher ein Eremit jahrelang in der Hütte gehaust, bis er eines Nachts während eines heftigen Sturms einfach ins Moor ging, laut singend, er sei jetzt auf dem Weg in den Himmel. Das einzige Fenster war mit morschen Brettern vernagelt, und eines der Bretter schaukelte an einem rostigen Nagel hin und her. MacDuff zog seine Handschuhe aus und betrat den einzigen Raum, in dem nur ein Tisch und zwei Stühle standen, die er selbst hergeschafft hatte, weil er nicht auf dem schmutzigen Lehmboden sitzen wollte. Sinjun war an einen Stuhl gefesselt, und er schmunzelte bei dem Gedanken, daß die Ratten ihr während seiner Abwesenheit Gesellschaft geleistet hatten.

Sinjun betrachtete den Riesen, der kaum durch den Türrahmen ging und sehr selbstzufrieden aussah. Dann dachte sie mit geschlossenen Augen an Colin und an ihre Brüder. Sie zweifelte keine Sekunde daran, daß sie sie finden würden, aber sie war trotzdem fest entschlossen, selbst einen Fluchtversuch zu unternehmen.

»Jetzt wird es nicht mehr lange dauern.« MacDuff ließ sich händereibend auf den zweiten Stuhl fallen, der unter seinem Gewicht bedrohlich knarrte. Er knackte enervierend mit den Knöcheln, holte sodann aus einer braunen Tüte einen Laib Brot hervor, brach ein großes Stück davon ab und begann zu essen. »Nein«, wiederholte er mit vollem Mund, »jetzt wird es nicht mehr lange dauern. Colin ist vor einer Weile aus Edinburgh zurückgekommen, und ich habe den Brief schon auf die Treppe gelegt. Es hätte keinen Sinn gehabt, bis morgen früh zu warten. Vielleicht möchte Colin dich ja lebendig wiederhaben. Wer weiß?«

»Er ist ein Ehrenmann«, sagte Sinjun möglichst ruhig. Sie würde nicht so dumm sein, MacDuff zu reizen, denn sie hatte jetzt Angst vor dem Riesen, der ihr so sympathisch gewesen war.

Er grunze nur und aß weiter, bis das ganze Brot verschwunden war. Sinjun knurrte der Magen, aber dem Bastard war es offenbar egal, ob sie verhungerte oder nicht.

Sie fragte sich erstmals, ob er sein Versprechen halten und sie wirklich freilassen würde.

»Ich habe Hunger«, sagte sie, gierig auf die zweite braune Tüte starrend.

»Tut mir leid, aber ich bin ein großer Mann, und da bleibt für dich nichts übrig. Vielleicht ein bißchen für die Ratten, aber nicht für dich. Sehr bedauerlich.«

Sie mußte zusehen, wie er auch die zweite Tüte leerte, beide zerknüllte und in die Ecke warf. Ein Geruch von Brot und Wurst erfüllte den kleinen Raum und ließ Sinjun das Wasser im Munde zusammenlaufen. »Wenn die Ratten sich über die Reste hermachen wollen, müssen sie zuerst die Tüten zernagen«, lachte MacDuff. Er schien das sehr komisch zu finden.

Fast frei, dachte sie trotzdem, fast habe ich es geschafft! Ihr Gefängniswärter stand auf und streckte sich genüßlich, wobei seine Hände fast die Decke berührten.

»Vielleicht könntest du mir jetzt erzählen, warum du das alles machst.«

Er betrachtete die Schwellung an ihrem Kinn — die Spuren seiner Faust. »Als du mich das gestern abend gefragt hast, war ich heftig versucht, dir noch einen Kinnhaken zu versetzen.« Er rieb seine Faust an der offenen Handfläche. »Jetzt siehst du gar nicht mehr damenhaft aus, liebe Gräfin von Ashburnham. Viel eher wie eine Nutte aus Soho.«

»Hast du Angst, es mir zu erzählen? Glaubst du, daß ich mich irgendwie befreien und dich umbringen könnte? Du hast Angst vor mir, stimmt's?«

Er warf den Kopf zurück und lachte schallend.

Sinjun wartete und hoffte nur, daß er nicht zuschlagen würde. Ihr Kinn tat immer noch schrecklich weh. Sie richtete ein Stoßgebet zum Himmel, daß er sie nicht auf der Stelle töten würde.

»Du willst mich wohl zum Reden verleiten, was? Na ja,

warum eigentlich nicht? Du bist nicht dumm, Sinjun. Du weißt genau, daß ich dich und Colin mit Leichtigkeit umbringen kann, wenn ich will. Du bist so ganz anders als Fiona. Colin muß sich wirklich wie im siebten Himmel fühlen, denn du hast nicht nur Geld, sondern auch noch ein kluges Köpfchen. Vielleicht sollte ich euch beide doch ins Jenseits befördern. Ich werde darüber nachdenken. Aber für den Ausgang dieser Geschichte spielt es überhaupt keine Rolle, ob ich dir meine Motive verrate oder nicht, und es wäre vielleicht gar kein schlechter Zeitvertreib.«

Er streckte sich noch einmal und begann in dem kleinen Raum hin und her zu laufen. »Was für ein gräßlicher Schmutz!« knurrte er vor sich hin.

Sinjun bewegte vorsichtig ihre auf dem Rücken gefesselten Hände.

»Colin ist ein Bastard«, sagte MacDuff plötzlich grinsend. »O ja, ein echter Bastard, denn seine Mutter war eine Hure und hat mit einem anderen Mann geschlafen. Arleth wußte das, aber weil sie hoffte, daß der Graf sie nach dem Tod von Colins Mutter heiraten würde, wollte sie ihn nicht erzürnen, indem sie ihm die Wahrheit über seine Frau erzählte. Deshalb erfand sie die Geschichte von dem Kelpie. Was heißt da Kelpie? Ihr Geliebter war ein Mann aus Fleisch und Blut, mit einem Schwanz aus Fleisch und Blut.

Der alte Graf hat Arleth nie geheiratet. Er ist nur mit ihr ins Bett gegangen, und dann ist er gestorben, und Malcolm wurde Graf. Arleth liebte Malcolm aus unerfindlichen Gründen, denn er war ein durch und durch verkommener Kerl, dumm und manchmal sehr grausam. Dann ist auch Malcolm gestorben und schmort jetzt bestimmt in der Hölle. Colin wurde zum Earl of Ashburnham.

Aber er ist ein Bastard, und eigentlich hätte ich Graf werden und Vere Castle erben müssen. Arleth war völlig verstört, als Malcolm starb. Sie haßte Colin und versprach, mir einen Beweis für seine illegitime Abstammung zu liefern. Die alte Hexe sagte, sobald ich diesen Beweis in Händen hätte, müßte Colin verzichten, und ich würde Earl of Ashburnham sein.«

Er war jetzt außer sich vor Wut, und Sinjun saß regungslos da und gestand sich ein, daß sie noch nie im Leben solche Angst gehabt hatte.

Zum Glück beruhigte er sich gleich darauf ein wenig, und als er weiterredete, erinnerte es Sinjun an eine Art Singsang, so als hätte er sich diese Worte schon sehr oft vorgesagt, vielleicht, um Schuldgefühle zu ersticken.

»Arleth hat versucht, dich zu töten, indem sie dir während deiner Krankheit jede Hilfe verweigerte. Sie wollte sich auf diese Weise an Colin rächen, weil er lebte, während ihr geliebter Malcolm tot war. Bedauerlicherweise hast du überlebt. Und dann bekam die alte Hexe plötzlich Gewissensbisse. Stell dir das nur mal vor! Nach all den Jahren bekam sie Gewissensbisse. Ich habe sie getötet, weil sie sich weigerte, mir endlich den Beweis für Colins uneheliche Abstammung in die Hand zu geben. Ursprünglich wollte ich ihr einfach den dürren Hals umdrehen, aber dann dachte ich mir, daß ihr sie vielleicht für Fionas Mörderin halten würdet, wenn sie allem Anschein nach Selbstmord begangen hatte.«

»Du hast den Knoten unter dem Kronleuchter viel zu fest geknüpft. Sie hätte nicht die Kraft dazu gehabt.«

Er zuckte die Achseln. »Das spielt jetzt keine Rolle mehr. Ich werde bald fünfzigtausend Pfund in der Tasche haben und höchstwahrscheinlich nach Amerika gehen. Dort bin ich dann ein reicher Mann. Ich habe beschlossen, weder dich noch Colin zu töten, wenn ihr mich nicht dazu zwingt. Ich hasse weder dich noch ihn. Aber vielleicht werde ich euch dennoch umbringen, denn das Töten erregt mich, es macht mich glücklich.«

»Hast du auch Fiona ermordet?«

Er nickte mit verträumter Miene. »Ja, und möglicherweise werde ich Colin doch noch ermorden. Er hatte immer, was ich haben wollte, obwohl ihm das nie zu Bewußtsein kam. Fiona war ganz verrückt nach ihm, aber er kümmerte sich nicht um sie. Mit ihrer krankhaften Eifersucht hat sie ihn ganz verrückt gemacht. Sie wurde hysterisch, sobald eine andere Frau ihn auch nur ansah. Vere Castle und dessen Bewohner und Pächter waren ihr völlig egal. Für sie zählte nur Colin, und sie wollte ihn zu ihrem Schoßhündchen machen. Er hätte sie einfach verprügeln sollen, das hätte bestimmt geholfen, aber leider hat er das nicht getan, sondern sich einfach von ihr zurückgezogen. Ich habe sie von jeher geliebt und begehrt, aber sie hat mich zurückgewiesen. Ja, Arleth hat mir einen Trank gegeben, den ich in Colins Bier mischen sollte. Nachdem der alte Graf und Malcolm tot waren, wollte sie am liebsten auch alle anderen unter die Erde bringen. Colin trank das Gebräu und verlor das Bewußtsein. Ich habe Fiona den hübschen Hals gebrochen und sie in die Tiefe geworfen. Sie hatte um ihr Leben gebettelt und mir versprochen, daß sie nur noch mich lieben würde, aber ich glaubte ihr nicht. Ich wollte ihr nicht glauben, denn jene seltsame Erregung war übermächtig geworden. Ich mußte sie einfach töten. Danach ging ich sehr geschickt vor — ich legte Colin, der bewußtlos war, dicht an die Felskante. Wenn ich etwas Glück gehabt hätte, wäre er hinuntergefallen, oder aber man hätte ihn wegen Mordes gehängt. Aber leider hatte ich kein Glück.«

Er verstummte plötzlich, so als hätte ihm jemand den Hahn abgedreht.

Aber Sinjun mußte unbedingt noch einen Punkt aufklären. »Hast du in London einen Mann gedungen, der Colin ermorden sollte?«

»Ja, aber der Dummkopf hat Pfusch gemacht. Dann habe ich meinen lieben Vetter im Hause deines Bruders besucht. Leider war er dort in Sicherheit. Wenn er in London gestorben wäre, weit entfernt von Schottland, hätte ich es viel leichter gehabt, doch nun mußte ich mir etwas Neues einfallen lassen. Dein Bruder hat auf meinen anonymen Brief genauso reagiert, wie ich vermutet hatte. Nur dein Verhalten hätte ich unmöglich voraussehen können, Sinjun. Mir wäre nie in den Sinn gekommen, daß du deine große Liebe einfach zur Flucht überreden könntest.«

Colin hat Robert MacPherson für alles verantwortlich gemacht, obwohl Robbie in Wirklichkeit nur ein paar Schafe gestohlen und ein paar Pächter umgebracht hatte. Allerdings hat er in Edinburgh tatsächlich auf Colin geschossen, aber sogar das hat er verpatzt. Der Dummkopf hat statt dessen dich verletzt. Er muß sich selbst ständig bestätigen, wie böse und grausam er ist. Daran ist nur seine Schönheit schuld. Er hofft, daß die Menschen sein hübsches Gesicht vergessen werden, wenn er sich schurkisch benimmt. Ich habe ihm eingeredet, daß Colin Fiona ermordet hätte, und daß ich es nicht ertragen könnte, wenn Colin ungestraft davonkäme, weil ich seine Schwester geliebt hätte. Letzteres stimmte sogar. Er hat mir geglaubt. Ich habe Robbie eingeredet, daß es seine Pflicht wäre, den Tod seiner Schwester zu rächen.«

Er gähnte herzhaft. »Ich habe keine Lust mehr zum Reden. Ich habe ohnehin keiner Menschenseele je soviel erzählt wie dir. Wenn du weitere Fragen hast, meine Liebe, kanst du sie vielleicht Gott stellen, sobald du im Himmel bist — falls ich beschließen sollte, dich dorthin zu befördern. Aber eine solche Entscheidung muß man eine Nacht überschlafen.« Er lachte. »Ich glaube, ich werde jetzt ein kurzes Schläfchen machen, vielleicht auch ein langes, wer weiß. Entspann dich, meine Liebe, und vertreib dir die Zeit, indem du den Ratten beim Nagen zuhörst. Ich werde versuchen, nicht zu schnarchen.«

Er breitete einige Decken auf dem Boden aus und legte sich darauf, wobei er ihr den Rücken zuwandte.

Sinjun beschloß, noch etwa zwanzig Minuten zu warten. Ihre Hände waren endlich frei, obwohl sie sich dabei die Gelenke aufgeschürft hatte. Sie verspürte jedoch keinen Schmerz. Bald würde sie frei sein, dachte sie triumphierend.

KAPITEL 21

Verdammt, warum schnarchte er nur nicht, damit sie sicher sein könnte, daß er auch wirklich schlief?

Sie durfte nicht länger warten. Wenn er sich nur schlafend stellte, um sie bei einem Fluchtversuch zu ertappen, hatte sie eben Pech gehabt. Langsam bückte sie sich und begann die Fesseln um ihre Knöchel zu lösen. Sie brauchte dafür länger als die Ratten für das Durchnagen der Papiertüten.

Schließlich war sie aber frei, doch als sie leise aufzustehen versuchte, ließ sie sich sofort wieder auf den Stuhl sinken, weil ihre tauben Beine sie nicht trugen. Ohne MacDuff aus den Augen zu lassen, massierte sie ihre Knöchel und Waden. Als der Riese sich plötzlich bewegte, hielt sie erschrocken den Atem an, aber er drehte sich nur auf den Rücken.

O Gott, bitte laß ihn nicht aufwachen!

Diesmal gelang es ihr aufzustehen und zur Tür zu schleichen.

Eine Ratte quiekte, und Sinjun erstarrte zur Salzsäule.

MacDuff stöhnte im Schlaf.

Sie umklammerte die Türklinke, drückte sie hinunter, aber nichts geschah. Verzweifelt rüttelte sie daran.

Ein besonders lautes Quieken riß MacDuff aus dem Schlaf, und natürlich sah er Sinjun sofort. »Du verdammtes Luder!« schrie er und sprang von seinem Lager auf.

Die Angst verlieh Sinjun neue Kräfte. Sie riß die Tür auf und stürzte in die Dunkelheit hinaus. Schon nach wenigen Schritten wurde der Boden unter ihren Füßen naß und schwammig, saugte sich an ihren leichten Schuhen fest und zog an ihren Röcken. Gräßliche Gerüche stiegen ihr in die Nase, und sie hörte seltsame Laute von irgendwelchen Kreaturen, die sie gottlob nicht sehen konnte.

MacDuff war ihr dicht auf den Fersen. »Du verdammtes Luder!« brüllte er. »Du wirst im Sumpf krepieren. Ich habe dir doch gesagt, daß ich dich höchstwahrscheinlich nicht töten werde. Komm sofort zurück! Mir geht es nur um das Geld. Sobald ich es habe, lasse ich dich frei. Du kannst doch nicht glauben, daß ich mir einbilde, dich, Colin und vielleicht auch noch deine Brüder ermorden und ungestraft davonkommen zu können. Sei nicht dumm und komm zurück!«

O nein, dachte sie, o nein! Das Knacken von Zweigen verriet ihr, daß er ganz in der Nähe sein mußte. Sie machte in wilder Panik eine Kehrtwendung und rannte mit solcher Wucht in einen Baum hinein, daß sekundenlang Sterne vor ihren Augen tanzten. Sie umklammerte den Baum und versuchte sich zu orientieren. Der Stamm fühlte sich glitschig an und neigte sich dem dunklen Wasser entgegen. Sie spürte, daß sie tiefer in den Morast einsank, und es gelang ihr nicht, sich daraus zu befreien. Das Moor schien sie in sich einsaugen zu wollen. Sie steckte nun schon fast bis zu den Knien darin. Ihr großartiger Plan war fehlgeschlagen. Entweder sie würde im Sumpf krepieren, wie MacDuff vorhergesagt hatte, oder aber er würde sie umbringen. Warum versank *er* eigentlich nicht? Er wog doch mindestens dreimal soviel wie sie und müßte eigentlich sofort wie ein Stein untergehen.

»Du dummes Ding, eigentlich sollte ich dich deinem Schicksal überlassen!«

Mit einem kräftigen Ruck befreite er sie aus dem Morast und warf sie sich kurzerhand über die Schulter. »Wenn du mir noch einmal Ärger machst, schlage ich dich wieder bewußtlos, verstanden?«

Sie keuchte, ihr war übel, ihr Gesicht stieß an seinen Rücken, aber sie wollte noch immer nicht aufgeben. Irgendwie müßte sie ihm doch entkommen können. Aber wie?

Dann flog sie plötzlich in hohem Bogen von MacDuffs Rücken auf den Boden und landete auf dem Bauch. Sie hörte Colins kalte Stimme: »Schluß der Vorstellung, du verdammter Dreckskerl! Es ist aus!«

Sinjun drehte sich schnell um. Colin hielt eine Pistole auf MacDuff gerichtet. Gott sei Dank versuchte er nicht mit dem Riesen zu ringen, der ihn bestimmt einfach zerquetscht hätte. Und hinter Colin standen im Halbkreis ihre Brüder und Schwägerinnen, alle mit Pistolen bewaffnet.

Colin kniete nieder und nahm sie in die Arme. »Sinjun, ist alles in Ordnung?«

Sie starrte ihn an. »Wie hast du mich genannt?«

»Verdammt, ich habe dich gefragt, ob alles in Ordnung sei. Du stinkst schlimmer als jede Ziege.«

»Colin, du hast mich Sinjun genannt!«

»Es war ein Versprecher, weiter nichts. In der Aufregung kann so etwas schon passieren. So, MacDuff, wir gehen jetzt alle zusammen in diese Hütte, und dort wirst du mir einige Fragen beantworten müssen.«

»Zur Hölle mit dir, du gottverfluchte Ausgeburt des Satans! Wie hast du das geschafft? Ich habe doch mit eigenen Augen gesehen, daß du morgens auf Gulliver nach Edinburgh geritten und am frühen Abend wieder zurückgekommen bist. Du kannst unmöglich gewußt haben, daß ich hier bin.«

Douglas ergriff erstmals das Wort. »Sie haben nicht Colin, sondern mich gesehen. Und was Ihr Versteck betrifft, so hatten wir ein Dutzend kleiner Jungen als Späher eingesetzt, und Jamie hat Sie gesichtet. Alles übrige war ein Kinderspiel.«

MacDuff starrte Douglas völlig perplex an und wandte sich dann wieder Colin zu. »Ich hätte weder dich noch Sinjun umgebracht. Mein Vater hat mir wenig Geld hinterlassen, und ich wollte weg von hier. Du konntest fünfzigtausend Pfund jetzt ohne weiteres entbehren. Ich wollte nur meinen kleinen Anteil an Sinjuns Vermögen. Alles war Tante Arleths Schuld.«

»Du hast sie ermordet.« Colins Stimme zitterte vor Wut. »Mein Gott, und ich habe dir vertraut! Mein Leben lang habe ich dir vertraut und dich für meinen Freund gehalten.«

»Früher war ich das auch. Aber die Zeiten ändern sich eben. Wir sind erwachsen geworden.« Er starrt auf seine Füße und stürzte sich sodann mit einem wilden Schrei auf Colin, riß dessen rechten Arm hoch und preßte ihn so fest an sich, als wollte er ihm durch reine Muskelkraft das Rückgrat brechen.

Sinjun sprang entsetzt vom Boden auf. Dann löste sich ein Schuß, und sie schrie.

Langsam, sehr langsam, stemmte sich Colin von MacDuff ab, der zu Boden sank und regungslos liegenblieb.

Totenstille trat ein. Die nächtlichen Geräusche schienen immer lauter zu werden.

»Er wußte, daß er uns nicht entkommen konnte«, sagte Douglas nach langem Schweigen. »Er hat ja gesehen, daß auch Ryder und ich bewaffnet waren.«

»Und wir auch«, betonte Alex.

Colin starrte auf seinen toten Vetter hinab, den er als Junge geliebt und als Mann stets repektiert hatte. Sein Gesicht verzog sich schmerzhaft, während er zu seiner Frau hinüberblickte. »So viele Menschen sind für mich verloren, so viele . . . Hat er dir wenigstens seine Motive erklärt, Sinjun?«

Sie spürte seinen Schmerz, seine Bitterkeit über den Verrat seines Vetters, und faßte einen Entschluß. Er sollte nicht noch mehr leiden. »MacDuff hat gesagt, er hätte Fiona ermordet, weil sie ihn verschmäht hatte. Und Tante Arleth hat er ermordet, weil sie irgendwie beweisen konnte, daß er Fionas Mörder war. Außerdem befand er sich in finanziellen Schwierigkeiten. Er wollte Schottland verlassen, und dazu brauchte er Geld. Deshalb beschloß er, uns zu schröpfen. Das war alles, Colin.«

Colin hielt den Kopf gesenkt. »Hat er wirklich keine anderen Gründe für sein Verhalten angeführt?«

»Nein. Er wollte weder dich noch mich umbringen, und ich glaube, tief im Innern bereute er, so viele Tragödien verursacht zu haben. Ich danke dir und euch allen, daß ihr mich gerettet habt.«

»Aha«, rief Douglas, »dann behauptest du also nicht, daß es die verdammte Jungfräuliche Braut oder die absurde Perlen-Jane war, die uns hierhergeschickt hat, um deine Haut zu retten?«

»Nein, diesmal nicht, Bruderherz.« Sie lächelte ihrem Mann zu. Er musterte sie aufmerksam und strich mit den Fingerspitzen über ihr geschwollenes Kinn. »Du siehst schauderhaft aus«, sagte er, »aber ich finde dich trotzdem schön. Tut dein Kinn noch weh?«

»Nur noch ein wenig. Mir geht es ganz gut. Ich bin nur schmutzig und müde, und dieser gräßliche Sumpfgestank ist unerträglich.«

»Dann laß uns nach Hause gehen.«

»Ja«, stimmte Sinjun glücklich zu, »laß uns nach Hause gehen.«

Zwei Tage später ging Sinjun in Tante Arleths Zimmer. Niemand hatte den Raum betreten, seit sie die Tote gefunden hatten. Nichts deutete darauf hin, daß hier eine Tragödie stattgefunden hatte, aber das Personal machte sogar um die Tür einen weiten Bogen.

Sinjun sah sich aufmerksam um und entdeckte Anzeichen dafür, daß MacDuff hastig nach dem Beweis für Colins Illegitimität gesucht hatte; vergeblich, wie sie wußte. Dieser Beweis mußte noch hier sein, falls Tante Arleth sich die ganze Geschichte nicht einfach aus den Fingern gesogen hatte, was Sinjun in diesem Fall nicht glaubte.

Sie suchte methodisch, aber nach zwanzig Minuten hatte sie noch nichts Ungewöhnliches entdeckt. Wonach sie eigentlich suchte, wußte sie selbst nicht, aber sie hoffte, das Beweisstück zu erkennen, wenn sie darauf stieß.

Nach weiteren zwanzig Minuten war sie geneigt zu glauben, daß Tante Arleth doch nur phantasiert hatte.

Sie setzte sich in den Sessel vor dem kleinen Kamin, lehnte den Kopf zurück und schloß die Augen.

Wie könnte dieser Beweis nur aussehen?

Dann fühlte sie sich plötzlich von Wärme eingehüllt, von einer prickelnden, pulsierenden Wärme, die sie aufspringen ließ.

Sie stand regungslos da und fragte sich, was zum Teufel hier eigentlich vorging, bis sie auf einmal begriff, daß Perlen-Jane ihr zu helfen versuchte.

Sie ging schnurstracks auf die bodenlangen Brokatvorhänge an der Ostseite des Schlafzimmers zu, kniete nieder und hob den breiten Saum an. Etwas Schweres war darin eingenäht.

Sie zog behutsam an dem Faden, die Naht löste sich, und ein kleines Bündel Briefe fiel heraus, verschnürt mit einem verblaßten grünen Satinband.

Es waren vergilbte Briefe eines Lord Donnally, die sich über einen Zeitraum von drei Jahren erstreckten. Der erste war vor fast dreißig Jahren gschrieben worden.

Drei Jahre vor Colins Geburt.

Sie las einige Zeilen, faltete den Brief hastig wieder zusammen und schob ihn unter das Band. Dann nahm sie den letzten Brief zur Hand, der ein Datum nach Colins Geburt trug und wie alle anderen auf Lord Donallys Landsitz in Huntington, Sussex, geschrieben worden war.

Die schwarze Tinte war mit den Jahren verblaßt, aber die elegante Schrift war noch gut zu lesen.

> Meine Liebste,
> wenn ich nur meinen Sohn sehen, ihn nur einmal in die Arme nehmen und an mich drücken könnte! Aber ich weiß, daß das unmöglich ist, genauso, wie ich immer gewußt habe, daß du nie die meine werden kannst. Aber du hast unseren Sohn. Ich werde mich deinen Wünschen beugen und nicht versuchen, dich wiederzusehen. Falls du mich jemals brauchen soll-

test, bin ich immer für dich da. Ich hoffe und bete, daß dein Mann seine Grausamkeiten nun unterlassen und dir nichts zuleide tun wird ...

Die nächsten Zeilen waren verwischt, und Sinjun konnte sie nicht entziffern. Aber sie hatte ohnehin genug gelesen. Sie ließ den Brief sinken, und Tränen tropften auf ihre Hände.

Dann schien jene Wärme um sie herumzuwirbeln. Natürlich wußte sie, was sie zu tun hatte.

Zehn Minuten später verließ sie Tante Arleths Schlafzimmer, in dem es jetzt etwas wärmer war, weil kurzfristig ein Feuer im Kamin gebrannt hatte.

Sie ging in den Salon, wo über dem Kamin Perlen-Janes Porträt hing, zwischen den Porträts des Grafen und der Gräfin — so wie Perlen-Jane es verlangt hatte.

»Danke«, sagte sie leise.

»Mit wem redest du, Sinjun?«

Es war herrlich, ihren Namen aus Colins Mund zu hören. Sie drehte sich um und lächelte ihm zu, ihrem Mann, ihrem Liebsten, für den sie bereitwillig ihr Leben hingeben würde. Jetzt waren er und sie in Sicherheit, und vor ihnen lag noch hoffentlich ein langes Leben.

»Oh, ich habe nur ein Selbstgespräch geführt. Ich finde, daß Perlen-Janes Porträt gereinigt werden müßte. Kennst du jemanden, der kleinere Restaurierungen dieser Art ausführt?«

»Nein, aber es gibt bestimmt jemanden, wenn nicht in Kinross, so in Edinburgh.«

»Bringen wir das Porträt nach Edinburgh. Ich finde, daß Perlen-Jane nur das Allerbeste zusteht. Ach, übrigens ist mir vorhin eingefallen, daß ich ein schweres Unrecht begangen hätte, wenn ich Robert MacPherson nach Australien oder sonst wohin verfrachtet hätte.«

»Seinem Charakter hätte es vermutlich durchaus gut getan, aber es wäre tatsächlich unrecht gewesen, und ich bin sehr erleichtert, daß du diesen Plan nicht in die Tat umsetzen konntest. Ich habe Robbie heute morgen gesehen und ihm alles über MacDuff erzählt.«

»Er wird sich doch wohl nicht entschuldigt haben?«

»Nein, das nicht, aber er hat mir einen Krug Bier in seinem Haus angeboten, und keiner seiner Männer hat mich beim Trinken mit Dolch oder Pistole in Schach gehalten. Er läßt sich neuerdings einen Bart wachsen.«

»Hast du auch Serena gesehen?«

»Nein, er hat sie postwendend nach Edinburgh geschickt, wo sie ihrem Vater den Haushalt führen soll. Er hofft, sie auf diese Weise los zu sein, aber nachdem ich Serena ganz gut kenne, wage ich das zu bezeifeln.«

Sinjun grinste und umschlang ihn mit ihren Armen. »Habe ich dir heute schon gesagt, daß ich dich vergöttere? Daß ich dich anbete? Daß ich für dich Trauben abzupfen und sie dir einzeln in deinen schönen Mund schieben würde, wenn wir welche hätten.«

»Das hört sich ganz reizvoll an.« Er küßte sie auf den Mund und auf die Nasenspitze und streichelte ihre Brauen.

»Ich liebe dich, mein Gemahl.«

»Ich liebe dich auch, Gebieterin meines Herzens.«

»Ah, das klingt einfach himmlisch, Colin.«

»Bevor ich mich dazu hinreißen lasse, dich hier im Salon zu vergewaltigen — wo sind deine Schwägerinnen?«

»Als ich sie zuletzt gesehen habe, hatten sie einen heftigen Streit, wo man die Rosen am besten pflanzen sollte.«

»Douglas und Ryder arbeiten draußen mit den Pächtern. Eigentlich wollte ich nur ganz kurz bei dir hereinschauen und dir vielleicht einen Kuß geben. Deinen Brüdern habe ich gesagt, daß sie schon lange verheiratet seien und deshalb auf solche Privilegien verzichten müßten. Küß mich, Sinjun.«

Das bauchte er ihr nicht zweimal zu sagen.

Er küßte sie, bis sie völlig außer Atem war, und dann preßte er sie an sich. »O Gott, wenn dir etwas zugestoßen wäre, hätte ich es nicht ertragen.«

Sie spürte, daß er zitterte, umarmte ihn noch fester und küßte seinen Hals. Dann spürte sie wieder jene Wärme, die sie und Colin wie eine Decke umhüllte, nur daß er nichts davon zu bemerken schien. Und dann hörte sie einen leisen trillernden Laut, so als hätte jemand gelacht.

Colin knabberte an ihrem Ohrläppchen. »Ich liebe dein Lachen, Sinjun. Es ist weich und warm und so süß wie eine mondlose Nacht.«